De dochter van de imker

Santa Montefiore bij Boekerij:

Onder de ombu-boom
Het vlinderkistje
De Vergeet mij niet-sonate
De zwaluw en de kolibrie
Valentina's laatste reis
De zigeunermadonna
Het geheim van Montague
De Franse tuinman
In de schaduw van het palazzo
De affaire
Villa Magdalena
Fairfield Park
De vuurtoren van Connemara
Het gouden licht
De dochter van de imker

www.boekerij.nl
www.santamontefiore.co.uk

SANTA MONTEFIORE

De dochter van de imker

BOEKERIJ

ISBN 978-90-225-6965-8
ISBN 978-94-6023-932-8 (e-boek)
NUR 302

Oorspronkelijke titel: *The Beekeeper's Daughter*
Vertaling: Erica Feberwee
Omslagontwerp: Johannes Wiebel / punchdesign
Omslagbeeld: Shutterstock
Zetwerk: Mat-Zet bv, Soest

Voor mijn oom Jeremy

Een van die bijzondere mensen door wie het leven kleur krijgt
In liefde en dankbaarheid

The Bee-Boy's Song

Bees! Bees! Hark to your bees!
'Hide from your neighbours as much as you please,
But all that has happened, to us you must tell,
Or else we will give you no honey to sell!'
A maiden in her glory,
Upon her wedding-day,
Must tell her Bees the story,
Or else they'll fly away.
Fly away – die away –
Dwindle down and leave you!
But if you don't deceive your Bees,
Your Bees will not deceive you.

Marriage, birth or buryin',
News across the seas, All you're sad or merry in,
You must tell the Bees.
Tell'em coming in an'out,
Where the Fanners fan,
'Cause the Bees are just about
As curious as a man!

Don't you wait where the trees are,
When the lightnings play,
Nor don't you hate where Bees are,
Or else they'll pine away.
Pine away – dwine away –
Anything to leave you!
But if you never grieve your Bees,
Your Bees'll never grieve you.

Rudyard Kipling

DEEL 1

1

Tekanasset Island, Massachusetts, 1973

Het door de elementen verweerde clubhuis van de Crab Cove golfbaan is met zijn grijze dakleien opgetrokken in dezelfde stijl als de meeste andere huizen en gebouwen op Tekanasset Island, maar het is ook een van de aantrekkelijkste. Het dateert uit het eind van de negentiende eeuw, toen een groep vrienden uit Boston besloot dat elk zichzelf respecterend eiland een golfbaan hoorde te hebben. En dus lieten ze er een aanleggen, met een clubhuis dat de westelijke kustlijn domineerde en vrij uitkeek over de oceaan. Op een grazige heuvel rechts van het clubhuis verheft zich een vuurtoren, als een rood-witte zuurstok, die tegenwoordig meer dient als baken voor vogelaars dan voor verdwaalde zeelui; links liggen goudgele stranden waarachter met helmgras begroeide duinen zich aaneenrijgen als golven getooid met kammen van wilde rozen. Een minder wilde rozensoort bedekt de muren van het clubhuis, en in de border daaromheen bloeien hortensia's met een overdaad van dikke, bolvormige bloemen. Het effect is zo betoverend dat niemand zich eraan kan onttrekken. En boven dat alles, in de zilte wind uit zee, wappert de Amerikaanse vlag op het grijze dak van het clubhuis.

Door de geïsoleerde ligging – het eiland is slechts bereikbaar per boot of met kleine vliegtuigen – heeft de Industriële Revolutie, die het aangezicht van Amerika voorgoed veranderde, Tekanasset onberoerd gelaten; de keienstraatjes en de schilderachtige, op de stijl van de quakers geïnspireerde bebouwing zijn onveranderd gebleven en het eiland koestert zich nog altijd in een slaperig, weemoedig ritme waarin ouderwetse waarden harmonieus samengaan met de traditionele architectuur.

Op Tekanasset vind je geen ontsierende verkeersborden en stoplichten, en de bloeiende winkels in het dorp zijn charmante boetieks waar linnengoed, cadeau-artikelen en luxe toiletspulletjes worden verkocht, naast ambachtelijke lokale producten zoals schelpenwerk en rieten manden. Tekanasset is nostalgisch, romantisch, maar niet wereldvreemd. Vanuit heel Amerika komen er beroemde schrijvers, acteurs en mensen uit de muziekwereld naar het eiland, op de vlucht voor de hectiek van de grote stad, aangetrokken door de frisse zeelucht en de inspirerende natuur. Maar ook rijke zakenlieden verruilen de financiële centra van de wereld maar al te graag voor Tekanasset, om er de zomer door te brengen met hun gezin.

De Crab Cove golfclub vormt nog altijd het hart van het eiland, precies zoals de Bostonse vriendenclub dat ooit voor ogen had, maar de club is inmiddels niet langer het middelpunt van roddels en geruchten zoals in de jaren zestig en zeventig, toen de maatschappij zich geconfronteerd zag met ingrijpende veranderingen en het oude botste met het nieuwe, als golven die stukslaan op de rotsen. De jonge mensen die destijds zo hard hadden gevochten om die veranderingen tot stand te brengen, zijn niet alleen oud geworden maar ook minder streng in hun oordeel dan hun ouders ooit waren. Vandaar dat de gesprekken aan de tafeltjes doorgaans ook milder zijn dan vroeger. Maar op die juliavond in 1973 verkeerden de dames van de Crab Cove golfclub in een staat van koortsachtige opwinding, door iets waaraan tegenwoordig niemand ook nog maar één woord zou vuilmaken. Ze hadden amper naar hun bridgekaarten gekeken, toen de kwestie die op het puntje van hun tong balanceerde, er in een explosie van verontwaardiging vanaf tuimelde.

'Ik vind het volstrekt immoreel, kindje, en ik moet zeggen dat ik me plaatsvervangend schaam,' zei Evelyn Durlacher met het enigszins lijzige accent waaruit bleek dat ze uit Boston kwam. Ze tuitte afkeurend haar vuurrode lippen. Evelyn was het vleesgeworden symbool van fatsoen en correctheid. Alles aan haar weerspiegelde haar conservatieve waarden en normen en haar verheven morele maatstaven, van haar onberispelijke kasjmier twinsets en haar onberispelijke kastanjebruine kapsel, tot haar schitterende huis en haar welgemanierde kinderen. Niets ontsnapte aan haar aandacht. En met diezelfde gewetensvolle toewijding – en een volslagen gebrek aan ruimdenkendheid – oordeelde ze over haar omgeving. 'Dat was vroeger wel anders, toen wij jong waren... Als je toen alleen wilde zijn met een man moest je zien dat je je chaperonne kwijtraakte. Maar de jeugd van tegenwoordig laat zich niks meer zeggen en trouwens, volgens mij is er ook helemaal niemand meer die een oogje in het zeil houdt.' Ze tikte met haar rode nagels op de tafel. 'Wat een afschuwelijk slechte kaarten,' zei ze met een afwezige blik op wat ze in haar hand hield. 'Het spijt me, Belle, maar ik ben bang dat je aan mij niet veel zult hebben.'

Belle Bartlett bestudeerde haar eigen kaarten, die niet veel beter waren. Ze nam een gretige trek van haar sigaret en schudde somber haar blonde krullen. 'De jeugd van tegenwoordig,' verzuchtte ze. 'Ik zou niet jong willen zijn in deze tijd. Vroeger, in de jaren veertig, vijftig, kende iedereen zijn plaats. Maar tegenwoordig zijn alle grenzen vervaagd. En we hebben geen andere keus dan ons aan te passen. Als je het mij vraagt, zijn die jongelui gewoon de weg kwijt. Ik vind dat we niet te hard over ze moeten oordelen.'

'O, Belle, jij probeert altijd het goede in iedereen te zien. Maar zelfs jij zult toch moeten toegeven dat Trixie Valentine te ver is gegaan,' hield Evelyn vol. 'Een echte dame doet zoiets niet. Een echte dame jaagt niet achter de mannen aan. Die láát op zich jagen. Ik vind het werkelijk stuitend.'

'Het is niet alleen stuitend, Evelyn, het is ook erg onnadenkend.' Sally Pearson schudde arrogant haar weelderige kastanjebruine lokken. 'Door zichzelf op die manier aan te bieden, besmeuren meisjes hun reputatie. En dat valt nooit meer terug te draaien.' Ze gebaarde glimlachend en zelfingenomen met de sigaret tussen haar gemanicuurde vingers, denkend aan de voorbeeldige jongedame die ze zelf was geweest. 'Een man heeft behoefte aan de jacht, de vrouw moet een prooi zijn die het waard is om voor te vechten. Meisjes geven zich tegenwoordig veel te gemakkelijk. Toen wij jong waren bewaarden we onze deugdzaamheid voor de huwelijksnacht.' Ze snoof giechelend. 'En als we dat niet deden, dan zorgden we er wel voor dat niemand het te weten kwam.'

'Arme Grace, ik vind het echt heel erg voor haar wat haar dochter heeft gedaan,' voegde Belle er vol medeleven aan toe. 'Het is een schande. Trouwens, ook hoe wij ons als aasgieren op de brokken storten.'

'Maar, meisjes, dat hadden we toch eigenlijk wel kunnen verwachten?' Blythe Westrup voelde nuffig aan haar gitzwarte opgestoken haar. 'Ze zijn Engels! En de Engelsen mogen de óórlog dan hebben gewonnen, hun fatsóén hebben ze verloren. Lieve hemel, de verhalen uit die tijd zijn werkelijk schokkend. Die meisjes waren volledig hun verstand kwijt...'

'En niet alleen hun verstand.' Evelyn trok veelbetekenend een wenkbrauw op.

'O, Evelyn!' hijgde Sally. Ze stak haar sigarettenpijpje tussen haar lippen om haar glimlach te maskeren. Haar vriendinnen mochten niet zien hoezeer ze genoot van het schandaal.

'Maar weten we nou wel zeker dat ze er met hem vandoor is?' vroeg Belle. 'Misschien is het gewoon een kwaadaardige roddel. Trixie is altijd al een bijzonder kind geweest, maar met het hart op de goede plaats. Iedereen staat altijd veel te snel klaar met zijn kritiek. Als ze niet zo beeldschoon was, zou niemand aandacht aan haar besteden.'

Evelyn keek haar doordringend aan; in haar woedende blik schitterde een onverholen rivaliteit. 'Ik heb het rechtstreeks van Lucy,' verklaarde ze op beliste toon. 'Die heeft het me vanmmorgen zelf verteld. En mijn dochter weet waar ze het over heeft! Ze heeft ze vanmorgen in alle vroegte uit een boot zien stappen. Het ging allemaal erg stiekem en ze zagen er behoorlijk verfomfaaid uit. Die jongen is ook Engels en hij...' Ze kneep haar lippen zo stijf op elkaar dat ze bijna niet meer te zien waren. 'Hij speelt in een rock-'n-rollband.' Ze articuleerde minachtend, alsof het een vies woord was.

Belle begon te lachen. 'O, Evelyn, rock-'n-roll is echt niet meer van deze tijd! Volgens mij zit hij eerder op de lijn van Bob Dylan dan van Elvis Presley.'

'O, dus jij wist het al?' Evelyn klonk gepikeerd. 'Waarom zeg je dat dan niet?'

'Evelyn, het hele dorp praat erover! Ze komen uit Engeland en het zijn knappe jongens. Dat niet alleen, ook veelbelovend, voor zover ik heb begrepen.' Bij het zien van de zure trek op Evelyns gezicht kon ze een glimlach niet verbijten. 'En ze blijven de hele zomer. Ze logeren bij Joe Hornby.'

'Allemachtig! Logeren ze bij Joe? Nou, we weten allemaal wat een zonderling dát is!' zei Sally. 'Hij beweert dat hij dikke maatjes is met Mick Jagger, maar die heb ík hier nog nooit gezien!'

'Dat geldt trouwens voor al die beroemde vriendjes van hem. Hij kent ze allemaal, zegt hij altijd. Maar het is gewoon een opschepper,' zei Blythe.

'Het schijnt dat die jongens bezig zijn met een album, en dat Joe ze helpt,' vervolgde Belle. 'Hij heeft tenslotte een opnamestudie in zijn souterrain.'

'Ach, schei nou toch uit! Joe heeft in geen vijftig jaar meer iets geproduceerd!' zei Sally. 'En zelfs in zijn hoogtijdagen kwam hij niet boven de middelmaat uit. Hij heeft zijn tijd gehad. En trouwens, wie financiert dat allemaal? Het bestaat niet dat het geld van Joe komt.'

Belle haalde haar schouders op. 'Dat weet ik niet, maar het schijnt dat hij in de herfst met ze op tournee gaat, het hele land door.' Ze trok haar wenkbrauwen op. 'Dat moet een fortuin kosten.'

Evelyn besloot het gesprek weer op het schandaal te brengen. Na een blik om zich heen dempte ze haar stem. 'Volgens Lucy zijn Trixie Valentine en Suzie Redford – dat zijn vriendinnen van elkaar – op vrijdagavond met de band in een boot vertrokken. En ze zijn vanmorgen pas teruggekomen. Suzie heeft Lucy op het hart gedrukt dat ze er met geen woord over mocht praten. Tegen niemand. Dus het is wel duidelijk dat hun ouders van niks wisten. Ik weet niet wát ze allemaal hebben uitgespookt, maar daar lijkt me niet veel verbeelding voor nodig. We weten allemaal hoe dat soort mensen leeft. Walgelijk, dat is het!'

'Misschien dacht Grace dat Trixie bij Suzie was!' opperde Belle. 'Er moet toch een verklaring voor zijn.'

'Volgens mij kan die Suzie Redford doen en laten wat ze wil.' Het was Sally die dat zei. 'Er worden in dat gezin totaal geen grenzen gesteld.'

'Nou, mij verbaast het,' zei Belle zacht. 'Trixie is niet de makkelijkste. Maar ik kan me niet voorstellen dat ze voor drie dagen de benen zou nemen zonder iets tegen haar moeder te zeggen. Bovendien zou Freddie dat nooit goed hebben gevonden.'

'Freddie was dit weekend weg, voor zijn werk,' vertelde Sally opgewekt. 'Als de kat van huis is...'

'Het is allemaal een kwestie van opvoeding,' zei Blythe. '*Cherchez la mère*,' voegde ze er onheilspellend aan toe.

Belle drukte haar sigaret uit. 'Is het niet "*Cherchez la femme*"?'

'Dat komt op hetzelfde neer, Belle,' zei Blythe kortaf. 'Het draait om de moeder. Daar ligt de oorzaak. Grace mag een toonbeeld van deugdzaamheid zijn – en ze is een schat, ik zal de eerste zijn om dat toe te geven – ze is ook veel te toegeeflijk. Trixie heeft een harde hand nodig, en in dat opzicht schiet Grace ernstig tekort.'

'Dat komt doordat ze er jaren over heeft gedaan om zwanger te worden. Ze heeft de ene miskraam na de andere gehad, met al het verdriet vandien,' bracht Belle in herinnering. 'Trixie was zo ongelooflijk gewenst. En ze heeft nooit broertjes of zusjes gekregen, dus het is geen wonder dat Grace haar een beetje heeft verwend.'

'Om er maar niet over te hoeven piekeren stort Grace zich, volgens mij, volledig op haar tuinen,' zei Sally. 'En neem het haar eens kwalijk, met een dochter als Trixie.'

'Grace is geweldig, als het op tuinieren aankomt,' verklaarde Belle nadrukkelijk. 'Voordat zij hier kwam wonen, waren de tuinen weinig bijzonders. Maar Grace heeft er een paradijsje van gemaakt, dankzij alle kennis die ze uit Engeland meenam en dankzij haar verrukkelijke smaak.'

Evelyn fronste geërgerd. 'Er is niemand die haar talent in twijfel trekt, Belle. We hebben het over haar rol als moeder. Enfin, laten we maar beginnen. Wie heeft er gedeeld?'

'Ik,' zei Blythe. 'En ik bied één sans.'

Ze had het nog niet gezegd, of het werd doodstil aan het tafeltje. Niemand minder dan Grace Valentine was de club binnengekomen, gevolgd door een vrouw die associaties opriep met een enorme soufflé en die bij iedereen bekendstond als Big. Evelyn sloot abrupt haar mond. Big was de meest gerespecteerde én de meest gevreesde vrouw op het eiland. Ze bezat niet alleen het grootste en het oudste huis, dat in 1668 door de eerste kolonist was gebouwd, ze was bovendien de enige dochter van Randall Wilson Jr., de rijke oliebaron die haar bij zijn dood op vijfennegentigjarige leeftijd zijn hele fortuin had nagelaten. Het gerucht ging dat ze nooit getrouwd was omdat ze geen man had kunnen vinden die hetzij financieel hetzij intellectueel zelfs maar in haar schaduw kon staan. Inmiddels was ze in de zeventig, over een huwelijk werd niet meer gesproken en uit niets bleek dat Big spijt had van het feit dat ze alleen was gebleven. Ze behandelde haar naaste vrienden als haar familie en net als haar vader vond ze het heerlijk om haar rijkdom te delen door middel van de Randall Wilson Charitable Trust, of simpelweg door een cheque uit te schrijven wanneer haar dat gepast leek.

Grace Valentine oogde volkomen misplaatst in het clubhuis, als een trekpaard in een wei met volbloeden. Haar lange vaalbruine haar, dat ze met een potlood in een knot had vastgezet, begon grijs te worden, haar taupekleurige katoenen broek en wijdvallende blouse vormden een opvallend contrast met de gesteven perfectie van de vier bridgedames. Het enige wat ze met hen gemeen leek te hebben, was de flonkering van diamanten, dankzij een verrassend fraaie broche in de vorm van een bij. Ze had haar nagels afgebeten, haar handen waren ruw en eeltig door het jarenlange tuinieren. Make-up was haar vreemd, en haar fraaie Engelse huid verried het effect van de zon en de zeewind op Tekanasset. Maar haar lichtbruine ogen waren een en al zachtheid en compassie, het was haar nog altijd aan te zien dat ze vroeger een schoonheid moest zijn geweest en wanneer Grace Valentine glimlachte, konden slechts weinigen de betovering van die glimlach weerstaan.

'Hallo, Grace,' zei Belle toen de twee vrouwen langs hun tafeltje kwamen. 'Hallo, Big.'

Grace glimlachte. 'Alles goed?' vroeg ze.

'Nou, ik heb geen beste kaarten,' antwoordde Belle. 'En bridgen is toch al niet mijn sterkste kant.'

'O, kom nou toch, Belle Bartlett! Je bent een prima bridger,' mopperde Evelyn. Ondertussen glimlachte ze naar Grace, alert op tekenen van gêne. 'Ze is weer eens veel te bescheiden.'

'Waar wil je zitten, Grace?' Big liep met grote stappen langs het tafeltje, zonder de dames zelfs maar een knikje waardig te gunnen. Het viertal kromp schuldbewust ineen. Big leek over een antenne voor onaangenaamheden te beschikken en ze kneep veelbetekenend haar ogen tot spleetjes. Ze zette haar wandelstok nadrukkelijk op de glimmend houten vloer, zonder zich ook maar iets aan te trekken van het geluid.

'We kunnen wel buiten gaan zitten,' antwoordde Grace. 'Tenminste, als dat niet te winderig voor je is.'

Big grinnikte. 'Maak je daar maar geen zorgen over. Al stond er een orkaan, ik heb nergens last van!'

Ze liepen de brede veranda op, met uitzicht over de oceaan. Kleine boten kliefden als zwanen door de golven, een stel zwarte honden dartelde over de duinen terwijl hun baasje op zijn gemak over het strand wandelde. De avondzon stond laag aan de hemel en kleurde het zand roze, een scholekster pikte met zijn feloranje snavel naar de resten van een vis. Grace koos een tafeltje bij de balustrade, aan de rand van de veranda, en trok een rieten stoel voor Big naar achteren. De oude dame gaf Grace haar stok en liet zich met een hoorbare plof op het kussen vallen. Een paar grijze plukken, die hadden losgelaten uit haar knot, wapperden als veren in haar nek. 'Zo, de kip zit op haar nest,' verzuchtte ze tevreden. Ze knipte met haar vingers en nog voordat Grace zat, had ze al een cocktail voor hen besteld. 'Je kunt wel een hartversterkertje gebruiken, Grace. En trek je maar niks aan van die hyena's. Ze zijn gewoon jaloers. En terecht! Jij hebt meer talent in je pink dan dat hele stel bij elkaar.'

'Ach, ze bedoelen het niet zo kwaad,' antwoordde Grace. 'Ik ken vrouwen die veel erger zijn.'

'O, dat geloof ik graag. Vergeleken met Engelse vrouwen zijn die vier een stel makke schapen.'

Grace lachte. 'Bovendien maakt het me niet uit wat ze achter mijn rug over me zeggen. Zolang ze in mijn gezicht maar aardig zijn. In Engeland zijn de vrouwen vaak te direct, te confronterend. Daar hou ik niet van.'

'Ik wel. Als mensen iets te zegggen hebben, dan moeten ze dat rechtstreeks doen en niet achter je rug. Ze moeten de moed hebben voor hun overtuiging uit te komen. Anders moeten ze hun mond houden. Evelyn Durlacher is echt niet meer van deze tijd, en dat durf ik haar best recht in haar gezicht te zeggen. Ze moest zich schamen voor alle narigheid die ze veroorzaakt met haar gestook. Ze zoekt gewoon een aanleiding om te kunnen roddelen. Dat zelfingenomen gedoe van haar is onverdraaglijk! Ze vindt zichzelf zo geweldig, zo boven iedereen verheven. Als die ooit van haar sokkel valt, blijft er niks van over!'

De ober bracht hun cocktails en zette ook een bakje pistachenootjes op tafel. Big begroef haar dikke, beringde vingers erin. Haar gezicht was bedrieglijk zachtaardig; met haar brede voorhoofd, haar volle, goedlachse mond en haar deinende onderkinnen zag ze eruit als een lieve oma. Maar haar ogen waren staalgrijs, de blik daarin kon van het ene op het andere moment verharden en haar onfortuinlijke doelwit in een zoutpilaar veranderen. Maar wanneer ze naar Grace keek, stonden haar ogen verrassend teder. 'Vertel, wat is er nou precies aan de hand met Trixie? Evelyn heeft het verhaal natuurlijk schromelijk overdreven; ze deinst echt nergens voor terug om haar eigen Lucy in een gunstig daglicht te stellen.' Big snoof verontwaardigd, er verscheen een harde schittering in haar ogen. 'Als ze wist wat die allemaal uitvreet, zou ze haar mond wel houden.'

Grace zuchtte. 'Ik ben bang dat ze in dit geval gelijk heeft. Trixie is tot over haar oren verliefd op een van die jongens van de band. Niet dat ik daar moeite mee heb... Het is vast een heel aardige jongen, maar...'

'Dus je hebt hem nog niet ontmoet?'

'Nee.'

'Wat is er dan precies gebeurd?'

'Ze zei dat ze met Suzie naar Cape Cod ging voor het weekend...'

Big trok cynisch haar wenkbrauwen op. 'Suzie Redford! Het is ook altijd wat met dat kind! Als er ergens stront aan de knikker is – *excusez le mot* – is zij een van de aanstichters. Daar kun je vergif op innemen.'

'Ach, ze hebben elkaar weinig te verwijten.' Grace glimlachte toegeeflijk. 'Maar ze hebben zoveel plezier samen en Trixie is voor het eerst verliefd.'

'Grace!' Big keek haar aan – Grace, met haar lieve gezicht, haar zachte bruine ogen en haar verwaaide haren – en schudde misprijzend haar hoofd. 'Je bent veel te goed. Je zou strenger moeten zijn. Ze zéíden dat ze naar Cape Cod gingen, maar waar zijn ze écht naartoe geweest?'

'Met de band op stap.'

'Maar waarheen dan?'

'Naar een privéconcert op Cape Cod, voor een vriend van Joe Hornby. Een vriend die blijkbaar ook in de muziekbusiness zit.'

Big nipte peinzend van haar cocktail. 'Maar ze zijn betrapt.'

'Ja, Lucy heeft ze vanmorgen zien terugkomen en het aan haar moeder verteld. Dus inmiddels weet het hele eiland het, neem ik aan. Voordat ze naar haar werk ging, heeft Trixie alles opgebiecht. Ze werkt in de zomer bij Captain Jack's. Dat weet je. Er was op dat moment geen tijd om het erover te hebben. En ze mag dan niet makkelijk zijn, ze heeft een goed hart. Bovendien heeft ze het allemaal eerlijk toegegeven.'

'Omdat Lucy haar had betrapt. Anders had ze dat nooit gedaan. Het is echt een schande wat ze heeft gedaan. Sorry, Grace, maar ik kan het niet anders noemen. Als ik jou was gaf ik haar de rest van de zomer huisarrest. Ik zou vroeger, toen ik jong was, al voor heel wat minder een pak slaag hebben gekregen.'

'De tijden zijn veranderd, Big. Je bent niet jong meer. En ik ook niet. De jeugd van nu heeft veel meer vrijheid dan wij vroeger. En dat is misschien ook wel beter. We vinden het allemaal maar niks… de muziek waar ze naar luisteren, de kleren die ze dragen… maar ze zijn jong en enthousiast. Ze demonstreren voor gelijke rechten en tegen de oorlog. Allemachtig, je hoeft alleen maar naar mijn arme Freddie te kijken, met zijn ene oog en met dat verschrikkelijke litteken op zijn gezicht, om te weten dat de oorlog geen winnaars kent. De jeugd van nu is dapper, ze komt uit voor haar mening, en daar heb ik best bewondering voor.' Ze legde haar ruwe vingers op haar bijenbroche. 'De jonge mensen van tegenwoordig zijn misschien te idealistisch, maar ze beseffen waar het om draait in het leven en dat de liefde het enige is wat telt.' Met een peinzende glimlach keek ze uit over zee. 'Soms zou ik ook weer jong willen zijn, met mijn hele leven nog voor me.'

Big nipte van haar cocktail. 'Lieve hemel, Grace. Soms weet ik gewoon niet hoe ik het heb met je. Als iedereen de teugels aantrekt, laat jij ze vieren. Is dat een Brits trekje? Of is het iets van jou? Een neiging om je kont tegen de krib te gooien? Trouwens, weet Freddie van Trixies avontuurtje?'

Er gleed een schaduw over het gezicht van Grace. 'Nee, ik heb het hem nog niet verteld,' antwoordde ze zacht.

'Maar dat ga je wel doen?'

'Liever niet. Hij zal woedend zijn. Maar ik heb geen keus. Hij krijgt het toch wel te horen. Waarschijnlijk van Bill Durlacher, bij de vijfde hole!' Ze lachte, maar het klonk eerder nerveus dan vrolijk.

Big zette haar enorme borst nog verder op, van verontwaardiging om de roddelende Bill Durlacher op de golfbaan. 'Bill is net zo erg als zijn vrouw,' zei ze nijdig. 'Maar je hebt gelijk, je moet het Freddie vertellen. Hij mag het niet als laatste te horen krijgen.'

'Hij zal diep geschokt zijn, Big. En hij geeft haar natuurlijk een preek over haar gebrek aan discipline. Plus inderdaad huisarrest voor de rest van de zomer. Met als gevolg dat ze gaat zinnen op manieren om die jongen alsnog te zien, zonder dat wij het merken.' Ze grinnikte. 'Ik ken haar. Ze lijkt meer op mij dan ze beseft.'

Big keek haar verrast aan. 'Ik kan me anders niet voorstellen dat jij ooit zo over de schreef zou gaan, Grace.'

'Nou, ik ben echt niet altijd zo braaf geweest.' Ze glimlachte weemoedig bij de herinnering aan het meisje dat ze ooit was. 'Integendeel, ik was vroeger erg opstandig. Maar dat is heel lang geleden.' Ze keerde zich weer naar de zee.

'En wat heeft je uiteindelijk weer op het rechte pad gebracht?' vroeg Big.

'Mijn geweten.' Grace fronste haar wenkbrauwen.

'Dan heb je de juiste keus gemaakt. Dat weet ik zeker.'

'Ja, dat zal wel.' In de diepe zucht die Grace slaakte, klonk een zweem van spijt en verslagenheid door.

'Wil je weten hoe ik erover denk, na alles wat ik in mijn lange leven heb meegemaakt?' vroeg Big.

Grace dwong zichzelf terug te keren naar het heden. 'Ja, natuurlijk. Graag zelfs.'

Big ging verzitten, als de nestelende kip waarmee ze zichzelf eerder had vergeleken. 'Ik vind dat je een hartig woordje met Trixie moet spreken. Ze mag nooit meer tegen je liegen. Het is in het belang van haar eigen veiligheid en van jouw innerlijke rust dat je te allen tijde weet waar ze is en met wie. Bovendien zeg je dat ze de rest van de zomer het eiland niet af mag. Punt. Daar valt niet over te onderhandelen, Grace. Daar moet je heel duidelijk over zijn. Lukt dat, denk je?'

'Ja, dat lukt wel,' antwoordde Grace, zij het niet van harte.

'Het is een kwestie van respect,' zei Big op besliste toon. 'Als je je dochter in het gareel wilt houden, zul je echt strenger moeten zijn, kindje. Voordat het te laat is.' Ze nipte van haar cocktail. 'En tegen de tijd dat Freddie thuiskomt, vertel je wat er is gebeurd, maar je zegt bovendien dat je haar al ter verantwoording hebt geroepen en dat de zaak is afgehandeld. Denk je dat hij het daarbij zal laten?'

'Ik hoop het. Maar je weet hoe hij is. Hij houdt van orde en regelmaat. Dus hij zal woedend zijn.' Ze haalde haar schouders op. 'Ik zou het natuurlijk kunnen bagatelliseren...'

'Nee, je moet eerlijk zijn, Grace. Dat is belangrijk. Jullie moeten samen één lijn trekken. Je hebt de neiging veel te toegeeflijk te zijn en ik begrijp dat je Trixie niet wilt afvallen, maar je hebt in eerste instantie voor je man gekozen. Nog voordat Trixie zelfs maar bestond! Dus het is je plicht als echtgenote om onder alle omstandigheden achter je man te blijven staan.'

'Plicht,' mompelde Grace verslagen en licht verbitterd. 'Ik haat dat woord.'

'Plicht is wat ons tot beschaafde mensen maakt, Grace. Als we niet tot chaos willen vervallen, is het van cruciaal belang dat we doen wat juist is en dat we niet alleen maar aan onszelf denken. De jeugd heeft geen plichtsgevoel meer, en zo te horen is het met hun respect ook slecht gesteld. Ik vrees een toekomst zonder fatsoen en met een volstrekt verwrongen besef van waar het in het leven om gaat. Maar het is niet mijn bedoeling om tegen je te preken. Integendeel, ik wil je juist steunen.'

'Dank je wel, Big. Je steun betekent veel voor me.'

'We zijn al bijna dertig jaar vriendinnen, Grace. Dat is heel erg lang. Sinds de dag dat je hier kwam wonen en mijn tuin in een paradijs veranderde. Misschien hebben we wel zo'n goede band omdat jij je moeder nooit hebt gekend en omdat ik nooit kinderen heb gehad.' Ze nam glimlachend nog een handvol nootjes. 'Bovendien ben jij de enige die me niet naar de mond praat,' voegde ze er grinnikend aan toe. 'Je bent lief en zacht, maar ook eerlijk. Jij zou me nooit gelijk geven, alleen omdat ik zo rijk ben als Croesus, zo oud als de Ark en zo groot als een walvis.'

'O, Big!' reageerde Grace verontwaardigd, maar ze moest er ook om lachen. 'Zo rijk als Croesus, oké, misschien ben je dat. Maar je bent niet zo oud als de Ark en je bent zéker geen walvis!'

'Dat is lief van je, kindje. En dat zijn de enige leugens die ik accepteer. Over mijn leeftijd en mijn gewicht.'

Toen Grace thuiskwam, aan Sunset Slip, glansde de zee als goud in het licht van de ondergaande zon. Met haar twee retrievers liep ze de treden op naar de veranda. Vandaar keek ze over de wilde grassen uit naar het strand en naar het glinsterde water daarachter. Gretig nam ze het vredige tafereel in zich op. Maar er was niets wat zo'n sussende uitwerking op haar had als het zachte zoemen van bijen. Het geluid vulde haar hart met melancholie, maar het was geen onplezierig gevoel. Op een vreemde manier genoot ze ervan om terug te denken aan het verleden, alsof ze door de pijn in contact bleef met de vrouw die ze eens was geweest en die ze al die jaren eerder had achtergelaten toen ze naar Amerika was gekomen.

Ze liep om het huis heen naar de drie bijenkasten die tegen de zijmuur stonden, beschut tegen zon en wind door de dollekervel die ze speciaal voor dat doel had geplant, en tilde een van de deksels op voor een routinecontrole. Dat ze heel soms werd gestoken, vond ze niet erg. En ze was er ook niet bang voor. Maar het besef dat de bij haar leven offerde om de kast te beschermen, stemde haar verdrietig.

Arthur Hamblin had zijn dochter alles geleerd wat er over bijen te weten viel, van hun dagelijkse verzorging tot het recept van tinctuur van stuifmeel tegen keelpijn en andere klachten. Door hun liefde voor de bijen, de zorg voor de kasten en het oogsten van de honing hadden vader en dochter een hechte band ontwikkeld, die nog werd versterkt door het feit dat ze maar met z'n tweeën waren. Bij het zien van een bij dacht Grace vol liefde aan haar vader. Het zachte zoemen van de beestjes die hem zo dierbaar waren geweest, toverde zijn vriendelijke gezicht voor haar geestesoog; en soms meende ze zelfs zijn stem in haar oor te horen fluisteren: *Vergeet niet te controleren of de bijen de honing in de lagere ramen wel goed hebben afgedekt.* Of: *Zie je dat ze de ingang bewaken? Dan is er blijkbaar iets wat ze bedreigt. Misschien wespen of roofbijen.* Arthur Hamblin kon uren over zijn bijen praten. En hij praatte ook vaak tégen zijn bijen. Dan citeerde hij zijn favoriete gedicht, dat Grace zo vaak had gehoord dat ze het uit haar hoofd kende: *Marriage, birth or buryin', News across the seas, All you're sad or merry in, You must tell the Bees.* Alles wat jou vreugde en verdriet bracht, moest je aan de bijen vertellen: trouwen en rouwen, geboorten en nieuws van overzee.

Terwijl Grace in de kast keek zag ze dat de bijen zich gereedmaakten voor de nacht. Door het dalen van de temperatuur werden ze slaperig. Met een tedere glimlach om haar mond liet ze de herinneringen komen en gaan, als een eindeloze zee van beelden en emoties. Met haar bijen kon ze zichzelf zijn en ging ze terug in haar herinnering.

Toen ze het deksel teruglegde was ze zich bewust van een vertrouwde aanwezigheid; er was iemand, ergens vlak bij haar. Ervaring had haar geleerd zich niet om te draaien, want de vele malen dat ze dat wel had gedaan, was ze alleen geweest met de wind, en met haar eigen verbijstering. Dus ze moest zich overgeven aan het gevoel, zonder het te analyseren. Het huis was oud en Tekanasset stond bekend om zijn geesten. Zelfs Big kon er verhalen over vertellen. De aanwezigheid maakte Grace niet bang. Integendeel, ze voelde zich er op een vreemde manier door gerustgesteld, alsof ze heimelijk een goede vriend had. Toen ze jonger was had ze haar hart uitgestort bij haar moeder, van wie ze had gehoopt dat die haar vanuit de hemel kon horen. Maar tegenwoordig kwam ze naar de bijen wanneer ze somber of eenzaam was, en dan voelde ze zich getroost door de geest die liefde uitstraalde en die misschien wel net zo eenzaam was als zij.

Naarmate ze ouder werd, liet ze zich steeds vaker meevoeren door herinneringen aan lang geleden. Het leek wel alsof haar spijt met het verstrijken der jaren groter werd, haar gehechtheid aan haar herinneringen wanhopiger. De laatste twintig jaar had ze zich volledig aan het moederschap gewijd, maar Trixie werd volwassen en het zou niet lang meer duren of ze vloog uit. Dan bleef Grace alleen achter; dan was ze alleen met Freddie en met de broze restanten van hun huwelijk.

'Dag, oude vriend.' Ze glimlachte om zichzelf, omdat ze praatte tegen iemand die ze niet kon zien.

2

Trixie Valentine stond in een gebloemde sarong bij de toegang tot Joe Hornby's boothuis. De sarong was doorschijnend en ze droeg er niets onder. Binnen zat haar geliefde achterovergeleund in de vissersboot, met zijn gitaar over zijn knie. De melodie die hij speelde, had hij diezelfde ochtend gecomponeerd. Zijn ogen waren op de ingang gericht, waar even eerder een slanke, roomblanke arm en hand waren verschenen, met lange, gespreide vingers die zich tegen het hout drukten. Het duurde niet lang of ze werden gevolgd door een welgevormd been, gebogen bij de knie, met de zachtroze gelakte tenen naar de grond wijzend. Voor een maximaal effect bleef ze even zo staan, voordat ze heel langzaam tevoorschijn kwam, met haar rug tegen de deurstijl, één been geheven, haar armen naar achteren gestrekt, haar handen plat tegen de muur. Ze keek hem aan van onder haar volle, door de zon gebleekte pony en bleef zijn blik gedurende een kwellend moment vasthouden. Toen weken haar lippen uiteen, waardoor te zien was dat haar hoektanden een beetje scheef stonden. De glimlach die ze hem schonk, was vol belofte. Jasper keek toe terwijl ze de knoop in haar nek losmaakte, zodat de sarong in een kleurige poel rond haar voeten viel. Haar naakte lichaam tekende zich af tegen de oceaan, de welvingen van haar middel vingen het laatste zonlicht dat door het water werd weerkaatst.

In de ogen van Jasper Duncliffe lag bewondering te lezen. Alles aan haar fascineerde hem. Trixie was onvoorspelbaar, wild, spontaan, altijd in voor een pleziertje. Maar ze was ook beeldschoon, met grote indigoblauwe ogen en perfecte rondingen en contouren. Terwijl ze zijn blik nog altijd vasthield, kwam ze naar hem toe. Hij legde zijn gitaar weg, zijn spijkerbroek spande zich, terwijl zijn lichaam reageerde op het verlangen dat ze in hem wekte.

Toen ze in de boot stapte, begon die licht te wiegen, maar niet genoeg om haar uit haar evenwicht te brengen. Ze waren zich bewust van het risico betrapt te worden, maar dat maakte het alleen maar opwindender. Want ze hadden allebei een sterke eigen wil en lapten de regels het liefst zoveel mogelijk aan hun laars. Trixie ging schrijlings op zijn schoot zitten en greep de zijkant van de boot om houvast te hebben. Toen boog ze zich voorover en drukte haar lippen op de zijne, zodat haar lange haren om hen heen vielen, als een gordijn dat rook naar de zee. 'Je bent helemaal van mij,' fluisterde ze en hij voelde dat ze lachte. Ze had gelijk, hij kon geen kant uit. Hij legde zijn handen langs haar hals en streelde haar kaak met zijn duimen.

'Je mag me helemaal hebben, Trixie, met lichaam en ziel,' fluisterde hij. 'Zo vaak als je wilt.'

'Ik vind het leuk zoals je praat.'

'Waarom? Je ouders komen toch ook uit Engeland? Tenminste, dat zei je.' Hij liet zijn handen afdalen naar haar borsten en begon luchtig haar tepels te strelen.

Snakkend naar adem trok ze haar rug hol, als een kat. 'Maar ze praten niet zoals jij. Het klinkt zo leuk, zoals jíj praat.'

Hij trok haar naar zich toe en kuste haar hartstochtelijk. Gretig om hem in zich te voelen, begon ze zijn riem los te maken en eenmaal bevrijd, liet hij zich kreunend van genot opslokken door haar warme lichaam. Nog altijd schrijlings boven op hem begon ze ongeremd te bewegen, waarbij ze wild met haar hoofd schokte en haar haar naar achteren gooide, terwijl ze zich overgaf aan haar begeerte, die naar steeds grotere hoogten steeg. Hij hield haar heupen vast, maar het was onmogelijk haar in bedwang te houden. Ten slotte begroef hij zijn hand in haar haren en trok hij haar gezicht weer naar zich toe. 'Niet zo vlug,' zei hij. 'Als je bovenop wilt moet je doen wat ik zeg.'

'Ik vind het heerlijk als je zo streng bent, Mr. Duncliffe.'

Hij begon te lachen. 'En ik vind het heerlijk als je me zo noemt.'

'Hoe? Mr. Duncliffe? Dat is toch niks bijzonders?'

'Daarom vind ik het ook zo heerlijk.' Hij drukte zijn mond op de hare voordat ze hem nog verder kon afleiden, en kuste haar hartstochtelijk.

Een tijdje later zaten ze samen aan een joint. Het begon te schemeren. De zon was achter de horizon verdwenen, de zee was rustig. Trixie voelde zich aangenaam high en ontspannen. 'Ik vind dit altijd een heerlijk moment van de dag, jij ook?'

'Ja, heerlijk,' antwoordde Jasper. Hij nam genietend een trek toen ze de joint in zijn mond stopte. 'Moet jij onderhand niet naar huis?'

'Nee, nog niet. Ik zit toch al in de problemen, dus er kan nog wel wat bij.'

'Wat ga je tegen haar zeggen?'

'Tegen mijn moeder?' Ze haalde haar schouders op. 'Mam is erg romantisch. Als ik haar eenmaal alles over jou heb verteld, is ze allang vergeten dat ik tegen haar heb gelogen toen ik zei dat ik met Suzie wegging.'

'Je bent negentien, Trixie. Je hebt een baan. Je verdient je eigen geld. Je bent zelfstandig. Dus je moet kunnen doen en laten wat jij wilt.'

'Dat is ook zo, maar mijn moeder is erg conservatief. Ze is opgegroeid in een klein dorp in Engeland. Pap en zij werden verliefd toen ze nog niet eens twintig waren en ze zijn vlak voor het uitbreken van de oorlog getrouwd. Mijn moeder heeft nooit iemand anders gehad. En ze verwacht van mij hetzelfde. Dus dit is niet wat ze zich had voorgesteld; dat haar dochter al voor het huwelijk seks heeft met een rockster. En een rockster is ook niet wat de meeste moeders willen voor hun dochter.'

'Een rockster.' Hij grinnikte spottend. 'Wat een compliment.'

Haar ogen straalden van optimisme en vertrouwen. 'Je wordt een grote ster, Jasper. Dat weet ik zeker. Je ziet er fantastisch uit, je hebt talent en iedereen vindt je muziek geweldig. Ik heb een neus voor dat soort dingen. Echt waar. En bij jou is de geur van succes onmiskenbaar!' Ze nam nog een trek. Door de rook heen keek ze hem grijnzend aan. 'En reken maar dat ik erbij ben! Dat ik sta te klappen in de coulissen! Want ik kende je al vóórdat je miljonair werd, vóórdat er duizenden fans je naam scandeerden en je nummers zongen, vóórdat je over de hele wereld platen begon te verkopen.'

'Ik vind het echt geweldig dat je zo enthousiast bent, Trixie. We doen ons best.'

'Hoe doen jullie het in Engeland?'

'Nog niet goed genoeg.'
'Dus daarom zijn jullie hier?'
'Natuurlijk. Iedereen wil in Amerika doorbreken.'
Ze lachte. 'Maar de meesten komen niet naar Tekanasset!'
'Ik heb een band met het eiland. Mijn grootouders hadden hier ooit een huis. Heel lang geleden. Dus ik dacht: waarom zou ik hier niet beginnen?'
'Maar waarom heb je het niet eerst in Engeland geprobeerd? Net als de Beatles? Of wil je niet beroemd worden in je eigen land?'
Hij zuchtte gekweld. 'Mijn moeder zou me vermoorden! Vanwege de schande.'
Trixie trok haar neus op. 'Dat meen je niet!' Hij knikte. 'Dus je moeder is het er niet mee eens dat je dit doet?'
'Nee, natuurlijk niet.'
'En je vader?'
'Die is dood.'
'Sorry.'
'O, dat geeft niet. We hadden niet echt een goede band. Hij had gevochten in de oorlog, net als zijn vader. Van muziek begreep hij niets. Tenminste, van mijn soort muziek.'
'Wat bekrompen van hem! Hij had trots op je moeten zijn dat je zoveel talent hebt.'
'Dat talent zag hij niet, Trixie. Maar dat doet er niet toe. Ik ben de tweede zoon. Alle verantwoordelijkheid ligt op de schouders van mijn broer, en gelukkig is hij volwassen – en conventioneel – genoeg om die te dragen.'
Trixie lachte. 'Dus, je bent vrij om te zijn wat je wilt zijn.'
'Precies.' Hij grijnsde. 'En met wie ik wil zijn.'
'Met mij.' Van onder haar pony schonk ze hem een uitdagende blik.
'Ja, dat ben jij, liefste.'
'Ik ga het ook ooit helemaal maken,' zei ze. 'Maar dan op een ander gebied.'
'O ja? Wat wil je gaan doen?'
Ze trok haar knieën op en sloeg haar armen eromheen. 'Ik wil uitgever worden van een beroemd tijdschrift.'
'Zoals Diana Vreeland?'

'Sterker nog, ik word zo bekend dat iedereen Diana Vreeland vergeet.'

'Berucht is waarschijnlijker,' zei hij plagend.

'Ik wil in elk geval iets in de mode gaan doen, want ik ben dol op kleren en volgens mij heb ik gevoel voor stijl. Dus ik blijf niet de rest van mijn leven serveerster op Tekanasset. De wereld is zo veel groter dan het eiland. Ik ben vast van plan om te gaan reizen.'

'Ik weet zeker dat het je gaat lukken, Trixie Valentine. Als jij eenmaal ergens je zinnen op hebt gezet, dan krijg je het voor elkaar.'

'Dat denk ik ook. Ik ga naar alle grote modeshows. Ik ga de hele wereld rondreizen. Ik ga beroemdheden leren kennen, zoals Andy Warhol en Cecil Beaton, en ik ga uit mijn dak in Studio 54 in New York, met Bianca Jagger en Ossie Clark.' Ze lachte, de gloeiende punt van de joint toverde lichtjes in haar ogen. 'Ik word een carrièrevrouw.'

'De meeste meisjes dromen van trouwen en kinderen krijgen. Dat willen mijn zussen ook.'

'Maar ik ben anders dan de meeste meisjes. Dat zou je inmiddels moeten weten. Ik wil vrij zijn, net als jij. En ik wil zelf bepalen wat ik ga doen met mijn leven.'

'Wat houdt je tegen?'

'Mijn vader.' Ze slaakte een diepe zucht. 'Hij wil dat ik ga studeren, ook al vraag ik me af of hij dat wel kan betalen. Er is niets zo onaantrekkelijk als een domme vrouw, zegt hij altijd.' Ze begon te lachen. 'Nou, ik ben een stuk slimmer dan hij denkt! Maar ik pieker er niet over om te gaan studeren. Ik wil de wijde wereld in. Het eiland is verstikkend. Totdat jij hier kwam, was hier niks te beleven!'

'Denk je dat hij je zal steunen?'

'Mijn vader had helemaal niks toen hij hierheen kwam. Alleen een goed stel hersens. En hij heeft een succesvolle carrière opgebouwd. Als hij in Engeland was gebleven, was hij niet verder gekomen dan boerenknecht. Na de oorlog lag het land volledig in puin en was er nauwelijks werk te vinden. Dus als ik zeg dat ik iets van mijn leven wil maken, dan denk ik dat hij daar wel bewondering voor zal hebben. Dat is tenslotte de Amerikaanse Droom waar iedereen het altijd over heeft.'

'En je moeder?'

'Mam steunt me, wat ik ook besluit te gaan doen. Ze wil alleen maar dat ik gelukkig ben. Zelf heeft ze nauwelijks opleiding gehad, maar haar vader was een intellectueel. Hij las alles wat los en vast zat, hij heeft al zijn kennis op haar overgedragen, dus er is geen boek of ze heeft het gelezen. Bovendien heeft ze haar eigen werk. Ze is hovenier. Een uitstekende hovenier zelfs. Niet zo iemand die niks beters te doen heeft dan lunchen en roddelen met vriendinnen, zoals sommige vrouwen.'

'Ze klinkt geweldig.'

'Dat is ze ook. Een schat, dat is ze. Heel lief en zacht. Maar als pap en zij ooit een verschil van mening zouden krijgen over mij, dan weet ik zeker dat ze mij steunt. Ze is zo beschermend als een leeuwin. De meeste moeders zouden de wanhoop nabij zijn door wat ik soms uithaal, maar mam vindt het eigenlijk, diep in haar hart, wel fascinerend. Dat voel ik. Het is bijna alsof ze het zelf ook zou hebben gewild. Heel diep vanbinnen is ze niet zo zachtmoedig en meegaand als ze lijkt. Ik vraag me wel eens af...' Haar stem stierf weg en ze keerde zich van hem af om naar de avondhemel te kijken waar de sterren bijna tartend een glimp onthulden van een universum voorbij de vertrouwde wereld die ze kende. 'Ach, ik weet het niet. Misschien vergis ik me. Het is maar een gevoel.'

Jasper, die had zitten tokkelen, legde zijn gitaar weg en nam haar in zijn armen. 'Je hebt het koud.'

'Een beetje.'

Hij drukte een kus op haar hoofd. 'Kom, dan breng ik je naar huis.'

'Echt waar?'

'Ja, natuurlijk. Ik mag dan een toekomstige rockster zijn, ik ben ook een gentleman. Ik weet hoe het hoort.'

'Dat zou je moeder dan weer wel waarderen.' Ze kwam overeind.

'Inderdaad. Maar daar houdt het ook mee op.'

'Zou ze *míj* afkeuren?' Trixie was zelf verrast door de vraag. Het deed er volstrekt niet toe wat Mrs. Duncliffe van haar vond. Het lag tenslotte niet voor de hand dat ze elkaar ooit zouden ontmoeten. Toch was zijn antwoord merkwaardig genoeg ineens belangrijk voor haar.

'Ja, dat weet ik wel zeker.' Hij pakte haar hand om haar uit de boot te helpen.

'Waarom?' Ondanks zichzelf voelde ze zich een beetje gekwetst.

'Wat doet het ertoe?'

'Ach, ik weet het niet. Nee, waarschijnlijk doet het er niet toe. Ik ben gewoon nieuwsgierig.'

'Pas maar op. Sommige dingen moet je niet eens wíllen weten.' Hij legde een vinger onder haar kin en kuste haar.

'Nou, vooruit dan maar.' Ze besloot het er voorlopig bij te laten, maar ondertussen vroeg ze zich wanhopig af waarom ze niet goed genoeg voor hem zou zijn. Was dat omdat ze als serveerster bij een strandtent werkte? Kon haar uiterlijk er niet mee door? Als het moest kon ze zich heus wel netjes maken, desnoods met een parelketting en een twinset, zoals Grace Kelly. Bovendien was ze niet van plan de rest van haar leven serveerster te blijven!

Jasper bracht haar tot de voordeur van het huis aan Sunset Slip. De geur van de rozen tegen de gevel was bedwelmend en deed hem denken aan de tuin van zijn ouderlijk huis in Engeland. Hij plukte er een en stak die achter haar oor. 'Lief zijn tegen je moeder.' Hij kuste haar teder.

'Je kent haar niet eens,' zei Trixie grijnzend, met een schorre lach.

'Wat je over haar vertelt, klinkt goed.'

'Zij zou jou níét afkeuren,' fluisterde Trixie. 'Volgens mij zou ze je zelfs leuk vinden, ondanks dat je een rockster bent.'

'Tot morgen, Delixie Trixie.'

Ze giechelde om die gekke bijnaam. 'Je weet waar je me kunt vinden.' Met die woorden deed ze de voordeur open. Hij wachtte tot die weer achter haar in het slot was gevallen. Toen slenterde hij de straat uit.

Jasper glimlachte dromerig terwijl hij het plankenpad insloeg dat tussen het hoge gras naar het strand voerde. De maan stond als een stralend witte schijf aan de hemel en verlichtte de kust. Het leek alsof de sterren op het water waren neergedaald, waar ze zo mogelijk nog helderder flonkerden. De gedachte aan Trixie deed zijn hart sneller slaan. Hij was nog nooit echt verliefd geweest. Natuurlijk had hij wel eens een meisje gehad. Een heleboel meisjes, zelfs. Maar wat hij voor Trixie voelde, was nieuw voor hem. Hij dacht vertederd aan haar scheve hoektanden; die gaven haar iets losbandigs, iets avontuurlijks. Hij voelde zich aangetrokken tot haar drang naar vrijheid, haar geestdrift, haar rotsvaste geloof in hém. Als hij haar vroeg mee te gaan, op tournee door het land, zou ze het doen. En hoe langer hij daarover nadacht, hoe aanlokkelijker het vooruitzicht werd. Hij was in elk geval niet van plan haar in de herfst op het eiland achter te laten.

Mr. Duncliffe. Hij hield van de bewonderende klank in haar stem wanneer ze dat zei. Hij hield van de man die hij was in haar gezelschap. Ze gaf hem een goed gevoel over zichzelf. Haar liefde was als het zonlicht dat de schaduwen van zijn twijfels verjoeg. Hij begon te neuriën. Terwijl hij langs de branding liep, werd hij zich bewust van het tedere ritme van de golven en kwamen er woorden in hem op. Geïnspireerd door het warme gevoel dat de gedachte aan Trixie in hem opriep, plofte hij in kleermakerszit op het zand; hij pakte zijn gitaar en voegde tekst en melodie samen. Zo bleef hij spelen en proberen, tot hij tevreden was en het nummer in zijn hoofd had zitten. *I held you in my arms for one last second and then I watched you slowly walk away. I felt a sudden yearning to run after you, and hold you once again and never let you go.*

Trixie stond voor haar slaapkamerraam. Ze wist bijna zeker dat ze in de verte een gitaar hoorde, maar misschien waren het de golven. Een koele bries uit zee streek langs haar gezicht. De nachtelijke hemel was donker geworden, op het licht van de maan en de geheimzinnige schittering van de sterren na. Beneden haar in de tuin was alles stil. De vogels sliepen. De bijen hadden zich in hun kleverige cellen genesteld. De konijnen waren diep weggekropen in hun holen. In het mysterieuze zilveren licht boden struiken en bloemen een onwerkelijke aanblik. Haar hart zwol om de schoonheid van alles wat ze zag, en het besef dat Jasper vlakbij was, maakte dat het allemaal nóg mooier leek. Zijn komst naar Tekanasset had haar manier van kijken veranderd. De wereld zag er mooier uit nu ze wist dat hij er deel van uitmaakte.

Even later werd er zacht op haar deur geklopt. 'Trixie, mag ik even binnenkomen?' Het was de stem van haar moeder.

'Hallo, mam.' Ze keerde het raam de rug toe en schoot een lang gebreid vest aan.

'Ik moet met je praten,' begon Grace, indachtig het advies van Big dat ze streng moest zijn.

Trixie haastte zich om te zeggen dat het haar speet. 'Ik begrijp dat je teleurgesteld bent en dat spijt me echt heel erg.' Ze sloeg in een afwerende houding haar armen over elkaar.

Bij het zien van de roos in het haar van haar dochter maakte de ernstige uitdrukking op het gezicht van Grace plaats voor een glimlach. 'Heb je het leuk gehad?'

'We hebben gewoon met de band opgetrokken. Het was allemaal totaal onschuldig. Echt waar. Suzie en ik hadden onze eigen kamer. We waren te gast bij Mr. Lipmann. Dat is een vriend van Joe Hornby. Blijkbaar heeft hij in de muziekwereld een dikke vinger in de pap. Volgens hem maken de jongens een goede kans om het ver te schoppen.'

Grace ging op het bed zitten, met haar handen gevouwen in haar schoot. 'Je vindt Jasper echt leuk, hè?'

Trixie grijnsde; haar enthousiasme verdreef haar vijandigheid. 'Jij zou hem ook leuk vinden, mam. Hij is een echte gentleman. Hij heeft me keurig naar huis gebracht. Het is niet wat je denkt.'

'Wat denk ik dan?'

'Nou, hij wil verder in de muziek. Hij wordt een rockster.' Ze zei het alsof dat een misdaad was.

'Er is niks mis mee om carrière te maken in de muziek, Trixie.'

'Zelfs zijn eigen moeder keurt het af.'

'Ik zeg niet dat ik het afkeur. Op wie je verliefd wordt, dat maak je zelf uit. En wat anderen daarvan vinden, dat laat me koud.'

'Waar moeten we het dan over hebben?'

Grace aarzelde, ineens niet meer zo overtuigd van wat ze moest zeggen. 'Ik wil dat je de rest van de zomer op het eiland blijft,' zei ze vlak.

'Dat meen je niet!' riep Trixie vol afschuw uit.

'Ja, dat meen ik wel, lieverd. Ik kan het toch niet zomaar door de vingers zien wat je hebt gedaan?'

'Mam, ik ben negentien! Ik heb een baan! Ik verdien mijn eigen geld! Ik ben volwassen! Dus ik bepaal zelf wat ik wel en niet doe. Jij was op mijn leeftijd al getrouwd!'

'Daar gaat het niet om. Je bent mijn dochter en zolang je onder mijn dak woont, heb ik het recht om te weten waar je uithangt. Je vader en ik zijn verantwoordelijk voor je. Het is onvergeeflijk wat je hebt gedaan, Trixie. Stel je voor dat er iets was gebeurd!'

'Ik was volmaakt veilig bij Jasper. Hij is vierentwintig. En we waren te gast bij Mr. Lipmann. Je doet alsof ik er met hem vandoor ben gegaan!'

'Je had moeten vragen of ik het goedvond. En je had eerlijk moeten vertellen waar je heen ging.'

'Dan zou je het me hebben verboden.'

'Waarschijnlijk wel, ja,' moest Grace toegeven.

'Dat is precies de reden waarom ik niks heb gezegd.' Trixie ging op het puntje van de kruk voor haar toilettafel zitten en trok een knie op naar haar kin. 'Heb je het al aan papa verteld?'

'Nee, nog niet. Ik wilde eerst met jou praten, in de hoop dat ik kon zeggen dat alles is uitgepraat. Dat we het er niet verder over hoeven te hebben.'

Trixie keek opgelucht. 'Oké, ik beloof dat ik de rest van de zomer niet van het eiland af ga. Volgens mij blijven de jongens tot september. Ze zijn bezig met de opnames voor een album. Bij Joe.'

Grace was ook opgelucht. 'Fijn. Dat is dan afgesproken. Nou, vertel! Hoe is hij?'

Trixie liet haar been los en begon haar dikke, volle haar te borstelen. Haar moeder had in haar jonge jaren net zulk haar gehad. 'Hij is erg knap.' Er verscheen een glimlach om haar mond die haar gezicht zachter maakte.

'Dat geloof ik graag.'

'En hij heeft prachtige ogen. Echt prachtig. Een soort grijsgroen, de kleur van salie. En hij is erg grappig. We hebben zo'n lol samen. Maar hij is ook lief. En aardig.'

'Hij is Engels, hè?'

'Ja, hij praat als een prins.' Ze dacht aan de roos en trok hem uit haar haar. 'Dat is hij natuurlijk niet, maar hij wordt wel beroemd. Je zou hem moeten horen zingen. Hij heeft zo'n sexy stem!'

'Ik wil hem graag horen zingen,' zei Grace.

Trixie slaakte een zucht van geluk. 'Misschien gebeurt dat ook wel. En misschien zingt hij dan een van zijn nummers voor je. Ik weet zeker dat je van hem onder de indruk bent. Hij houdt van me, hij houdt niet van me...' Ze begon de blaadjes van de roos te trekken.

'Volgens mij houdt hij van je,' zei Grace lachend.

Trixie grijnsde veelbetekenend. 'Volgens mij ook.'

3

Ooit was Freddie Valentine een knappe man geweest. Vóór de oorlog en voordat de helft van zijn gezicht door een kogel uiteen was gereten. De vleeswonden waren uiteindelijk genezen, maar hij miste één oog, en een lelijk litteken herinnerde aan die dag waarop zijn leven voorgoed was veranderd; de dag waarop zijn wereld was ingestort en hij alles had verloren wat hem dierbaar was. De ooglap die hij sindsdien droeg, stond symbool voor de manier waarop hij was opgekrabbeld en zijn leven weer had opgepakt, want daaronder was de pijn gebleven.

Die ochtend, bij aankomst op Tekanasset, reed hij met een warm gevoel van bevrediging de boot af, na een weekend op de boerderij van zijn baas, in Bristol County. Sinds tien jaar had hij de leiding over de cranberrykwekerij op het eiland, waarvoor meer dan tachtig hectare moeras in cultuur was gebracht. Dat deed hij zo succesvol dat Mr. Stanley ook maar al te graag een beroep deed op zijn expertise voor zijn gemengde bedrijf op het vasteland, waar naast het kweken van bosbessen, frambozen en aardbeien ook aan veelteelt werd gedaan. Freddie had drie dagen lang zijn hart kunnen ophalen, en om uiting te geven aan zijn dankbaarheid had Mr. Stanley zijn salaris verhoogd. Gesterkt in zijn gevoel van eigenwaarde en in de overtuiging dat de teleurstellingen in zijn privéleven ruimschoots werden gecompenseerd door het plezier dat hij had in zijn werk, had Freddie afscheid genomen. Maar toen hij na terugkomst op het eiland bij de krantenwinkel stopte om sigaretten te kopen, wilde een ongelukkig toeval dat hij daar Bill Durlacher tegen het lijf liep. De ontmoeting zette een domper op zijn optimisme.

'Ik hoorde dat je dochter zich in de nesten heeft gewerkt.' Bill stak de krant onder zijn arm en klopte Freddie op de schouder.

'Trixie? Hoezo?' vroeg Freddie met een stalen gezicht. Zijn gereserveerdheid werd op Tekanasset gezien als typisch Engels, maar Bill wist Freddie tijdens het golfen of bij een biertje in het clubhuis doorgaans wel te ontdooien.

'O, dus dat wist je nog niet. Nou, dan heb ik liever niet dat je het van mij hoort,' vervolgde Bill, die het nauwelijks voor zich kon houden.

'Vertel op! Anders hoor ik het zometeen bij thuiskomst, van Grace.'

'Ze is ervandoor gegaan met een van de jongens van die Engelse band. Je weet wel. Ze zijn bij Joe Hornby in huis. Die denkt vast en zeker dat hij er een soort Rolling Stones van kan maken.' Bill lachte schamper. 'Grace is ongetwijfeld in alle staten. Volgens Evelyn is Trixie drie dagen weggebleven.'

Freddie verbleekte en wreef over de stoppels op zijn kin, zich afvragend wat hij moest zeggen. In het besef dat de duur van het vermeende schandaal zou afhangen van zijn reactie, nam hij haastig een besluit. 'O, dát,' zei hij nonchalant. 'Dat wist ik al.' Hij grinnikte overtuigend. 'Ik wou dat ik kon zeggen dat ze op haar moeder lijkt.'

Daar had Bill niet op gerekend, maar om zijn gezicht te redden begon hij ook te lachen.

'Het zijn aardige jongens,' vervolgde Freddie. 'Als ik een betrouwbare waakhond voor mijn dochter had gezocht, zou ik hem hebben uitgekozen. Hoe heet hij ook alweer...' Hij deed alsof de naam hem was ontschoten.

'Jasper, geloof ik,' antwoordde Bill, zichtbaar teleurgesteld.

'Ja, precies. Jasper. Aardige vent, die Jasper.' Hij imiteerde Bills net iets te vertrouwelijke schouderklop. 'Goed je te zien, jongen. Doe Evelyn de groeten van me.'

Bij thuiskomst hoorde hij zijn vrouw neuriën in de schuur, helemaal aan het eind van de tuin. 'Grace!' Door de toon waarop hij het riep, haastte ze zich met bonzend hart naar het huis. De angst om Trixie snoerde haar keel dicht. Freddie stond op de veranda, met zijn handen op zijn heupen. Onder de rand van zijn hoed was zijn gezicht grimmig van woede. 'Wat hoor ik over Trixie? Is ze op stap geweest met een zekere Jasper? En waarom moet ik dat van Bill Durlacher horen?' vroeg hij streng. 'Ik stond voor gek!'

Grace streek het haar uit haar bezwete gezicht. 'Het spijt me. Ik had je moeten bellen.'

'Ik hoef maar één weekend van huis te zijn, en het gaat al mis!' Hij begon over de veranda te ijsberen.

'Het is alweer in orde. Ik heb met haar gepraat en ze heeft huisarrest.'

'Huisarrest? Is dat alles? Dan komt ze er wel heel gemakkelijk vanaf! Wat is er precies gebeurd, verdomme?'

Grace probeerde het allemaal wat te relativeren. 'Ach, ze is met een groepje jongelui naar Cape Cod geweest. De band moest bij iemand thuis optreden. Ze ging bij Suzie logeren, zei ze. En daar heb ik verder niets achter gezocht. Ze zit in het weekend meestal bij Suzie, dus ik dacht...'

'Maar ze is de hort op geweest met die Jasper!' Hij sloeg nijdig naar een onverschrokken bij die wat al te dicht langs zijn gezicht zoemde.

'Samen met Suzie. Ze was niet alleen. Het klinkt allemaal erger dan het was.'

'Ze heeft tegen je gelogen, Grace! Is dat niet erg genoeg? Ze is negentien en ze heeft het weekend doorgebracht met een of andere knul die ze amper kent! Een schande, dat is het! Trouwens, wie is die Jasper eigenlijk?'

'Hij komt uit Engeland.'

'Nou en? Maakt dat het minder erg? Hij speelt in een band!'

'Ja, maar het is een aardige jongen.'

Freddie plofte op de schommelbank. 'Heb je hem ontmoet?' Hij haalde zijn sigaretten uit zijn borstzak.

'Nee.'

'Hoe weet je dan dat hij aardig is?'

'Ik vertrouw op Trixies oordeel.'

Hij stak een sigaret op. 'Heb je enig idee hoe zulke mensen leven? Nou?'

'Ach, het is niet allemaal Mick Jagger met Marianne Faithfull.'

'Drugs, drank en seks! Dat wil je toch niet voor onze dochter? Dat ze met dat soort figuren optrekt? Wees toch niet zo naïef, Grace.'

'Wat heeft Bill je nog meer verteld?' Ze deed haar best om haar stem vast te doen klinken.

'Hij hoefde me verder niks te vertellen. Ik weet precies wat iedereen denkt en wat voor praatjes er rondgaan.'

Ze ging naast hem zitten, met haar bemodderde handen in haar schoot. 'Is dat wat je dwarszit? Wat de rest van de wereld denkt?'

Freddie keek haar aan door een sluier van rook. De nicotine leek hem iets te kalmeren. 'We zijn hier zevenentwintig jaar geleden naartoe gekomen om een nieuw leven op te bouwen. De mensen op het eiland hebben ons met open armen ontvangen, ze hebben ervoor gezorgd dat we ons hier thuis zijn gaan voelen. Maar daar hebben we zelf ook keihard voor gewerkt. Jij hebt naam gemaakt als de beste hovenier in de wijde omtrek, ik heb het respect weten te verwerven van de mensen met wie ik werk op de kwekerij. En dat valt niet mee, voor iemand met mijn handicap. Maar ze hebben ons geaccepteerd en we hebben hier een vriendenkring opgebouwd. Ik wil niet dat het allemaal in één zomer kapot wordt gemaakt doordat Trixie zich als een slet gedraagt.'

'Freddie!' Grace had het gevoel dat ze een klap in haar gezicht had gekregen. 'Hoe kun je dat nou zeggen? Over je eigen dochter? Trixie is geen slet!'

'Ze gooit haar goede naam te grabbel, Grace.'

'Maar ze is verliefd!'

'Ze is negentien. Wat weet ze van de liefde?'

'Hoezo, "ze is negentien"? Misschien moet ik je geheugen opfrissen. Want dat was ik ook toen ik trouwde met mijn jeugdliefde.' Ze schonk hem een aarzelende glimlach, maar Freddie bleef onbewogen.

Hij nam weer een trek van zijn sigaret. 'Wij kenden elkaar ons hele leven al. We hadden dezelfde achtergrond. Ik weet niets van die Jasper. En Trixie ongetwijfeld ook niet. Een jongen die rondtrekt met een band! Dat is toch niks voor onze dochter!'

'Ach, Trixie is niet zoals de meeste meisjes. Ze is anders.'

'Dat wil ze graag zijn, ja. Ze vindt het leuk om tegen heilige huisjes aan te schoppen. Daarom valt ze op zo'n jongen die niet deugt. Maar het slot van het liedje is een gebroken hart.'

'Zulke dingen moet je niet zeggen,' zei Grace zacht. Ze was bleek geworden. Van alles wat haar dochter zou kunnen overkomen, was een gebroken hart het allerergste.

'Iemand moet het zeggen. Voordat het te laat is. Ik heb gelijk, en dat weet je.'

'Laten we in elk geval afwachten tot we hem hebben ontmoet. We moeten weten hoe hij is, voordat we haar kunnen verbieden met hem om te gaan.'

Hij stond op en gooide zijn peuk weg. 'Ik moet aan het werk. Maar ik zal erover denken.'

Grace stond ook op. 'Probeer over je hart te strijken, Freddie.' Het klonk strenger dan ze wilde. 'Als je haar verbiedt om met die jongen om te gaan, krijgt ze misschien een hekel aan je. En dat wil ik niet.'

Hij keerde zich naar haar toe. In plaats van afstandelijk stonden zijn ogen plotseling bezeerd. 'Denk je dat?'

'Ik wil dat ze gelukkig is.' Grace voelde dat ze bloosde.

'Ik ook. Maar ik ben haar vader, en dus is het mijn plicht haar te behoeden voor narigheid en te voorkomen dat ze zich in het ongeluk stort. Wat eten we?'

'Kippenpastei.'

Hij knikte tevreden. Ze mochten dan al zevenentwintig jaar in Amerika wonen, Freddie gaf nog steeds de voorkeur aan de Engelse keuken. Hij ging naar binnen om zijn jasje te halen en liep de voordeur uit, zonder nog een woord te zeggen.

Grace bleef achter op de veranda. Ze beefde en ademde diep in om haar zenuwen te kalmeren, maar vanbinnen was alles in rep en roer. Ze was bereid om Trixie als een leeuwin te verdedigen, maar als Freddie haar inderdaad zou verbieden Jasper nog langer te zien, stond ze voor een gruwelijk dilemma. En als hij nou eens gelijk had? Als Jasper alleen maar uit was op een zomerliefde? Als hij absoluut geen serieuze bedoelingen had? Trouwens, Grace wilde ook helemaal niet dat Trixie al serieuze plannen maakte. Daar was ze nog veel te jong voor. Als zíj niet zo jong getrouwd was, zou haar misschien wel heel veel verdriet bespaard zijn gebleven. Maar ze wilde ook niet dat haar dochter al bij haar eerste liefde een gebroken hart opliep.

Grace ging op de treden van de veranda zitten en keek naar de bijen die boven de lavendel zweefden. Hun zachte gezoem was als balsem voor haar gespannen zenuwen. Ze werd er altijd blij van om naar de beestjes te kijken terwijl ze stuifmeel verzamelden voor de kast. Vroeger, in Engeland, had haar vader wel twintig kasten gehad; hier had ze er maar drie. Voor meer kasten had ze geen tijd. Het bijenhouden was een liefhebberij. Ze was een vrijetijdsimker. En haar hobby leverde geen geld op, tot ergernis van Freddie. Alles wat ze aan de verkoop van haar honing in de plaatselijke winkels verdiende, investeerde ze weer in materiaal, reparaties en nieuwe onderdelen. Freddie had geprobeerd haar zover te krijgen dat ze de bijen opgaf, maar Grace mocht dan volgzaam en meegaand zijn, als het om haar bijen ging, hield ze voet bij stuk. Ze deed ze niet weg, want de diertjes waren haar lust en haar leven.

Ze slenterde naar de lavendel en brak een takje af met een kleine bij die druk aan het werk was. Glimlachend keek ze hoe het beestje bedrijvig over de kleine bloemetjes liep en de nectar eruit zoog. Het had geen oog voor haar, zo geconcentreerd was het op zijn taak. Uiteindelijk kroop de bij zelfs langs haar arm omhoog. Zijn pootjes kietelden over haar huid. Grace keek ernaar. Trixie en Jasper waren vergeten, en ze voelde hoe het verleden naar haar reikte, door de barsten in haar gebroken hart die nooit meer helemaal gedicht waren. Zevenentwintig jaar. Dat leek heel lang, maar voor het hart had de tijd geen betekenis. De liefde was niet iets wat sleet of afbrokkelde met het verstrijken van de jaren. De liefde gloeide, als een eeuwige zon. Grace was inmiddels in de vijftig, de tijd had haar niet ongemoeid gelaten, maar dat gold alleen voor de buitenkant. De liefde die ze diep vanbinnen met zich meedroeg, was nog net zo stralend als in het prille begin en zou blijven stralen zolang ze aan haar herinneringen bleef vasthouden. En die herinneringen zouden nooit vergaan, want met elke bij die haar tuin bezocht, kwam het verleden weer tot leven.

Toen Trixie om drie uur klaar was bij Captain Jack's, slenterde ze naar het huis van Joe Hornby. Het was maar een korte wandeling over het strand en vandaar een steile klim over een planken pad naar het huis met de grijze dakleien dat hoog op de kaap troonde. Ze liep rechtstreeks door naar het zwembad, waar de jongens in de zon een joint lagen te roken. Joe Hornby was na een blijkbaar zware lunch in een rieten stoel in slaap gevallen, met zijn hoed over zijn ogen gezakt. Onder zijn roze poloshirt zwol zijn dikke buik en zakte weer in op het ritme van zijn ademhaling.

Jasper had een rode zwembroek aan, zijn slanke lijf werd gemakkelijk bruin in de middagzon. 'Nee maar, kijk eens wie we daar hebben!' Hij keek haar grijnzend aan. 'Heb je zin in een duik, schoonheid?'

'Het is erg heet.' Trixie zette haar tas op het gras. 'Dus een beetje afkoeling kan misschien geen kwaad.'

'Als jij een zwempak aantrekt, hebben we allemáál afkoeling nodig,' zei Ben, de drummer van de band. Hij gooide zijn lange, weerbarstige haar naar achteren en nam een grote slok bier uit zijn flesje.

'Ik zie het al. Jullie zijn hard aan het werk,' constateerde Trixie spottend.

'We waren wanhopig op zoek naar inspiratie,' antwoordde Jasper. 'En voilà!'

'En waar blijft míjn inspiratie?' vroeg George, die zich loom uitstrekte op zijn ligstoel.

'Die mag van haar moeder de deur niet meer uit,' zei Ben grinnikend.

'Dan brengt ze haar moeder toch mee? Ik hou van rijpe vrouwen.'

'Over wie hebben we het?' vroeg Trixie.

'O, een of andere griet die George vanmorgen in de *diner* zat te versieren,' antwoordde Ben.

'*Lucy in the sky with diamonds*,' zong Jasper.

'Toch niet Lucy Durlacher?' riep Trixie verbaasd uit. 'Nou, dan wil je écht niet dat ze haar moeder meeneemt. Trouwens, je mag blij zijn als Lucy zelfs maar bij je in de buurt mag komen! Haar moeder blíjft erin als ze hoort dat Lucy met jongens zoals jullie omgaat!'

George legde grijnzend een hand op zijn hart. 'Verboden vruchten! Dat maakt haar alleen maar aantrekkelijker. Mijn hart smacht van liefde voor Lucy Durlacher.'

'Nou, dan hoeft het niet lang te smachten. Want als ze de kans krijgt, gaat ze met iedere jongen mee.'

'Au, wat een scherpe nagels! Jij bent geen katje om zonder handschoenen aan te pakken!' plaagde Ben.

Jasper pakte Trixies hand en trok haar naar zich toe om haar te kussen. 'Ik weet alles van je nagels,' fluisterde hij. 'Sterker nog, ik heb de krassen op mijn rug zitten. En daar ben ik trots op!'

Trixie lachte hees. 'Ik zie u in het zwembad, Mr. Duncliffe!'

Ze liep met haar bikini naar binnen om zich te verkleden. Het huis was schitterend. En keurig netjes. In de badkamer, aan de andere kant van de hal, trok ze haar kleren uit. Terwijl ze haar bikini aanschoot, gleed haar blik over de collages van zwart-witfoto's waarmee de muren waren bedekt; foto's van een jongere, slankere Joe met diverse – voor haar onbekende – mensen uit de muziekwereld. Een lachende Joe op feestjes, te midden van dynamische jonge mannen in smoking en vrouwen als filmsterren met de kapsels uit de jaren vijftig waaraan haar moeder zich nooit had bezondigd. Er was zelfs een foto bij van Joe met Elvis Presley. Ze boog zich ernaartoe. Hij was het echt! Elvis Presley! Ze was diep onder de indruk. Misschien lukte het Joe om Jasper en de band net zo wereldberoemd te maken als Elvis. Ze huiverde van opwinding. Het was ook allemaal zo onwaarschijnlijk spannend. Ze moest denken aan Marianne Faithfull. Het idee om de vriendin te zijn van een rockster was erg verleidelijk. Met nieuwe veerkracht liep ze terug naar het zwembad.

Ze brachten de middag door met zwemmen en in de zon liggen. Toen Joe uiteindelijk wakker werd, leerde Trixie hem kennen als een joviale man op leeftijd wiens lijzige, zware accent verried dat hij uit Boston kwam. Hij kon erg onderhoudend vertellen over zijn jaren in de muziekbusiness. Lui onderuitgezakt met een sigaar genoot hij zichtbaar terwijl hij zijn bewonderende, jeugdige gehoor onthaalde op de ene na de andere anekdote. 'Sinds ik John en Paul voor het eerst hoorde spelen, ben ik niet meer zo enthousiast geweest over een band.' Hij zei het met een gezicht alsof híj het was geweest die de Beatles had ontdekt. 'Let op mijn woorden: deze jongens gaan het heel ver schoppen. De focus in de muziekwereld ligt op Engeland. Dit is het perfecte moment.' Hij tikte zijn as af op het gras. 'In de herfst trekken we het land in. Dan pak ik mijn adresboek erbij – er is in de hele business geen beter en completer adressenbestand – en we rusten niet tot we de top hebben bereikt.'

Trixie grijnsde naar Jasper en hij grijnsde terug. De toekomst leek hun toe te lachen, stralend als de zomerzon.

Bij thuiskomst werd Trixies opwinding onmiddellijk de kop ingedrukt door haar vader, die haar wenste te spreken in zijn studeerkamer. Geïrriteerd omdat ze als een schoolkind op het matje werd geroepen, liet ze haar strandtas in de hal op de vloer ploffen en marcheerde ze de kamer in. Soms leek het alsof hij het leger nooit vaarwel had gezegd. Hij droeg zijn broek nog steeds hoog opgetrokken, hij zat altijd met een kaarsrechte rug op zijn stoel, hij was dwangmatig netjes en hij had de gewoonte haar aan te spreken op een formele toon die gepaster zou zijn in de verhouding tussen een bevelvoerder en zijn manschappen dan tussen vader en dochter. Bovendien nam hij alles gruwelijk serieus. Freddie Valentine was een man die zelden lachte, terwijl Trixie bij voorkeur lachend door het leven ging. Behalve op dat moment, natuurlijk, waarop ze het liefst woedend tegen hem was uitgevallen.

'Je wilde me spreken?' Ze bleef in de deuropening staan.

'Kom binnen, Beatrix.' Hij gebruikte haar volledige naam alleen als hij boos op haar was. 'Ga zitten,' commandeerde hij. Trixie was verbijsterd. Haar moeder had al tegen hem had gezegd dat de zaak besproken en gesloten was. Maar ze deed wat haar werd opgedragen en liet zich zwijgend op de bank vallen, heimelijk wensend dat ze oud genoeg was om niet meer naar haar vader te hoeven luisteren. Met haar blik op de keurige stapels grote, glanzende boeken over oorlog en geschiedenis die op de koffietafel lagen, zette ze zich schrap voor een uitbrander. 'Je hebt me diep teleurgesteld,' zei haar vader zacht.

Dat was geen goed begin. De moed zonk haar in de schoenen. 'Ik heb al gezegd dat het me spijt,' mompelde ze.

'Dat heb ik van je moeder gehoord, ja.'

'Ze heeft me huisarrest gegeven,' voegde ze eraan toe, in de hoop dat hij vond dat ze daarmee voldoende gestraft was.

'Dat weet ik. Maar ik vind het heel erg dat je hebt gelogen, Beatrix.'

'Het zal nooit meer gebeuren. Dat beloof ik.'

Hij zuchtte. 'Ik begrijp niet waar die behoefte vandaan komt om voortdurend alle regels aan je laars te lappen. Die regels zijn er niet voor niets. Ze zijn er voor je eigen veiligheid. Om te voorkomen dat je bezeerd raakt. Als mannen zich op het slagveld niet aan de regels houden, vallen er doden.' Weer een zucht. Hij klonk geërgerd. 'Als je iets wilt bereiken in het leven, zul je meer discipline aan de dag moeten leggen, Beatrix. Zonder dat kom je nergens. Maar ik geloof niet dat je dat beseft.'

‘O, dat besef ik heus wel,’ antwoordde ze haastig. Ze wist uit ervaring dat het geen zin had om met haar vader in discussie te gaan.

‘Ik heb nagedacht over die jongeman met wie je optrekt. Hoe zien zijn plannen eruit?’

‘Wat bedoel je? Wat voor plannen?’

‘Wat gaat hij doen, aan het eind van de zomer?’

Ze haalde haar schouders op. ‘Dat weet ik niet. Joe zegt dat hij ze wereldberoemd gaat maken. Net zo beroemd als de Beatles.’

Freddie sloeg zijn ogen ten hemel. ‘Joe Hornby kan wel zoveel zeggen. Dus daar zou ik maar niks van verwachten.’

Trixie voelde zich op haar plaats gezet. ‘Nou, hij heeft anders wel Elvis Presley gekend!’

‘O, dat wil ik best geloven. Ik heb Marlon Brando ooit ontmoet, maar daarom ben ik nog geen filmregisseur.’

Trixie zuchtte nijdig. ‘En dus? Ga je me verbieden om nog langer met Jasper om te gaan?’

‘Ik wil je alleen maar waarschuwen, sufferdje.’ Freddie stond op en begon door de kamer te ijsberen. ‘Denk je dat hij je trouw blijft terwijl hij bezig is een carrière op te bouwen met de band? Natuurlijk niet! Aan het eind van de zomer is hij gevlogen, en jij blijft achter met een gebroken hart. Ik zou als vader toch geen knip voor de neus waard zijn als ik je daar niet voor waarschuwde?’

‘Hoe vaak heb je me niet verteld dat het leven een leerproces is? Het is toch mijn eigen keuze als ik het risico wil nemen om met een gebroken hart achter te blijven?’

Hij keek haar peinzend aan.

‘Je kent hem niet eens,’ zei Trixie zacht.

‘Ik ken zijn soort.’

‘Daar geloof ik niks van, pap. Je kent alleen het stereotype.’

Hij pakte het glas gin-tonic dat op zijn bureau stond en nam een slok. ‘Ik heb liever niet dat je nog met hem afspreekt,’ zei hij ten slotte, met een zweem van aarzeling in zijn stem waaruit Trixie hoop putte.

‘Maar je gaat het me niet verbieden.’

‘Je bent een volwassen vrouw. Je moeder was op jouw leeftijd al getrouwd.’

‘Misschien zou je hem moeten leren kennen.’

'Dat lijkt me een goed idee.'

'Ik weet zeker dat je hem aardig vindt.'

'Dat bepaal ik zelf wel, Trixie.'

Ze glimlachte, vervuld van nieuwe moed door het feit dat hij haar weer gewoon Trixie noemde. 'Hij is echt aardig. En beleefd.'

'En de kans is groot dat hij zijn plannen opgeeft en gewoon een baan zoekt.'

'Dat zou een verschrikkelijke verspilling van talent zijn, papa.'

'Maar een beter vooruitzicht voor jou.'

Trixie liep haastig naar boven om zich te verkleden. Er was die avond een feestje bij Captain Jack's. Jasper en de jongens zouden er ook zijn. Misschien zouden ze zelfs spelen, dan kon iedereen zien hoe geweldig ze waren. Popelend van opwinding sprong ze onder de douche. Daarna trok ze een minirok aan en een wit topje, geborduurd met bloemen. Haar haar liet ze loshangen, maar ze plukte een roos aan de voorkant van het huis en stak die achter haar oor. Haar moeder was in de keuken.

'Ik ga naar het feestje.'

'Kom niet te laat thuis.' Grace wierp een blik op de minirok, maar hield zich in. Trixie had te lange benen voor zo'n kort rokje. In gedachten hoorde ze het commentaar van Evelyn Durlacher al. 'Veel plezier,' was alles wat ze zei.

'Ik maak het niet te laat, mam. Wil je echt niet mee? Het is voor alle leeftijden.'

'Dat weet ik, lieverd. Maar je vader is moe. Hij heeft het hele weekend hard gewerkt. Dus ik blijf thuis, en ik maak wat lekkers voor hem.'

Trixie haalde haar schouders op. 'Jammer. Volgens mij wordt het erg leuk.'

'Geniet jij nou maar – en gedraag je!' Grace probeerde streng te klinken, maar als ze daarin was geslaagd, dan had Trixie het niet gehoord.

'Wat vind je?' Ze draaide als een danseres in het rond.

Grace kon geen weerstand bieden aan de uitgelatenheid van haar dochter. Ze glimlachte. 'Je ziet er schattig uit, lieverd. Maar een iets langere rok zou net zo leuk zijn geweest.'

'O, mam, doe niet zo ouderwets! En maak je geen zorgen, ik zal me voorbeeldig gedragen!' Na een ondeugende grijns haastte ze zich de keuken uit en even later viel de hordeur achter haar in het slot.

Grace zette de kippenpastei in de oven, deed haar schort af en hing hem aan de deur. Toen schonk ze zichzelf een glas wijn in en ging op de veranda zitten om de zon te zien ondergaan. Het was een prachtige avond, het gouden licht glansde zacht en mat, behalve wanneer het werd weerkaatst door de golven en stralend, helderwit glinsterde. Ze snoof de frisse zeelucht op, waar ze zelfs na al die jaren aan het strand nog altijd van genoot.

Ze nam een slok wijn en voelde dat ze ontspande. Freddie zou waarschijnlijk tot het eten in zijn studeerkamer blijven, dus ze had alle tijd om de eenzaamheid op zich te laten inwerken. Ze keek naar de bijen die rond de hortensia's zoemden en liet zich door hun zachte zingen langzaam maar vol verlangen terugvoeren naar het verleden.

4

Walbridge, Engeland, 1933

Er kroop een dikke hommel over haar arm. Grace lag op het gras bij de kerk, in haar zondagse kleren met witte sokjes en glimmend gepoetste bruine schoenen, en keek gefascineerd naar de dikke bij. Hij had een mollig achterwerk, zijn stralend gestreepte lijfje leek bedekt met bont. Het liefst zou ze er met haar vinger heel voorzichtig overheen strijken, maar ze was bang dat hij dan wegvloog. Dus ze verroerde geen vin en genoot van de warme zomerzon op haar rug en haar blote benen, terwijl ze wachtte tot haar vader was uitgepraat met enkele van de andere kerkgangers, die in groepjes bij elkaar stonden.

'Ik hoop dat je niet gestoken wordt,' klonk een diepe stem achter haar. Het aristocratische accent verried dat het niet om een van de vrienden van haar vader ging, en ze voelde zich op slag slecht op haar gemak.

'Bijen steken alleen om hun kast te beschermen,' zei ze, zonder de onbekende te durven aankijken. 'Dus ik hoef niet bang te zijn. Want ik ben geen bedreiging voor hem.'

Hij lachte. 'Jij bent vast en zeker de dochter van Mr. Hamblin.'

'Dat klopt.'

'Aha.' Hij liet zich op zijn hurken zakken om de bij van dichtbij te bekijken. 'En je bent erg dapper. De meeste meisjes zijn bang voor bijen.'

'Dat komt doordat ze er niets van weten. Volgens mijn vader zijn mensen bang voor wat ze niet kennen. Angst is de wortel van alle vooroordelen, zegt hij.'

'Je vader is een wijs man. Denk je dat die bij ook wel over míjn arm zou willen lopen?'

'We kunnen het proberen.' Weg was haar verlegenheid. Ze ging voorzichtig rechtop zitten. De jongeman had zijn jasje uitgetrokken en was bezig zijn mouw op te rollen. Grace maakte van de gelegenheid gebruik om een blik op zijn gezicht te werpen. Ze herkende hem direct, want hij had in de kerk op de voorste rij gezeten, naast de markies en de markiezin van Penselwood, bij wie haar vader in dienst was. Blijkbaar was dit Rufus, de oudste zoon, die de titel Lord Melville droeg. Haar handen begonnen te trillen, niet omdat hij erg knap was, maar vanwege die titel en omdat ze nog nooit met iemand van adel had gesproken.

'De kunst is om niet te laten merken dat je bang bent,' zei ze, in de hoop dat haar zelfvertrouwen terugkeerde dankzij het onderwerp waar ze alles van wist.

'Ik zal mijn best doen.' Hij glimlachte en Grace besefte dat hij haar plaagde, want een man van zijn leeftijd was natuurlijk niet bang voor zo'n klein beestje. Haar magere arm stak wit en broos af tegen zijn gebruinde huid toen hij hem op de zijne legde. Grace probeerde wanhopig een eind te maken aan het beven. Zo bleven ze zitten, met haar arm op de zijne. Het leek een eeuwigheid te duren. Van nervositeit vergat Grace bijna om adem te halen. Maar ten slotte waggelde de bij van haar arm op de zijne. Zodra hij de pootjes van het diertje op zijn huid voelde, kromp hij licht ineen.

Grace vergat haar angst en pakte zijn pols. 'Heel stil blijven zitten,' fluisterde ze. 'Je hoeft niet bang te zijn dat hij je steekt. Want dat doet hij niet. Hommels steken zelden. Dat doen eigenlijk alleen de werkbijen en de koningin. En als je toch gestoken wordt, is het nog niet erg. Pap laat zich soms met opzet steken.'

'Waarom in 's hemelsnaam?'

'Bijensteken zijn goed tegen jicht, zegt hij.'

'O ja? Is dat echt zo?'

'Ik denk het wel. Hij zweert erbij.'

'Mijn grootmoeder heeft afschuwelijk veel last van jicht. Misschien moet ik maar eens met haar langskomen voor een paar bijensteken.'

Grace grinnikte. 'Dat zou ze je waarschijnlijk niet in dank afnemen. Een bijensteek is best pijnlijk.' Ze keken naar het beestje dat over zijn arm kroop. Grace liet zijn hand los.

'Mag ik vragen hoe je heet, miss Hamblin?'

Razend op zichzelf omdat ze bloosde, sloeg ze haar ogen neer. 'Grace.'

'Ik heet Rufus. Lieve hemel, ik was vergeten hoe saai dominee Dibben is. Hij praat maar door!'

Grace giechelde verlegen. Ze vond het leuk om met hem over bijen te praten, maar ze wist niet wat ze over de dominee moest zeggen. Ze kon slechts onnozel knikken, want dominee Dibben was inderdaad verschrikkelijk saai.

'Ik heb een jaar in Oxford gezeten en ik was dolblij dat ik niet elke zondag naar die oude zeur hoefde te luisteren. Tot overmaat van ramp komt hij straks lunchen, dus ik zal hem ook nog van het voorgerecht tot en met het toetje moeten aanhoren.' Hij zuchtte. Opnieuw keek ze hem aan en hij schonk haar een brede, ondeugende glimlach. 'Nou, Grace, ik heb al een hoop van je geleerd. Help je je vader met de bijen?'

'Ja, want ik vind ze geweldig.'

'Dus je wordt imker als je later groot bent?' vroeg hij fronsend.

'Dat hoop ik.' Ze glimlachte verlegen.

'En je ontwikkelt een middel tegen jicht en dan word je schatrijk.'

'Ik denk niet dat mensen zouden willen betalen om zich te laten steken door een bij.'

'En dus moet je een manier bedenken om het in een potje te stoppen.'

'Dat is vast heel moeilijk.'

'Niet voor zo'n slimme meid als jij.' Er lag een warme glinstering in zijn chocoladebruine ogen. 'Nu moet je de bij maar weer terugzetten op je eigen arm. Anders kom ik te laat voor de lunch.' Hij keek over het grasveld naar de kerk, waar zijn ouders zich beleefd losmaakten van de verzamelde dorpelingen. Hoewel het zomer was, droeg de markiezin een schitterende vossenstola. Het beestje was zo gaaf dat het leek alsof het sliep en elk moment wakker kon worden. Het gezicht van haar man ging voor een deel schuil achter een volle grijze baard. Hij leek op de koning, vond Grace. Rufus keek naar zijn ouders met een blik alsof hij er nog helemaal geen zin in had om zich weer bij hen te voegen. 'Ik mag niet te laat zijn voor de dominee!' verzuchtte hij.

Grace pakte de bij heel voorzichtig tussen haar vingers en zette hem weer op haar eigen arm. Rufus richtte zich op. 'Ik ga mijn grootmoeder vertellen over die remedie van je vader.' Hij rolde zijn mouw naar beneden en knoopte zijn manchet weer dicht. 'Want ik vind het een geweldig idee.'

'Nee, doe dat alsjeblieft niet!' protesteerde ze.

'Natuurlijk wel. En het zou me niets verbazen als ze binnenkort bij jullie aan de deur staat. Ze is er excentriek genoeg voor.' Hij schoot zijn jasje aan. 'Maar maak je geen zorgen. We zetten je wegens hekserij op de brandstapel als het niet helpt. Tot ziens!' Met die woorden slenterde hij weg.

Grace keek hem na. Een lange, atletische verschijning. Zijn houding verried dat hij altijd de wind mee had gehad. Hij liep met zijn schouders naar achteren, zijn kin naar voren. Wie hem zag, kon niet anders dan bewonderend glimlachen, want hij was erg aantrekkelijk en charismatisch. Uiteindelijk stopte het bonzen van haar hart, maar het klamme zweet stond Grace nog altijd in de handen en haar wangen gloeiden. Ze voelde zich gevleid dat hij de moeite had genomen een praatje te maken met een meisje van veertien.

Voordat ze er nog langer over kon nadenken, joeg Freddie haar de stuipen op het lijf door haar van achteren bij haar nek te pakken. De bij schrok ook en vloog op. Grace draaide zich nijdig om. 'Freddie! Kijk nou wat je doet! Je hebt hem weggejaagd!'

'Ach, jij ook altijd met je stomme bijen.' Mopperend liet hij zich naast haar op het gras ploffen. 'Wat moest hij van je?' Hij gebaarde met zijn hoofd in de richting van de volwassenen die zich begonnen te verspreiden. Rufus liep met zijn moeder het pad af naar de wachtende auto's. Grace had nog nooit een vrouw gezien die er zo betoverend mooi uitzag. Zelfs niet in de film.

'Hij wilde een bij over zijn arm laten lopen,' antwoordde ze.

Freddie streek zijn kastanjebruine haar uit zijn gezicht. Zijn voorhoofd glom van het zweet. 'Wat een rare vent.'

'Hij was heel aardig.'

'Jij vindt iedereen aardig die belangstelling heeft voor je bijen.' Hij grijnsde ondeugend. 'Zullen we na de lunch naar de rivier gaan om te zwemmen? Het is snikheet!'

'Misschien. Dat hangt ervan af.'

'Waarvan?'

'Of jij ook een bij over je arm durft te laten lopen. Net als Rufus.'

'O, dus je mag Rufus zeggen?' Hij gaf haar een por met zijn elleboog – speels, maar ook een beetje jaloers.

'Zo heet hij. Dat heeft hij zelf gezegd.'

'Hij is de graaf van Melville. Dus je hoort hem aan te spreken met Lord Melville.'

'Het zal wel, Mr. Valentine. Maar dan wil ik dat jij miss Hamblin tegen me zegt.'

Freddie kwam lachend overeind. 'Zoek maar een bij,' droeg hij haar op, gretig om te laten zien dat hij net zo dapper was als Lord Melville.

'Doe ik.' Ze liet haar blik over de madeliefjes en de boterbloemen in het gras gaan en ontdekte een welgedaan exemplaar; misschien wel dezelfde hommel die ze over haar arm en die van Rufus had laten lopen. Ze pakte hem heel voorzichtig op, alsof hij net zo broos en onschuldig was als het eitje van een vogel.

'Kom op, Freddie, flink zijn!' zei ze plagend. Nog altijd heel voorzichtig zette ze de bij op zijn arm. Freddie begon te beven. Net als bij Rufus hield Grace zijn pols vast, maar de spanning ontbrak, want Freddies huid was haar bijna net zo vertrouwd als de hare. Zijn moeder, tante May, was behalve een verre nicht ook de beste vriendin van háár moeder geweest. En toen Grace als klein meisje haar moeder had verloren, zodat haar vader er plotseling alleen voor stond, was tante May te hulp geschoten. Sindsdien was Freddie als een broer voor Grace. Direct na de dood van haar moeder was haar oma uit Cornwall bij hen ingetrokken, maar dat had tot botsingen geleid tussen moeder en zoon, zodat de oude Mrs. Hamblin zonder plichtplegingen weer op de trein naar huis was gezet. Daarop had een tante een poging gedaan de moederrol op zich te nemen, maar die had het niet langer dan een half jaar volgehouden. Toen was ook zij op de trein gezet, terug naar Cornwall. Dat was inmiddels jaren geleden. Grace kon zich haar oma en haar tante niet herinneren. De enige constanten in haar leven waren haar vader, May en Michael Valentine, en Freddie. Ze wist niet beter of Freddie was er altijd geweest.

'Hoe voelt het? Je bent toch niet bang, hè?' vroeg ze.

'Nee, natuurlijk niet!' Freddie had zijn tanden op elkaar gezet. Zijn gezicht zag vuurrood, waardoor zijn indigoblauwe ogen nog stralender leken.

'Als er geen bijen waren voor de bestuiving, zou de mensheid binnen vier jaar uitgestorven zijn. Wist je dat?'

'Fascinerend,' antwoordde hij sarcastisch.

'En bijen zijn er al meer dan dértig miljoen jaar!'

'Haal hem er nu maar weer af. Straks kruipt hij mijn mouw in.' Freddie hield angstig zijn adem in.

'Vind je het saai wat ik vertel?' Ze begon te lachen. 'Nou, vooruit. Je hebt wel een duik in de rivier verdiend.'

Net toen ze de bij van zijn arm wilde pakken, voelde het beestje blijkbaar dat hij bang was, want het liet zijn achterlijfje zakken en stak. Grace verbleekte, niet omdat Freddie een kreet van schrik en pijn slaakte, maar omdat de angel bleef vastzitten in de huid, samen met een deel van het bijenlijfje. Vervuld van medelijden sloeg Grace de vergeefse worsteling gade toen het diertje probeerde weg te vliegen. De bij viel in het gras, waar hij erbarmelijk zijn best deed om te kruipen. Grace kreeg tranen in haar ogen van machteloosheid. Ze bukte zich en nam het beestje in haar hand.

Freddie reageerde geschokt. 'Het kan je niks schelen dat ik ben gestoken! Je denkt alleen maar aan die stomme bij!' Zijn stem werd luider toen de steek steeds pijnlijker begon te bonzen. Er verscheen een rode vlek op zijn arm.

'Jij gaat niet dood!' zei Grace nijdig. 'Je had niet moeten laten merken dat je bang bent!'

'Ik wás helemaal niet bang. Bijen steken nou eenmaal.' Hij wiegde zijn arm en probeerde niet te huilen. 'Jij ook altijd met die rare spelletjes van je!'

Toen ze zag dat er tranen in zijn ogen schitterden, kreeg ze medelijden. 'Het spijt me, Freddie. Ik dacht echt dat hij je niet zou steken.'

'Denk maar niet dat ik ooit nog in de buurt van een bij kom!' Hij vertrok zijn gezicht. 'Het doet verrekte veel pijn, Grace. Heb je nou je zin? Er is ooit een man doodgegaan aan een bijensteek!'

Grace keek naar zijn arm. Hij had de angel eruitgehaald, maar door het gif begon de arm dikker te worden. 'Kom, dan gaan we naar je huis en dan vraag ik aan tante May of ze er knoflook op doet.'

'Knoflook?'

'Of zuiveringszout.'

Hij vertrok zijn gezicht van afschuw. 'Je bent een heks!'

'Dat is allebei goed tegen de pijn en de zwelling. Kom!'

Ze haastten zich het pad af naar de weg. Freddie doorstond zijn beproeving dapper, want hij was vastbesloten geen traan te laten waar Grace bij was. Dat zou Lord Melville ook niet hebben gedaan als hij was gestoken.

Freddie woonde niet ver van de kerk, aan het eind van een smalle weg, vlak bij de rivier en de Fox and Goose Inn, waar zijn vader elke avond na zijn werk een paar biertjes dronk met zijn maten. Ze troffen Freddies moeder – tante May, zoals Grace haar noemde – in de keuken, waar ze aardappels stond te schillen. 'Lieve hemel, Freddie! Wat is er gebeurd?' Ze pakte zijn arm en boog zich over de rode zwelling.

'Hij is door een bij gestoken, tante May,' vertelde Grace. 'Heb je knoflook in huis?'

'Knoflook?'

'Om op de steek te doen. Dat helpt beter dan alle dure zalfjes van de drogist.'

May glimlachte. 'Je bent net als je vader, Grace.' Ze liep naar de kast. 'Het doet vast gemeen pijn, Freddie. Je bent erg flink.' May plette een teen knoflook op haar snijplank en drukte hem op de steek. 'Doet het pijn?' vroeg ze zacht.

'Een beetje,' antwoordde Freddie.

Grace sloeg haar blik ten hemel. 'Wat een drukte om niks! Jongens kunnen echt nergens tegen.'

'Jongens vechten in de oorlog, Grace. Wanneer het erop aankomt, zijn ze heel erg moedig,' zei May zacht.

'Freddie niet,' zei Grace lachend. 'Freddie is net een meisje!'

'Hij is pas vijftien. Als hij later groot is, maakt hij zich niet druk meer om een bijensteek.' May kuste hem liefkozend op zijn voorhoofd. 'Zo, klaar weer.'

'Nu moet je vanmiddag met me gaan zwemmen, Grace. Dat heb je beloofd,' zei Freddie.

'Ja. En wat ik beloof, dat doe ik.'

'Kom je me na de lunch halen?'

'Goed. Zodra ik van papa weg mag.'

'Als jullie dat willen, zal ik wat boterhammen voor jullie smeren,' stelde May voor terwijl ze de volgende aardappel pakte.

'Ja, lekker! Toch, Freddie? Dan kunnen we ze opeten bij de rivier. Dat is leuk.'

'Zeg maar niks tegen je zus, Freddie. Anders moet ik voor haar ook boterhammen smeren.' May schudde haar rossige krullen. 'Als je vader wist hoe ik je verwen... Zo, en nu mijn keuken uit. Ik moet verder. We krijgen eters.'

De fiets van Grace stond nog bij de kerk, dus Freddie liep met haar mee. Vandaar was het via de landweggetjes en dwars door het bos een korte rit naar huis. 'Hoe gaat het met je arm?' vroeg ze.

'Beter. Dus blijkbaar had je gelijk met die knoflook.'

'Natuurlijk. Heksen hebben altijd gelijk,' zei ze lachend.

'Maar ik stink wel.'

'Dat kun je eraf spoelen in de rivier.'

'Daar zullen de vissen blij mee zijn!'

'Het spijt me, Freddie. Ik had niet gedacht dat die bij je pijn zou doen.'

'Dat weet ik. Het geeft niet. Ik voel me alweer een stuk beter.'

'Toch vind ik die arme bij nog zieliger.' Ze pakte haar fiets die tegen de muur van de kerk stond. 'Tot straks!' Ze stapte op en reed weg.

Grace fietste door het dorp tot ze bij het hek naar de boerderij van Walbridge Hall kwam. Ze reed het weggetje in en kwam langs lieflijke boerenhuisjes, waar kippen al pikkend rondscharrelden en waar de schuren al waren aangegeveegd in afwachting van de oogst. Het was zondag, dus er werd niet gewerkt. Grace reed met een vaartje het pad af naar het bos. Het gras was lang, overal groeide klaver. De hoge hagen langs de weg waren doorschoten met fluitenkruid en sleedoorn. Kleine vogels vlogen in en uit, hazen sprongen zigzaggend voor haar uit en verdwenen in het struikgewas zodra ze te dichtbij kwam. Net toen ze op het punt stond het bos in te rijden, kwam de gedachte bij haar op een blik te werpen op het grote huis. Ze had het vaker gezien, samen met haar vader, maar na haar ontmoeting met Rufus had het een extra lading gekregen. Het was niet langer alleen maar een schitterend landgoed, het was nu ook het huis van Rufus.

Ze stapte af en liep met haar fiets langs het veld naar de bosrand.

Vandaar kon ze Walbridge Hall zien liggen, weggedoken in het dal, in de beschutting van robuuste platanen, omringd door uitgestrekte tuinen die al meer dan twintig jaar liefdevol werden onderhouden door haar vader, als eerste hovenier. Zijn kennis en vakbewaamheid golden als ongeëvenaard in heel Dorset. Grace glimlachte toen ze eraan dacht hoe hij altijd bewonderend naar het huis keek. 'Machtig mooi! En dat is het,' zei hij dan. Belezen als hij was, vertelde hij haar over de geschiedenis van het landgoed, ook al had Grace die verhalen al minstens tien keer gehoord.

Arthur Hamblin had gelijk. Walbridge Hall was een schitterend, statig zeventiende-eeuws landhuis, opgetrokken in de zachte, bleekgele steensoort die kenmerkend was voor Dorset. Met zijn drie verdiepingen, hoge gevelspitsen, indrukwekkende, grote ramen en talrijke dubbele schoorstenen bood het huis een grootse aanblik, zonder intimiderend te zijn. Misschien kwam het door de zachte kleur van de stenen, of door de aantrekkelijk ogende erkers en gevelspitsen, of misschien lag de oorzaak in het harmonieuze ontwerp, maar Walbridge Hall leek de toeschouwer met een stille groet te verwelkomen.

Grace dacht aan Rufus, die met de dominee aan de lunch zat, en ze glimlachte bij de herinnering hoe hij haar in vertrouwen had genomen. Ze ontdekte diverse auto's op het grind voor het huis. De slanke, zwarte Bentley met zijn langgerekte motorkap en fraaie leren bekleding was van de markies. Grace zag hem regelmatig, bij de kerk, maar ook in het dorp, wanneer de markiezin zich naar Londen liet rijden. Naast de Bentley stond een kleine rode Austin. Dat was de auto van de dominee. Maar het pronkstuk was de slanke, glanzend groene Alfa Romeo. Die was vast en zeker van Rufus. Grace vond het echt een auto voor een dynamische jongeman als de graaf van Melville.

Ze bleef nog een hele tijd staan kijken. Tot op dat moment had ze weinig aandacht aan het huis besteed. Het had haar altijd verbaasd dat haar vader er zo door gefascineerd werd. Hoe prachtig het huis ook was, hoe kon iemand zo in de ban zijn van een hoop stenen? Van een tuin, dat begreep ze. Planten en dieren hadden haar altijd met verwondering vervuld. Maar huizen hadden haar nooit echt kunnen boeien. Ze had Walbridge Hall dan ook zelden meer dan een vluchtige blik waardig gekeurd, maar nu leek het huis ineens tot leven te zijn gekomen. Ze stelde zich de mensen daarbinnen voor en vroeg zich af wat ze aan het doen waren. In haar fantasie klopte ze aan de enorme voordeur. Ze had geen idee hoe het er vanbinnen uitzag, want ze was nog nooit in zo'n groot huis geweest. Maar het was vast en zeker schitterend.

Na een tijd begon haar maag te knorren. Ze moest naar huis. Haar vader wilde op tijd aan tafel. Met tegenzin maakte ze zich los van haar wake. Ze stak het bos door, over een pad waarvan het gras kort werd gehouden omdat de Penselwoods er te paard gebruik van maakten. Ze hield van dit deel van het bos met zijn eeuwenoude eikenbomen waarvan de knoestige stammen en grillige takken haar herinnerden aan de sprookjes die ze als kind had gelezen. In de lente leken de stammen op te rijzen uit een zee van wilde hyacinten, maar nu, in juli, was de bosgrond bedekt met adelaars- en koningsvarens die een perfecte schuilplaats vormden voor fazanten en konijnen.

Aan de andere kant van het bos reed ze het open veld op. In de verte kon ze het rieten dak al zien van het huisje waar ze haar hele leven had gewoond. Het huisje was niet van haar vader, maar hoorde bij het landgoed. Haar vader mocht er wonen zolang hij voor de Hall werkte als imker en eerste hovenier. De officiële aanduiding was Cottage 3, maar vanwege de bijenkasten stond het algemeen bekend als het Imkershuis, en dat vond Grace een passende naam.

Het volmaakt symmetrische huisje bood met zijn witgepleisterde muren en grijze rieten dak een schilderachtige aanblik. Van onder het overhangende dak tuurden twee ramen de wereld in, die het landschap met een permanente blik van verbazing leken te verkennen, als betoverd door de groene velden en de eeuwenoude bossen. De drie schoorstenen vormden de perfecte rustplaats voor duiven, die er dankzij de overvloed aan tarwe en gerst op de omringende velden buitengewoon weldoorvoed uitzagen. Ze zaten er zacht te koeren tot 's winters de kachel aanging en ze werden verjaagd naar de bomen, waar ze hun gekoer wrokkig voortzetten.

Grace trof haar vader op zijn knieën in de tuin, druk bezig onkruid te wieden. Hij was altijd bezig. Wanneer hij niet bij de Hall werkte, had hij het druk met zijn eigen tuin of was hij in de weer met de bijenkasten. Hij stopte pas met werken wanneer het donker werd. Dan liet hij zich in zijn favoriete leunstoel vallen, met zijn trouwe spaniël Pepper aan zijn voeten, hij stak een pijp op en verdiepte zich in een boek. Voor iemand die nauwelijks opleiding had genoten, was Arthur Hamblin uiterst belezen. Hij bezat een onderzoekende geest en een grote aangeboren intelligentie. Geschiedenisboeken en biografieën verslond hij en hij herlas zijn favoriete klassieken zo vaak dat veel bladzijden ezelsoren hadden gekregen en de kaften smoezelig waren geworden. Omdat hij diezelfde nieuwsgierigheid terugzag in zijn dochter, was hij geduldig en liefdevol begonnen al zijn kennis op haar over te dragen. Ze praatten over de boeken die ze hadden gelezen, en over de grote mysteriën van de wereld, maar Grace koesterde met name alles was wat ze van haar vader leerde over de bijen. Vader en dochter voelden zich het meest verbonden wanneer ze met de kasten bezig waren en honing in potten deden, die ze vervolgens naar de Hall brachten.

'Gracey!' Hij keek op van de border. 'Waar was je?'

'Freddie is gestoken door een bij.'

Arthur trok grinnikend een handvol akkerwinde uit de grond. Zijn grijze haar krulde als de baard van een oude man onder zijn pet vandaan. 'En daar maakte hij vast en zeker een heleboel drukte over.'

'Nou en of.'

'Heb je er knoflook op gedaan?'

'Ja. Maar tante May vond het maar raar.'

'Wat was ze aan het doen?'

'Aan het koken. Ze krijgen gasten.'

'O ja? Nee maar. Nou, wat zullen wij eens eten?' Hij keek zoals altijd vol verlangen uit naar de maaltijd.

'Ik weet het niet. Waar heb je trek in?'

Hij werkte zich overeind en kwam over het gras naar haar toe. 'We zullen eens kijken wat we in de ijskast hebben,' zei hij opgewekt. 'Want reken maar dat wij net zo'n feestmaal op tafel kunnen zetten als May haar gasten serveert!'

5

Na een eenvoudige lunch van koud lamsvlees met aardappelpuree fietste Grace naar Freddies huis. Vandaar liepen ze samen naar de rivier, om te gaan zwemmen. Het was heet. Libellen en zwermen eendagsvliegen hingen boven het water, schaatsenrijders schoten over het oppervlak. Zwaluwen doken sierlijk naar beneden om te drinken en onder water schoten vissen in en uit de schaduwen. Grace en Freddie verkleedden zich onder een handdoek en legden de boterhammen die May had gesmeerd, samen met hun kleren onder een boom. Het water was koud, dus ze gilden het uit van verrukking toen ze langzaam de rivier in waadden.

'O, wat is dat lekker!' verzuchtte Grace, genietend van de slijmerige bedding onder haar voeten.

Freddie dook onder water en kwam even later als een torpedo weer omhoog. 'Koud!' Opnieuw liet hij zich tot zijn nek in de rivier zakken en zwom naar het gedeelte waar het kristalheldere water glinsterde in het zonlicht.

'Hoe is het met je arm?' vroeg ze.

'Beter.' Het was duidelijk dat hij niet aan het gênante voorval herinnerd wilde worden. Trots liet hij zijn borstcrawl zien, waarmee hij strak door het water sneed. Freddie mocht dan van zijn stuk zijn gebracht door de bijensteek, hij was een onverschrokken zwemmer. Grace bleef liever dicht bij de oever, om op zoek te gaan naar een kikker of een pad die ze kon bekijken, of om slakken te verzamelen.

'Duik nog eens van de brug!' riep ze over het water.

'Komt voor de bakker!' Gretig om indruk op haar te maken zwom hij naar de oever en klom uit het water. Zijn sterke, atletische bouw verried dat hij hard op weg was naar volwassenheid. Ze keek hem na toen hij naar de schilderachtige brug rende, gemaakt van dezelfde bleekgele, in Dorset gewonnen steensoort waaruit ook de huizen in de stad waren opgetrokken. Freddie klom op de leuning en richtte zich op. Zijn vader had hem een- en andermaal op het hart gedrukt niet te duiken, vanwege het risico dat hij met zijn hoofd de bodem raakte. Maar Freddie was een ervaren zwemmer, hij wist precies wat hij moest doen om niet te diep te duiken. Dus hij strekte zijn armen langs zijn hoofd, controleerde of Grace naar hem keek, zakte licht door zijn knieën en sprong. Het werd een fraaie duik, met zijn lichaam gestrekt, zijn hoofd tussen zijn armen. Grace hield haar adem in terwijl hij net onder het oppervlak door het water schoot. En toen hij even later als een eend weer bovenkwam, begon ze wild te klappen.

'Er is niemand die zo goed kan duiken als jij, Freddie!'

Hij zwom naar haar toe. 'En niemand klapt zo hard als jij, Grace!' Hij waadde het water uit en liet zich op de oever ploffen om op te drogen in de zon. Ze volgde zijn voorbeeld en legde haar handdoek naast hem in het gras.

'Ik vind dat je echt heel veel durft in het water.'

Blij verrast schonk hij haar een brede grijns. De zon had zijn sproeten tevoorschijn getoverd, de brug van zijn neus was een beetje verbrand. 'Dus ik lijk toch niet op een meisje?' grapte hij.

Ze gaf hem een speelse por. 'Nee, natuurlijk niet. Dat zei ik alleen maar om je te plagen. Maar je maakte er wel een drama van!'

Lachend hield hij haar blik vast. Ineens voelden ze zich allebei verlegen en merkwaardig slecht op hun gemak. Ten slotte keerde Freddie zich naar de rivier.

'Heb je honger?' vroeg ze.

'Nee, niet echt. Ik heb net gegeten.'

'Ik ook.' Ze strekte zich uit op haar rug en deed haar ogen dicht. 'Hè, heerlijk.'

Hij ging ook liggen. De hitte verspreidde zich door zijn lichaam en droogde de druppels die zich in het kuiltje van zijn buik hadden verzameld. 'Er is niks lekkerders dan een middag lummelen,' zei hij. Ze lagen een tijdje zwijgend naast elkaar. De gedachten van Grace gingen terug naar die ochtend, en bij de herinnering aan haar gesprekje met Rufus, na de kerk, kreeg ze het helemaal warm vanbinnen.

'Wat wil jij later worden, als je groot bent?' vroeg ze na een tijdje.

'Dan wil ik op het land werken. Trouwens, ik vind alles beter dan een saaie kantoorbaan zoals pap. Verder kan het me niet zoveel schelen. En jij?'

'Rufus vroeg vanmorgen of ik later imker wilde worden.'

Freddies stemming zakte in als een plumpudding toen ze over Rufus Melville begon. 'En?'

'Ik heb gezegd dat ik inderdaad graag imker wilde worden. Het lijkt me leuk, om van de bijen mijn werk te maken.'

'Het maakt niet zoveel uit wat je doet, want je bent een meisje. Met een beetje geluk trouw je met een rijke man en dan hoef je nooit meer te werken,' zei hij wrokkig.

Grace rolde zich op haar buik. 'Als dat eens waar was! Meisjes zoals ik trouwen niet met een rijke man, Freddie!' Ze plukte lachend een madeliefje.

Freddie ging rechtop zitten. 'Ik zal voor je zorgen, Grace,' zei hij in een opwelling van enthousiasme. Ze keek hem verrast aan. 'Ik ben pas vijftien. Dat weet ik. Maar later, als we allebei groot zijn, dan ga ik voor je zorgen.'

Ze fronste haar wenkbrauwen. Het was niet eens bij haar opgekomen dat ze ooit iemand nodig had om voor haar te zorgen. Ze was pas veertien, dus ze had nooit verder gedacht dan het leven dat ze nu leidde, samen met haar vader. Daar was ze heel tevreden mee. En trouwens, zij zorgde net zo goed voor haar vader als hij voor haar.

Met een tedere glimlach liet ze het madeliefje tussen haar vingers ronddraaien. 'Dat is heel lief van je, Freddie.'

'Ik ga keihard werken en heel veel geld verdienen, dan kun je alles kopen wat je wilt.' Het vooruitzicht sprak hem steeds meer aan.

Hoewel Grace jonger was dan Freddie, voelde ze zich soms ouder. Doordat ze zonder moeder was opgegroeid, had ze sneller groot en verstandig moeten worden dan andere meisjes, om voor haar vader te kunnen zorgen. Ze schonk Freddie weer een glimlach, toegeeflijk, zoals volwassenen dat bij kinderen doen wanneer ze over hun onbereikbare dromen vertellen. 'Dat zou leuk zijn. En dan wil ik graag een rode jurk.'

'Een rode jurk? Waarom rood?'

'Rood heeft iets wilds, vind je ook niet? Het is een stoute kleur. Brave meisjes dragen geen rood.'

Hij grijnsde. 'Dan koop ik een rode jurk voor je.'

'Leuk.' Ze legde haar hoofd op haar armen en deed haar ogen weer dicht. 'Maar dan kun je beter niet op het land gaan werken. Want dat doet mijn vader ook en hij verdient er niet veel mee.'

'Je vader geeft niet om geld. Volgens mijn moeder is hij tevreden met wat hij heeft. Maar ik ben ambitieus. Op een dag heb ik de leiding over het hele landgoed. Let maar eens op.'

'Nou, dat is zeker ambitieus.'

'Als je niet hoog mikt, schop je het niet ver in de wereld.'

Ze giechelde. 'Wie heeft je dat nou weer verteld?'

'Mijn vader.'

'Nou, hij zal wel gelijk hebben. Hoe dan ook, tegen de tijd dat je oud genoeg bent om te gaan werken, is Mr. Garner misschien wel dood, dus dan kun jij zijn baan overnemen.'

'Die manke horrelpoot.' Freddie sloot zijn ogen en dacht aan Mr. Garner die zijn been had verloren bij Ieper. 'Dat soort ouwe rotten gaat volgens mij nooit met pensioen.'

'Denk jij dat je dapper zou zijn in de oorlog?' Grace dacht aan haar vader die in de oorlog had gevochten. Hij praatte er nooit over.

'Dat weet ik niet.'

Ze lachte bij de herinnering aan de bijensteek. Freddie zou vast niet dapper zijn. 'Volgens mij kun je dat pas zeggen als het zover is,' zei ze tactvol.

'Ik hoop het wel. Dat ik dapper zou zijn.'

'En ik hoop dat we het nooit te weten komen.' Grace wilde niet aan Hitlers dreigende manoeuvres denken, waarover ze op de radio hoorde en in de krant las.

De middag liep op zijn eind, en toen het licht zachter werd begonnen ze aan hun boterhammen. Tegen de tijd dat ze die op hadden, stelde Grace voor om naar huis te gaan. Ze moest haar vader helpen in de tuin. Het was weliswaar zondag, maar toch voelde ze zich een beetje schuldig dat ze de hele dag nog niets had gedaan. Op hun gemak wandelden ze terug door het dorp, met hun natte badpak in een handdoek gerold. Het haar van Grace was opgedroogd en danste in dikke krullen op haar rug, dankzij de zon hadden haar armen en haar bovenlichaam een warme honingkleur gekregen. Er lag een blos op haar wangen. Bij Freddies huis gekomen deed ze haar handdoek in haar fietsmand. 'Zie ik je morgen?' vroeg ze terwijl ze op de fiets stapte.

'Ik ga helpen met de oogst,' zei Freddie. 'Volgens mijn moeder ben ik groot genoeg, en ik krijg ervoor betaald.'

'Dus je hebt geen tijd?'

'Nee, ik had het je al eerder willen zeggen.'

Grace was een beetje teleurgesteld dat ze haar vriendje moest missen. 'Tja, ik neem aan dat ze altijd wel een paar extra handen kunnen gebruiken.'

'Ik ga morgen naar Mr. Garner,' zei Freddie.

'Pas maar op, straks krijgt hij in de gaten dat je op zijn baan uit bent!'

Freddie begon te lachen. 'Ik kan me niet voorstellen dat hij míj als een bedreiging ziet.'

'Al helemaal niet als hij wist hoe je tekeergaat als je door een bij wordt gestoken!' Met die woorden fietste ze weg.

'Dat blijf je me nadragen, hè?' riep hij haar na.

'Reken maar!' Ze schaterde het uit. 'Zoem zoem zoem!'

Op de terugweg door het bos stopte ze opnieuw om naar het grote huis te kijken. Alleen de Alfa Romeo stond nog op het grind aan de voorkant. Het besef dat Rufus thuis was, bezorgde haar een huivering van plezier. Wat zou hij aan het doen zijn? Het huis had zoveel kamers. Hoe bepaalde hij waar hij ging zitten?

Bij het Imkershuis stond tot haar verrassing de indrukwekkende zwarte Bentley van de markiezin op het gras bij de voordeur. Met zijn glimmende lak en zijn glanzende raampjes bood de auto een ongerijmde aanblik naast de rustieke eenvoud van het rietgedekte huisje. Wat wilde Lord Penselwood van haar vader? En waar was de chauffeur gebleven? Die zat doorgaans plechtig en gewichtig, compleet met hoed en handschoenen, achter het stuur.

Grace deed de voordeur open. In het halletje was het een volle boel en toen ze Rufus in het gedrang ontdekte, dacht ze dat haar hart bleef stilstaan. Op slag voelde ze zich ongemakkelijk vanwege haar gekreukte jurk en haar ongekamde haren die in vochtige slierten langs haar gezicht hingen. 'Aha, daar ben je!' riep Rufus stralend, alsof hij naar haar op zoek was geweest. Hij nam zijn hoed af.

'Grace?' De blik van haar vader verried zijn verbijstering.

Grace keek naar de broze oude vrouw die op de arm van Rufus steunde, en de moed zonk haar in de schoenen toen ze besefte wat de reden was van hun komst. 'Goedemiddag, Lady Penselwood,' zei ze verlegen, zich afvragend of ze een reverence moest maken. De markiezin-douairière reageerde niet, waarop Grace zich naar Rufus keerde.

'Grootmama hoort niet zo goed meer, dus je moet schreeuwen. Ze zei "goedemiddag", grootmama,' toeterde hij in het oor van zijn oma.

De oude dame nam Grace met haar grote, diepliggende ogen taxerend op en snoof. 'Dus u bent de dochter van Mr. Hamblin?'

'Inderdaad, *m'lady*.'

'Hebt u ook groene vingers?'

'Ik ben bij mijn vader in de leer.'

'En een betere leermeester kunt u zich niet wensen, kindje. Dankzij de hulp van uw vader en zijn vakkennis heb ik wonderen weten te verrichten met mijn tuin. Helaas ben ik inmiddels veroordeeld tot een zittend leven, dus ik kan alleen nog maar van veraf toekijken en tuinieren in mijn verbeelding. Maar gelukkig ben ik nog niet zo slecht ter been dat ik niet meer van de kassen kan genieten.'

'Zullen we naar binnen gaan?' opperde Rufus. 'Het wordt hoog tijd dat grootmama ergens kan gaan zitten.'

'Natuurlijk, kom verder.' Arthur ging hun voor naar de woonkamer. Ondertussen trok hij vragend zijn wenkbrauwen op naar Grace, maar tijd voor uitleg was er niet.

Rufus was zo lang dat hij moest bukken om zijn hoofd niet te stoten aan de deurlijst. 'Wat een leuk huis!' Hij liet zijn blik door de kamer gaan. 'En 's winters, met het vuur aan, is het vast en zeker nog gezelliger. En wat een hoop boeken! Lieve hemel. U bent blijkbaar een hartstochtelijk lezer, Mr. Hamblin.'

'Waar zijn de bijen?' De markiezin-douairière keek ongeduldig om zich heen. Nietig en broodmager als ze was – ze had wel iets van een vogeltje, vond Grace – klonk haar stem onverwacht doordringend.

'Niet hierbinnen, hoop ik,' antwoordde Rufus laconiek.

'Nee, de bijen zijn buiten.' Grace keek toe terwijl hij zijn oma in een gemakkelijke stoel installeerde, zelf op de bank plofte en met een zucht van tevredenheid zijn benen over elkaar sloeg. Hij was veel te groot voor de kleine kamer. Bij hem vergeleken leek haar vader ineens gekrompen. Grace ging op het puntje van het andere uiteinde van de bank zitten, terwijl haar vader – zichtbaar slecht op zijn gemak – tegenover Lady Penselwood plaatsnam, in zijn favoriete stoel.

'Dus u komt naar de bijen kijken, Lord Melville?' vroeg Arthur, in een poging te begrijpen waaraan hij de eer van dit onverwachte bezoek te danken had.

'Nee, zo zou ik het niet willen noemen,' antwoordde Rufus bedachtzaam. Hij keerde zich met een verontschuldigende glimlach naar Grace. 'Van uw dochter hoorde ik dat bijensteken een heilzame uitwerking hebben op jicht en dat vertelde ik tijdens de lunch. Grootmama heeft erg veel last van haar gewrichten, dus ik dacht...' Hij keek naar zijn oma. 'Of liever gezegd, zíj dacht dat ze dat wel eens wilde proberen.'

'Maar bijensteken zijn erg pijnlijk.' Arthur klonk nerveus. 'En ze kunnen zelfs gevaarlijk zijn. Ik heb mensen gekend die een week aan bed gekluisterd waren door de zwelling.' Grace dacht aan Freddie, aan de drukte die hij had gemaakt toen hij was gestoken, en ze voelde zich ineens een beetje schuldig.

'Een bagatel. Meer is het niet,' zei de douairière stoïcijns. Grace en haar vader wisselden een blik uit.

Arthur wrong zijn handen. 'Ik zou het afschuwelijk vinden u ongemak te bezorgen, Lady Penselwood,' begon hij. 'Die verantwoordelijkheid kan ik niet op me nemen. En misschien bent u wel allergisch voor bijensteken. Dus ik weet niet of het wel verstandig is.'

De douairière keek haar tuinman gebiedend aan. 'Wat zei u?' vroeg ze streng. Arthur herhaalde zijn bedenkingen met stemverheffing. 'Onzin!' zei ze met haar hoge stem. 'Je reinste dwaasheid! Ik stel u in geen enkel opzicht verantwoordelijk, jongeman.' Grace smoorde een giechel. Haar vader was in de veertig. 'Waar zijn ze? De bijen?'

Grace keek naar de handen van de oude vrouw. Haar jicht was niet te vergelijken met de lichte stijfheid waar haar vader last van had. De vingers van de douairière deden haar denken aan de klauwen van een oude kraai. Bovendien zagen ze eruit alsof ze erg veel pijn deden. In een opwelling van medelijden hoopte Grace vurig dat de bijen iets voor de oude dame konden doen. Dan zou ze vast en zeker in de achting van Rufus stijgen. Maar als de bijensteken nu eens niet hielpen? Grace voelde zweetdruppels op haar hoofd parelen. Rufus schonk haar een bemoedigende glimlach. 'Kom, laten we dan maar eens naar die bijen gaan kijken, grootmama!'

Arthur ging hun voor door de zonnige tuin naar de bijenkasten, die in de schaduw van een stel platanen stonden, langs een border met weelderig bloeiende plantensoorten waar bijen dol op waren – sedum, engelwortel, vijfvingerkruid. Rufus had zijn hoed weer opgezet en volgde langzaam, zijn grootmoeder steunde opnieuw zwaar op zijn arm. 'Wat een buitengewoon charmant huis! Ik was hier nog nooit geweest,' zei hij. 'U hebt werkelijk wonderen verricht met de tuin.'

'Je vadert kent het landgoed als zijn broekzak,' merkte Lady Penselwood snijdend op. 'En dat verwachten we ook van jou, Rufus. Dat is je plicht.' Ze legde de nadruk op het woord 'plicht', alsof het daarom draaide in het leven en alsof de rest maar bijzaak was.

'Ja, grootmama, dat weet ik,' snoerde hij haar vermoeid de mond.

'Het zou me verbaasd hebben als de tuin van Arthur Hamblin er níét schitterend bij had gelegen,' vervolgde de douairière. 'Hij is de beste hovenier die Walbridge ooit heeft gehad. En we hebben op de Hall toch al heel wat hoveniers versleten.'

'Dank u wel, m'lady,' zei Arthur bescheiden. 'Dat is erg aardig van u.'

Rufus grijnsde. 'Grootmama zegt nooit iets om aardig te zijn. Als zij vindt dat u geniaal bent, dan is dat blijkbaar zo.' Hij sprak op gedempte toon, zodat zijn oma het niet hoorde. 'Aha, daar zijn de kasten!'

Lady Penselwood keek gebiedend van Arthur naar Rufus. 'En nu? Moet ik gewoon mijn hand erin steken?'

'Nee, nee, m'lady. Ik zet een bij op uw hand en dan zorg ik dat hij u steekt,' legde Arthur uit. 'Maar mocht u toch denken…'

'Lieve hemel, jongeman, het is maar een bijensteek! Ik raak mijn vingers toch niet kwijt?' Ze snoof ongeduldig en stak hem haar gekromde hand toe. 'Vooruit. Laat die bij zijn werk doen.'

Grace kromp ineen toen haar vader een bij op de knokige gewrichten zette en het beestje met zijn hand bedekte om te zorgen dat het zijn angel gebruikte. De oude dame vertrok geen spier van haar gezicht. Arthur vroeg zich zelfs af of de bij wel had gestoken, tot hij de rode plek zag die onmiddellijk begon op te zwellen. De bij vloog weg, maar Grace wist dat hij ten dode was opgeschreven. Rufus keek haar aan en trok een wenkbrauw op. 'Nou, dat was pijnloos.' Toen keerde hij zich naar zijn oma. 'Hoe voelt dat, grootmama?' vroeg hij met stemverheffing.

'Ik hoop dat het effect heeft. Weet u zeker dat ik me niet nog een keer moet laten steken?'

'Heel zeker,' antwoordde Arthur. 'Eén steek zou voldoende moeten zijn.'

'Nou, dan moeten we maar bidden om een wonder.'

'Dat doen we,' viel Rufus haar bij. Grace wilde aanbieden wat knoflook op de steek te doen, tegen de pijn, maar daar zou Lady Penselwood waarschijnlijk niet van willen horen. Ze was een taaie. Heel wat taaier dan Freddie. Grace popelde van ongeduld om hem het hele verhaal te vertellen.

Ze liepen terug naar de Bentley. Rufus ondersteunde zijn oma en hielp haar bij het instappen. Grace was diep onder de indruk van de zachtleren bekleding en het glimmend houten interieur. Ze had nog nooit zo'n deftige auto van zo dichtbij gezien. Hij deed haar denken aan een schitterend, exotisch dier. 'Bedankt voor je goede raad, Grace. Als het werkt, staat straks de hele *county* in de rij om zich te laten steken,' zei Rufus. Paniek maakte zich van Grace meester. Ze trok wit weg. Hoeveel bijen zouden er wel niet sterven als iedereen zich wilde laten steken? Rufus lachte. 'Maak je geen zorgen, ik plaag je maar.' Zijn voorhoofd rimpelde in een frons. 'Zo taai als grootmama zijn er maar weinig.'

'Ze is erg flink,' viel Grace hem bij.

'Ze hadden vrouwen als grootmama naar het front moeten sturen. Dan had de oorlog misschien niet zo lang geduurd.' Hij grinnikte bij de gedachte. 'Ik laat je weten of het werkt. En ik heb om te beginnen een wonder nodig om haar weer thuis te krijgen zonder dat mijn ouders iets merken. Want die moeten vast niets hebben van zo'n onconventionele remedie.'

Grace en Arthur keken de auto na. Rufus wuifde vrolijk, terwijl zijn oma met een stalen gezicht voor zich uit keek. 'Waar hebben we dat aan te danken?' vroeg Arthur toen de Bentley uit het gezicht was verdwenen.

'Ik heb alleen maar gezegd dat jij je wel eens liet steken, omdat het helpt tegen de jicht,' legde Grace uit. 'Ik had nooit gedacht dat hij er iets mee zou doen.'

'Wanneer heb je Lord Melville dan gesproken?'

'Vanmorgen, na de kerk. Ik lag in het gras met een bij te spelen, en toen kwam hij naar me toe.' Ze zweeg even. 'Denk je dat het werkt?'

'Wie weet. Bij mij wel.' Hij liep weer naar binnen. 'De oude Lady Penselwood is wel een kouwe kikker.'

'Misschien omdat ze pijn heeft. Haar handen zien er verschrikkelijk uit.'

'Of misschien is ze gewoon een chagrijn.'

'Chagrijnige mensen zijn meestal niet gelukkig. Dat heb je me zelf verteld, pap.'

'En ik heb je ook verteld dat er op elke regel uitzonderingen zijn.' Hij grijnsde.

Het begon langzaam donker te worden. De vogels zochten hun nesten op en staakten hun gekwetter, de fluitende roep van de koekoek maakte plaats voor het onheilspellende gekras van een uil. Arthur zat met zijn pijp in zijn leunstoel, met zijn bril op zijn neus, een geschiedenisboek op zijn knie. Zijn spaniël dommelde aan zijn voeten. Grace staarde naar de bladzijden van haar roman, maar ze was er niet bij met haar gedachten. Het was een schok geweest Rufus bij haar thuis aan te treffen, maar nu hij weg was, liet ze elk moment van die middag opnieuw de revue passeren en wenste ze dat ze het allemaal anders had gedaan.

Ze was pas veertien, dus waarom zou een jonge man als Rufus Melville haar zelfs maar opmerken? Toch had hij haar niet als een kind aangesproken, maar alsof ze zijn gelijke was. Wat had ze graag geestiger, intelligenter willen zijn in haar antwoorden! Zijn stem had een lichte, luchtige ondertoon die suggereerde dat hij gevoel voor humor had. In Oxford was hij vast en zeker gewend snel en adrem met zijn vrienden te converseren. En die vrienden waren natuurlijk allemaal razendslim, net als hij. En geestig. Bij Freddie kostte het Grace geen moeite om grappig te zijn en hij vond het allemaal heel erg slim, wat ze ook zei. Maar tegenover Rufus had ze zich onbeholpen gevoeld, onvolwassen, verlegen. En dan haar haren! Ze had er heel wat voor overgehad als hij haar niet met die natte, verwarde slierten had gezien.

Met een zucht klapte ze haar boek dicht.

'Alles goed, Gracey?' Zijn vader keek haar aan over zijn brillenglazen.

'Ja, pap. Maar ik val bijna in slaap. Dus ik denk dat ik maar naar boven ga.'

'Je hebt te lang in de zon gezeten. Dat vreet energie.'

Ze boog zich over hem heen en drukte een kus op zijn wang. 'Trusten, pap.'

'Slaap lekker, lieverd.' Hij klopte haar teder op haar wang. 'Droom maar fijn.'

Even later lag ze geknield voor haar bed. Ze bad voor haar vader en voor haar moeder die bij God was. Voor Freddie, en voor tante May en oom Michael. Voor Josephine, de zus van Freddie, ook al vond ze die eigenlijk niet zo aardig. En ze bad voor Rufus. Er kwam geen eind aan haar gebed voor Rufus. Het was meer een biecht.

Ten slotte kroop ze in bed, ze ging op haar zij liggen en keek naar de zwart-witfoto van haar ouders die op haar nachtkastje stond. Haar moeder had een smal gezicht, net als zij, en diepliggende bruine ogen, ook al kon ze de kleur natuurlijk niet zien. Op de foto leken ze gewoon donker. Ze zag er lief uit, als iemand die vertrouwen inboezemde en bij wie je je geheimen veilig wist. Als haar moeder nog had geleefd, zou ze toegeeflijk en vol begrip naar haar dochter hebben geluisterd terwijl Grace haar alles vertelde. Dan zou haar moeder op haar bed hebben gezeten, haar over haar wang hebben geaaid en haar met ogen vol liefde hebben aankeken. Misschien zou ze hebben gelachen om die dwaze verliefdheid van haar dochter, maar ze zou haar niet het gevoel hebben gegeven dat ze zich ervoor moest schamen. En ze zou haar gevoelens niet hebben weggewuifd. Grace wist maar al te goed dat haar verliefdheid tot niets zou leiden. Maar wat school er voor kwaad in om Rufus in het geheim te bewonderen? De gedachte dat Rufus op de wereld rondliep, maakte haar gelukkig. En wat haar nog gelukkiger maakte, was dat hij wist dat zíj op diezelfde wereld rondliep.

En dus vertelde Grace fluisterend haar hartsgeheimen aan de enige van wie ze zeker wist dat ze haar zou begrijpen.

6

De volgende morgen was Grace in de tuin bezig groente te snijden voor het middageten toen de zwarte Bentley met grommende motor het gras op kwam rijden voor het huis. Grace veegde haar handen af aan haar schort. Haar hart klopte in haar keel en het was alsof er een zwerm bijen in haar maag zoemde. Met haar hand boven haar ogen tegen de zon zag ze tot haar verrassing de chauffeur uitstappen en naar haar toe komen. 'Heb ik het genoegen met miss Grace te spreken?' vroeg hij formeel en overgedienstig.

'Inderdaad.'

'De markiezin-douairière Lady Penselwood verzoekt dringend om uw aanwezigheid.'

Grace kon wel door de grond zinken, want ze stelde zich voor tot welke gruwelijke gevolgen de bijensteek kon hebben geleid. Misschien was de hand van de oude dame wel zo ernstig opgezet dat de pijn alleen maar erger was geworden. Kon haar vader maar mee! Maar hij was aan het werk, in de tuinen van de Hall, en er was geen tijd om hem te gaan halen. Trouwens, waarom had Lady Penselwood hém niet laten komen? Hij wás al op de Hall!

'Wil ze dat ik nu meteen kom?' Het was een domme vraag, want de formulering van het verzoek had aan duidelijkheid niets te wensen overgelaten.

'Uw aanwezigheid is dringend vereist, miss Grace. Dat waren letterlijk de woorden van de markiezin-douairière.'

En dus haastte Grace zich naar binnen om haar broek te verruilen voor een jurk, om haar handen te wassen en haar haar vast te spelden.

Maar hoe hard ze ook boende, haar nagels kreeg ze niet schoon. Had ze maar een moeder of een oma die in haar plaats kon gaan. Ze had nog nooit zo vurig gewenst dat zij niet de 'vrouw des huizes' was. Toen ze weer buiten kwam, hield de chauffeur het achterportier van de Bentley voor haar open. Onder zijn pet stond zijn gezicht ernstig, bijna plechtig. Heel even voelde Grace zich opgetild door de gedachte aan Rufus; aan wat hij zou hebben gezegd. Rufus zou het plechtstatige gezicht van de chauffeur vast en zeker vermakelijk hebben gevonden.

De motor van de auto spinde als een grote kat. Door het raampje zag Grace het landschap voorbijschieten, maar ze was veel te zenuwachtig om te genieten van de vogels die de hagen in en uit vlogen. Ten slotte draaide de auto de laan in naar Walbridge Hall, tussen indrukwekkende, smeedijzeren hekken. Aan weerskanten zaten een leeuw en een draak op een hoge stenen sokkel, hun kop verstild in een machtig, geluidloos brullen. Grace kreeg het hoe langer hoe benauwder toen ze over de licht gebogen oprijlaan reden en het schitterende landhuis in zicht kwam. Van dichtbij was de aanblik zo mogelijk nog luisterrijker, met zijn vele ramen die glinsterden in de zon en zijn hoge gevelspitsen, bekroond door imposante schoorstenen. Haar keel werd kurkdroog bij de gedachte dat ze alleen naar binnen zou moeten. Stond ze maar op de heuvel, aan de bosrand, van een veilige afstand neer te kijken op het landhuis!

De auto stopte, de chauffeur stapte uit en opende zonder een woord te zeggen haar portier. Enigszins onvast zette Grace een voet op het grind en wachtte verdere instructies af. Ondertussen bewoog ze nerveus haar vingers, zich pijnlijk bewust van haar afgekloven nagels. Ze keek naar een paar tuinlieden in bruine overalls die bezig waren de taxushaag te snoeien. Een van de mannen stopte even om naar haar te kijken. Ze hoopte dat haar vader erbij was, maar die zag ze nergens.

Lang hoefde ze niet te wachten. Het was duidelijk dat er op haar werd gerekend. De enorme deur van het huis ging langzaam open, als een angstaanjagende muil die haar met één hap zou verslinden. Grace verdrong haar angst en verwachtte een butler, minstens zo intimiderend als de chauffeur. Maar tot haar enorme opluchting verscheen Rufus in de deuropening, opgewekt grijnzend als altijd. Hij kwam met twee treden tegelijk het bordes af rennen. 'Hallo, Grace. Ik hoop niet dat we erg ongelegen kwamen? Dat je iets heel belangrijks aan het doen was?' Zijn donkere ogen flonkerden.

Ze kon wel huilen van geluk, want als Rufus zo vrolijk naar haar lachte, dan was er vast en zeker niets verschrikkelijks aan de hand. 'Ik was groente aan het plukken.' Ze had het nog niet gezegd of ze wenste dat ze iets interessanters had verzonnen.

'Dan zul je wel dorst hebben. Johnson,' riep Rufus naar de wachtende butler. 'Zou je een glas sap willen brengen voor miss Grace? We zijn in de tuinkamer.'

Hij zag er nonchalant uit in een mouwloze jacquard spencer in subtiele roest- en bruintinten. Doordat hij de mouwen van zijn blauwe overhemd had opgerold waren zijn gespierde armen zichtbaar. Om zijn pols droeg hij een chic gouden horloge met een leren bandje. Toen hij zijn hand op haar rug legde om haar het bordes op te loodsen, zag ze dat er een gouden zegelring aan zijn pink glinsterde. De hal was reusachtig, compleet met een open haard die zo enorm was dat haar hele bed erin zou hebben gepast. Op een tafel stond een schitterend boeket van lelies, op de marmeren vloer lagen Perzische tapijten, glimmend gesleten door de ontelbare voeten die er in de loop der eeuwen overheen hadden gelopen. Een donkere houten trap leidde met een sierlijke bocht omhoog naar een fascinerend portret van een voorouder in harnas, waar de trap zich splitste en nog verder omhoog voerde naar een galerij aan weerskanten van de hal. 'Dat is mijn over-over-overgrootvader Aldrich.' Rufus gebaarde met zijn hoofd naar het portret. 'En een voorvader om trots op te zijn. Aldrich betekent "koning", maar ik zou liever naar een bedelaar zijn vernoemd dan dat ik Aldrich had geheten. Arme papa. Van alle familienamen kozen zijn ouders uitgerekend de belachelijkste!'

Grace moest lachen, maar ze kon geen ad remme reactie bedenken. 'Zijn harnas is prachtig,' stamelde ze, en ze voelde zich erg onnozel.

'Dat vind ik ook. Het hangt in de biljartkamer. Als kind trok ik het wel eens aan, maar inmiddels ben ik er te groot voor. Grappig, hè? Dat mensen vroeger zo klein waren. Veel kleiner dan je zou denken.'

'Hij ziet er helemaal niet klein uit.'

'Daar niet, nee. Misschien wilde de kunstenaar bij hem in het gevlij komen en heeft hij hem groter geschilderd dan hij was.'

Grace voelde zich al wat meer op haar gemak. Sterker nog, het duizelde haar bijna van geluk omdat ze door Rufus werd rondgeleid. Het huis was vanbinnen net zo indrukwekkend als de buitenkant deed vermoeden. Rufus wees haar op de andere portretten aan de muren in de hal. De daarop afgebeelde voorouders hadden grappige namen als Winthrop en Morven, maar er was ook een Rufus bij. 'Daar ben ik naar vernoemd.' Hij trok zijn neus op. 'Ik weet eigenlijk niet waarom, want het is duidelijk de lelijkste van het hele stel.'

'Ik vind Rufus een leuke naam. Je had ook Broderick kunnen heten.'

Hij grinnikte. 'Ja, dat zou verschrikkelijk zijn geweest. Kom, we mogen grootmama niet langer laten wachten.'

Op slag brak opnieuw het angstzweet uit. Ze haalde diep adem en blijkbaar was ze wit om de neus geworden, want Rufus schonk haar een bemoedigende grijns. 'Maak je geen zorgen, Grace,' fluisterde hij in haar oor. 'Diep vanbinnen is ze poeslief. Volgens mij kun je haar horen spinnen, want ze is in een uitstekende bui vanmorgen.' Terwijl hij Grace een lange gang door loodste, kwamen ze langs een kamer die haar aandacht trok. Het was een vierkante ruimte met boekenplanken aan weerskanten van de marmeren haard, maar in plaats van boeken stonden er modelboten achter de glazen deurtjes. Tientallen, misschien wel honderden. 'Dat is de studeerkamer van mijn vader.' Rufus bleef bij de deuropening staan. 'Papa is gek van boten. Hij zal het wel gruwelijk saai hebben gevonden om een huis te erven in het binnenland, terwijl zeilen zijn grote en enige passie is. Heb jij wel eens gezeild, Grace?'

'Nee, en ik denk ook niet dat ik me erg prettig zou voelen midden op zee.'

'Onzin, je zou het heerlijk vinden. Papa heeft me al leren zeilen toen ik nog maar heel klein was. De oceaan heeft iets magisch.'

Grace liet haar ogen over de schilderijen aan de muren gaan. Stuk voor stuk zeetaferelen: zeilboten op een blauwe zee, azuurblauwe luchten met witte meeuwen die op grote hoogte langsscheerden, bedrijvige havens en duinlandschappen met hier en daar een roze accent van bloeiende wilde rozen.

Met tegenzin maakte ze zich ervan los en volgde ze Rufus verder de gang door, naar een grote serre aan het eind daarvan, die uitkeek op de schitterende tuinen van Walbridge Hall. Daar troonde de markiezin-douairière in vorstelijke luister in een rieten fauteuil, met een klein wollig hondje op haar schoot. Toen ze Grace zag, verscheen er een verrassend warme glimlach op haar gerimpelde gezicht.

'Kom eens bij me, kindje. Dan kan ik u bedanken.' Ze stak haar hand uit. Grace kwam naar voren en nam de hand verlegen in de hare, gevolgd door een reverence omdat ze vond dat ze het tegenover een douairière niet bij een simpele hoofdknik kon laten. 'Kijk!' De oude dame wapperde met haar hand. Die was niet langer tot een klauw gebogen. 'Toen ik vanmorgen wakker werd had ik bijna geen pijn. De zwelling is al minder. Dus u mag dan nog jong zijn, u bent een goede dokter.'

'Ik ben blij dat het beter gaat, m'lady,' antwoordde Grace, verrast dat het bijengif zo goed had gewerkt.

'Harder, kindje. Als u fluistert kan ik u niet verstaan.'

'Ik ben blij dat het beter gaat,' herhaalde ze met stemverheffing.

'Ik ook,' zei de douairière.

'Dank je wel, Johnson.' Rufus nam een glas sap van het blad, waarop de butler zich met een lichte buiging terugtrok. 'Alsjeblieft, Grace. Aardbeien- met frambozensap. Erg lekker. Ik heb ook een glas genomen, bij het ontbijt.'

'Het fruit komt van de Hall,' vertelde Lady Penselwood. 'We hebben hier een uitstekende groentetuin, maar als dochter van Arthur Hamblin weet u dat natuurlijk maar al te goed. Voordat ik last kreeg van jicht was tuinieren mijn passie. Maar wie weet, misschien zorgen de bijen ervoor dat ik mijn handen straks weer kan gebruiken.' Ze trok haar wenkbrauwen op. Grace nam een slok van het sap. Zoiets verrukkelijks had ze nog nooit geproefd. Ze had het gevoel dat ze iets moest zeggen, maar ze wist niet wat.

Rufus schoot haar te hulp. 'Grootmama heeft zo van die bijensteek genoten dat ze er nog een wil.'

'O, Rufus! Wat ben je toch een dwaze jongen! Niemand geniet ervan als hij wordt gestoken! Een mens verdraagt de pijn omwille van de beloning die erop volgt. Trouwens, dat geldt ook voor het leven zelf, Rufus. We verdragen het vanwege de belofte van het paradijs en de vreugden van de Hemel.'

'Ik zou niet willen beweren dat het leven iets is wat we moeten verdragen, grootmama.' Hij ging tegenover haar zitten. 'Het leven brengt ook heel veel vreugde.'

'Voor een jongeman zoals jij, ja. Altijd in voor een pretje. Tegen de tijd dat je oud bent en terugkijkt op je leven, zul je zien dat het een zware weg is geweest, geplaveid met geluk en verdriet. Dan zul je beseffen hoezeer je verleden door problemen en tegenspoed is getekend, om nog maar te zwijgen van het gruwelijke verlies van mensen die je dierbaar zijn. Dat verlies zul je moeten dragen...'

'Zoals dat van jou, grootmama,' viel hij haar in de rede, met een ondeugende trek om zijn mond. 'En reken maar dat ik erg verdrietig zal zijn als het je tijd is.'

Grace was bang dat hij te ver was gegaan, maar zijn oma glimlachte en vond zijn botheid blijkbaar vermakelijk.

'Dat mag ik hopen. Net zoals ik hoop dat je een lang leven beschoren is, lieve jongen. Maar het is niet noodzakelijk een zegen om je dierbaren te overleven. Zulke verliezen leer je te dragen, maar je komt er nooit overheen. Ik kan me nog herinneren dat uw lieve mama stierf, miss Hamblin. U was nog te klein om haar gekend te hebben, en dat is erg jammer. Ze was allerliefst.' De wangen van Grace kleurden net zo roze als het sap in haar glas. De douairière toonde brommend haar begrip voor de tragedie in het leven van Grace. 'Wie heeft u grootgebracht?'

'Mijn vader.'

'Helemaal alleen?' Lady Penselwood kneep haar ogen tot spleetjes en snoof afkeurend.

'Ja, m'lady.'

'Lieve hemel. Nou, daar kan ik alleen maar bewondering voor hebben! Want het valt niet mee om in je eentje een kind groot te brengen, en al helemaal niet voor een man. In de kinderkamer zijn mannen volstrekt nutteloos.'

'Hij heeft wel wat hulp gehad. Van tante May.' Grace hoopte dat Lady Penselwood daar goedkeurend op zou reageren.

En dat deed ze. 'Familie. Een mens kan niet zonder familie.'

Het leek Grace verstandiger om te verzwijgen dat tante May maar heel in de verte familie was. En dat ze haar 'tante' noemde omdat ze als een zuster voor haar moeder was geweest.

'En hebt u nog grootouders?'

'Ja, m'lady. Mijn oma heeft ook geholpen toen ik klein was.'

Dat deed Lady Penselwood duidelijk genoegen. 'Grootmoeders zijn onvervangbaar. Onze Rufus heeft altijd erg zijn best voor me gedaan.'

'Maar zelfs het beste was lang niet altijd goed genoeg voor je, grootmama.'

Ze grinnikte. 'Wanneer je eenmaal grootmoeder bent, mag je ronduit zeggen wat je denkt. Ik heb mijn mening jarenlang voor me gehouden. Nu ik oud ben, met geen generatie meer boven me, heb ik eindelijk het recht vrijuit te spreken.'

'En daar maakt u uitbundig gebruik van,' voegde hij er wrang aan toe.

'Enfin, ik wil graag opnieuw gestoken worden. Deze keer op de andere hand. Wat vindt u, miss Hamblin?'

Grace was nog te jong en te onbeduidend om vrijuit te spreken, dus ze had geen andere keus dan in te stemmen met het trieste doodvonnis van nóg een dierbare bij. 'Zal ik er een uit de tuin halen?' bood ze gehoorzaam aan.

'Dat lijkt me een uitstekend idee. Rufus, wijs haar waar de lavendel staat. Daar wemelt het altijd van de bijen.'

'Als jonge man, altijd in voor een pretje, zal het me een ware vreugde zijn Grace de tuin te laten zien.' Hij stond op. 'Kom mee, Grace. Dan gaan we naar buiten, om van de zon te genieten.'

'Neem Amber mee.' Zijn oma duwde de hond met zachte drang van haar schoot. 'Ze is de hele ochtend nog niet buiten geweest en het wordt tijd dat ze doet wat ze moet doen.' De witte maltezer volgde Rufus en Grace met tegenzin naar de tuin, waar ze al spoedig in de struiken verdween.

'Twee wonderen op één dag!' Rufus zette zijn zonnebril op.

'O? Wat is het andere wonder dan?' vroeg Grace.

'Papa en mama zijn naar Londen. Naar het theater. Ze mogen er niets van weten,' voegde hij eraan toe omdat Grace niet reageerde. 'Want ze zouden het wreed van me vinden dat ik grootmama help om zich te laten steken.'

'Maar dat vindt je oma toch ook niet?'

'Nee, zij niet. Maar mama, dat is een heel ander verhaal. Ze zou het allemaal maar hocus pocus vinden. "Rufus!" Ik hoor het haar al zeggen. "Heb je nu echt niets beters te doen?" Ze vindt haar schoonmoeder vermoeiend en veeleisend, en dat ís ze ook. Maar ook al is mijn moeder ervan overtuigd dat grootmama elk moment de geest kan geven, en ook al ziet ze dat het liefst zo snel mogelijk gebeuren, het idee van een bijensteek zou ze barbaars vinden, dus ze zou er alles aan doen om dat soort praktijken te verhinderen. Er zou verschrikkelijke heibel van komen en ik zou, zoals gebruikelijk, tussen twee vuren in zitten en moeten proberen de strijdende partijen uit elkaar te houden. Het is al erg genoeg dat ze onder één dak wonen. Twee verduiveld sterke vrouwen die geen van beiden bereid zijn ook maar een duimbreed toe te geven. Het is echt hopeloos. Vandaar dat mama zo vaak mogelijk naar Londen gaat. En grootmama blijft het liefst hier; ze vindt het heerlijk om het rijk alleen te hebben in het grote, oude huis.'

'En jij? Vind jij dat ook fijn?'

'Ik ben hier zelden alleen. Doorgaans neem ik vrienden mee. Zo, we zijn er. De groentetuin!'

Hij duwde een houten hek in een verweerde muur open. Daarachter lag een uitgestrekte tuin met in het midden rijen vruchtbomen, keurig op gelijke afstand van elkaar. De borders lagen er onberispelijk bij. Vanuit de lucht zou de tuin eruitzien als een caleidoscoop van harmonieuze vormen, waarbij de twee helften elkaars spiegelbeeld waren. Grace telde drie tuinmannen die tussen de groenten aan het werk waren met plukken en wieden, maar haar vader was er niet bij. Hoe zou hij het vinden dat zij werd rondgeleid door Rufus Melville? Helemaal aan het eind van de tuin stonden twee enorme paleizen van glas. Grace zou er dolgraag een kijkje hebben genomen, maar ze was te verlegen om te vragen of ze naar binnen mocht. Later, zei ze tegen zichzelf. Dan zou ze haar vader ernaar vragen.

'Waar is nou ook alweer de lavendel?' Rufus keek om zich heen.

'Daar.' Grace wees naar de muur, waarlangs een brede strook met lavendel was ingeplant.

'Lieve hemel, wat veel! Wat moet ze ermee?'

'Misschien maakt ze er builtjes van,' opperde Grace.

'Hoe bedoel je?'

Blij dat ze hem iets kon vertellen wat hij niet wist, deed ze het hem uit de doeken. 'Die leg je tussen je kleren, dan gaan ze lekker ruiken. Of je hangt ze aan de bedstijl, dan slaap je beter.'

'Net wat ik nodig heb. Ik slaap echt verschrikkelijk slecht. Omdat ik me overal over opwind. Schaapjes tellen helpt niet, want dan beginnen ze prompt te ruziën wie er als eerste over het hek mag. Trouwens, ik kan me niet voorstellen dat er ook maar iemand is bij wie het wél helpt. Het is gewoon een verzinsel. Een belachelijk verzinsel.'

'Lavendel helpt echt.'

Hij schudde zijn hoofd. 'Bij mij niet. Ik ben een hopeloos geval, lieve Grace.'

Ze liepen naar de struiken. 'Kijk eens wat een hoop bijen!' riep hij uit. 'Grote, dikke, maar ook kleintjes. Die zijn een stuk sierlijker. Wat hebben ze het druk, hè?'

'We hebben een honingbij nodig voor je oma.'

'En hoe krijgen we die bij haar?'

'O, dat is geen kunst. Een van de tuinmannen heeft vast wel een bloempot die we kunnen gebruiken. Want ik wil de bij niet bangmaken door hem in mijn handen te nemen.'

Hij riep een van de tuinmannen. Toen die zich weghaastte om een pot te halen, liet Rufus zich op zijn hurken zakken en keek naar de bijen. 'Ze zijn wel bijzonder, hè?'

'Bijen zijn briljant!' viel Grace hem bij. Toen was ze niet meer te stuiten en ze begon enthousiast te vertellen wat ze allemaal wist. Tegen de tijd dat de tuinman terugkwam, had ze Rufus het verschil tussen een honingbij en een hommel uitgelegd en verteld hoe honingbijen dansend hun soortgenoten informeerden wanneer ze een nieuwe voedselbron hadden gevonden. Rufus luisterde geïnteresseerd, zichtbaar onder de indruk van haar kennis.

'Je bent zelf eigenlijk ook een kleine bij, hè?'

Ze begon te lachen. 'Ik hou gewoon van bijen.'

'Ze zijn ook aanbiddelijk.' Hij grijnsde zoals een broer zou grijnzen naar een jonger zusje op wie hij erg dol was.

Grace stopte wat lavendel in de bloempot, plukte een aar met een bij erop en deed die ook in de pot. Toen sloot ze de opening af met haar hand. Ze kon de bij horen zoemen. Hij had het veel te druk met de lavendel om te merken dat hij gevangen was genomen. Over het gazon liepen ze terug naar het huis, waar het hondje van Lady Penselwood al bij de serredeur zat te wachten.

'Raar beest. Het is meer een stuk speelgoed dan een hond,' zei Rufus. 'De meeste honden vinden het heerlijk om een eind te gaan lopen. Deze niet. Ze is erg verwend. Waar of niet, Amber?' Hij deed de deur open en liet de hond naar binnen.

'Heeft ze gedaan wat ze moest doen?' vroeg de douairière.

'Ze heeft alles gedaan,' loog Rufus.

'Brave meid!' riep Lady Penselwood. 'Zo, en nu wegwezen! Johnson, neem haar maar mee naar de keuken. Ik wil niet dat ze met die zanderige poten op mijn schoot springt.'

Toen Grace naar haar toe kwam met de pot, stak ze braaf haar hand uit. Vurig hopend dat de bij niet zou wegvliegen, haalde Grace hem heel voorzichtig tevoorschijn. Het beestje hield zich nog altijd vast aan de lavendel. Grace vond het afschuwelijk om de bij op de hand van de oude dame te zetten. En ze vond het nog veel erger om haar eigen hand eroverheen te leggen zodat het diertje geen andere keus overbleef dan te steken. Met de dood tot gevolg. Ook nu weer vertrok de douairière geen spier. Pas toen Grace de angel zag die met een stuk van het achterlijfje in de huid was achtergebleven, besefte ze dat het gebeurd was. Ze kreeg tranen in haar ogen, en hoe ze ook haar best deed ze terug te dringen, toch viel er een dikke druppel op de hand van de oude dame.

'Ach kindje, u hoeft om mij niet verdrietig te zijn,' zei Lady Penselwood vriendelijk. De oude dame leek verrast door zoveel compassie. 'Hoe oud bent u, miss Hamblin?'

'Veertien,' antwoordde Grace. Haar stem klonk een beetje verstikt.

'U bent erg volwassen voor iemand van veertien. Waarschijnlijk komt dat doordat u voor uw vader moet zorgen. Op uw leeftijd spelen de meeste meisjes nog met hun poppen.' Grace zette de bij weer in de pot, waar het diertje verdwaasd in het rond kroop. Er viel weer een traan, nu op de lavendel. 'U bent erg lief. Uw bijen maken me beter en ik ben u buitengewoon dankbaar. Zo, en dan vraag ik nu of Cummings u naar huis brengt.' Rufus nam de bloempot van Grace over en gaf hem aan de butler, die kwam aanlopen met een zilveren koffiepot op een blad. 'Heerlijk, koffie! Schrik niet, Johnson, het is maar een bijensteek. Een bagatel. Ik voel er niets van.'

Rufus liep met Grace mee naar de hal. Voordat hij de deur opendeed, keerde hij zich naar haar toe. Zijn gezicht stond bezorgd. 'Je bent van streek vanwege die bij, hè?' Hij keek vol medeleven op haar neer. 'Dus bijen gaan inderdaad dood als ze iemand hebben gestoken?'

Ze knikte. 'Niet alle bijen. Maar vrouwelijke honingbijen gaan dood na het steken.'

'Grootmama dacht dat je huilde omdat de steek háár pijn had gedaan. Je houdt echt van bijen, hè?'

'Ja.' Ze haalde diep adem.

'Het spijt me dat we er nog een dood moesten maken. Weet je wat? We vertellen het aan niemand. Dan hoef je niet bang te zijn dat alle vrouwen met jicht in de wijde omtrek op bijenjacht gaan om hun klachten te verhelpen. Ik zal ervoor zorgen dat grootmama ook niets tegen haar vriendinnen zegt. En als het ze opvalt dat haar handen rood zijn, dan verzinnen we wel wat. Dat ze mij een draai om mijn oren heeft gegeven, omdat ik brutaal was. Wat vind je?'

'Ik vind het een prima idee,' antwoordde ze dankbaar.

'Nou, niet meer huilen dan. Die bijen zijn in de hemel. Daar kunnen ze net zoveel steken als ze willen.' Grace knikte. 'Kom, ik breng je naar huis. We kunnen je niet nog een keer aan die chagrijnige Cummings overleveren. Dat heb je niet verdiend. Ik heb die man nog nooit zien lachen. Zolang ik hem ken. Nog nooit! En God weet dat ik mijn best heb gedaan om hem aan het lachen te krijgen. Misschien lijdt hij wel aan een of andere gruwelijke aandoening, waardoor hij zijn mond niet verder open kan doen. Maar ik denk het niet. Ik denk dat hij gewoon zo zuur is als een citroen. Weet je wat? Zo ga ik hem van nu af aan noemen. Citroen.'

Grace kreeg weer tranen in haar ogen, maar nu van het lachen.

'Zo mag ik het zien. Kom, we gaan met mijn auto. De Alfa is veel spannender dan papa's saaie Bentley.'

Hij had gelijk. De Alfa, met de kap naar beneden, was veel spannender. Met de wind in haar haren en met Rufus naast zich voelde Grace zich gelukkiger dan ooit. Ze zou het wel uit willen schateren. Rufus keerde zich grijnzend naar haar toe, met een vertederde twinkeling in zijn donkere ogen. Het was alsof de tijd stilstond, om haar in staat te stellen zijn gezicht in haar geheugen te prenten. Ze sloeg haar ogen neer, en hij richtte zijn aandacht weer op de weg. Maar de blik waarmee hij haar had aangekeken, zou Grace in de jaren die voor haar lagen blijven koesteren. Als een dierbare ansichtkaart waarvan de afbeelding in haar geheugen gegrift stond.

'Zorg goed voor de bijen,' zei hij toen ze uitstapte.

'Dat zal ik doen.' Nadat ze hem had bedankt voor de rit, reed hij glimlachend weg. Ze keek hem na, en toen de auto al lang uit het zicht verdwenen was, stond ze er nog, ten prooi aan verwarring door het vreemde verlangen dat de tere snaren van haar jonge hart beroerde.

7

Tekanasset Island, Massachusetts, 1973

'Grace?' Freddie kwam met zijn gin-tonic de veranda op, gevolgd door de honden. 'Wat is er?'

'Niks. Ik kijk naar de zonsondergang.' Ze slaakte heimelijk een zucht om het verleden dat, samen met de zon, achter de einder verdween.

'Mag ik bij je komen zitten?'

'Natuurlijk.'

Hij voegde zich bij haar op de schommelbank en liet de ijsblokjes in zijn glas rondwervelen. 'Waar is Trixie?'

'Naar een strandfeest.'

'Met die jongen, neem ik aan.'

'Met Jasper, ja.'

'Het bevalt me niks.' Hij nam een slok.

'Maar je hebt haar niet verboden met hem om te gaan.'

'Omdat ik wist dat jij dan van streek zou zijn.'

'Dat is lief van je.' Ze glimlachte en vergaf hem dat hij haar dagdromen had verstoord.

'En ik wil geen ruzie. Hoe meer je een paard intoomt, hoe meer het zich verzet. Maar geef het de vrije teugel en de kans is groot dat het zijn hoofd buigt om te grazen.'

'Ik hoop dat je gelijk hebt.'

Ze keek in haar lege wijnglas. 'Ik weet nog die eerste keer dat je door een bij werd gestoken.'

Freddies gezicht verkrampte. 'Ik heb het niet zo op bijen. Nooit gehad ook. Dat weet je.' Hij nam nog een slok. Over het verleden sprak hij liever niet. Het was alsof hij dat met hun vertrek naar Amerika welbewust achter zich had gelaten.

Grace staarde zuchtend naar de oceaan. 'Ik word altijd verdrietig van de zonsondergang. Maar het is een prettig soort verdriet.' Ineens voelde ze zich erg alleen, want Freddie zou die bitterzoete mengeling van vreugde en verdriet niet begrijpen.

'Hoe kan dat nou? Verdriet kan toch niet prettig zijn?'

Ze glimlachte weemoedig. 'Ik vind het fijn om aan mijn vader te denken, maar daar word ik ook verdrietig van. Want ik mis hem nog steeds.'

Freddie knikte peinzend. 'Je vader was een goed mens.'

'Hij was alles wat ik had,' zei ze zacht. *Maar ik ben er ook nog.* Dat was wat de oude Freddie zou hebben gezegd, maar die was er niet meer. Die Freddie behoorde tot het verleden, net als haar vader.

'Je schiet er niets mee op door aan hem te denken,' zei hij.

Grace zou zijn hand willen pakken. Toen ze jong waren, hadden ze hand in hand gezeten en had hij de hare liefdevol gedrukt. Maar door de oorlog was hij veranderd. Het was alsof hij zijn vermogen tot liefhebben op het slagveld had achtergelaten, net als zijn oog. De tederheid was verdwenen. Hij had zijn herinneringen aan gelukkiger tijden diep weggestopt en leek beheerst door het vaste voornemen om nooit meer achterom te kijken. In plaats van speels en goedlachs was hij ernstig en tobberig geworden. Toen hij net terug was van het front had ze de indruk gekregen dat hij haar verwijten maakte omdat ze niet begreep wat hij had doorgemaakt. Maar daarvoor had hij haar ook geen kans gegeven, want hij weigerde zijn ervaringen met haar te delen. Hij had haar buitengesloten en zij had het gevoel gehad dat hij haar ontliep. Toch waren ze bij elkaar gebleven, verbonden door plichtsgevoel, uiteengedreven door verbittering.

Met het verstrijken der jaren was hij wel iets milder geworden. Zijn wrok had plaatsgemaakt voor afstandelijkheid. Voor een soort welgemanierdheid die weliswaar hopeloos ontoereikend was voor een hartstochtelijke vrouw als Grace, maar waarmee ze kon leven zonder zich echt ongelukkig te voelen. Op onverwacht gepassioneerde momenten was hij bij haar in bed gekropen, maar daarna heerste aan het ontbijt de volgende morgen opnieuw de veilige routine, waarin hij zich achter zijn krant verschool en waarin Grace zich welbewust genegeerd voelde. Zolang hij maar niet afweek van die vaste rituelen, voelde hij zich bestand tegen de intimiteit die hij als bedreigend ervoer. Zou het allemaal anders zijn gelopen als hij met open armen en met een hart dat openstond voor haar liefde uit de oorlog was teruggekeerd? En zou zij minder hebben geleden onder onbeantwoorde verlangens als ze zich door hem bemind had gevoeld?

'Maar ik had jou.' Ze glimlachte, in de hoop dat hij zou reageren; dat hij haar zou aankijken met de ogen van de jongen met wie ze was opgegroeid, zonder de starheid van de man die hij was geworden.

Maar die hoop bleek tevergeefs. 'Gaan we al eten?' Hij dronk zijn glas leeg en stond op. 'Ik rammel.'

Ze dwong zichzelf aan het eten te denken. Alles was beter dan blijven hangen bij het verdriet over zijn kilte. 'Ja, de kippenpastei zal onderhand wel klaar zijn.'

'Mooi zo. Het weekend was geweldig. Ik zal het je zo allemaal vertellen.' Hij klonk ineens weer enthousiast nu het over zijn werk ging. Grace haalde de pastei uit de oven. Natuurlijk zou ze naar hem luisteren. Ze had geen keus. In Freddies leven was geen plaats voor sentimentaliteit. Op de een of andere manier had de oorlog hun dat ook ontnomen.

Trixie rende over het strand. Het feestje was al begonnen. Voor Captain Jack's laaide een reusachtig vuur, met daaromheen mensen in zomerjurken en open overhemden. De feestvierders dronken sangria, hun blijde gezichten werden verlicht door de oranje gloed van de vlammen. Trixie keek om zich heen, op zoek naar Jasper, maar in plaats daarvan zag ze Suzie die enthousiast stond te wenken. 'En? Hoe ging het thuis?' vroeg ze toen Trixie bij haar kwam staan.

'Het had erger gekund. En dat had ik ook eigenlijk verwacht. Wat misselijk van Lucy om ons te verraden!'

Suzie grijnsde triomfantelijk. 'Maar raad eens wie vanmorgen in de diner heeft geprobeerd haar te versieren?'

'George!' Trixie grijnsde.

'Precies. En dat moeten we vooral aanmoedigen!'

'Haar moeder blijft erin.'

'Laten we hopen dat ze een kans krijgen voordat ze erachter komt. Hoe langer het duurt, des te groter de schok.'

'Wat ben jij gemeen!'

'Jij geniet er net zo van als Evelyn Durlacher haar trekken thuis krijgt!'

'Mijn moeder gelooft heilig in karma.'

'Wie kaatst, moet de bal verwachten. En het enige wat ik doe, is het lot een handje helpen.'

'Ach, uiteindelijk krijgt ze haar trekken toch wel thuis, of wij nou een handje helpen of niet. Trouwens, waar zijn ze?' Trixie liet haar blikken over de vertrouwde gezichten gaan.

'Ze komen eraan. Dat hebben ze beloofd. O, ik ben helemaal gek van Ben! Als hij me vanavond niet zoent, sta ik niet in voor de gevolgen!' Met een dramatische zucht schudde ze haar door de zon gebleekte haren uit haar gezicht. 'Die Engelse jongens zijn zo gereserveerd! Het is om gek van te worden!'

'Nou, Jasper is helemaal niet gereserveerd,' zei Trixie. 'Integendeel.'

'Probeer maar niet me jaloers te maken.'

'Mij best. Ik hou mijn mond al,' zei Trixie plagend.

'O! Vertel! Hoe ver zijn jullie gegaan?'

Trixies ogen begonnen triomfantelijk te glinsteren. 'Heel ver! We hebben het gedaan!' Ze pakte Suzies handen en begon op en neer te springen. 'Hij is echt geweldig!'

'Ho! Rustig aan! Details! Ik wil alles weten. Hoe was het?'

Trixie hield op met springen. 'Hij geeft me het gevoel dat ik een vrouw ben,' zei ze ernstig.

'Dat klinkt als een slechte songtekst.'

Trixie haalde haar schouders op. 'Slechte teksten bevatten vaak een kern van waarheid.'

'Was hij beter dan Richard?' vroeg Suzie, doelend op Trixies vorige zomerliefde.

'O, dat met Richard stelde niks voor! Toen zat ik nog in mijn experimentele fase. Dit is liefde.' Ze dempte haar stem. 'Denk erom dat je het tegen niemand zegt, maar na de zomer ga ik met ze mee op tournee.'

'Heeft hij dat gevraagd?'

'Nee, maar dat komt nog wel.'

'Dan ga ik ook mee. Met Ben.'

'Ja! Wat een geweldig idee! Dan gaan we samen.'

'Ben! Waar zit je?' De twee meisjes lieten hun blik over de groeiende menigte gaan. Plotseling wees Suzie naar een groepje dat over het strand kwam aanlopen. 'Daar heb je ze! Eindelijk!'

'Niet te enthousiast, Suzie. Vooral niet te enthousiast.'

Suzie schudde met haar haar en kneep in haar wangen. 'Hoe zie ik eruit?'

'Onweerstaanbaar.' Trixie giechelde.

'Stel je toch eens voor! Jij en Jasper, Ben en ik, het hele land door in een tourbus! Het is gewoon te gek!'

'Met Lucy en George?' Trixie trok een wenkbrauw op.

'O, tegen die tijd heeft George haar allang gedumpt!' Wiebelend met haar achterwerk, in denim hotpants, begon Suzie het strand af te lopen. 'En anders heeft haar moeder haar naar een klooster gestuurd!'

Jaspers gezicht begon te stralen toen hij Trixie in de gaten kreeg. 'Hallo, schoonheid!' Hij sloeg een arm om haar nek en trok haar naar zich toe zodat hij haar kon zoenen. Zijn gitaar hing om zijn andere schouder, dus blijkbaar waren ze van plan te spelen. Tussen zijn vingers hield hij een brandende sigaret. Toen hij zijn lippen op de hare drukte proefde ze genietend de smaak van bier en tabak. Suzie liep naast Ben, met haar hand in de achterzak van zijn spijkerbroek. Ben sloeg zijn arm om haar middel, en Trixie wist zeker dat hij haar vriendin die avond ging zoenen. Het vooruitzicht om samen in een tourbus door Amerika te rijden leek reëeler dan ooit.

Zodra ze bij de club waren, begonnen de jongens hun instrumenten op te zetten op het terras, terwijl Trixie en Suzie zich weghaastten om een drankje voor hen te halen. Toen ze terugkwamen was de band omringd door meisjes in minirok, met deinende borsten en stralende ogen. Als bijen rond een honingpot, dacht Trixie wraakzuchtig. 'Hier is jullie bier!' Ze werkte zich langs de meisjes naar George, die nog met zijn drumstel bezig was, terwijl Jasper en Ben al volop genoten van zoveel vrouwelijke aandacht.

Tussen de minirokken bevond zich ook Lucy Durlacher, met haar asblonde haar in een paardenstaart en een overdaad aan blauwe oogschaduw. Suzie zag haar kans schoon. 'Kom eens mee!' Ze pakte Lucy bij de arm. 'Heb je die drums gezien? Ze zijn echt ongelooflijk. Toe maar, je mag er wel aankomen.' Meer aanmoediging had Lucy niet nodig. Ze kwam naar voren en stak gretig haar hand uit. George nam haar keurend op. Ze was niet mooi, maar ze had de aantrekkingskracht van het verbodene. Toen haar blik de zijne ontmoette, werden haar wangen zo rood als cranberry's. 'Hallo, Lucy!' Met een verlegen grijns beantwoordde ze zijn glimlach.

Suzie keerde zich naar Trixie. 'Kat in het bakkie!' fluisterde ze.

Trixie keek vluchtig naar Lucy en George. Ze maakte zich meer zorgen over de vraag hoe ze de andere meisjes bij Jasper vandaan moest houden. Want hij was veel te beleefd om ze zelf weg te sturen.

Al snel verscheen ook Joe Hornby. Gekleed in een gebloemd overhemd en een vuurrode korte broek en met zijn onafscheidelijke sigaar baande hij zich een weg door de menigte. Op het terras nam hij het woord. 'Ziezo, mannen! Zijn we er klaar voor?' riep hij, zichtbaar verheugd door de grote opkomst. 'Laten we eens kijken wat Tekanasset van jullie vindt!' Hij gebaarde met zijn sigaar, de gesprekken rond het vuur verstomden, de feestvierders keerden zich naar hem toe.

'Dames en heren, beste mensen van Tekanasset! Ik stel u voor… de Big Black Rats! Inderdaad, u hebt nog nooit van ze gehoord, maar het zal niet lang duren of ze zijn net zo bekend als hun beroemde landgenoten, de Rolling Stones en de Beatles. Wat een schitterende erfenis! En neemt u maar van mij aan, deze jongens gaan het nog verder schoppen! Zo. Genoeg gepraat! Oordeelt u zelf! Jasper, Ben en George, *let's rock!*'

De band begon te spelen. De versterkers waren niet krachtig genoeg om het geluid tot ver over het strand te dragen. Alleen de mensen die vlakbij stonden, kregen een goede indruk. De anderen hielden het na een paar minuten voor gezien en hervatten hun gesprek. De volwassenen fronsten hun wenkbrauwen. Dit was muziek die ze niet kenden, en die ze veel te modern vonden. Maar de jeugd had zich al snel rond het terras verzameld en begon woest, met de armen in de lucht, op en neer te springen. Het was alsof de beat bezit had genomen van hun gebronsde lijven.

'Dus dat zijn ze dan! De oorzaak van alle opwinding!' zei Evelyn

Durlacher, die alleen maar naar het strand was gekomen om haar dochter in de gaten te houden. In haar nette gele broek met bijpassende gele twinset en parelketting zag ze er volstrekt misplaatst uit.

'Ik vind het eigenlijk wel leuk,' zei Belle. 'Die zanger heeft een goede stem.'

Evelyn trok haar kleine neus op. 'Ach, het is best aardig, maar niet echt uitzonderlijk. En dat moet je zijn, wil je in die wereld iets bereiken.'

'Nee, dat ben ik niet met je eens. Om in de muziekwereld iets te bereiken moet je mensen op een bepaalde manier weten te raken,' vond Belle.

Bill kwam naar hen toe met een biertje, zoals altijd onberispelijk in zijn blauwe broek met roze overhemd en met zijn blonde haar uit zijn gezicht gekamd. Hij zag eruit als een schooljongen, keurig aangekleed door zijn moeder. Na een hele middag op de tennisbaan, zonder ook maar één set te hebben verloren, was hij in een uitstekend humeur. 'Ze klinken niet verkeerd,' luidde zijn oordeel. 'Ik heb wel slechtere bands gehoord.'

'Zou Trixie er ook zijn? Of is Grace zo verstandig geweest haar huisarrest te geven?' Evelyn liet haar blik zoekend over de dansende menigte gaan.

'O, dat had ik je nog willen vertellen,' zei Bill. 'Ik kwam Freddie vanmorgen tegen.'

'O ja? Wat zei hij?' Haar nieuwsgierigheid was sterker dan haar ergernis over zijn verzuim het haar eerder te vertellen.

'Blijkbaar was hij van meet af aan op de hoogte van de plannen voor het weekend.'

'Echt waar?' Belle keek verbaasd. 'En hij heeft haar gewoon laten gaan?'

'Daar lijkt het wel op,' antwoordde Bill.

'Tja, en dat verbaast me niet echt,' zei Evelyn. 'De Valentines zijn nu eenmaal anders dan wij.'

'Wat bedoel je daar nou weer mee?' vroeg Belle, die dankzij de toon waarop Evelyn het zei, precíés wist wat ze bedoelde.

'Ze hebben geen klasse.' Evelyn stak haar kin naar voren. 'Ik zou niet willen dat mijn dochter met zulke jongens omging, maar voor mensen als de Valentines zijn die jongens van hun eigen niveau.' Het klonk alsof ze het over een ander, minderwaardig ras had.

'Ik moet zeggen dat het me van Freddie wel verbaast. Want die heb ik altijd erg correct gevonden,' zei Belle.

'Ik heb hem vooral altijd erg koud gevonden,' merkte Evelyn op.

'Daar is op de golfbaan anders niks van te merken,' wierp Bill tegen. 'Hij raakt behoorlijk opgewarmd als hij een hole-in-one slaat!'

Evelyn sloeg haar blik ten hemel. 'Nou ja, die muziek kan mij in elk geval niet boeien. Ik heb genoeg gehoord. Dus ik ga naar huis. Bill? Wat doe jij?'

Hij zuchtte, maar hij wist uit ervaring dat het zinloos was met zijn vrouw in discussie te gaan. 'Ik heb tegen Lucy gezegd dat ze om elf uur thuis moet zijn.'

'En Lucy kennende, kun je erop rekenen dat ze om vijf over elf veilig onder de wol ligt,' zei Belle.

Belle kon een goed feest wel waarderen. John, haar man, was een groot verteller en vond het heerlijk als mensen aan zijn lippen hingen, dankzij verhalen die doorgaans schromelijk overdreven waren. Dus terwijl John zijn toehoorders vermaakte, die het uitschaterden om zijn rake typeringen, slenterde Belle over het strand, rond het vuur. Ze keek naar de jeugd, die in de gouden gloed van de vlammen danste. De jongelui zagen eruit als wilden; ze sprongen op blote voeten over het zand, wild met hun armen en benen maaiend op het hypnotiserende ritme van de drums. Haar eigen dochters waren inmiddels getrouwd en hadden een gezin. Belle was blij dat ze zich over hen geen zorgen meer hoefde te maken. Want het viel niet mee om in deze tijd jong te zijn.

Ze bleef tot middernacht op het feest. Tegen die tijd waren de meeste volwassenen naar huis, op John na en enkele van zijn naaste vrienden, die dolle pret hadden om verhalen die ze al tientallen keren hadden gehoord. De muziek zweeg ook al geruime tijd. De jongens van de band zaten op het strand, samen met Trixie, Suzie en nog wat andere meisjes. Ze dronken bier en rookten iets wat verdacht veel op wiet leek. Belle keek... en keek nog eens... Aanvankelijk kon ze haar ogen niet geloven. Nee, het zou toch niet? Haar ouders hadden gezegd dat ze om elf uur thuis moest zijn. Maar dat lichtblonde haar en die bleke huid...

Het kon niet missen, dat was Lucy Durlacher!

Belle was een goed mens en ze wist dat anderen haar ook als zodanig beschouwden. Maar Evelyn had haar die avond gekwetst. Ze kenden elkaar al hun hele leven, ze hadden samen op school gezeten en Belle was zich maar al te bewust van Evelyns tekortkomingen. Doorgaans tilde ze daar niet zo zwaar aan, maar de laatdunkende manier waarop Evelyn zich die avond had uitgelaten, stak haar. Evelyn kende die jongens niet eens! En de Valentines mochten dan misschien niet van deftige komaf zijn, ze waren aardig en ze hadden het hart op de goede plaats. Belle was dol op Grace. Dus in plaats van haar plicht te doen als Evelyns vriendin, ging ze uiteindelijk met John naar huis en liet ze Lucy achter op het strand, om tot in de kleine uurtjes te roken en te flirten.

Het groepje jongelui bleef om het vuur zitten, dat inmiddels weinig meer was dan wat vuurrode sintels die af en toe bij een windvlaag uit zee opgloeiden. Omringd door lege bierflessen en sigarettenpeuken, beschenen door het licht van de volle maan, zaten ze te praten en te lachen zonder besef van tijd. Het zachte klotsen van de oceaan zorgde voor een ontspannen, onwezenlijke sfeer, terwijl de golven diamanten uitstrooiden over het strand.

George en Lucy zaten een beetje afzijdig van de rest, met hun hoofd naar elkaar toe gebogen. Door het golvende haar dat uitwaaierde over haar rug, had Lucy wel iets van een zeemeermin. In het schemerige licht zag ze er knap uit, haar huid was bijna zilverachtig doorschijnend. Ze praatten op gedempte toon, af en toe onderbroken door haar zachte lach. Trixie nam een trek van een joint en gaf hem door aan Suzie die met gekruiste benen naast Ben zat. 'Missie geslaagd.' Ze gebaarde met haar hoofd in de richting van George en Lucy.

'Gelukt,' antwoordde Suzie. 'Nu is het mijn beurt.' Ze gaf de joint door aan Ben.

Jasper legde een hand onder Trixies haar en trok haar naar zich toe om haar te zoenen. 'Je bent prachtig! Had ik dat al gezegd?' vroeg hij fluisterend.

'Nee, nog niet,' antwoordde ze zacht.

'Je bent echt prachtig.'

'Zullen we ons verstoppen? Ergens achter een duin?' Ze voelde zich moedig dankzij de drank en de wiet.

'Klinkt goed.' Hij drukte een kus op haar nek. 'Want ik hou dit niet lang meer vol. Alleen maar naast je zitten.'

'Maar als we weggaan, is het feest ook meteen afgelopen,' zei ze.

'Welnee, het feest gaat gewoon door. Kom mee.'

Niemand scheen het te merken toen ze overeind krabbelden. Met haar hand in de zijne slenterden ze weg van het vuur, de duisternis tegemoet. Zodra de anderen hen niet meer konden zien, lieten ze zich op het zand vallen en begon hij haar te kussen. Trixie was zich bewust van het vertrouwde, warme gevoel toen begeerte bezit van haar nam. Ze kronkelde als een genotzuchtige kat. Jasper streek haar haar naar achteren en begroef zijn gezicht in haar hals. Toen hij zijn lippen opnieuw op de hare drukte, kuste hij haar nog vuriger, terwijl zijn duim haar borsten streelde, die hijgend op en neer bewogen. Trixie was geen onbeschreven blad; ze had sinds haar zeventiende diverse minnaars gehad aan wie ze zich ongeremd had overgegeven. Maar ze hadden haar geen van allen zo weten op te winden als Jasper. Wat zij samen hadden, was volmaakt en maakte elke streling, elke aanraking tot een feest. Zijn tergend lome liefkozingen brachten haar tot waanzin. Zijn vingers die over haar buik gleden, deden de vlinders van opwinding wanhopig fladderen. En toen zijn hand over haar dijen bewoog, onder haar rok, omhoog naar haar slip, werden de vlinders nog ongeduldiger en deed ze uitnodigend, zonder enige terughoudendheid, haar benen uit elkaar.

Ze vrijden langdurig, zonder besef van de uren die verstreken. Daar konden ze zich niet druk over maken. Toen ze eindelijk verzadigd waren en lachten om hun eigen durf, werden ze opgeschrikt door een luid gekras in de verte. Een meeuw, was hun eerste gedachte, of een andere vogel die in nood verkeerde. Maar toen ze op hun buik rolden en over de rand van het duin gluurden, ontdekten ze een vrouw in badjas en met verwilderde haren die bij het zo goed als gedoofde vuur stond, en woest gebaarde naar de twee stellen die daar nog zaten. 'O hemel,' fluisterde Trixie. 'Dat is Lucy's moeder!'

'Dat meen je niet!' Jasper keek op zijn horloge. In het maanlicht kon hij de wijzers net onderscheiden. Het was half vier.

'Ja, echt waar. Dat is Evelyn Durlacher! Met haar dat recht overeind staat!'

Jasper begon te lachen. 'Arme Lucy! Op heterdaad betrapt!'

'Haar moeder is gek!'

'Zo ziet ze er wel uit, ja. Ik ben blij dat ze het niet op mij heeft gemunt.'

Ze keken toe terwijl Lucy zonder plichtplegingen aan haar arm omhoog werd getrokken. De vele lege bierflessen waren Evelyn natuurlijk niet ontgaan. Maar wat had ze nog meer gezien? Hadden Lucy en George liggen vrijen? Trixie was blij dat zij zich met Jasper achter een duin had teruggetrokken. Het was allemaal al erg genoeg. Nog meer problemen kon ze er niet bij hebben. 'Ik denk dat je me beter naar huis kunt brengen.' Ze kwam overeind en wurmde zich in haar slip. Toen ze weer naar het vuur keek, was George verdwenen en hadden Ben en Suzie de draad weer opgepakt. Trixie genoot van de aanblik van haar vriendin die werd gekust door de man van haar dromen. En ze glimlachte bij de gedachte aan hun tournee. Wat zouden ze een lol hebben!

Jasper pakte zijn gitaar. 'Ik heb een nummer voor je geschreven.' Hij sloeg een paar akkoorden aan. 'Wil je het horen?'

'Ja, natuurlijk! Een liedje, speciaal voor mij! Dat is me nog nooit gebeurd!' Trixie ging weer op het duin zitten, met haar armen om haar knieën. 'Hoe heet het?'

'Trixie,' antwoordde hij en hij moest er zelf om lachen.

'Ik vind het nu al geweldig,' zei ze enthousiast.

'"Eenvoud is het kenmerk van het ware,"' citeerde hij. Toen begon hij te spelen. Ze keek toe, met ogen die glansden van ontroering. En terwijl hij zong over verlangen en begeerte, wist ze dat ze van hem hield. Meer dan ze ooit van iemand anders zou kunnen houden.

'Hoe vind je het?' vroeg hij toen het lied uit was, met een dromerige blik in zijn ogen.

'Het is het mooiste nummer dat ik ooit heb gehoord.'

'Echt waar?' Hij klonk ongelovig. 'Of zeg je dat alleen maar omdat het over jou gaat?'

'Nou, je was blijkbaar oprecht geïnspireerd toen je het schreef.'

Hij lachte, en er verschenen rimpeltjes rond zijn mond en zijn ogen. 'Nou en of, Trixie Valentine.'

'Dan vind ik dat ik jullie mascotte moet worden. De mascotte van de band.'

'Ik zou me vereerd voelen.' Hij stond op, hing zijn gitaar om zijn schouder en pakte zijn jasje. 'En dan breng ik je nu naar huis.'

'Jasper...'

'Ja?'

'Mag ik mee met je in de herfst?'

'Vinden je ouders dat goed?'

'Zo niet, dan loop ik gewoon van huis weg,' antwoordde ze met grote stelligheid. Haar ogen straalden van geluk.

Hij fronste zijn wenkbrauwen. 'Meen je dat serieus?'

'Ik ben nog nooit zo serieus geweest.' Ze pakte zijn hand. 'Als jij dat wilt, ga ik met je mee.'

'Als mijn mascotte. Dan ga ik liedjes voor je schrijven. De beste nummers zijn altijd geïnspireerd door de liefde.'

Ze keek hem diep in zijn ogen. 'Hou je van me?'

Hij knikte. 'Ik geloof het wel, Trixie.'

'Je gelóóft van wel?'

'Nee, ik weet het zeker! Ik ben er alleen door verrast. Het is voor het eerst dat ik zulke gevoelens heb.'

'Voor mij ook,' zei ze, plotseling verlegen. 'Maar ik weet zeker dat ik ook van jou hou.'

Hand in hand begonnen ze te lopen, plotseling kwetsbaar omdat ze hun hart voor elkaar hadden opgesteld. Ze waren zich bewust van een zekere schuchterheid die hun niet alleen onbekend was, maar die hen ook een beetje bang maakte. Het speelse van hun relatie werd ineens overschaduwd door de buitengewoon volwassen implicaties van de liefde.

Toen ze voor Trixies huis stonden, voelde hun afscheidskus bijna ongemakkelijk. 'Het was een leuke avond.' Ze grijnsde, in de hoop de eerdere onbekommerdheid terug te halen.

'Ik vond het ook leuk.' Hij keek glimlachend op haar neer.

'Ik klim via de muur naar boven, naar mijn slaapkamer. Dan worden mijn ouders niet wakker.'

'Moet dat echt? Je kunt wel doodvallen!' Hij klonk zo bezorgd dat ze zich heel kostbaar voelde. En niet voor het eerst vulde haar hart zich met belletjes.

'Ik val niet. Kijk maar.' Ze begon enthousiast te klimmen, gretig om te laten zien hoe lenig ze was. Bij haar slaapkamerraam gekomen glipte ze naar binnen, maar ze stak meteen haar hoofd weer naar buiten om naar hem te wuiven. 'Slaap lekker!' fluisterde ze. Hij wuifde terug en blies haar een kus toe. Met een hart dat dreigde te barsten van geluk, keek ze hem na en zag ze hem in het donker verdwijnen. 'Hij houdt van me, hij houdt niet van me. Hij houdt van me...' Toen sloot ze de gordijnen en plofte in bed.

8

De volgende morgen regende het. Tekanasset was gehuld in een dikke, witte wolk die het eiland doorweekte en schoonspoelde. Trixie zou graag hebben uitgeslapen, maar haar vader was erg strikt als het om het ontbijt ging. Het hele gezin werd onder alle omstandigheden om acht uur in de keuken verwacht. Toen Trixie nog klein was, maakte haar moeder eieren met bacon en toast – naar goede Engelse traditie. Tegenwoordig kwamen er ook pancakes op tafel, omdat Trixie had gerebelleerd tegen de hardnekkigheid waarmee haar ouders vasthielden aan hun herkomst. Ze had een Amerikaans ontbijt geëist, zoals ze dat ook bij haar vriendinnen zag. En dat betekende pancakes met maple syrup.

Toen ze slaperig, met verwarde haren en met haar ogen nog zwart van de eyeliner, aan tafel verscheen, leverde dat haar een afkeurende blik op van haar vader. ‘Trixie, wat zie je eruit!’

Grace viel hem bij. ‘Ga even je gezicht wassen, lieverd. En borstel je haar. Zo kun je niet aan het ontbijt komen!’

Maar Trixie plofte op haar stoel en schonk zichzelf een kop thee in. ‘Ik ben moe,’ klaagde ze. ‘Er is niemand die er wat van krijgt als ik één ochtend ongewassen aan tafel kom.’

‘Het is een kwestie van discipline.’ Haar vader sloeg de krant dicht.

‘Ik weet het. Zeg maar niks. “Beschaving is een kwestie van normen en waarden.” Maar laten we de lat voor één keer een beetje lager leggen.’ Ze deed een lepel suiker en een scheutje melk in haar thee en begon slaperig te roeren.

‘En, was het leuk, gisteravond?’ Grace zette een bord met eieren voor haar man neer, in de hoop hem daarmee af te leiden.

'Ja, het was erg leuk. Jasper en de band hebben gespeeld en iedereen danste. Daarna waren de volwassenen trouwens al snel verdwenen.'

Grace begon te lachen. 'Het is niet ons soort muziek, neem ik aan.'

'Ach, dat weet ik niet.' Trixie haalde haar schouders op. 'Ik denk eigenlijk dat je het wel leuk zou vinden. Je houdt er niet van om achter de massa aan te lopen. Sterker nog, ik denk dat je desnoods zou doen alsóf je het leuk vond, gewoon om anders te zijn.'

Trixie nipte peinzend van haar thee. Het liefst zou ze haar ouders vertellen over Evelyn Durlacher die om drie uur 's nachts naar het strand was gekomen om Lucy te halen, maar daarmee zou ze zich verraden. Ze had tenslotte al om twaalf uur binnen moeten zijn. Gelukkig was haar vader een gezonde slaper, en als haar moeder haar had horen thuiskomen, zou ze doen alsof ze niets had gemerkt. Hoe zouden ze reageren als ze hun vertelde dat ze in de herfst met de band op tournee ging?

Ze keek naar haar vader, die met smaak zat te ontbijten. Zijn gezicht stond ernstig en hij zat met een kaarsrechte rug – een toonbeeld van discipline. Soms vroeg ze zich af hoe hij vóór de oorlog was geweest. Ze was zo gewend aan de ooglap en het litteken in zijn gezicht dat ze die niet eens meer zag. Maar voor het eerst probeerde ze hem te zien met de ogen van een verliefde jonge vrouw. Wat had haar moeder aangetrokken in haar serieuze, afstandelijke vader? Hoe was hij geweest als jongeman? Vrolijk en speels, zoals Jasper? Of was hij altijd al zo humorloos en onbuigzaam geweest? Ze keek naar haar moeder, die pancakes bakte aan het fornuis. Een weelderige, sensuele vrouw met sprekende, dromerige ogen en een lief gezicht. Ze hield van romans, van romantische films, van bloemen en bijen. Haar vader had een hekel aan bijen en om de tuin, de bloemen, de natuur gaf hij nauwelijks. In zijn vrijetijd speelde hij golf of hij was verdiept in boeken over militaire geschiedenis. Hij hield van orde en netheid. Van routine. Haar moeder was van nature zorgeloos en onbekommerd. Terwijl ze haar thee dronk vroeg Trixie zich af hoe haar ouders het al die jaren samen hadden uitgehouden, terwijl ze toch zo weinig gemeen hadden.

'Mam, waar ben je bij pap op gevallen? Wat trok je in hem aan?' vroeg Trixie toen haar vader de deur uit was, naar zijn werk.

Grace pakte een stoel, zette haar ellebogen op de tafel en legde haar kin op haar handen. 'Je vader was mijn beste vriend,' begon ze zacht. 'We kenden elkaar al ons hele leven.'

'Maar hoe wás hij?' hield Trixie vol.

'Hij was heel erg knap. En vrolijk en ondeugend, altijd in voor een pretje.' Er klonk weemoed in haar stem, bij de gedachte aan alles wat hij haar bij hun trouwen had gegeven, en aan wat hij haar later had ontnomen.

Trixie vertrok haar gezicht. 'Papa! Vrolijk en ondeugend!' Ze lachte sceptisch. 'Weet je zeker dat we het over dezelfde persoon hebben? Wat is er gebeurd?'

'De oorlog.'

'Is dat het? Kan iemand daardoor echt zo veranderen?'

'Diep vanbinnen is hij nog altijd mijn Freddie.' Grace voelde zich een beetje in de verdediging gedrongen.

'Word je daar verdrietig van?' Trixie probeerde zich voor te stellen hoe zij zich zou voelen als Jasper naar het front ging en als een ander mens terugkwam.

Grace roerde melk in haar koffie. Ze wilde Trixies vraag liever niet rechtstreeks beantwoorden. Het was niet goed als kinderen te veel over hun ouders wisten. 'Nee, ik ben niet verdrietig, lieverd. Hoe zou ik verdrietig kunnen zijn als ik jou heb?' Ze zei het met zo'n lieve glimlach, dat Trixies hart overliep van schuldgevoel. Ze glimlachte terug en pakte de maple syrup.

Even later ging ze naar boven om zich te verkleden voor haar werk. Ze moest om elf uur bij Captain Jack's zijn. Grace vertrok met een mand honing naar Big. Via het pad over de kaap was het niet ver lopen. De regen was overgedreven, de zon scheen weer. Grace kon al van ver de puntige gevelspitsen zien, als de zeilen van een reusachtig schip dat voor anker lag. Het huis was zo groot dat zeelui die op weg waren naar het vasteland, het als baken gebruikten. Als het eerste huis dat op het eiland was gebouwd, stond het ook op de beste locatie – aan de oostkant, met bijna rondom zicht op de oceaan. Het had de grootste tuinen en gazons van heel Tekanasset en het werd tegen de wind afgeschermd door hoge bomen die, net als het huis, honderden jaren oud waren, en door een verwilderde strook bos, waarin ooit op wilde zwijnen was gejaagd, die uit Europa naar het eiland waren gebracht. Inmiddels waren er geen wilde zwijnen meer, alleen een roedel honden, een enorme kat die luisterde naar de naam Mr. Doorwood, een koppel exotisch ogende kippen en een jonge haan die elke morgen bij het krieken van de dag op het dak van het kippenhok stond te kraaien.

Grace drukte op de bel en zei haar naam in de intercom. Toen de indrukwekkende hekken statig openzwaaiden, betrad Grace met een zucht van genot het grind van de oprijlaan. Door de bomen heen kon ze de stralendblauwe luiken en witte veranda zien van Bigs schitterende huis. Grace had de hortensia's, de klimrozen en de struiken geplant die de sfeer van Cornwall opriepen, net zoals ze de borders langs de gazons aan de andere kant van het huis had gevuld met kruiden en wilde bloemen om er een echte Engelse tuin van te maken. Alles wat ze wist over de aanleg en het onderhoud van tuinen, had ze van haar vader geleerd. En door te werken met bloemen en planten en met de bijen die hem zo dierbaar waren geweest, hield ze zijn herinnering levend.

Ze trof Big op het stralend groene gazon, aan een spelletje croquet met drie stokoude vriendinnen, getooid met witte hoeden en op tennisschoenen. Zodra ze Grace in de gaten kreeg, wuifde ze enthousiast. 'Kom, dan kun je me zien winnen!' Big haalde uit met haar hamer en sloeg de bal van haar tegenstander met kracht over het gras. 'Het spijt me, Betty-Ann, maar ik had geen keus.'

'Ik zal me een waardig verliezer tonen,' zei Betty-Ann terwijl ze naar haar bal toe liep. Grace ging op de veranda zitten terwijl de vrouwen de partij afmaakten. Ze verbaasde zich over Big, die haar croquethamer als wandelstok gebruikte om zich staande te houden. De butler bracht haar een glas citroenlimonade en ze aaide Mr. Doorwood, die zich verwaardigde bij haar op schoot te springen. Tevreden liet ze haar blik over de tuin gaan. De borders waren een feest van kleur dankzij de bloemen die ze had geplant. Bovendien had Big een paar tuinmannen in vaste dienst die ervoor zorgden dat er geen onkruidje te bekennen was.

Toen de partij croquet was afgelopen, voegden Big en Betty-Ann zich bij Grace op de veranda. De twee andere vriendinnen schudden haar de hand en vertrokken naar een volgende, ongetwijfeld even belangrijke afspraak. 'Als je last hebt van Mr. Doorwood, stuur je hem maar gewoon weg, hoor.' Big liet zich met een zucht in een stoel vallen.

'Nee hoor, ik vind hem leuk,' antwoordde Grace.

'Hij is enorm,' zei Betty-Ann. 'Je moet wel reusachtige muizen hebben.'

'Hij is een rampzalige muizenvanger,' klaagde Big, terwijl ze sap inschonk voor Betty-Ann en zichzelf. 'Wat een luie kat! Zo lui vind je ze nergens op het hele eiland! De muizen hebben hier een luizenleven.' Ze keerde zich naar Grace. 'Ik neem aan dat je het hebt gehoord? Van Lucy Durlacher?'

Grace schudde haar hoofd. 'Ik weet van niks.'

Big glimlachte. 'Ik heb een hekel aan leedvermaak, maar Evelyn heeft het aan zichzelf te danken.'

'O?' Grace trok vragend haar wenkbrauwen op.

'Evelyn stond om drie uur 's nachts in haar nachtjapon op het strand! Om Lucy van dat feest weg te halen.'

Grace was verbaasd. 'Evelyn? In haar nachtjapon?'

'Echt waar. Ze was in alle staten. Lucy zat te zoenen met een van die jongens van de band. In een wolk van marihuana! Arme Lucy, die mag de deur niet meer uit. Nooit meer.'

'Maar hoe weet je dat allemaal?' vroeg Grace.

Betty-Ann grijnsde schuldbewust. 'De zus van mijn dienstmeisje werkt voor Joe Hornby en die hoorde ze erover praten, vanmorgen aan het ontbijt. Ze kwam prompt langs met de een of andere smoes, en toen vertelde ze het hele verhaal.'

'Dus de tamtam van het eiland werkt weer eens uitstekend,' zei Grace.

'Dat kun je wel zeggen, ja!' Betty-Ann begon te lachen.

'Ik neem aan dat jouw Trixie toen al hoog en breed in bed lag,' zei Big.

'Dat hoop ik.' Grace beet op haar onderlip. 'Maar ik zou mijn hand er niet voor in het vuur durven steken. Ik heb haar niet horen thuiskomen.'

'Vertel het haar maar. Ze lacht zich dood,' zei Betty-Ann.

'O, ze weet het allang! Het hele eiland heeft het erover.' Big gebaarde misprijzend met haar beringde vingers.

'Lieve hemel, Evelyn die in haar nachtjapon het strand op gaat! Zo zou ik nog niet dood gevonden willen worden,' zei Grace lachend.

'Reken maar dat de nachtjapon van Evelyn een pronkstuk is, van de duurste zijde afgezet met kant,' zei Big. 'Het verbaast me alleen dat ze Bill niet heeft gestuurd. Die heeft vast en zeker net zulke chique pyjama's.'

'Die man ziet eruit als een etalagepop,' merkte Betty-Ann minachtend op. 'En hij heeft net zoveel diepgang. Ik heb hem nooit gemogen. Hij heeft het zo met zichzelf getroffen. Net als zijn vader, trouwens.'

Big glimlachte geamuseerd. 'Betty-Ann! Wat heb jij gegeten vanmorgen? Zo ken ik je niet!'

'O, niks bijzonders. Maar die twee strijken me tegen de haren in.'

'En jou niet alleen,' zei Big.

'Ik sluit me bij de vorige spreker aan.' Bij het zien van Bigs verbaasde blik pakte Grace een pot honing uit haar mand. 'Misschien zit het in de honing!'

Freddie was de hele dag druk met de voorbereidingen voor de oogst. Er was een zogenaamde 'natte oogst', voor bessen die werden verwerkt in sappen en sauzen. Daarbij werden de velden onder water gezet, zodat de drijvende cranberry's bij elkaar geharkt konden worden, en een 'droge oogst' waarbij de bessen met de hand werden geplukt voor vers gebruik. Zoals altijd stortte hij zich volledig op zijn werk en dacht hij niet aan Grace en zijn dochter. Op de kwekerij was hij bevrijd van zijn wrok. Hij hield van zijn werk; daar was hij ontspannen en in balans met zichzelf. Thuis was hij zich bewust van zijn tekortkomingen, zonder dat hij er iets aan kon doen. Grace herinnerde hem voortdurend aan de pijn die hij had geleden; zijn liefde was zo onverbrekelijk verbonden met de behoefte tot zelfverdediging dat hij niet meer wist of zijn gevoelens voor haar nog een ziel hadden. Hij dacht er liever niet over na. Het was beter om zich te houden aan zijn routine en de oude, onbeantwoorde vragen te laten rusten. In de loop der jaren was hij zichzelf kwijtgeraakt, en nu was het te laat om nog op zoek te gaan, laat staan om zichzelf weer te vinden. Hij had een cocon van verbittering om zich heen geschapen, waarbinnen hij gevangenzat. Dus hij kon zijn leven maar beter accepteren zoals het was, net zoals hij zichzelf zou moeten accepteren zoals hij was geworden.

Het gebeurde op zijn werk dat hij een paar mannen over Joe Hornby hoorde praten, en over de band waarvan Joe zulke hoge verwachtingen had. 'Geld heeft hij niet.'

'Nee, maar het schijnt dat een van die jongens schatrijk is.'

'O, dat verklaart een hoop.'

'Toch zou ik mijn geld niet op hem zetten. Je weet hoe hij is.' Ze begonnen allebei te lachen.

'Een halve zool.'

'Ja, veel geblaat en weinig wol, zoals mijn moeder altijd zei.' Er werd opnieuw gelachen.

'Maar die Jasper Duncliffe heeft talent. En een geweldige stem. Hij zou het wel eens ver kunnen schoppen. Maar dan zonder die idioot van een Joe. Eigenlijk zou iemand hem moeten waarschuwen.'

Freddie liep weg, het bloed raasde door zijn slapen. Jasper Duncliffe! Het was vast en zeker een andere familie. De naam Duncliffe kwam ongetwijfeld meer voor. Hij liep zijn kantoor in en deed de deur achter zich dicht. Het liefst zou hij iemand bellen, maar wie? Aan Grace kon hij het niet vertellen. Trouwens, aan niemand. Hij liet zich op zijn stoel vallen, met zijn handen voor zijn gezicht. Alle oude gevoelens van jaloezie, verraad en pijn spoelden als een vloedgolf over hem heen. Op slag was het gedaan met de vredige rust die hij altijd op zijn werk had gevonden. Discipline, zei hij tegen zichzelf. *Discipline.* Maar bij de gedachte aan zijn dochter met iemand van die familie zou hij het liefst iets tegen de muur willen smijten.

Trixie was om vier uur klaar. Gasten bleven na de lunch vaak nog lang zitten. Ze hadden de hele ochtend in de zon gelegen en lunchten niet zelden laat, wat betekende dat Trixie vaak tot vijf uur moest doorwerken. Soms zelfs nog langer. Tijdens haar werk dacht ze aan Jasper. Het vooruitzicht dat ze hem die avond weer zou zien, verleende haar tred extra veerkracht. Haar stralende humeur was aanstekelijk, waardoor ook de andere serveersters met een glimlach hun werk deden.

Maar om vier uur trok ze haar uniform uit en verruilde het voor een gebloemd zonnejurkje dat tot amper halverwege haar dijen reikte, en sandalen. Toen ze langs de bar kwam, legde Jack net de telefoon neer.

'Dat was een boodschap voor jou, Trixie,' zei haar baas. 'Ene Jasper. Hij moet je dringend spreken.'

Ze fronste haar wenkbrauwen. 'O? Zei hij verder nog iets?'

'Nee, maar hij klonk serieus.'

Op slag voelde ze zich slecht op haar gemak. 'Oké. Ik ga meteen naar hem toe.'

Jack glimlachte. 'Dus hij heet Jasper?'

'Ja, hij heet Jasper. Wat zou dat toch zijn, met namen die met een J beginnen? Volgens mij hebben die iets bijzonders. Denk je ook niet, Jack?'

'Ga nou maar gauw. En doe geen dingen die ik ook niet zou doen.'

'Dan blijft er nog heel wat over! Meer dan ik aankan!' Ze liep lachend het restaurant uit, maar eenmaal op weg naar Joe kwam het ongemakkelijke gevoel terug. Ze ging sneller lopen. Het moest wel iets belangrijks zijn, als Jasper naar Captain Jack's had gebeld. Ze hoopte niet dat het iets akeligs was.

Zodra ze binnenkwam, werd haar angst bevestigd. Het was inderdaad iets akeligs. Joe stond met een sigaar tussen zijn vingers aan de telefoon luidkeels uit te leggen dat de band niet zou optreden. Door het raam zag ze de jongens aan de tuintafel zitten. Ze keken ernstig. Trixie had het gevoel dat al het bloed wegtrok uit haar gezicht.

Toen ze naar buiten liep, besefte ze dat Jaspers gezicht asgrauw zag. Zijn ogen waren rood, zijn mond was vertrokken tot een grimas alsof zijn hele wereld was ingestort. Toen hij haar zag slaakte hij een diepe zucht. 'Trixie.'

'Wat is er? Is er iets gebeurd?'

Zijn gezicht verstrakte doordat hij zich tot het uiterste moest inspannen om zijn emoties de baas te blijven. 'Mijn broer is verongelukt. Met de auto. Ik moet terug naar Engeland. Ik...' Zijn stem stierf weg, hij nam met trillende vingers een trek van zijn sigaret. De asbak en de lege bierflessen op tafel waren de getuigen van een middag kettingroken en drinken.

'O, wat erg!' Ze liet zich op haar knieën vallen en sloeg haar armen om hem heen.

In verlegenheid gebracht door haar reactie klopte hij haar op de rug, toen maakte hij zich los. 'Klote! Dat is het!' Zijn stem klonk zo dof, zo moedeloos, dat ze dacht dat haar hart het zou begeven.

George stond op, legde zijn handen achter zijn hoofd en begon over het gazon te ijsberen. 'We zullen op je wachten, maat. Neem alle tijd die je nodig hebt.'

De blik waarmee Jasper hem aankeek, leek te willen zeggen dat het belachelijk was wat hij beloofde. Trixie begreep niet waarom. 'Ik weet het niet,' mompelde hij. Toen stond hij driftig op. 'Het ging allemaal zo goed! En nu dit!'

'Hoe oud was je broer?'

'Ouder dan ik. En dat was ook meteen zijn grootste verdienste.' Het klonk bot, liefdeloos, maar Jasper had het nog niet gezegd of het leek erop dat hij in snikken zou uitbarsten. 'Nee, dat is niet eerlijk. Ik hield van mijn broer. Hij was een goed mens. Een geweldige kerel. Beter dan ik. Maar nu moet ik het van hem overnemen en dat kan ik helemaal niet. Daar deug ik niet voor.'

'Wat ga je nu doen?' vroeg ze.

'Ik ga naar huis.'

'Maar kom je weer terug?'

Hij keek haar aan. 'Kom, dan gaan we een eindje lopen. Ik moet hier weg.'

Ben gooide zijn laatste slok bier achterover. 'Neem zoveel tijd als je nodig hebt. Wij wachten hier op je. George, draai er nog eens een voor me.'

Ze liepen het strand op. Jasper pakte haar hand. Het bleef geruime tijd stil. Trixie worstelde met zoveel vragen, maar daar wilde ze hem niet mee lastigvallen. Ze moest geduld hebben. Ze moest wachten tot hij erover wilde praten. Ten slotte bleef hij staan, maar toen hij haar aankeek kon ze de wanhoop in zijn ogen nauwelijks verdragen.

'Ik hou van je, Trixie. Ik hou zielsveel van je.' Jasper legde zijn handen op haar schouders. 'En ik hou zelfs nog meer van je nu ik je misschien kwijtraak.'

'Wat bedoel je?' Haar hart begon wild te bonzen van angst.

'Ik moet naar huis en ik kan niet beloven dat ik terugkom.'

Ze had het gevoel alsof alle lucht uit haar longen werd geslagen. Haar ogen vulden zich met tranen.

'Kijk me niet zo aan. Alsjeblieft, liefste. Ik kan het niet verdragen,' zei hij kreunend.

'Natuurlijk kom je terug! Waarom zou je niet terugkomen?'

'Omdat ik moet stoppen met de muziek! Ik word geen rockster meer. Ik moet een landgoed beheren.' Zoals hij het zei klonk het alsof het een vloek was.

Ze trok haar neus op. 'Ik snap er niks van.'

Hij streek glimlachend met zijn duimen langs haar kaaklijn. 'Nee, natuurlijk snap je het niet. Je weet niets van me. Mijn broer was...'

'Ik ga met je mee!'

Nu was het aan hem om een verbijsterd gezicht op te zetten. 'Meen je dat?'

'Ja, natuurlijk. Als jij dat wilt, dan ga ik met je mee.'

Heel even werd de somberheid in zijn blik verjaagd door opluchting. 'Meen je dat serieus? Zou je alles opgeven? Voor mij?'

'Ik zou desnoods tot aan het eind van de wereld met je meegaan, Jasper. Want ik weet dat we voor elkaar bestemd zijn. Dat voel ik.'

'Dan moeten we trouwen. Ik kan niet verwachten dat je helemaal naar Engeland komt, zonder de belofte dat we altijd bij elkaar blijven.'

Haar hart zong van geluk. 'Als jij dat wilt, dan trouw ik met je.'

'Ik wil niets liever dan dat je bij me blijft, Trixie. Laat dat duidelijk zijn.' Zijn gezicht werd opnieuw verduisterd door de schaduw van de twijfel. 'Maar je bent nog zo jong. Je wilt de mode in, je wilt gaan reizen, de hele wereld ligt voor je open. Ik kan niet van je vragen dat je dat allemaal opgeeft. Je hebt geen idee van het leven dat je in Engeland zou gaan leiden. En eerlijk gezegd weet ik niet of je daar wel geschikt voor zou zijn. Ik zou het verschrikkelijk vinden om je ongelukkig te maken. Want dan zou je een hekel aan me krijgen.'

'Jasper, waar *héb* je het over?'

'Als je mijn vrouw wordt, zul je al je dromen moeten opgeven. Je kunt geen baan zoeken in de mode, je kunt niet gaan reizen, je kunt niet over de hele wereld alle modeshows langsgaan. In plaats daarvan moet je bijeenkomsten organiseren om geld in te zamelen voor het nieuwe dak van de kerk, je moet etentjes geven voor de vertegenwoordiger van de kroon en zijn vrouw. Dat zijn verplichtingen waarvan ik me afvraag of je er plezier aan zou beleven. Ik ben heel bang dat je diep ongelukkig zou worden.'

'Zolang ik bij jou kan zijn, ben ik gelukkig.'

Met een zucht keek hij uit over de zee, terwijl hij de mogelijkheden leek te overwegen. 'Akkoord, zo doen we het.' Hij keerde zich weer naar haar. 'Ik ga naar huis, voor de begrafenis van mijn broer. En zodra ik duidelijkheid heb over de situatie, zodra ik orde op zaken heb gesteld, vraag ik je achter me aan te komen.'

Trixie had het gevoel dat haar blik op de wereld plotseling scherper werd gesteld. Haar zenuwen tintelden, alles voelde intenser. Dit was het echte leven, dit was het leven in zijn opwindendste vorm. Dit was iets waarover je in boeken las, iets wat je zelf nooit meemaakte. Maar nu wel. Ze had altijd geweten dat Tekanasset te klein voor haar was. 'Ik zal op je wachten,' zei ze.

Hij boog zich naar haar toe en kuste haar hartstochtelijk. 'Mijn toekomst mag dan in rook zijn opgegaan, ik heb jou nog, Trixie.'

'En ik zal op je wachten, Jasper. Hoe lang het ook gaat duren.'

9

Grace was bezig een appeltaart te maken en legde net de bovenste lap deeg op het fruit toen Freddie thuiskwam. Ze hoorde de hordeur dichtslaan, gevolgd door het vertrouwde geluid van zijn voetstappen in de hal. Hij zette zijn attachékoffer op de grond, hing zijn jas op en aaide de honden, die hem kwamen begroeten. Ondanks de vertrouwde geluiden voelde ze dat hij nijdig was. Haar hart verkrampte. Aan zijn afstandelijkheid was ze gewend geraakt, en daarvoor vond ze troost in haar herinneringen en haar tuinen. Maar zijn woede deed haar telkens weer pijn.

Ze doopte haar kwast in de gesmolten boter en terwijl ze de bovenkant van de taart insmeerde, zette ze zich schrap voor de confrontatie. Zijn voetstappen gingen naar de studeerkamer, ze hoorde gerinkel van glas toen hij zich een whisky inschonk. Even later klonk het zachte getik van hondenpoten op de houten vloer in de hal en kwam Freddie de keuken binnen.

Zijn gezicht verried dat hij niet zozeer boos was als wel gekwetst. 'Freddie! Is er iets gebeurd? Wat is er?'

Hij liep de keuken door, de veranda op. Daar bleef hij staan, met een hand op zijn heup, starend naar de zee. Grace deed haar schort af en volgde hem naar buiten. 'Het komt door Trixie,' zei hij ten slotte, zonder haar aan te kijken.

'Wat is er dan?'

'Het gaat om die jongeman met wie ze optrekt. Dat bevalt me helemaal niet.'

'Je moet haar loslaten, lieverd,' zei Grace opgelucht. 'Ze is negentien.'

'Ik mag die jongen niet.'

'Heb je hem ontmoet?'

Hij schudde zijn hoofd en nam een grote slok whisky. 'Nee, maar wat ik heb gehoord, klinkt niet goed.'

Ze zuchtte een beetje ongeduldig. 'Ik vind niet dat je op het oordeel van anderen mag afgaan. Je kunt pas oordelen als je hem zelf hebt ontmoet.'

'We zijn naar Amerika gegaan in de veronderstelling dat we Engeland achter ons lieten. Maar uiteindelijk haalt het verleden ons in, helemaal naar de andere kant van de oceaan. Het is niet te geloven!'

'Waar heb je het over?'

'Die Jasper...'

'Ja?'

Hij nam nog een slok. 'Ik weet het niet zeker. En misschien heb ik het helemaal mis. Er zijn tenslotte...' Op dat moment hoorden ze de voordeur opengaan, gevolgd door de klap van de hordeur die in het slot viel. Freddie keerde zich verschrikt naar zijn vrouw.

'Wat wilde je zeggen?' fluisterde Grace. Maar het was al te laat. Trixie kwam de keuken binnen. Er lag een vastberaden trek om haar mond.

'Ik moet met jullie praten.' Ze voegde zich bij hen op de veranda. Grace had plotseling last van knikkende knieën, dus ze ging op de schommelbank zitten. Het ontging haar niet hoe bleek Trixie zag. En de donkere kringen onder haar ogen verrieden dat ze had gehuild. 'Jasper gaat naar Engeland en hij komt niet meer terug.'

Grace en Freddie waren verbijsterd. Wat ze zich ook aan scenario's in het hoofd hadden gehaald, dit was een mogelijkheid waarmee ze geen rekening hadden gehouden. Grace zou haar dochter het liefst in haar armen hebben genomen, maar iets in de grimmige uitdrukking op Trixies gezicht zei haar dat dit nog niet alles was. Dus ze bleef waar ze was en wachtte angstig af.

'Ik ga met hem mee,' vervolgde Trixie. 'Hij heeft me ten huwelijk gevraagd.'

Freddie werd zo rood in zijn gezicht dat Grace vreesde voor een hartaanval. 'Daar kan geen sprake van zijn.' Zijn stem klonk hard als graniet.

'Ho! Rustig aan! Jullie allebei. Het gaat me allemaal veel te snel.' Grace deed wanhopig haar best om kalm te blijven. 'Waarom gaat hij terug naar Engeland, lieverd? Ik dacht dat hij op tournee zou gaan?'

'Zijn broer is overleden,' antwoordde Trixie.

'O, wat akelig,' zei Grace. 'Wat verdrietig. Hoe is dat gebeurd?'

'Hij heeft een auto-ongeluk gehad.'

Freddie dronk zijn glas leeg en keerde zich naar zijn dochter. Door de blik waarmee hij haar aankeek, had Grace het gevoel dat haar hart in een klomp ijs veranderde. 'En waarom komt Jasper dan niet meer terug?'

'Omdat hij het beheer van het landgoed moet overnemen.'

Freddie knikte langzaam. 'Omdat hij het landgoed moet beheren.' Hij keek Grace bijna beschuldigend aan. 'Hoe heet hij precies, Beatrix? Wat is zijn achternaam?'

'Jasper Duncliffe.' Nu was het Trixie die zich slecht op haar gemak begon te voelen. 'Hoezo? Ken je hem?'

Grace had het gevoel dat de bodem onder haar voeten werd weggeslagen. Jasper Duncliffe! Haar hersens werkten koortsachtig, het bloed schoot naar haar slapen, haar hoofd begon pijnlijk te bonken. Als haar vermoeden klopte, dan was de omgekomen broer de oudste zoon geweest, met als gevolg dat de verantwoordelijkheid voor het landgoed nu op de schouders van Jasper was komen te liggen. En als dát zo was, dan kon dat alleen maar betekenen dat Jaspers vader ook dood was. Ze ademde abrupt in, alsof er een mes in haar hart werd gestoken. Haar hand schoot naar haar borst. *Dat hoeft niet.* Het hoeft niet zo te zijn, dacht ze, wanhopig zoekend naar een andere mogelijkheid. Ze stond op. 'Ik ben zo terug,' zei ze ademloos en ze vluchtte de keuken in.

Daar leunde ze met een gesmoorde snik tegen het aanrecht. Ze zag dat Freddie en Trixie op de veranda gewoon doorpraatten. En ze hield zichzelf voor dat ze kalm moest blijven. Na al die jaren mocht ze het niet laten gebeuren dat ze alsnog zwak werd en toegaf aan het verdriet, aan de pijn. Ze deed de koelkast open en haalde er een fles wijn uit. Met trillende handen pakte ze een glas uit de kast. Zodra ze het had volgeschonken nam ze haastig een grote slok. Haar nek verkrampte pijnlijk door haar verzet tegen de aanstormende vloedgolf van emoties die dwars door de barrières dreigden te breken waarachter ze zich bijna dertig jaar had weten te verschansen. Haar hoofd bonsde. Het liefst zou ze in bed zijn gekropen, diep onder de dekens, om haar verdriet de vrije loop te laten. Maar dat kon niet. Ze moest terug, ze moest het gesprek voortzetten alsof wat Trixie doormaakte niets te maken had met haar eigen gebroken hart, haar eigen verdriet, haar eigen verleden.

Ze haalde drie keer diep adem, veegde het zweet van haar voorhoofd en stak haar kin naar voren. Toen liep ze weer naar buiten. 'Ik weet zeker dat hij me vraagt om achter hem aan te komen.' Trixies stem klonk broos, alsof ook zij vocht tegen een vloedgolf van emoties.

'Beatrix, je hebt geen idee wat het betekent om met een man als Jasper te trouwen. Hij gaat terug naar Engeland en tegen de tijd dat de begrafenis achter de rug is en de werkelijkheid begint door te dringen, beseft hij dat hij niet kan trouwen met iemand die hij net heeft leren kennen. Het risico zou te groot zijn. Voor een man als Jasper komt zijn plicht op de eerste plaats. Daar moeten zijn dromen, zijn verlangens voor wijken.'

Grace ging weer op de schommelbank zitten, volledig verkrampt, alsof haar lichaam aan iemand anders toebehoorde; aan iemand die oneindig veel sterker was dan zij. 'Je vader heeft gelijk,' zei ze. Freddie was verrast door haar steun. Net als Trixie, die begon te huilen. 'Zijn verplichtingen gaan boven alles en hij zal trouwen met een meisje uit zijn eigen milieu. Zo gaat het in dat soort kringen. De familie komt op de eerste plaats. Als erfgenaam van een groot landgoed zal hij zijn verantwoordelijkheden uiterst serieus nemen.'

'Ik begrijp jullie niet! Jullie, Engelsen!' snauwde Trixie. 'Wat zíjn jullie voor mensen?'

'We proberen alleen maar te voorkomen dat jij bezeerd raakt, sufferdje,' bromde Freddie.

'En dat doen we uit liefde.' Grace kreeg tranen in haar ogen bij het woord 'liefde'.

'Nou, ik blijf op hem wachten. Het kan me niet schelen hoe lang het duurt. Ik ga met hem trouwen!'

Aangemoedigd door de verrassende steun van zijn vrouw besloot Freddie het op een akkoordje te gooien; ook omdat hij alle vertrouwen had in de afloop. 'Als hij vraagt of je naar hem toe komt, dan heb je mijn zegen,' zei hij langzaam.

Grace slikte krampachtig. 'En de mijne.'

Freddie knikte, met een zweem van warmte in zijn ogen. 'Dat is dan afgesproken.'

Trixie was gerustgesteld. De kleur keerde terug op haar wangen. 'Menen jullie dat echt?'

'Ja, dat meen ik.' Haar vader haalde een sigaret uit zijn borstzak, keerde zich naar de balustrade en liet zijn blik over de zee gaan. 'Als hij vraagt of je achter hem aan komt, dan had ik het mis. Dan heb ik hem verkeerd beoordeeld.'

Trixie was plotseling een en al opwinding. 'Dat moet ik meteen aan Jasper gaan vertellen!' Er lag een blos op haar wangen. Met stralende ogen rende ze naar binnen, ze greep een appel van de fruitschaal en stormde de hal door. De hordeur ratelde, viel in het slot en het huis werd weer in stilte gedompeld.

Grace en Freddie bleven op de veranda zitten. De honden, die hun toevlucht in de keuken hadden gezocht, kwamen schaapachtig naar buiten; blijkbaar voelden ze de spanning, veroorzaakt door gedachten die te pijnlijk waren om hardop te worden uitgesproken. Freddie rookte peinzend, Grace nipte van haar wijn. Ze waren heel even een eenheid geweest, maar toch leek het nog altijd alsof er een oceaan tussen hen in lag. Grace probeerde niet aan zichzelf te denken, maar aan haar dochter, die met een hart vol liefde en vertrouwen aan het eerste grote avontuur van haar leven was begonnen. Net zoals zij dat had gedaan, al die jaren geleden. En net als zij destijds, geloofde Trixie oprecht dat de liefde in staat was elk obstakel te overwinnen; dat de liefde al het slechte wat in haar naam gebeurde, teniet kon doen. Grace kon tegen haar dochter zeggen dat ze het mis had; dat ervaring haar dat had geleerd. Maar wat had het voor zin? Haar vader had haar altijd voorgehouden dat wijsheid iets was wat je niet kon leren. *Kennis kun je leren, wijsheid verwerf je door ervaring.* Trixie moest haar eigen weg gaan en ze moest leren van haar eigen fouten. Dat was de zin van het leven.

'Wat eten we?' vroeg Freddie, in een poging zijn melancholieke overpeinzingen af te schudden.

Grace keek op haar horloge. 'De appeltaart zal wel klaar zijn.'

'Appeltaart? Lekker!'

'En ik heb kippenoesters, om te bakken.'

Hij glimlachte. 'Heerlijk. Ik neem aan dat Trixie niet thuis eet.'

'Nee, die zal wel bij Joe aanschuiven.' Grace stond op en volgde haar man de keuken in. 'Wat een teleurstelling voor die jongens. Wat denk je? Is daarmee hun droom om beroemd te worden voorbij?'

Freddie knikte. 'Ik denk het wel. Voor zover ik heb begrepen, is Jasper degene met het meeste talent.'

'En met het geld om de boel te financieren,' voegde ze eraan toe.

'Tja. Dus ik denk dat Joe ook erg teleurgesteld zal zijn. Hij heeft ongetwijfeld gedacht dat hij met Jasper goud in handen had.'

'Die arme jongen. Hij is helemaal hierheen gekomen om te ontsnappen aan zijn familie, maar al zijn dromen zijn in duigen gevallen.'

'Ze zijn anders dan wij, Grace.'

'Dat weet ik,' zei ze zacht.

'We moeten sterk zijn voor Trixie.'

'Ja, daar heb je gelijk in.'

Hij schonk haar een verdrietige glimlach. 'Hij gaat haar niet vragen om hem achterna te komen.'

'Nee, mannen zoals hij doen dat niet.' Ze haalde de kip uit de koelkast en zette de pan op het fornuis. 'Hun plicht gaat boven alles.' Ze waakte ervoor om verbitterd te klinken.

'Precies,' viel Freddie haar bij. 'Het zal een harde les voor haar zijn, maar uiteindelijk zal Trixie beseffen dat haar ouders gelijk hadden.'

'En dat we zielsveel van haar houden,' voegde Grace er vastberaden aan toe. Want dat was de enige liefde waar ze onvoorwaardelijk in geloofde.

Trixie en Jasper lagen in elkaars armen, in de kleine roeiboot in het boothuis van Joe. Dat was de enige plek waar ze alleen konden zijn. Ze hadden het bootje bekleed met kussens en dekens, en terwijl ze elkaar innig omhelsden, waren ze zich bewust van het naderende afscheid, dat met elke minuut die verstreek dichterbij kwam. Ze vrijden niet. Hun hoofd stond niet naar seks. Op de een of andere manier leek het ongepast om hun relatie terug te brengen tot het puur fysieke, want wat ze voelden, geconfronteerd met alle onzekerheden, was zoveel spiritueler.

Ondanks Jaspers herhaalde verzekering dat hij haar zou vragen achter hem aan te komen zodra hij orde op zaken had gesteld, kon Trixie een zweem van twijfel niet onderdrukken. Al was het maar omdat ze zich herinnerde wat Jasper over zijn moeder had gezegd: dat ze het niet met zijn keuze eens zou zijn. En dan was er ook nog de waarschuwing van haar vader, dat voor een man als Jasper familieverplichtingen altijd op de eerste plaats kwamen. Ze sprak haar twijfels niet uit, bang dat ze daardoor bewaarheid zouden worden. En ze wilde Jasper geloven, wanneer hij sprak over een toekomst voor hen samen.

Hoe graag ze die laatste nacht ook bij hem was gebleven, zich koesterend in zijn omhelzing, ze wist dat ze naar huis moest. Het zou niet lang meer duren, of ze waren getrouwd en dan werden ze de rest van hun leven elke morgen samen wakker. Dus uiteindelijk vroeg ze hem met tegenzin haar naar huis te brengen. Ze liepen via het strand. Hand in hand. De golfjes likten nauwelijks hoorbaar aan het zand. De hemel was bezaaid met sterren die schitterden als diamanten, met in hun midden een stralende maan in een waas van heiigheid. Het was prachtig en het ontroerde Trixie des te meer dat ze omringd door zoveel schoonheid afscheid moest nemen van haar geliefde.

Bij de veranda gekomen kuste hij haar, en hij plukte een roos, net als die eerste keer. 'Je komt me morgen toch wel uitzwaaien, hè?' Hij stak de bloem achter haar oor.

'Natuurlijk.'

'Ik zal je zo verschrikkelijk missen, Trixie,' verzuchtte hij kreunend.

'Ik jou ook. Maar nog even, dan zijn we weer samen.'

'Ja, dan zijn we weer samen. Het duurt maar even. Echt maar even.'

Deze keer klom ze niet door het raam naar binnen. Dat leek haar niet gepast voor een meisje dat op het punt stond te gaan trouwen.

Nadat ze de voordeur had opengedaan, kuste ze hem voor het laatst. 'Tot morgen!'

Jasper wachtte tot de deur achter haar was dichtgevallen, toen liep hij terug over het strand. Hij voelde een gruwelijke, overweldigende leegte. Zonder zijn broer leek de wereld ineens vijandiger. Hij dacht aan zijn moeder, aan hoe verdrietig ze moest zijn, en verlangde naar huis. Hij zou de plaats van zijn broer moeten innemen, als hoofd van het gezin. Maar hij wist niet of hij dat wel kon. En hoe hij dat moest doen. Hij was altijd de rebel van de familie geweest. Zijn twee zussen zouden hem ook nodig hebben – ze zouden hem allemáál nodig hebben, maar hij schoot gruwelijk tekort in alles wat er van hem werd verwacht. Hij vervloekte Edward, die hem had gedwongen zijn taak over te nemen, en die hem een gebroken hart had bezorgd.

Maar Trixie was zijn reddingslijn. Ze was een deel van Tekanasset en van zijn droom waaraan hij zich kon vastklampen. Terwijl hij dreigde te verdrinken in een zee van verantwoordelijkheden, was Trixie het kleine vlot dat zijn behoud beloofde. Het behoud van Jasper Duncliffe. Zolang ze samen waren, was zijn droom nog niet ten onder gegaan. Misschien was een leven in de muziek niet voor hem weggelegd, misschien zou hij nooit samen met George en Ben de wereld veroveren, maar Trixie en hij zouden hun droom werkelijkheid laten worden op het Engelse platteland; hij zou gitaar blijven spelen, zij zou naar hem luisteren en op de een of andere manier zou Trixie zijn talent, zijn creativiteit levend houden. Hij geloofde oprecht dat hij gelukkig kon zijn, zolang hij haar naast zich had.

Natuurlijk zou zijn moeder het er niet mee eens zijn. Trixie was niet het soort meisje dat op haar goedkeuring kon rekenen, om redenen die te kleingeestig en te bekrompen waren voor woorden. Oppervlakkig en vooringenomen als ze was, zou zijn moeder Trixie als ver beneden haar stand beschouwen, in alle opzichten. Jasper hoopte vurig dat hij het mis had, dat zijn moeder hem zou verrassen door het meisje van zijn dromen in haar hart te sluiten. Maar diep vanbinnen wist hij dat compassie en acceptatie niet haar meest kenmerkende eigenschappen waren. Toch zou hij voet bij stuk houden. Tenslotte was hij nu het hoofd van de familie, en in die positie hoefde hij zich door niemand de wet te laten voorschrijven. Die gedachte beurde hem een beetje op.

Trixie sliep onrustig. Ze schrok telkens wakker, gekweld door verwarrende dromen waarin ze van alles kwijtraakte en om hulp riep zonder dat iemand haar hoorde. Toen ze uiteindelijk rechtop in bed ging zitten, begon de hemel boven de oceaan al licht te kleuren. Met een schok herinnerde ze zich de gebeurtenissen van de vorige dag, en het was alsof er een dik pak wolken voor de zon schoof.

Ze stapte uit bed en schoot haar kamerjas aan. De keuken lag er verlaten bij. De honden waren er niet. Maar het rook al naar koffie. Door de ramen viel het zwakke ochtendlicht naar binnen. De zee was rustig, zo glad als een spiegel. Toen ze het zachte gepiep van de schommelbank hoorde, liep ze naar buiten. Haar moeder zat in badjas op de veranda, haar haar hing verward langs haar gezicht. In haar eeltige handen, ruw van het tuinieren, hield ze een mok koffie. Zonder make-up leek haar gezicht bleek en afgetobd. Maar tegelijkertijd zag ze er in haar verlatenheid jonger uit, als een meisje. Toen Trixie naar buiten kwam sloeg ze haar bloeddoorlopen ogen op. 'Goeiemorgen!' zei ze met een matte glimlach. 'Wat ben jij vroeg op.'

'Ik ben te rusteloos om te slapen.' Trixie ging naast haar zitten.

Grace sloeg een arm om haar heen en trok haar tegen zich aan. 'Dat snap ik.' Ze drukte haar wang tegen Trixies haar. 'Het is afschuwelijk wat er is gebeurd. En ik vind het ook heel erg voor jou. Je was zo gelukkig.'

'Het komt goed,' zei Trixie vastberaden. 'We houden van elkaar. Er is niets wat tussen ons kan komen.'

'Ik hoop dat je gelijk hebt.'

'Daar twijfel ik niet aan.' Trixie dwong zichzelf flink te blijven. 'Het gaat gewoon allemaal veel sneller dan we hadden gedacht.' Ze lachte wrang. 'Ik was van plan om in de herfst met hem op tournee te gaan, en ik zag er al tegen op wat papa zou zeggen. Maar het slot van het liedje is dat ik naar Engeland ga, met papa's zegen. Dus het heeft allemaal goed uitgepakt. Het is zelfs beter zo. Zonder ruzie. Jullie zullen wel op reis moeten, want ik kan me niet voorstellen dat Jaspers familie hierheen komt voor de bruiloft.'

Trixie schoot overeind toen ze voelde dat haar moeder verkrampte. 'Je vindt het toch niet erg, mam? Ik ga naar de andere kant van de wereld, dat besef ik. Maar het is je thuis. Dat moet toch een troost zijn. Het zou erger zijn als ik naar Australië emigreerde.'

'Natuurlijk, dat is ook zo. Maar het heeft me nogal overvallen. Ik heb tijd nodig om aan het idee te wennen.'

'O, mam! Ik hou zoveel van je.' Trixie keek haar verdrietig aan.

Grace grinnikte. 'Dat weet ik, lieverd. En ik hou ook heel veel van jou.'

'Je raakt me niet kwijt.'

'Nee, maar je bent straks wel erg ver weg.'

'Je kunt toch komen logeren?'

Grace knikte, maar haar ogen begonnen te prikken, dus ze keerde zich naar de oceaan en probeerde haar tranen terug te dringen. 'Hoe zit het met...' Ze haperde even en schraapte haar keel. 'Met de ouders van Jasper? Zijn ze op de hoogte van jullie plannen?'

'Dat weet ik niet. Daar heeft hij niks over gezegd.'

'Heeft hij het helemaal niet over zijn ouders gehad?' Grace durfde amper adem te halen.

'Nee, ik weet alleen dat zijn vader dood is. En dat zijn moeder het niet eens zou zijn met zijn keuze. Maar als ze me eenmaal leert kennen, vindt ze me vast aardig.'

Grace staarde nog altijd in de verte. 'Dus zijn vader is dood?' Haar stem klonk beheerst, even kalm en gestaag als de zee.

'Ja, dat zei Jasper.'

'Hoe is hij gestorven?'

'Dat weet ik niet.'

Grace knikte, maar ze keek haar dochter niet aan, uit angst dat die het rauwe verdriet in haar ogen zou zien, de verkrampte spieren in haar nek terwijl ze vocht tegen haar tranen. Trixie praatte verder, waardoor Grace de kans kreeg haar verdriet naar de achtergrond te dringen. Er zoemde een bij boven een grote hortensiabloem. Grace werd erdoor afgeleid. Ze keek ernaar, waarop de bij naar haar toe kwam en neerstreek op de kraag van haar badjas, precies op de plek waar ze altijd haar bijenbroche droeg. Ze hield haar adem in.

'Mam, er zit een bij op je badjas,' zei Trixie. Grace was zo ontroerd dat ze alleen maar kon knikken. 'Gaat het wel goed met je?' Trixie was zich ineens bewust van de merkwaardige uitdrukking op haar moeders gezicht. Ze zag eruit alsof ze elk moment in snikken kon uitbarsten. Zodra Trixie een arm om haar heen sloeg, vloog de bij weg. 'Mam?'

Grace slaakte een gekwelde jammerklacht. De kreet leek uit haar diepste wezen op te wellen en joeg Trixie angst aan door zijn bijna wrede oerkracht. 'Mam, wat is er?' vroeg ze, maar Grace schudde haar hoofd. Ze kon het haar dochter niet uitleggen. Net zomin als haar man. Ze kon het niemand uitleggen. Waar zou ze moeten beginnen? Hoe kon ze de woorden vinden om de zuiverheid en de diepte van haar liefde recht te doen? Hoe zou ze het verwoestende verlies dat ze had geleden in woorden kunnen vatten? En dus zweeg ze.

Ze vermande zich, droogde haar tranen en kuste haar dochter vol tederheid. 'Ik hoop zo voor je dat het allemaal goed uitpakt,' zei ze zacht en ze streek de verwarde frons van Trixies voorhoofd. 'Ik hoop oprecht dat jullie liefde standhoudt, want dat verdien je.'

'Dank je wel, mam. Daar twijfel ik niet aan.'

Grace klopte haar dochter op de knie. 'Als jij je aankleedt, maak ik het ontbijt klaar. Je hebt je energie vandaag hard nodig.'

Trixie liet haar moeder op de veranda achter en ging naar boven om zich aan te kleden. Terwijl ze een korte broek van spijkerstof aantrok met een gemakkelijke trui, drong er opnieuw een gesmoord snikken tot haar door. Ze had haar moeder nog nooit zo horen huilen en het sneed haar door de ziel dat zíj de oorzaak was van dat verdriet. Maar ook al zou ze het liefst naar beneden gaan, ook al zou ze het liefst proberen haar te troosten, iets zei haar dat er voor het verdriet van haar moeder geen troost bestond.

Later die dag stond Trixie op de kade en kuste ze Jasper voor de allerlaatste keer. 'Als je tranen in het water van de haven vallen, kom je terug naar het eiland. Dat is een oude volkswijsheid.' Haar ogen stonden glazig van verdriet. 'Dus daar moet je voor zorgen, want de mijne tellen niet.'

'Ik doe mijn best. Maar jij komt eerst naar mij toe. Beloof je dat je op me wacht?'

'Dat beloof ik.'

In een vurige omhelzing drukte hij zijn lippen op de hare. 'Ik hou van je, Trixie Valentine.'

'En ik hou van jou, Jasper Duncliffe.'

Toen hij aan boord ging, klonken haar laatste woorden al in zijn gedachten als een melodie die tot het verleden behoorde; als een melodie die deel uitmaakte van een wereld die niet meer bestond. Hij wuifde Trixie vaarwel. En George en Ben en Joe. En hij wuifde Jasper Duncliffe vaarwel – zanger, vrije geest, een jongen nog – maar ook Lord Jasper Duncliffe. Want ze bestonden niet meer. Hij was markies geworden. Hij was nu Lord Penselwood. En hij ging naar huis, naar Walbridge Hall.

DEEL 2

10

Walbridge, Engeland, 1938

De eerste keer dat Grace om Rufus huilde, was bij de bekendmaking van zijn verloving, in de lente van 1938. Het zou niet de laatste keer zijn.

Sinds die dag in juli, vijf jaar eerder, toen hij haar in zijn glimmende Alfa Romeo naar het Imkershuis had teruggebracht, had ze hem niet meer gezien. En hoewel ze in de jaren daarna vanaf haar geheime waarnemingspost, aan de rand van het bos, naar hem was blijven uitkijken, had ze nooit meer een glimp van hem – of van zijn auto – opgevangen. Als hij in al die tijd ooit thuis was geweest, had zij daar geen weet van gehad.

En er was natuurlijk ook geen enkele reden waarom hij haar gezelschap zou hebben gezocht. Ze mocht dan inmiddels een jonge vrouw zijn geworden, zijn leven speelde zich nog altijd in een volstrekt andere wereld af, in volstrekt andere kringen. Maar toch miste ze hem. Ze dacht vol verlangen terug aan zijn gezicht, die dag in de auto, met de kap naar beneden, en koesterde het beeld als een ansichtkaart die ze tegen haar hart drukte. Het heerlijke van herinneringen is dat ze niet verbleken. Foto's raken beschadigd, ze verbleken door de zon, er komen vlekken op en ze krullen bij de hoeken, maar herinneringen blijven onbedorven, even nieuw als op de dag van hun ontstaan. De chocoladebruine ogen van Rufus die liefkozend naar haar glimlachten, waren nog net zo stralend als op die dag in juli.

Ze vertelde haar moeder over haar dromen, want ook al kon ze haar niet zien, ze wist dat ze er was, dat ze naar haar luisterde en onvoorwaardelijk van haar hield. Soms huilde ze in haar kussen, omdat ze bang was dat haar gevoelens voor Rufus haar zouden beletten de liefde ooit echt te beleven. Ze maakte zich zorgen dat niemand datzelfde bedwelmende mengsel van geluk en verlangen in haar zou kunnen wekken. En hoewel ze accepteerde dat hij nooit van haar zou houden, dat hij nooit van haar zou kúnnen houden, koesterde ze heimelijk toch een nietig sprankje hoop – zo nietig dat ze zich er amper van bewust was – dat de wereld als door een wonder zou veranderen en dat er een dag zou komen waarop hij van haar zou kunnen houden als van een vrouw uit zijn eigen kringen.

Maar toen kwam het nieuws dat hij ging trouwen, en in één gruwelijk, verwoestend moment vielen al haar dromen in duigen.

Het gebeurde op een zaterdagavond, in de Fox and Goose. Grace was net negentien geworden. Ze zat in de pub met haar vader, tante May, oom Michael, Freddie en Josephine, zijn jongere zus. Grace mocht Josephine niet echt. Ze had een scherpe tong en kon zich ergeren aan andermans geluk, op het onbeleefde af. Freddie had inmiddels een volledige baan op Walbridge Hall, ook al was Mr. Garner nog kwiek en gezond, dus zijn droom om aan het hoofd te staan van het boerenbedrijf op het landgoed had hij nog niet kunnen verwezenlijken. Grace werkte vier middagen per week bij een gepensioneerde kolonel die helemaal alleen in een herenhuis aan de rand van het dorp woonde. Dominee Dibben had haar aanbevolen en de kolonel, wiens ogen snel achteruitgingen, betaalde haar een goed salaris om hem voor te lezen. Boeken waren zijn grote passie en dus was Grace, met haar welluidende stem en intelligente verteltrant, de ideale metgezel voor de oude man. De kolonel was haar dankbaar voor alle vreugde die ze hem schonk.

Iedereen vroeg zich af waarom Arthur Hamblin nooit hertrouwd was. Niet alleen zou een tweede huwelijk voor hem een nieuwe levensgezel hebben betekend, het zou zijn dochter bovendien hebben ontslagen van de verantwoordelijkheid om voor hem te zorgen. Volgens sommigen treurde Arthur nog altijd om zijn vrouw, anderen beweerden dat hij Grace niet met een stiefmoeder wilde confronteren. Wat de reden ook mocht zijn, Grace verzorgde hem zoals dat van een plichtsgetrouwe dochter mocht worden verwacht. Ze waste en streek zijn kleren, ze hield het huis schoon en netjes, ze kookte en hield haar vader gezelschap. De middagen bij kolonel Redwood vormden een welkome afwisseling op haar huishoudelijke taken. Ze kon zich echt uitleven in haar liefde voor romans, want de grote liefdesgeschiedenissen van de literatuur waren de favoriete lectuur van de kolonel. Terwijl ze hem Tolstoj, Dumas en Austen voorlas, voedden de verhalen over vurige verlangens en gebroken harten haar eigen fantasieën en de heimelijke hoop dat Rufus en zij elkaar ooit, net als de romanpersonages, door een verrukkelijke speling van het lot zouden kunnen beminnen.

Maar toen kwam Michael Valentine terug van de bar, met drie biertjes – voor Freddie, Arthur en zichzelf – en met het heuglijke nieuws dat hij zojuist van de eigenaar had gehoord. 'Lord Melville heeft een bruid gevonden,' kondigde hij vrolijk aan terwijl hij weer ging zitten.

'O, wat romantisch!' zei May dweepziek. 'Wie is de gelukkige?'

'Ik weet het niet. De dochter van de een of andere hertog.' Michael haalde zijn schouders op en begroef zijn bovenlip in de schuimkraag van het bier.

Josephine blies de rook van haar sigaret als een draak uit een vuurrode mondhoek. 'Hè, wat saai,' sneerde ze. 'Een gearrangeerd huwelijk is niet romantisch, mam. Daar komt geen emotie aan te pas. Dus reken maar op een dodelijk saaie bruiloft.' Door de wolken sigarettenrook sloeg Grace het gesprek gade, met een onwezenlijk gevoel, alsof ze er niet echt bij was. Ze zei niets, hield zich muisstil en verdrong krampachtig haar verdriet, opdat niemand zou merken dat het nieuws over het huwelijk haar hart had gebroken.

'Dan vergis je je, Josie,' zei Arthur. 'Lord Melville is niet zoals zijn vader. Hij houdt van een pleziertje en hij heeft humor, alsof hij zo uit een toneelstuk van Noel Coward is weggelopen.'

'Dat ontken ik ook niet. Hij heeft inderdaad humor. Het is een geestige, knappe vent. Maar deze bruid ligt te veel voor de hand.' Er verscheen een zuinige glimlach om haar smalle lippen. 'Ik zou meer bewondering voor hem hebben als hij ervandoor ging met – ik noem maar wat – een serveerster. Trouwen met de dochter van een hertog is zo voorspelbaar.'

'Nou en?' merkte Freddie op. 'Hij moet nu eenmaal trouwen met iemand uit zijn eigen milieu.'

'Waarom? Zodat de bruid, tegen de tijd dat hij het landgoed erft na de dood van de markies, net zulke indrukwekkende tuinfeesten kan geven als haar schoonmoeder? Tja, daar zul je wel gelijk in hebben. Een serveerster zou niet weten hoe ze zich als markiezin moest gedragen.'

'Dat zou jij ook niet weten, Josie,' zei Freddie lachend. Hij keerde zich naar Grace, die muisstil naast hem zat, alsof ze door het nieuws was veranderd in een zoutpilaar. 'Wat vind jij ervan, Grace?' Het klonk eerder als een uitdaging dan als een vraag.

'Ik vind er eigenlijk niet echt iets van. Ik ken ze geen van beiden dus...' Haar stem stierf weg en ze haalde vluchtig haar schouders op om niet te laten merken hoe slecht ze zich op haar gemak voelde.

'Grace heeft gelijk,' viel Josephine haar bij. 'Waarom zouden we ons druk maken over een bruiloft als we de bruid en de bruidegom niet eens kennen? Dat is net zo idioot als alle commotie wanneer er een lid van de koninklijk familie gaat trouwen. En dat zijn dan nog publieke figuren. Die kennen we een heel klein beetje. Ik heb bewondering voor de koning. Vanwege zijn troonsafstand om te kunnen trouwen met die ondeugende Wallis. Daar was lef voor nodig! Het had Lord Melville gesierd als hij ook voor een ondeugende, gescheiden Amerikaanse had gekozen!'

Freddie gaf Grace een por. 'Weet je nog dat jij vroeger verliefd op hem was? Op Rufus, zoals je hem noemde?' Hij lachte spottend.

'Mocht je Rufus zeggen?' Michael trok verrast zijn wenkbrauwen op. 'Dat is wel erg vertrouwelijk.'

'Echt waar, Grace? Was je verliefd op hem?' Josephine kneep haar ogen tot spleetjes. 'Nee maar, dat had ik nooit achter je gezocht!'

'Ik weet niet waar je het over hebt.' Grace voelde dat haar wangen begonnen te gloeien.

'Ja, ze was verliefd op hem. Hij heeft ooit met haar geflirt, op een zondag na de kerk,' vertelde Freddie.

'En toen nam hij zijn grootmoeder mee naar het Imkershuis om zich door een bij te laten steken, als remedie tegen de jicht,' voegde Arthur er trots aan toe.

'Nee maar! Wat een verhaal!' Michael grinnikte.

'De markiezin-douairière in jouw kleine huisje?' May was hoorbaar onder de indruk. 'Waarom heb je dat nooit verteld?'

'Ik vond het een enorme eer. Ze was nog nooit bij ons geweest,' zei Arthur.

'Hoe was ze?' vroeg May. 'Ik heb haar altijd alleen maar van een afstand gezien. In de kerk.'

'Ze was vooral zo doof als een kwartel.' Arthur begon er plezier in te krijgen. 'We moesten tegen haar schreeuwen. Waar of niet, Grace?'

'Dat heb je me nooit verteld.' Freddie keerde zich een beetje gepikeerd naar Grace.

Die haalde haar schouders op. 'Zo belangrijk vond ik het niet.'

'En de volgende dag stuurde ze de auto, om Grace te halen,' vervolgde Arthur tegen May, die aan zijn lippen hing, met grote ogen van verbazing.

'Waarom? Had het geholpen?' vroeg ze verrukt.

'Het had zo goed geholpen dat ze ook in de andere hand gestoken wilde worden,' vertelde Arthur tot hilariteit van de hele tafel. 'Dus mijn Gracey is in de Bentley gestapt, en toen heeft Lord Melville haar het huis en de tuin – mijn tuin – laten zien. Volgens mij probeerde hij bij je in het gevlij te komen, Gracey,' voegde hij eraan toe, overmoedig geworden door de drank.

'Als hij je nu zou zien, zou hij meteen zijn verloving verbreken,' voegde Michael er met een goedkeurende knik aan toe. Nu was het Freddies beurt om stil te zijn en zijn gevoelens vóór zich te houden.

'De tuinen van Walbridge Hall zijn de mooiste van heel Engeland. Vind je ook niet, Grace?' vroeg May. 'Je vader is echt een tovenaar. Je hoeft alleen maar naar jullie eigen tuin te kijken om te zien wat hij kan. Arthur heeft niet alleen groene vingers, hij heeft ook groene tenen!' Ze schonk hem een liefdevolle glimlach.

'Ja, dat heeft hij zeker,' antwoordde Grace, die nog altijd vocht tegen haar tranen.

'En? Heeft hij je gezoend, achter de muur in de tuin?' vroeg Josephine met een geërgerde blik op een afgebladderde, vuurrode nagel.

'Nee, natuurlijk niet!' antwoordde Grace geschokt. 'Ik was veertien!'

'Dat hoeft anders geen enkel beletsel te zijn,' vond Josephine.

'Hoezo, je was veertien,' zei Freddie. 'Denk je dat hij je wel zou hebben gezoend als je twintig was geweest?'

Grace voelde zich niet opgewassen tegen zijn geplaag. 'Doe niet zo raar.' Ze wilde zich niet laten kennen, maar ze voelde zich doodongelukkig.

'Nou, ik weet het nog zo net niet. Je bent een mooi meisje, Grace. En mannen zoals Lord Melville kunnen iedereen krijgen.' Met haar kille, grijze ogen nam Josephine haar door de rook die opkringelde van haar sigaret onderzoekend op. 'Zou je hem zijn gang hebben laten gaan?'

Grace stoorde zich aan haar botheid. 'Ik was veertien, Josie,' zei ze nogmaals.

'Nou, reken maar dat ík hem zijn gang had laten gaan,' verklaarde Josephine nonchalant. 'Volgens mij zoent hij geweldig. Hij heeft goede lippen. Jammer dat hij die verspilt aan zo'n frigide rijkeluisdochter. Hij zal nooit weten wat ware passie is.'

'Josie! Hoe weet je dat zijn bruid geen passie heeft?' vroeg haar moeder. 'Je kent haar niet eens.'

'Ik trek voorbarige conclusies.' Josephine grijnsde kwaadaardig. 'Het is véél leuker om cynisch te zijn. Wat hebben we aan de aristocratie als we er geen plezier om kunnen maken?'

Toen ze tegen tienen naar huis gingen, nam Freddie niet eens de moeite afscheid te nemen van Grace. May en Michael staken hun hand op toen Grace en Arthur op de fiets stapten; Josephine schoof haar arm door die van haar broer en boog zich naar hem toe, blijkbaar om een grap te vertellen. Josephine kennende zou het wel een hatelijke zijn, dacht Grace.

Ze trapte driftig naar huis, want ze wilde niets liever dan alleen zijn met haar verdriet. Het was te donker om door het bos te gaan, dus ze namen de lange route, via de laan. Hun lampen verlichtten de weg vóór hen. Grace was woedend op Freddie omdat hij haar zo gemeen had geplaagd met Rufus en haar de rest van de avond had genegeerd. Ze was dol op hem, maar hij kon ook erg onaardig zijn. Niet voor het eerst die avond moest ze vechten tegen haar tranen.

Toen ze eindelijk alleen was, liet ze zich snikkend op haar bed vallen. Ze had nooit hoop moeten koesteren, ze had nooit moeten dromen. Dat leidde maar tot valse verwachtingen.

In de veronderstelling dat zijn dochter moe was, liep Arthur naar de woonkamer om nog wat te lezen. De avonden waren nog kil, dus hij stak het vuur aan, ging met een boek bij de haard zitten en pakte zijn pijp. Het kwam niet bij hem op dat zijn dochter zich in slaap huilde, wensend dat ze een moeder had bij wie ze haar hart zou kunnen uitstorten. Hij kon zich niet voorstellen dat zijn dochter niet volmaakt gelukkig was. Pepper dommelde aan zijn voeten en zodra hij zich in zijn boek verdiepte, was hij de verloving van Lord Melville vergeten.

Totdat er een week later een uitnodiging werd bezorgd. De envelop was geadresseerd aan Mr. Arthur Hamblin, maar op de witte kaart van geschept papier die erin zat, stond behalve Mr. Arthur Hamblin ook miss Grace Hamblin genoemd. Dat was voor het eerst. Tot op dat moment was alleen Arthur uitgenodigd als er iets te doen was in de Hall. Maar nu Grace geen kind meer was, werd zij bij afwezigheid van een Mrs. Hamblin gevraagd haar vader te vergezellen. Het genoegen van hun aanwezigheid werd verzocht op zaterdag 7 mei, om vier uur 's middags, voor een ontvangst ter ere van de verloving van de graaf van Melville met Lady Georgina Charlton. Arthur ontdekte al spoedig dat iedereen die op het landgoed werkte, was uitgenodigd om kennis te maken met de aanstaande bruid die ooit de nieuwe markiezin van Penselwood zou zijn.

Grace ontving de uitnodiging met een mengeling van angst en euforie. De gedachte aan een weerzien met Rufus vervulde haar met een vurig, smachtend verlangen, maar de wetenschap dat hij naast de vrouw zou staan met wie hij zijn leven wilde delen, trof haar tot in het diepst van haar ziel.

Freddie was ook uitgenodigd, maar hij liep erover te mopperen en deed alsof het hem weinig kon schelen; alsof hij alleen uit beleefdheid ging. May bood aan om samen met Grace een jurk te gaan kopen. 'Je moet er op je best uitzien,' zei ze enthousiast en ze sleepte haar mee naar de enige winkel in het dorp waar jurken werden verkocht die deftig genoeg waren voor een gelegenheid als deze.

'Maar ik heb helemaal geen geld voor een nieuwe jurk,' protesteerde Grace.

'Die krijg je van Michael en mij,' verklaarde May op een toon die geen tegenspraak duldde. 'Ik ben je moeder niet, maar ik kom een eind in de buurt, dus ik trakteer. Gelukkig zijn jurken voor de zomer een stuk goedkoper dan voor de winter.'

Grace trok er diverse aan en koos uiteindelijk een doorknoopjurk met blauwe en gele bloemetjes en korte pofmouwen. 'Ik heb een hoed die er perfect bij past,' zei May. Ze drukte hem een beetje in model.

Toen deed ze bewonderend een stap naar achteren. 'Je ziet eruit als een echte dame,' verklaarde ze ontroerd. 'Ach, als je moeder je zo eens kon zien! Wat zou ze trots zijn geweest. Gelukkig heb je Arthur nog. Ik ben zo benieuwd naar zijn gezicht als hij ziet dat zijn kleine meisje een volwassen vrouw is geworden.'

'De jurk is prachtig, tante May.' Grace bekeek zichzelf in de spiegel. May had gelijk. Ze zag er voornaam uit. Prompt kreeg ze weer een sprankje hoop. Je kon tenslotte niet weten. Als hij haar zo zag...

Op de dag van de ontvangst had May bijna de hele ochtend nodig om het haar van Grace te krullen en in een wrong op de zijkant van haar hoofd vast te spelden. Grace had dik, glanzend haar, en het opsteken kostte veel meer tijd dan May had verwacht. Ten slotte zette ze Grace de hoed op, een beetje scheef, wat haar heel koket stond. Inmiddels was Josephine gearriveerd met haar make-upkoffertje. Ze stond erop alles zelf op te brengen. Grace keek huiverend naar Josies extreem dun geëpileerde wenkbrauwen en haar vuurrode mond, die ze van Joan Crawford had afgekeken. Zelf gebruikte ze nooit make-up, en het vooruitzicht om er net zo hard en opgeschilderd uit te zien als Josie vervulde haar met afschuw. Maar dankzij de bemoeienis van May beperkte Josephine zich tot zachtroze lippenstift en een vleuge rouge op de wangen. De wimpers van Grace liet ze ongemoeid en de blauwe oogschaduw ging ongebruikt terug in het koffertje.

Toen Arthur binnenkwam om zich te verkleden, keek hij verbaasd naar de jonge vrouw die zo op zijn overleden echtgenote leek. Hij was met stomheid geslagen, zijn ogen glansden van trots en ontroering. Maar opnieuw bood May uitkomst. 'Ziet ze er niet beeldig uit, Arthur?' vroeg ze stralend. 'Reken maar dat alle ogen vanmiddag op haar gericht zullen zijn.'

'Al was het maar omdat ze weinig concurrentie zal hebben,' merkte Josephine hatelijk op.

'Ach, dat weet ik niet. Wanneer ze hun best doen, sta je er versteld van hoe mooi sommige dames eruit kunnen zien,' wees May haar terecht.

Arthur glimlachte bijna verlegen. 'Je ziet er prachtig uit, Gracey,' zei hij schor.

'Zie je nou wel? Ik zei toch dat je vader trots zou zijn? En daar heb je ook alle reden toe, Arthur. Met Grace aan je arm.' Ze lachte. 'Freddie is vast jaloers, denk je ook niet, Josie?'

'Toch niet op Arthur, mam!'

'Nee, maar hij zou willen dat híj Grace aan zijn arm had.'

'Dan had hij haar moeten vragen! En niet zo verlegen moeten zijn!'

May maakte beslist maar welwillend een eind aan het onderwerp Freddie. 'Ik weet zeker dat je een heerlijke middag zult hebben, kindje. Maar denk erom, ik wil alles horen! Tot in de kleinste details. Dus geef je ogen goed de kost.'

'De details laat ik aan Gracey over,' zei Arthur. 'Maar ik zal jullie morgenochtend verslag uitbrengen.'

May klapte in haar handen. 'Dan ga ik maar eens, om te zien of Freddie zich weet te redden.' Ze pakte haar tas, maar bij de deur bleef ze nog even staan. 'Denk erom dat jullie ervan genieten.' Ze schonk Arthur een weemoedige glimlach en Grace wist dat ze aan haar moeder dacht.

Josephine volgde May naar buiten. 'Veel plezier,' riep ze nonchalant over haar schouder.

'Nou, met zo'n mooie dochter moet ik ook mijn best doen er netjes uit te zien.' Arthur liep naar de trap. Grace slenterde de woonkamer in. Voor de spiegel boven de haard bleef ze staan. Het glas was gevlekt, het licht gedempt, maar ze kon genoeg zien om verrast te zijn door de metamorfose die ze had ondergaan. Dankzij de foto's van haar moeder kon zelfs zíj de gelijkenis zien. Ze keek strak naar haar spiegelbeeld en geleidelijk aan zag ze hoe dat plaatsmaakte voor het fijngetekende gezicht van haar moeder die haar liefdevol aankeek. Grace voelde dat haar hart sneller begon te slaan. Ze kreeg het ineens heel warm. En toen ze glimlachte, glimlachte het gezicht in de spiegel terug. Haar hart liep over van liefde voor de moeder die ze nooit had gekend, maar die ze altijd dichtbij had geweten. Haar ogen glinsterden vochtig, net als de ogen van haar moeder. Het was niet erg dat de gedachten die zich probeerden te vormen, te verward waren om over te brengen. Haar moeder zou haar toch wel begrijpen.

'Is alles goed met je, Gracey?' Arthur verscheen in de deuropening.

Grace werd opgeschrikt uit haar trance, het visioen verdween en het was opnieuw haar eigen gezicht dat haar aankeek vanuit de spiegel. 'Ik wou dat mijn moeder er was,' zei ze zacht.

'Ik ook, Gracey. Ze zou het heerlijk hebben gevonden om je mooi te maken. Daar genoot ze van.'

'Lijk ik op haar, pap?'

Haar vader knikte, blozend van plezier. 'Ja, je lijkt sprekend op haar.'

'Soms voel ik dat ze bij me is. Ik weet zeker dat ze ons niet alleen heeft gelaten.'

'Dat zou ze nooit doen, Gracey. En uitgerekend vandaag kijkt ze naar ons, waar ze ook is. Kom, we mogen niet te laat komen.'

'Nee, dat mogen we zeker niet.'

'Ik hoop dat ze Victoria Sponge Cake hebben.'

'O pap!' Grace moest lachen. 'Jij denkt ook altijd aan eten!'

Arthur en Grace gingen op de fiets naar Walbridge Hall. Ze namen de korte weg door de bossen, naar de achteringang van het landgoed, dat baadde in het zonlicht. Door de poort in de haag liepen de gasten de tuin in, waar ze zich verspreidden over het gazon. Grace herkende de meesten van hen, ook al waren sommige vrouwen bijna onherkenbaar in hun voorname japonnen met zwierige hoeden. Bij het zien van de rij voor de gastheer en de gastvrouw probeerde Grace reikhalzend een glimp op te vangen van Rufus en zijn verloofde, die iedereen de hand schudden. Alle gasten zouden de kans krijgen de aanstaande bruid te ontmoeten, maar tot op dat moment had Grace nauwelijks aan haar gedacht. Sinds de komst van de uitnodiging was het weerzien met Rufus het enige wat haar had beziggehouden. Toen ze het begin van de rij naderden, kreeg ze ineens last van vlinders in haar buik. En ze voelde een onbekende steek van jaloezie bij het zien van de rijzige, ranke vrouw die naast Rufus stond. Haar dikke blonde haar was modieus in een boblijn geknipt. Het duizelde Grace. Lady Georgina was een schoonheid, en niet alleen dat, ze beschikte bovendien over de gratie en de elegantie van een vrouw uit de allerhoogste kringen – eigenschappen die Grace nooit zou bezitten, hoe graag ze dat ook zou willen.

Arthur knoopte een praatje aan met het paar vóór hen, maar Grace luisterde niet. Haar blik bleef gericht op Rufus, die beleefd glimlachte en oprecht verheugd leek iedereen te zien. Hij was nog altijd een opvallende verschijning en leek niets veranderd, of het zou moeten zijn dat de lachrimpeltjes die de jaren rond zijn ogen en zijn mond hadden gekerfd, hem nóg knapper maakten. Zou hij haar herkennen? Ze probeerde zich voor te bereiden op de teleurstelling als hij haar naam niet meer wist.

Eindelijk was het zover. In eerste instantie herkende Rufus haar inderdaad niet. Hij schudde Arthur en haar de hand en pas toen hij op het punt stond hen voor te stellen aan Lady Georgina, keerde hij zich opnieuw naar haar toe, de uitdrukking op zijn gezicht verzachtte en de Rufus die ooit, op die zondag na de kerk, haar hart had gestolen, schonk haar een warme glimlach. 'Lieve hemel, Grace! Je bent volwassen geworden.' Hij leek haar gezicht in zijn geheugen te prenten, alsof hij besefte dat hij niet genoeg zou krijgen om ervan te genieten.

'Tja, zo gaat dat.' Ze klonk zelfverzekerder dan ze zich voelde.

Als betoverd keek hij haar aan, zo lang dat ze zich ongemakkelijk begon te voelen. Ze voelde dat ze kleurde, en ook al wist ze niet waar ze moest kijken, toch kon ze haar ogen ook niet van hem losmaken, alsof ze, net als hij, betoverd was.

'Lieveling, zou je me niet eens voorstellen?' Lady Georgina keek glimlachend op Grace neer, met een vragende uitdrukking op haar gezicht.

'Natuurlijk, Georgie.' Hij rukte zich los uit zijn betovering. 'Dit is Grace, de dochter van Arthur Hamblin, maar bovendien een bijzonder bekwame imker.'

'Nee maar.' Lady Georgina stak haar hand uit. 'Interessant.' Grace voelde zich ineenkrimpen onder die koele blik, terwijl ze de bruid van Rufus de hand schudde. Het was een slanke, koude, erg zachte hand. De vuurrode lippen van Lady Georgina krulden zich in een beleefde glimlach en ze knikte vluchtig, toen richtte ze haar zeegroene ogen op het stel achter Grace. Arthur liep door. Zich bewust van de kille afwijzing door Lady Georgina wierp Grace een haastige blik op Rufus. Hij stond nog altijd naar haar te kijken, met een verbijsterde uitdrukking op zijn gezicht. Ze schonk hem een aarzelende glimach, toen volgde ze haar vader naar het gazon. Haar hart ging zo tekeer dat ze dacht dat iedereen het kon horen.

'Wat een schitterende vrouw!' riep Arthur uit. 'Echt een schoonheid!' Hij wachtte de reactie van Grace niet af, maar praatte enthousiast door, alsof hij in de ban was van een heel ander soort betovering. 'En echt een dame. Ik vond het een genoegen haar te leren kennen. Volgens mij heb ik nog nooit zo'n beeldschone vrouw ontmoet. Ze zijn een prachtig paar. Denk erom dat we alles goed onthouden om het morgen aan May te kunnen vertellen. Anders is ze diep teleurgesteld.'

Terwijl Grace naar haar vader luisterde, was ze met haar gedachten nog bij Rufus. Ze draaide zich om, maar in plaats van het smalle gezicht van Rufus zag ze de sproeten van Freddie, die haar met slecht verborgen bewondering aanstaarde.

11

'Sjonge, wat zie jij er ineens anders uit!' zei Freddie. De manier waarop hij haar aankeek, verried dat hij het als een compliment bedoelde.

'Dank je wel.' Grace zou dolgraag over zijn schouder naar Rufus hebben gekeken, maar daarmee zou ze Freddies woede wekken. 'Je mag er zelf ook wezen.'

'Is het geen prachtexemplaar? De aanstaande bruid van Lord Melville?' Arthur kon zijn ogen nog altijd niet van de ranke, slanke Lady Georgina afhouden.

'Ja, ze is prachtig,' viel Freddie hem bij. 'Zo mooi zie je ze maar zelden. Sterker nog, volgens mij heb ik nog nooit zo'n mooie vrouw gezien.' Hij bloosde, alsof hij ineens besefte dat hij zichzelf – en zijn jaloezie – daarmee had blootgegeven.

Grace vertrok geen spier. 'Ze is inderdaad beeldschoon. Als een zeldzame orchidee. Ze zijn een prachtig paar samen.'

'Nou, ze mag dan beeldschoon zijn, ze is ook ijskoud,' zei Freddie op gedempte toon. 'Ík zou niet met haar willen trouwen.'

'Zij ook niet met jou, denk ik.' Arthur keerde zich naar de tafel onder een eeuwenoude ceder, in de hoop daar zijn geliefde Victoria Sponge Cake te ontdekken. 'Denk je dat het onbeleefd zou zijn om een blik op het eten te werpen?'

Er kwam een butler aanlopen met een blad vol glazen. 'Kijk eens aan, wat hebben we hier?' Arthur inspecteerde de exotisch ogende drankjes.

'Champagne, een cocktail met gemberbier, sherry, bowl en sodawater,' antwoordde de butler beleefd. 'Als u liever thee drinkt, kunt u bij Mrs. Emerson terecht, onder de boom.'

'Ik denk dat ik een cocktail neem.' Arthur pakte een glas van het blad. 'Grace, wat wil jij?'

'Die bowl ziet er heerlijk uit.' Ze pakte ook een glas. Terwijl ze dat deed ving ze over de schouder van de butler heen een glimp op van Rufus. Hij stond nog altijd nieuwe gasten te begroeten, met een gezicht dat straalde van plezier, alsof hij er oprecht van genoot de vele trouwe personeelsleden de hand te schudden, die er als een leger werkmieren voor zorgden dat op het enorme landgoed van zijn vader alles op rolletjes liep. Zijn ijzige verloofde leek enigszins te verwelken in de zon. Er kon nauwelijks meer een glimlach van af en Grace meende te zien dat ze een geeuw onderdrukte.

Plotseling keek Rufus op, en zijn ogen ontmoetten die van Grace, alsof haar blik een vreemde magnetische aantrekkingskracht bezat waartegen hij niets kon uitrichten. Op haar beurt was ze zo verrast te zijn betrapt, dat ze als verstijfd en met grote, verschrikte ogen naar hem bleef kijken. Gedurende een enkel, eeuwigdurend moment had Grace het gevoel dat de wereld stilstond; dat alles om haar heen wegviel, behalve Rufus, die met zijn donkere ogen tot in het diepst van haar ziel leek te kunnen doordringen, alsof hij de weg daarheen altijd al had geweten.

Toen was het moment voorbij. Ze werd zich weer bewust van de mensen om haar heen en van de stem van haar vader. 'Gracey? Is alles goed met je?' Overweldigd door gêne voelde ze het bloed naar haar wangen schieten. Met de grootste inspanning maakte ze zich van Rufus los.

Ze nam een slok bowl. 'Zullen we eens gaan kijken wat het buffet te bieden heeft?' Ze probeerde haar stem vast te doen klinken.

'Dat lijkt me een uitstekend idee. Freddie? Ga je mee? Ik wed dat ze het lekkerste gebak hebben.'

Gedrieën liepen ze over het gazon naar het buffet. Arthur grinnikte goedkeurend bij het zien van de taarten en scones en koekjes die op fraaie porseleinen schalen stonden uitgestald. Met wangen die gloeiden van plezier liep hij van de ene kant naar de andere en schudde verbaasd zijn hoofd.

'Nee maar, wat een keuze!' riep Freddie uit. 'En wij zijn de eersten.'

'Iemand moet beginnen,' zei Grace. 'Wat neem jij?'

'Chocoladetaart. En jij?' vroeg Freddie.

'Mokka.'

'Laten we delen. Dan krijg jij een stukje van mij en ik van jou.'

Ze lachte. 'Wat ben jij hebberig!'

'Hoezo? Op die manier kun je twee soorten proberen.'

Toen anderen hen bij de tafels zagen staan, duurde het niet lang of het buffet werd bestormd door gretige gasten, die druk pratend commentaar leverden op het aanbod van heerlijkheden en op de uitgelezen schoonheid van de toekomstige gravin Van Melville. Mrs. Emerson, de weelderige kokkin met borsten als ballonnen en heupen zo breed als de tafel, stond iedereen vrolijk te woord en schonk earl grey in kopjes van het teerste porselein. Arthur kende haar al zijn hele leven. Terwijl hij een praatje met haar maakte, genoot hij van zijn taart en probeerde hij zijn keuze te bepalen voor de volgende zoete traktatie.

Naarmate de dames het warmer kregen in de zon, werd de lucht zwanger van de geur van parfum. Grace mengde zich samen met Freddie tussen de gasten en praatte met iedereen die ze kende, van de boerenknechten met wie Freddie samenwerkte, tot de sombere Mr. Garner, die Freddie ooit hoopte op te volgen. Ze waren er allemaal – tuinmannen en boswachters, dienstmeisjes en keukenpersoneel, butlers en bedienden. Grace merkte op dat de markies en de markiezin van Penselwood zich ook onder de gasten hadden begeven. De markiezin was in gesprek met een groepje voornaam geklede dames die Grace nooit eerder had gezien. Ze waren zichtbaar verguld om met de markiezin te praten, die geïnteresseerd knikte en hun haar onverdeelde aandacht gaf, zodat de dames zich aangenaam belangrijk voelden. De markies stond geanimeerd te praten met kolonel Redwood, die Grace niet op het feest had verwacht, en met dominee Dibben, die op élk feest van de partij was. Nadat Grace haar gebak met hem had gedeeld, ging Freddie terug naar de tafel voor nog een stuk mokkataart. Daar trof hij Arthur bij de Victoria Sponge Cake en sloot zich aan bij het gesprek met Mrs. Emerson, die aan brutale jongemannen zoals Freddie nog meer plezier beleefde dan aan haar eigen taarten.

'Hallo, Kleine Bij,' klonk een stem achter Grace. Toen ze zich omdraaide stond ze oog in oog met Rufus. Haar hart maakte een sprongetje van schrik terwijl ze verrast naar hem opkeek. 'Hoe is het met je wollige vriendjes? Ik hoop niet dat ze nog iemand hoeven te steken?'

Ze glimlachte blozend. 'Nee, ze doen gewoon rustig hun werk.'

'Mooi zo.' Zijn blik gleed over haar gezicht. 'Ik herinner me nog dat je een klein meisje was. Dat lijkt nog maar zo kortgeleden! En kijk nu eens! De tijd is omgevlogen!'

'Ja.' Ze wilde ad rem reageren, maar in haar verwarring sloeg ze volledig dicht. 'Gefeliciteerd met je verloving,' was alles wat ze kon bedenken, ook al had ze hem al gelukgewenst, samen met haar vader.

'Dank je wel. En hoe is het met jou?' Zijn ogen leken dwars door haar heen te kijken. 'Heb jij al iemand gevonden?'

Ze vertrok lachend haar gezicht. 'Nee. Nee, ik ben...' Ze keek naar de tafel waar haar vader korte metten maakte met een plak cake. 'Ik woon nog bij mijn vader. En we redden ons prima samen.' Haar gezicht werd zachter. 'Hij geniet van je taart.'

'Het gebak is het werk van Mrs. Emerson. Ze is een geweldige kok. Als ik hier permanent woonde, werd ik net zo dik als zij.' Hij lachte een beetje beschaamd. 'Het is schandalig, maar toen ik klein was noemden we haar Spekkie.'

Grace sloeg een hand voor haar mond. 'O, dat is echt afschuwelijk.'

'Ja, dat is het. Maar ik ben dol op haar!'

'Hoe is het met je oma?'

'Die leeft nog, tot ieders verbazing. Mama zegt elk jaar dat het wel haar laatste zal zijn, maar grootmama weigert haar gelijk te geven. Als er weer oorlog komt, moeten ze haar naar het front sturen. Reken maar dat die Hunnen dan snel afdruipen.'

'Denk je echt dat er weer oorlog komt?' vroeg Grace angstig.

'Ik ben bang dat we geen keus hebben, dat Hitler het erop laat aankomen. Hij is bezig zijn leger uit te breiden. Hij heeft Oostenrijk geannexeerd en het ziet ernaar uit dat hij Sudetenland gaat binnenvallen. Dus uiteindelijk is een oorlog niet te vermijden, vrees ik.'

'Maar we zijn amper weer opgekrabbeld na de vorige!'

'Natuurlijk, daar heb je gelijk in. Maar volgens mij leren mensen niets van de geschiedenis.'

'Dat moet je niet zeggen.'

'Mensen zijn dom, Grace. Erg dom.'

'Niet zo dom dat ze jonge mannen willens en wetens de dood in jagen.'

'Dat hebben ze al eerder gedaan. En ze zullen het blijven doen. Het draait allemaal om macht. Daarvoor zijn mensen tot alles bereid, desnoods om hun jonge mannen op te offeren.'

Haar ogen werden donker van ongerustheid. 'En jij?'

Er verscheen een tedere uitdrukking op zijn gezicht. De glimlach die hij haar schonk, had iets intiems. 'Zou je dat erg vinden?'

'Ja, heel erg.'

'Je bent lief, Grace. Ik geloof niet dat ik ooit zo'n lief meisje heb ontmoet. Dat meen ik echt.'

Ze bloosde weer. 'Dat is helemaal niet lief. Ik zou wel een hart van steen moeten hebben als ik het niet afschuwelijk vond om jonge mannen hun dood tegemoet te sturen.'

'Het zal er toch van komen, ben ik bang. We kunnen alleen maar hopen dat het deze keer niet zo lang gaat duren als de Grote Oorlog. En dat ik mijn dagen hier op Walbridge zal slijten, net als mijn vader, en zíjn vader vóór hem. Eton, Oxford, Sandhurst, ik heb het allemaal braaf gedaan. Die continuïteit schenkt een zekere bevrediging, ook al zie ik – tussen ons gezegd en gezwegen – nogal op tegen de sleur. Het is allemaal zo saai, zo voorspelbaar. Ik snak naar zijpaden, naar onverwachte wendingen, naar een leven dat niet al bij mijn geboorte vastlag. Op een perverse manier zou ik een oorlog misschien zelfs verwelkomen. Het zou in elk geval de sleur doorbreken.' Hij zuchtte. 'Maar ik mag natuurlijk niet klagen. Ik weet wat de toekomst voor me in petto heeft. Dat is een luxe, een vorm van zekerheid die veel mensen nooit zullen kennen.'

'En ik kan me niets heerlijkers voorstellen dan op dit prachtige landgoed te mogen wonen.'

'Je zou het hier afschuwelijk vinden, Grace. Het is veel te groot.'

'Maar de tuinen...'

'Ja, de tuinen zijn bijzonder. En vol bijen.' Hij grijnsde. 'Grootmama heeft een tijdje veel minder last gehad van haar jicht, maar toen kreeg ze toch weer klachten. Ze wilde per se dat je langskwam, maar ik heb het haar uit het hoofd gepraat. Want ik wist hoe erg je het zou vinden om nog meer van je dierbare bijen de dood in te moeten jagen.'

'Maar ik zou haar natuurlijk hebben geholpen. Haar handen zagen eruit alsof ze er erg veel pijn aan had.'

'Het zijn eerder klauwen dan handen. Het verbaast me dat ze je niet hoogstpersoonlijk is komen halen!' Hij kromde zijn vingers en vertrok zijn gezicht.

Ze begon te lachen. 'Wat ben jij slecht!'

'Als ze wist dat je hier was, zou ze je de tuin in sturen, op zoek naar bijen. Maar ze houdt niet van mensen, dus een feestje zoals dit vindt ze verschrikkelijk. Ik weet niet eens zeker of ze wel op onze bruiloft komt.'

De maag van Grace maakte een duik. 'Wanneer is het zover?'

'Volgend jaar mei. Dat duurt nog heel lang, maar Georgie wil trouwen wanneer de wilde hyacinten bloeien en dat mag ik haar niet ontzeggen. Tenslotte haal ik haar weg van alles wat haar vertrouwd is en neem ik haar mee naar Londen, waar nooit wilde hyacinten bloeien.'

'Mei is een heerlijke maand om te trouwen.'

'Ja.' Hij keek plotseling verdrietig, er verscheen een frons op zijn voorhoofd. 'Maar soms vraag ik me af...'

Op dat moment voegden Arthur en Freddie zich bij hen. Arthur genoot met volle teugen, maar Freddies gezicht stond geërgerd, alsof iemand hem had beledigd. Grace vroeg zich af wie dat kon zijn geweest.

'Nu je vader terug is, zal ik me maar weer eens onder de andere gasten mengen.' Rufus glimlachte naar Freddie. 'Het is niet beleefd om een dame alleen te laten staan.' Toen hij wegliep werd hij onmiddellijk aangeklampt door Mrs. Garner en een groepje van haar zwaar gepoederde vriendinnen.

'Wat wilde hij van je?' vroeg Freddie streng.

'Hij vroeg naar de bijen. En hij begon weer over die keer dat hij met zijn oma bij ons thuis was.'

'Hij is je nog niet vergeten, Gracey,' zei Arthur trots.

'Ach, hij wilde gewoon iets aardigs zeggen.'

'Tja, ze moeten natuurlijk met iedereen een praatje maken,' zei Freddie. 'Maar hij heeft gelijk. Ik had je niet alleen mogen laten. Daardoor kon hij niet verder en moest hij bij jou blijven staan.'

'Als Lord Melville verder had gewild, had hij me heus wel met iemand anders in gesprek gebracht,' zei Grace, en ze deed iets wat haar zelf verraste. Ze draaide zich op haar hakken om, liep weg en verdween tussen de gasten. Hoe durfde hij! Hoe durfde Freddie haar telkens weer het gevoel te geven dat ze niets voorstelde? Haar gesprekje met Rufus had haar zelfvertrouwen enorm opgevijzeld. Als hij aardig tegen haar kon zijn, dan moest Freddie dat ook kunnen. Dat soort hatelijkheden accepteerde ze niet. Van niemand! En al helemaal niet van iemand die ze al haar hele leven kende.

Vastberaden en met een triomfantelijk gevoel begaf ze zich tussen de gasten. Ze hoefde niet achterom te kijken om te weten dat ze niet alleen zichzelf, maar ook Freddie met haar kleine verzetsdaad had verrast. Even vroeg ze zich af of ze wel iemand zou vinden om mee te praten – want ze wilde voor geen goud Lady Georgina tegen het lijf lopen – maar toen zag ze kolonel Redwood op haar af komen. Zijn gezicht straalde van vreugde.

Toen het tijd was om naar huis te gaan, voelde Grace zich ellendig, verslagen. Rufus ging trouwen. Ze zag hem misschien nooit meer. Hij had gezegd dat hij uiteindelijk, wanneer hij oud was, op Walbridge wilde sterven. Maar hij had niet gezegd dat hij hier nu al zou gaan wonen. Integendeel, hij ging naar Londen, had hij verteld. En Grace veronderstelde dat hij daar zou blijven tot de dood van zijn vader, wanneer hij het landgoed erfde. Dus het zou jaren kunnen duren voordat ze hem weer zag. Jaren en nog eens jaren. Ze voelde zich wanhopig. Het was een gevoel dat dreigde haar te overweldigen. Ondertussen leek het alsof haar keel werd dichtgesnoerd. Als ze alleen was geweest zou ze haar tranen misschien de vrije loop hebben gelaten, maar nu had ze geen andere keus dan te blijven lachen.

Lord Melville en Lady Georgina stonden bij het hek om afscheid te nemen van hun gasten. Deze keer was er geen formele rij. Sommige gasten wuifden alleen maar en bedankten in het voorbijgaan. Maar Grace kwam opnieuw oog in oog met Rufus te staan, samen met Freddie en haar vader, en nu waakte Rufus ervoor haar te lang aan te kijken. Hij nam beleefd afscheid en Lady Georgina zei dat ze de honing zo heerlijk vond. 'Ik zal ervoor zorgen dat Mrs. Emerson een doos naar Londen stuurt.' Ze legde opnieuw haar slanke, koude hand in die van Grace.

'Ik wens u heel veel geluk samen,' zei Arthur, een beetje licht in het hoofd en vrijmoedig geworden dankzij de cocktails. 'En ik zie uit naar uw terugkeer naar Walbridge.'

'Ik ook,' zei Lady Georgina beleefd. 'En blijft u ons vooral honing sturen. Dat zal heerlijk zijn. Een klein stukje Walbridge Hall aan Edgerton Place.' Grace verdrong haar wanhoop en liep naar het hek. Overweldigd door verdriet haastte ze zich naar haar fiets, die nog altijd tegen de tuinmuur stond. Ze zei Freddie niet gedag en ze wachtte niet op haar vader, maar fietste zo hard als ze kon naar huis. De tranen die over haar gezicht stroomden, ruïneerden niet alleen haar make-up, maar ook haar prille zelfvertrouwen.

Toen Arthur thuiskwam trof hij haar snikkend tussen de bijenkasten. 'Gracey?' Hij haastte zich naar haar toe. 'Lieverd, wat is er?'

'Niks. Ik voel me gewoon zo ongelukkig.'

'Maar waarom dan?' Hij liet verbijsterd zijn blik over haar gezicht gaan, dat rood en vlekkerig was van het huilen.

Bijna had ze hem de waarheid verteld, maar er was iets wat haar tegenhield. Een man als haar vader zou haar gevoelens voor Lord Melville nooit kunnen begrijpen. Voor hem was het dwaasheid wanneer twee mensen uit verschillende milieus verliefd op elkaar werden. Dat wist ze dankzij hun gesprekken over Jane Austen. 'Freddie deed heel erg lelijk tegen me,' zei ze dan ook.

Arthurs gezicht verzachtte. Hij knikte. Dít was iets waarmee hij uit de voeten kon. 'Dat doet hij alleen maar omdat hij verliefd op je is.'

Grace keek hem aan, oprecht verrast. 'Is Freddie verliefd op me?'

'Ja, heb je dat dan niet in de gaten? Ik zie het heel duidelijk. En May ook.' Hij lachte. 'Volgens mij ziet iedereen het. Behalve jij, blijkbaar.'

'Maar waarom doet hij dan zo afschuwelijk?'

'Omdat hij jaloers is.'

'Op wie?'

'Op Lord Melville.'

'Waarom zou hij jaloers zijn op Rufus?'

'Omdat hij denkt dat je verkikkerd op hem bent. Ík weet natuurlijk beter,' vervolgde hij voordat Grace kon protesteren. 'Lord Melville is een heer. Hij dwingt respect en bewondering af bij meisjes zoals jij. Maar Freddie is jong en hij is waanzinnig jaloers op iedere andere man die zelfs maar bij je in de buurt durft te komen.'

'Weet je dat zeker?'

'Nou en of. Freddie is altijd als een broer voor je geweest. Maar nu jij bent opgebloeid tot een mooie jonge vrouw worstelt hij met zijn gevoelens. Hij is een man, en zo kijkt hij ook naar je. Maar dat is allemaal erg verwarrend. Het zou minder verwarrend zijn als je hem een klein beetje hoop gaf.'

'Dus ik moet hem hoop geven?'

'Hij zou een goede man voor je zijn, Gracey.' Het gezicht van haar vader stond ernstig. 'Tegen de tijd dat Mr. Garner met pensioen gaat, krijgt hij de leiding over het bedrijf. Freddie is intelligent en hij heeft gevoel voor het land. Hij weet instinctief hoe hij het moet beheren. Iedereen mag hem graag. Het is een sympathieke knul. Met Freddie als man zou je een goede keus doen. Hij zal voor je kunnen zorgen en als je met hem trouwt, kun je in Walbridge blijven.'

'En bij jou,' zei ze met een vluchtige glimlach.

'Ach, ik zou het natuurlijk niet leuk vinden als je wegging, Gracey. Maar dat komt er uiteindelijk toch van. Als je trouwt, blijf ik hier alleen achter.'

'Waarom ben je eigenlijk nooit hertrouwd, pap? Je ziet er goed uit. Je bent aardig en grappig. Een vrouw mag haar handen dichtknijpen met een man zoals jij. En je bent nog jong.'

Hij haalde zijn schouders op, toen wendde hij zijn blik af. 'Ik wilde niet dat iemand de plaats van je moeder zou innemen.' Hij legde zijn hand op een van de bijenkasten.

'Dus het was niet vanwege mij?'

'Nee, voor jou was het waarschijnlijk heerlijk geweest als je een lieve stiefmoeder had gehad.'

'Ik vind het goed zoals het is. Wij samen. Als team.'

Hij grijnsde. 'En wat voor een team!'

'Als ik trouw, blijf ik in de buurt. Ik wil niet te ver bij jou vandaan wonen. Dat zou ik niet kunnen.'

'Je moet geen beloftes doen die je misschien niet kunt houden. Maar het is lief dat je het zegt, Gracey.' Hij gaf haar een teder klopje. 'Je bent een lieve meid. Laat je door Freddie maar niet van streek maken. Hij is soms nog wat onvolwassen. Misschien kun je proberen met andere ogen naar hem te kijken. Het leven is een lange en soms zware weg. Je doet er verstandig aan om voor zo'n lange reis een man te kiezen die jou en je achtergrond kent. Een man die je begrijpt en die uit hetzelfde milieu komt.'

'En de liefde dan? De adembenemende, overweldigende liefde waar al eeuwenlang boeken over vol worden geschreven? Moet ik daar niet op wachten?'

'Passie is tijdelijk, Grace. Kijk maar naar Vronski en Anna Karenina. Dat soort hartstochten hoort bij een verboden liefde.'

'En Elizabeth Bennett en Darcy?' opperde Grace.

Haar vader glimlachte. 'Wat moeten díé een saai leven hebben gehad toen ze eenmaal getrouwd waren. Darcy had geen gevoel voor humor. Elizabeth Bennett was veel te goed voor hem.' Zijn gezicht werd ernstig. 'Natuurlijk moet er liefde in het spel zijn, maar dan heb ik het over de betrouwbare, loyale, blijvende liefde van een echte vriend. Het zou best kunnen dat je, zonder het te weten, allang van Freddie houdt. Je kijkt over zijn schouder, maar ondertussen staat de man van je leven recht voor je neus.'

'Zo heb ik nooit naar Freddie gekeken.'

'Dan heb ik nu misschien het zaadje geplant. We hoeven het er verder niet over te hebben. Ik zou je nooit een huwelijk opdringen, maar ik vind wel dat ik je goede raad mag geven. Kom, dan laten we de hond uit. Zullen we een eind gaan lopen? Het bos in? Hij kan wel wat lichaamsbeweging gebruiken, en ik ook na al die zoetigheid. Dan vertel ik je onder het lopen over het boek dat ik aan het lezen ben. Volgens mij zou jij er ook van genieten. Het is een mooi verhaal. Heel wijs en bemoedigend.'

Toen haar vader zich die avond met zijn boek bij de haard installeerde, gingen de gedachten van Grace naar Freddie. Ze zou nooit op het idee zijn gekomen dat zijn onaardige opmerkingen voortkwamen uit jaloezie. Net zo min als ze op het idee zou zijn gekomen om Freddie als haar verkering te zien. Laat staan als haar echtgenoot. Het was een ontnuchterende gedachte. Was dat álles waarop ze mocht hopen? Ze dacht aan wat Rufus had gezegd, over de eentonigheid van zijn voorspelbare leven, en ze besefte ineens dat ze precies wist wat hij bedoelde. Voorspelbaar. Voor haar zou dat betekenen dat ze met Freddie trouwde. Dan zou ze de rest van haar leven in Walbridge blijven. Hun kinderen zouden hier opgroeien. En uiteindelijk zou ze ter ruste worden gelegd op het dorpskerkhof, bij de velen die net zo'n beschermd leven hadden geleid en die vóór haar waren gestorven. Het vooruitzicht bezorgde haar een gevoel van eenzaamheid. Hoe langer ze erover nadacht, hoe sterker het werd. Maar wat was het alternatief? De rest van haar leven blijven dromen van een man die nooit de hare zou zijn? Het was voorbij. Ze moest Rufus uit haar hart verbannen, anders kwam er nooit ruimte voor een ander. En de gedachte aan een leven zonder liefde was onverdraaglijk.

Als ze in Walbridge bleef, zou ze althans af en toe een glimp van hem opvangen. Hun levens zouden parallel lopen en heel soms, wanneer ze een hoek omsloeg of een heuvel beklom, zou ze hem zien. Dat was tenminste iets.

12

Ze probeerde Rufus te vergeten en haar vertrouwde leven weer op te pakken – de zorg voor haar vader, de middagen bij kolonel Redwood, de avonden met vrienden in de Fox and Goose. De herinnering aan haar vluchtige ontmoeting met Rufus, in de tuinen van de Hall, stopte ze zo ver mogelijk weg. Door zich op het heden te concentreren, slaagde ze erin te voorkomen dat haar gedachten afdwaalden naar het verleden. Wanneer ze niets te doen had, keek ze naar de bijen. Telkens als het gezicht van Rufus voor haar geestesoog verscheen, concentreerde ze zich volledig op de kleine diertjes die haar zo dierbaar waren. Ze sloeg de bijen gade terwijl ze aan het werk waren in de bloembedden en de kasten in en uit vlogen. Ze luisterde naar hun zachte zoemen, en terwijl de zomer op zijn eind liep, de dagen korter werden en de avonden killer, ontdekte ze dat het haar lukte om niet aan Rufus te denken, zolang ze zich maar voor honderd procent op haar bezigheden stortte. Maar dat kostte haar wel enorm veel moeite, en wanneer ze 's avonds in bed lag, met alleen haar wilskracht om haar hardnekkig zwervende gedachten in het gareel te houden, gaf ze eraan toe. Ze was te moe en te ongelukkig om zich te blijven verzetten.

Freddie had het druk met de oogst. Hij was vanaf het ochtendgloren in touw en bracht zijn dagen door op het land, waar hij het hooi in oppers zette, afgedekt met stro, en waar hij tarwe en gerst maaide, die ook in oppers te drogen werden gezet. De boterhammen die May voor hem smeerde, at hij samen met de andere landarbeiders in de schaduw van een boom. Wanneer hij 's avonds doodop thuiskwam, onder het stof en met een smerig, bezweet gezicht, had hij nog net genoeg energie om te eten, voordat hij zijn bed in rolde. Grace zag hem nauwelijks. Net zomin als haar vader, die het razend druk had in de moestuin met het plukken van fruit en groenten voor de gasten die voor de grootse ontvangsten in de Hall werden uitgenodigd. Grace nam de zorg voor de bijen van hem over en was uren in de schuur bezig met potten schoonmaken en van nieuwe etiketten voorzien, als voorbereiding op de oogst. Wanneer ze de honing begin september uit de kasten hadden gehaald, brachten ze de potten in kratten naar het beheerderskantoor op het landgoed. Zou Lady Georgina in Londen inderdaad honing bestellen? En zouden de potten die Grace verwerkte, uiteindelijk ook in de handen van Rufus belanden? Het was een gedachte die haar verraste en dientengevolge door haar weerstand brak. Terwijl ze de potten in haar hand hield, kon ze de warmte van zijn vingers op de hare bijna voelen. Ze nam de tijd voor elke pot en zette ze, eenmaal gereinigd en van een etiket voorzien, zorgvuldig in rijen op de planken, met een stilzwijgend gebed voor Rufus.

Aan het eind van de zomer vierde het dorp de oogst met een kerkdienst. Grace kwam naast Freddie te zitten. Hij zag er goed uit, slank en gebruind. Zijn kastanjebruine haar was gebleekt in de zon en viel in dikke lokken over zijn voorhoofd. Doordat hij zo bruin was leken zijn ogen nog stralender blauw. De zon had zijn sproeten vermenigvuldigd, zodat die zich van zijn neus ook naar zijn wangen hadden verspreid. Het zware werk had een man van hem gemaakt en Grace besefte voor het eerst hoe knap hij was.

'Hoe is het met je?' vroeg hij zacht.

'Heel goed. Ik heb het druk met de voorbereidingen voor de honingoogst en ik ga ook nog altijd naar kolonel Redwood om hem voor te lezen.' Het viel haar op dat hij zulke lange benen had gekregen, hij leek ook wel breder geworden en ze was zich bewust van zijn geur. 'Wat ruik ik?' Ze snoof, maar toen ze merkte dat de vlammen hem uitsloegen, wenste ze dat ze haar mond had gehouden.

'Scheerschuim.' Hij wreef verlegen over zijn kin.

Ze keek hem aan; er lag een blos op zijn wangen. 'Het ruikt lekker.' Ze moest er zelf om lachen. Het was voor het eerst dat ze tegen Freddie zei dat hij lekker rook.

Ze verwachtte dan ook dat hij haar hatelijk van repliek zou dienen;

dat hij iets zou zeggen waardoor ze zich dom en onhandig zou voelen. Maar dat deed hij niet. Integendeel, hij schonk haar een welwillende glimlach.

'Jij ruikt naar bloemen. Naar de tuin in de zomer.' Zijn blos werd nog vuriger.

'Echt waar?'

'Ja. Als ik aan jou denk, dan denk ik aan bloemen.' Hij klonk gegeneerd.

Grace keek hem verbaasd aan. 'Wat aardig dat je dat zegt.' Ze zou uitbundiger willen reageren, maar wist niet hoe.

Op dat moment kwamen de markies en de markiezin van Penselwood de kerk binnen en schreden deftig door het gangpad, samen met de broze, gebogen douairière. Ze namen hun vaste plaats in op de voorste rij. De gesprekken in de kerk verstomden. Het verbaasde Grace niet dat Rufus er niet bij was. Hij kwam nooit meer naar Walbridge. Haar blik gleed over de entourage van de markies, want hij werd altijd vergezeld door de gasten die op de Hall verbleven. Maar Rufus bevond zich ook niet onder hen. Wat Grace wel verbaasde, was dat ze niet de gebruikelijke steek van teleurstelling voelde en dat ze zich moeiteloos liet afleiden toen Freddie liefkozend zijn knie tegen de hare drukte. Ze trok haar been niet weg, maar was zich bewust van een vreemde, nieuwe opwinding toen de warmte van zijn knie door haar hele lichaam trok en haar tintelingen bezorgde. Als Freddie hetzelfde voelde, dan liet hij dat niet merken. Maar het ontging Grace niet dat zijn knie, telkens wanneer ze na een gezang weer gingen zitten, opnieuw de hare vond. En elke keer dat ze zijn fysieke nabijheid voelde, leek de warmte tussen hen intenser te worden.

Toen iedereen na de dienst naar buiten liep en in groepjes bleef napraten, keerde Freddie zich naar Grace. 'Zullen we vanmiddag bij de rivier afspreken?' vroeg hij gretig en met een blik vol verwachting. 'Voor mijn gevoel heb ik je in geen maanden gesproken.'

'Dat is je eigen schuld. Je had geen tijd voor me.'

'Nee, dat weet ik. Het was een gekkenhuis.'

Ze glimlachte, een beetje onzeker door de vreemde, nieuwe dynamiek tussen hen. 'Je hebt hard gewerkt.' Ze nam hem keurend op. Het ontging haar niet hoe mager hij was geworden. 'Geeft tante May je wel te eten?'

'Ik heb nog nooit zo hard gewerkt, maar ik vind het heerlijk.' Zijn ogen straalden. 'Ik geniet ervan om op het land te zijn. Ik hou van de fysieke uitdaging. Echt, het is het fijnste wat ik ooit heb gedaan.'

'Daar ben ik blij om. Dan kan Mr. Garner maar beter oppassen, anders raakt hij zijn baan kwijt.'

'Reken maar. Ooit heb ik het hele landgoed onder mijn beheer.'

'Daar twijfel ik niet aan.' Haar wangen gloeiden van bewondering. In amper een paar maanden tijd waren de verhoudingen volstrekt anders komen te liggen. Ze voelde zich niet langer ouder dan hij. Hij had haar ruimschoots ingehaald en was met reusachtige sprongen van een jongen uitgegroeid tot een man.

'Kom je?' vroeg hij.

'Ja, ik kom.' De glimlach die haar antwoord op zijn gezicht toverde, bezorgde haar een onverwachte huivering van genot.

Even later was ze met haar vader op weg naar huis. Ze namen de kortste weg, door het bos. De bladeren begonnen nog niet te kleuren, maar het licht had al die zachte, gouden gloed van de herfst. De velden waren gemaaid, de stoppels glommen in de zon. Ze dacht aan Freddie, aan de vele uren die hij op het land had gewerkt. Hij had er brede schouders van gekregen, een gespierd lichaam en een energieke, dynamische uitstraling die ze erg aantrekkelijk vond. Ze keek naar haar vader, in het besef dat het zware werk hem juist leek uit te putten. Hij zag er moe uit.

'Waar denk je aan?' vroeg ze.

Hij schrok op uit zijn gedachten. 'O, aan niets bijzonders.'

'Ik dacht eraan dat het bos er in dit licht zo prachtig uitziet. Van alle seizoenen vind ik de lente en het begin van de herfst het fijnst.'

Hij keek glimlachend om zich heen en knikte. 'We hebben een hoop om dankbaar voor te zijn. En het oogstfeest herinnert ons daaraan.'

'Nou en of. We hebben niks te klagen.'

'Geluk is geen kwestie van alles hebben wat je hartje begeert. Juist mensen die níét alles hebben, maar er het beste van maken, zijn het gelukkigst,' zei hij wijs. 'Dus we doen het helemaal niet zo slecht, jij en ik. Wat jij, Grace?'

'Dat vind ik nog heel bescheiden uitgedrukt. De dingen die me echt gelukkig maken, zijn niet te koop. Geluk betekent blij zijn met wat je hebt. Dat heb jij me geleerd, pap.'

'Ik had het zo fijn gevonden als je een moeder had gehad.' Zijn gezicht werd weer ernstig. 'Maar dat maakte blijkbaar geen deel uit van Gods grote plan.'

'Tante May is als een moeder voor me geweest.'

Zijn gezicht verzachtte terwijl hij het met een zucht naar de zon keerde. 'Ja, ik denk niet dat ik het zonder May had gered. Ze was er altijd voor je.' Hij stopte zijn handen in zijn broekzakken.

'Voor jou toch ook?'

Hij keek haar fronsend aan. 'May is altijd een trouwe vriendin voor me geweest. Het valt niet mee om je dochter alleen groot te brengen. In het begin hebben je oma en je tante geprobeerd bij te springen, maar die trokken alles naar zich toe, niet alleen de zorg voor jou. Ze bemoeiden zich ook met mij en met het huis en de tuin. Met alles. Dus die heb ik gauw weer naar huis gestuurd. Maar ik weet niks van vrouwendingen. Dus als May er niet was geweest, dan weet ik niet hoe ik het er vanaf had gebracht.'

'Je zou het er prima vanaf hebben gebracht, pap. We zouden het samen hebben gered. Misschien met vallen en opstaan, maar dat doet er niet toe.'

'Dat wilde ik niet. Je verdiende beter, Grace. May is een lieve vrouw. Aardig, grappig. Ze weet van aanpakken. Prima voor jou om je aan te spiegelen. Ik weet nog wat ik dacht toen je klein was. Dat je moeder en ik trots op je konden zijn als je net zo werd als May. Ze was de beste vriendin van je moeder en ik weet zeker dat je moeder volledig vrede zou hebben gehad met May als voorbeeld.'

'En? Heeft het een beetje goed uitgepakt?' Grace glimlachte, maar haar vader bleef serieus.

'Ik ben trots op je. En ik weet zeker dat je moeder er net zo over denkt, waar ze ook is.'

'Volgens mij is ze niet ver weg.'

'Ze is altijd bij ons, Grace. Vergeet dat nooit. Dat je haar niet kunt zien, wil niet zeggen dat ze in de geest niet bij je is. Het lichaam is maar een omhulsel, en waar je moeder nu is, heeft ze dat niet nodig. Ze kan overal zijn, op elk moment, in een enkele gedachte.'

'Dat is een fijn gevoel.'

'Niet alleen dat. Het is de waarheid. We zijn hier om te leren, Gracey.

Om in liefde te groeien. Zo eenvoudig is het. En groeien doe je door onzelfzuchtigheid, compassie en vergevingsgezindheid. Kortom, door lief te hebben. Dat is waar het om gaat. Je moet jezelf nooit op de eerste plaats zetten. We moeten voor elkaar zorgen, net als de bijen.'

Hij keek haar aan en glimlachte. 'Wat denk je, zijn ze klaar voor de oogst?'

'Ze zijn nog aan het foerageren, maar het begint al kouder te worden. Vooral 's avonds.'

'Ik denk dat we volgende week maar moeten beginnen.' Hij versnelde zijn pas. 'Laten we zo even in de kasten kijken. Maar ik gok erop dat ze zover zijn. Dat het tijd is om de honingramen uit de kasten te halen.'

'Alles staat klaar. De potten zijn schoon, de etiketten zitten erop.'

'Je doet het goed, Gracey. Ik had ook een lastig of opstandig kind kunnen krijgen. Maar ik kreeg jou.'

'Geschapen naar jouw evenbeeld, pap,' zei ze lachend.

'Misschien vanbinnen. Maar vanbuiten ben je het evenbeeld van je moeder.'

Na de lunch fietste Grace naar Freddie. Haar hart zwol en begon sneller te slaan toen ze zijn huis naderde. En dat allemaal voor Freddie, dacht ze, geamuseerd door het absurde van de situatie; dat ze zich zenuwachtig maakte over een jongen die altijd als een broer voor haar was geweest. Maar toen hij naar buiten kwam was het een heel andere Freddie dan de jongen die vroeger gretig op haar had gewacht om samen leuke dingen te gaan doen. Deze nieuwe Freddie bezorgde haar een ongemakkelijk gevoel en maakte haar een beetje verlegen. Zijn blik was serieuzer, zijn manier van doen zelfverzekerder, zijn glimlach verdreef de wrokkige grijns die ze nooit had begrepen. Toen hij voorstelde naar de rivier te fietsen, ging er een huivering door haar heen, zowel van angst als van opwinding. Ze ontdekte dat ze zich niet langer uit alle macht op het hier en nu hoefde te concentreren om Rufus naar de achtergrond te dringen. Freddie beheerste al haar gedachten.

Toen ze in volle vaart over het kronkelpad langs de rivier reden, begon ze zich geleidelijk aan meer op haar gemak te voelen. Freddie fietste voor haar en riep zoals gebruikelijk vrolijk over zijn schouder, terwijl ze over de stenen en boomwortels op het pad schoten. Hij was sneller dan vroeger, zodat ze hem moest naroepen dat hij op haar moest wachten. Hij plaagde haar dat ze een meisje was, maar de toon waarop hij het zei en de manier waarop hij lachte, stroomden over van genegenheid, en Grace was zich er voor het eerst van bewust dat hij een man was, zij een vrouw. Ineens was hij meer dan Freddie, haar ouwe trouwe kameraadje.

Bij hun vaste plekje aan het water zetten ze hun fiets tegen een boom. Freddie maakte het kleed los van zijn bagagedrager en spreidde het uit op het gras.

'Ga je zwemmen?' vroeg ze.

'Misschien. Als ik het erg warm krijg.'

'Weet je nog dat je altijd van de brug dook?'

'En bijna mijn nek brak.'

'Nee, daar was je veel te goed voor. Je schoot als een zwaan door het water.'

Hij grijnsde en liet zich naast haar op het kleed ploffen. 'Je was altijd een dankbaar publiek, Grace.'

'En diep onder de indruk,' zei ze naar waarheid. Ze sloeg haar armen om haar knieën.

Freddie ging op zijn rug liggen en werkte zich op zijn ellebogen overeind. 'Dat waren mooie tijden.'

'Dat zijn het nog steeds. Sterker nog, het wordt alleen maar beter,' zei Grace vrolijk.

'Niet als er oorlog komt.'

'Oorlog? Er komt geen oorlog,' zei ze fel, want ze werd ineens bang. 'Er is niemand die oorlog wil.'

'Ik ben bang dat we geen keus hebben.'

'Dat moet je niet zeggen.' Ze staarde naar het water. 'Laten we het niet over zulke akelige dingen hebben. Doe liever iets leuks.'

'Zoals?' vroeg hij lachend.

'Ik weet het niet. Duik nog eens van de brug.'

'Goed.' Hij nam de uitdaging aan. 'Voor jou doe ik alles.'

Op dat moment ontdekte ze iets op de andere oever: een gedaante. Haar vader, leek het wel. Ze schermde haar ogen af met haar hand. 'Pap?' Ze fronste haar wenkbrauwen.

Freddie volgde haar blik. 'Arthur? Waar?'

Ze wees. 'Daar! Op de andere oever.'

'Ik zie niemand.'

'Het is mijn vader.'

Freddie grinnikte. 'Welnee, het is gezichtsbedrog. Dat komt door het zonlicht en de schaduwen.'

Het visioen verdween. 'Ik weet zeker dat hij het was,' zei ze zacht.

'Wat zou hij hier te zoeken hebben?'

'Ik weet het niet.'

'Je verbeeldt het je maar.'

'Of misschien was het iemand anders. Iemand die ons bespioneert. Denk je dat we in de gaten worden gehouden?'

'Doe niet zo gek. Er is niemand. En er was ook niemand. We zijn alleen.'

'Ik hoop het.' Ze lachte onzeker. 'Ik had kunnen zweren dat het mijn vader was.'

'Wil je nou dat ik van de brug af spring of niet?'

'Ja. Als je maar voorzichtig bent.'

Hij kwam overeind en trok zijn kleren uit. Alleen zijn onderbroek hield hij aan. Grace vergat haar vader en lachte nerveus toen Freddie zijn kleren van zich af gooide en gebruind en breedgeschouderd voor haar stond. 'Kom je er ook in?' Hij keek glimlachend op haar neer.

'Het is mij veel te koud.' Ze joeg hem weg met haar hand. 'Ga jij maar!' Hij verdween tussen de bomen en even later verscheen hij weer, op de brug. Ze zag dat hij naar haar keek, om zeker te weten dat ze bleef kijken. Wat hij niet besefte, was dat ze geen keus had; dat ze naar deze nieuwe, dynamische Freddie moest blijven kijken, of ze wilde of niet.

Toen hij op de leuning klom werd ze ineens overvallen door paniek. Ze ging op haar knieën zitten, vurig wensend dat hij niet iets doms deed en zich bezeerde. Het was lang geleden dat hij voor het laatst van de brug was gesprongen en inmiddels was hij een stuk groter en zwaarder.

Hij strekte zijn armen boven zijn hoofd en haalde diep adem. 'Klaar?'

'Wees voorzichtig!' Ze sloeg hijgend haar handen voor haar mond terwijl hij afzette. Hij sprong heel hoog de lucht in en dook als een zwaluw naar beneden, met zijn armen gespreid als vleugels, maar vlak voordat hij het water raakte legde hij ze langs zijn lichaam, zodat hij net onder het oppervlak door de rivier schoot. Toen werd alles stil. Het enige wat zijn aanwezigheid verried, waren de rimpelingen op de plek waar hij onder water was verdwenen.

Grace keek gespannen toe, klaar om te klappen, maar hij kwam niet boven. Ze sprong ongerust overeind en zocht met haar ogen de rivier af. Er was nog steeds niets te zien. Ze dacht dat haar hart stilstond, angst overschaduwde het geluk dat het amper een paar minuten daarvoor nog had doen overstromen. 'Freddie!' Net toen de angst haar te veel dreigde te worden, kwam hij boven, op misschien een meter van de oever. Zijn gezicht straalde.

Grace barstte in snikken uit. 'Idioot!' riep ze woedend. 'Om me zo de stuipen op het lijf te jagen!'

'Grace! Ik wilde je niet laten schrikken.' Freddie waadde berouwvol het water uit. Voordat ze nog iets kon zeggen, nam hij haar in zijn armen en kuste hij haar zo hartstochtelijk dat ze niet wist of ze boos of blij moest zijn. Zijn mond was warm en vochtig en verrassend opwindend. Hij liet haar even los. Verbaasd en een beetje angstig keken ze elkaar aan. Grace had haar tranen gedroogd. Ze was gekalmeerd, en te verrast om kwaad te zijn. Ten prooi aan stijgende begeerte deed ze een stap naar voren. Een heel klein stapje, nauwelijks waarneembaar, maar voor Freddie was het genoeg om zijn handen langs haar hals te leggen en haar nogmaals te kussen.

Zijn armen om haar heen voelden volmaakt natuurlijk en vanzelfsprekend. Ze lagen op het kleed. Zijn natte lijf droogde in de zon en tegen haar zonnejurk. Zijn lippen gingen strelend over haar wangen, haar kaak en over haar hals naar beneden. Ze lachte zacht om de tintelende sensatie die zijn liefkozingen haar bezorgden, helemaal tot in haar tenen. Het was haar allereerste kus. Ze had zich vaak voorgesteld hoe het zou zijn, maar de werkelijkheid overtrof haar stoutste verwachtingen. Er werden gevoelens in haar wakker waarvan ze zich nooit bewust was geweest, en ze herinnerde zich vertederd wat hij had gezegd; dat ze hem aan bloemen deed denken.

Haar vader had gelijk. Misschien had ze altijd al van Freddie gehouden maar het nooit beseft. Ze had het zo druk gehad met over zijn schouder kijken dat ze geen oog voor hem had gehad, totdat hij door een zomer op de boerderij voldoende man was geworden om haar aandacht te trekken.

Urenlang – althans, zo voelde het – lagen ze in elkaars armen. Bedwelmd door de geur en de streling van elkaars huid, beheerst door een onlesbare dorst naar meer, kusten en liefkoosden ze elkaar. Maar uiteindelijk werden de schaduwen langer, de dag liep ten einde en het begon killer te worden. Freddie stond op en kleedde zich aan. 'Denk erom dat je me nooit meer zo laat schrikken,' zei ze, terwijl hij zijn overhemd dichtknoopte.

'Toch ben ik blij dat ik het heb gedaan. Anders had ik misschien niet de moed gehad om je te kussen. Terwijl ik al sinds mijn vijftiende niets liever wil,' bekende hij.

'Echt waar? Al zo lang?'

'Je bent het meisje van mijn dromen, Grace. En dat ben je altijd al geweest.' Hij ging weer naast haar zitten en streek het haar uit haar gezicht. Zijn ogen glansden van liefde. 'Ik heb altijd van je gehouden. Al zolang ik me kan heugen. Maar ik was bang dat je nooit iets voor me zou voelen.'

'Ik wist helemaal niet dat ik van je hield. Dat heb ik vandaag pas ontdekt.'

Hij keek haar aan, stralend van geluk. 'Dus je houdt van me?'

Ze glimlachte schuw. 'Ja, Freddie. Ik hou van je. Je bent ineens zo anders. Je bent ineens een man en geen jongen meer.'

'En jij bent geen meisje meer.'

'Onze spelletjes zijn ineens een stuk spannender geworden,' zei ze lachend.

'Laten we dan nog even doorspelen. Ik heb geen zin om je al naar huis te brengen.'

'Doe je dat dan? Ga je me naar huis brengen?'

'Natuurlijk. Je bent mijn meisje. Dus ik laat je niet alleen fietsen. Van nu af aan zal ik voor je zorgen.' Ze glimlachte stralend en ging weer liggen. 'Je bent mijn meisje, Grace,' zei hij nogmaals. 'Wat klinkt dat heerlijk! Net als "Ik hou van je". Dat heb ik altijd alleen maar in mijn gedachten gezegd.'

'Tegen mij?'

'Tegen jou.'

'En dat heb ik al die tijd niet geweten.'

'Maar nu weet je het.' Hij kuste haar. 'Ik hou van je.' Weer een kus. 'Ik hou van je.' En hij bleef haar kussen...

13

Het was al bijna donker toen Grace en Freddie terugfietsten naar het Imkershuis. Ze reden naast elkaar, vrolijk pratend en lachend, en probeerden al fietsend elkaars hand vast te houden. Toen Grace door al het geslinger en gezwalk bijna viel, schoot Freddie toe om het stuur van haar fiets te pakken en haar het pad weer op te loodsen. Alle barrières tussen hen waren weggevallen, er was niets wat hun intimiteit in de weg stond. Ze hadden elkaar hun liefde verklaard, waardoor de avond nóg mooier leek.

Toen ze bij het huisje kwamen, zagen ze dat de ramen donker waren. Grace zette haar fiets tegen de muur en liep de tuin in. 'Pap!' Ze kreeg geen antwoord. De tuin lag er verlaten bij en haar vader was ook niet bij de bijenkasten. 'Waar kan hij zijn?' vroeg ze aan Freddie, die haar volgde over het gras. Op dat moment kwam Pepper aanlopen, heftig kwispelend en duidelijk blij hen te zien. Grace bukte zich om hem achter zijn oren te kriebelen. 'Waar is je baasje?' De hond keek haar aan. Zijn grote glanzende ogen konden haar niets vertellen, behalve het verlangen om geaaid te worden.

'Laten we binnen kijken,' stelde Freddie voor. Ze liepen het huis in en deden het licht aan. Grace wist onmiddellijk dat er niemand was. Het huis voelde stil en leeg, als een tombe. Ze begon zich zorgen te maken. Als hij de deur uit was gegaan, zou hij een briefje voor haar hebben neergelegd. En dan zou hij Pepper nooit alleen buiten hebben gelaten.

'O, Freddie, ik maak me echt ongerust.'

'Niet doen. Hij is waarschijnlijk naar de pub.'

'Dat zou hij me hebben laten weten. En dan zou hij de hond in de keuken hebben gedaan.'

'Misschien is hij jóú gaan zoeken.'

'Ja, misschien.' Haar ongerustheid zakte een beetje. 'Dan zit hij vast en zeker bij jou thuis.'

'Laten we daarheen gaan. Ik weet niet hoe het met jou is, maar ik heb honger gekregen van al dat zoenen.'

'Mannen! Jullie denken ook alleen maar aan je maag.' Ondanks haar bezorgdheid moest ze lachen.

Hij nam haar in zijn armen. 'Hoe kan ik aan mijn maag denken wanneer jij bij me bent?' Hij drukte een kus op haar neus. 'Dat zou wel erg weinig galant zijn.'

Maar Grace was er nog altijd niet gerust op. 'Laten we nog een keer in de tuin kijken.' Ze maakte zich los en haastte zich naar buiten.

Met een vreemd gevoel dat ze niet onder woorden zou kunnen brengen, liep ze langs de bloembedden. Pepper snuffelde aan het gras en vertrok in de richting van de bijenkasten. Haar intuïtie zei haar hem te volgen. Terwijl de angst als een loden last op haar drukte, zag ze de hond in het groen verdwijnen. En het volgende moment ontdekte ze een paar voeten onder een struik. Ze herkende de schoenen en de sokken onmiddellijk. 'Pap!' Ze rende erheen. Freddie stond in een oogwenk naast haar. Haar vader was languit achterovergevallen. Met een wanhoopskreet boog ze zich over hem heen. Ze bespeurde geen hartslag. Uit niets bleek dat hij nog leefde. 'Hij is dood!' Vervuld van afschuw keek ze naar de levenloze gedaante. 'Hij is dood!'

Freddie liet zich op zijn knieën vallen en legde zijn hand in Arthurs hals, om de hartslag te controleren. Toen hij niets voelde, hield hij zijn wang vlak voor Arthurs neus en mond. Maar er was geen ademhaling. Er was helemaal niets meer, alleen de roerloze stilte van de dood. 'O, Grace! Wat erg voor je.' Overweldigd door verdriet zocht ze steun bij Freddie. Ze klampte zich wanhopig aan hem vast en hij kon niets anders doen dan haar stevig vasthouden.

Ze omhelsde hem zo stijf als ze kon, kneep haar ogen dicht en gaf zich over aan een overweldigend gevoel van eenzaamheid. Haar vader was alles voor haar geweest; behalve vader ook moeder, broer, zus en vriend. Zonder hem wist ze zich geen raad. Ze voelde zich als een schip verloren op zee, beroofd van haar kompas, van haar roer en haar zeilen. 'Hij was het, Freddie! Bij de rivier,' fluisterde ze. 'Hij kwam afscheid nemen.'

'Hoe moet het nu verder?' vroeg ze ten slotte.

'Jij blijft hier en ik ga hulp halen.'

'Hoe is hij gestorven? En waarom...'

'Ik weet het niet, liefste. Dat kan alleen de dokter je vertellen.'

Haar ogen vulden zich opnieuw met tranen, haar kin trilde. 'Hij was alles wat ik had,' bracht ze gesmoord uit.

Freddie legde zijn handen langs haar gezicht en keek haar diep in de ogen. 'Nee, Grace,' zei hij op besliste toon. 'Je hebt mij ook. En ik laat je nooit in de steek.'

Toen Grace wat gekalmeerd was, pakte Freddie de fiets om hulp te gaan halen. Hij beloofde zo snel mogelijk terug te komen. Ze keek hem na, bang om alleen te blijven, toen keerde ze zich weer naar haar vader, nauwelijks in staat te bevatten dat ze hem zo plotseling had verloren, zonder enige waarschuwing, zonder dat ze de kans had gehad afscheid te nemen. Bij die gedachte begon ze opnieuw te huilen. Ze pakte zijn hand en legde die tegen haar wang, in stilte God vervloekend omdat hij haar de enige ouder had afgenomen die ze had gekend.

Ze bleef op het gras zitten. Haar dunne vest bood niet voldoende bescherming tegen de avondkilte en tegen de kou die uit het diepst van haar wezen leek te komen. De spaniël van haar vader krulde zich op tegen zijn lichaam en keek Grace berustend aan. 'Nu ben je van mij,' zei ze, waarop de hond een diepe zucht slaakte, als om haar duidelijk te maken dat hij genoegen nam met haar als tweede keus. Haar blik ging naar de kasten, toen weer naar haar vader. Er waren geen sporen van steken op zijn huid. Dus de bijen hadden geen rol gespeeld bij zijn dood. Ze keek naar zijn gezicht. Hij zag er rustig en sereen uit, alsof hij sliep. Als ze zijn ijzige hand niet in de hare had gehouden, had ze kunnen denken dat hij elk moment wakker kon worden, met de vraag waarom ze zo van streek was. Ze dacht aan die ochtend, toen ze tijdens de wandeling van de kerk naar huis had gedacht dat hij er zo moe uitzag. Nu leek hij niet moe meer, en ook niet oud. Zijn huid leek doorschijnend, de lijnen rond zijn mond en zijn ogen waren minder scherp geworden. De diepe groeven in zijn voorhoofd waren verdwenen. Hij leek weer jong. Hoe hij ook was gestorven, hij had niet geleden. Misschien had hij simpelweg naar haar moeder verlangd en haar hand gepakt.

Even later kwam Freddie terug met zijn ouders en de dominee, in de kleine Austin van dominee Dibben. May hield geschokt haar adem in toen ze Arthur zag liggen. Ze barstte in snikken uit, hielp Grace overeind en sloeg haar armen om haar heen. 'Je bent steenkoud geworden, kindje. Kom mee naar binnen. Je krijgt nog longontsteking.' Haar stem klonk geruststellend moederlijk en daadkrachtig. Grace liet zich naar binnen loodsen, waar May haar op een van de rechte houten stoelen aan de keukentafel zette. 'Het moet een hartaanval zijn geweest,' zei May terwijl ze kopjes uit de kast haalde en water opzette. Ze was praktisch van aard en wist de weg in de keuken. Alleen al door haar aanwezigheid verspreidde ze warmte om zich heen, zodat Grace begon te ontdooien en haar wanhoop werd verjaagd, als mistflarden door de zon.

De mannen droegen Arthur naar binnen en legden hem op zijn bed, met zijn handen gevouwen op zijn borst. May stak een kaars aan, dominee Dibben zei een gebed. Ze luisterden met gebogen hoofd. Grace huilde zacht bij de aanblik van haar vader die nooit meer wakker zou worden.

Daarna verzamelden ze zich rond de keukentafel. May schonk thee in.

'Ik zal regelen dat je vader morgen door een ambulance wordt opgehaald,' zei Michael. 'Maak je geen zorgen, Grace. We nemen je alles uit handen.'

'Waarom ga je niet met ons mee, kindje? Dan kun je vannacht bij ons blijven slapen,' stelde May voor. 'Ik vind niet dat je hier moet blijven. Helemaal alleen.'

'Ik ben niet alleen,' antwoordde Grace.

May glimlachte medelevend. 'Je weet wat ik bedoel, kindje.'

'Ik kan pap niet alleen laten.'

Michael zocht de blik van zijn vrouw. 'Je vader ligt hier prima. Daar hoef je je geen zorgen over te maken. Maar we zijn bezorgd om jou.'

'Ik kan wel bij Grace blijven,' opperde Freddie. 'Dan slaap ik op de bank. Als ze Arthur niet alleen wil laten, hou ik haar gezelschap.'

May was blij met zijn voorstel, hoewel dominee Dibben een bedenkelijk gezicht trok. 'Je vader is nu bij God, Grace,' zei hij.

'Ja, maar toch wil ik hem niet alleen laten. Ik zou de gedachte niet kunnen verdragen dat hij hier…' Haar stem stierf weg.

May klopte haar op de hand. 'Rustig maar, kindje. Als je hier wilt blijven, dan doe je dat. En dan kan Freddie je gezelschap houden.'

Grace schonk hem een dankbare glimlach. 'Dank je wel.' Hun ogen verrieden gevoelens waarvan de anderen nog geen weet hadden.

Voordat ze naar huis gingen, stak Michael het vuur aan in de zitkamer. May pakte een deken voor Freddie, uit de kast op de overloop, en legde die op de bank; ze haalde brood en ham en kaas tevoorschijn voor het avondeten en ze deed een paar aardappels in de oven. 'Mam, we redden ons wel.' Freddie sloeg zijn moeder bijna geamuseerd gade.

'Ik wil gewoon zeker weten dat jullie iets eten. Vooral Grace. Zorg dat ze niet met een lege maag naar bed gaat. Beloof je dat?'

'Ja, dat beloof ik.'

'Het is lief van je dat je bij haar wilt blijven.'

'Ik doe het graag.' Zijn moeder had geen idee hóé graag.

Toen May ook nog peper en zout op tafel had gezet, stond ze op. 'Wat afschuwelijk dat het zo moest gaan,' zei ze verdrietig. 'Arme Grace. Eerst je moeder, en nu moet je je vader ook nog missen. Het is niet eerlijk.'

'Ze heeft ons, mam,' zei Freddie.

May knikte. 'Ja, ze heeft ons. Wij zullen wel voor haar zorgen.' Ze dempte haar stem. 'Zonder haar vader kan ze hier niet blijven wonen.'

'Sst. Niet over praten.'

May tuitte haar lippen en ging er niet op door. 'Dan laten we jullie nu maar alleen. Ik hoop dat alles goedgaat.'

'Mam! We zijn geen kinderen meer.'

'Dat weet ik, maar ik blijf je moeder.' Ze moest op haar tenen gaan staan om hem een kus op zijn wang te geven. 'Pas goed op Grace. En op jezelf.'

Freddie liet haar uit. Toen liep hij terug naar de woonkamer. Daar trof hij Grace in de stoel van haar vader. De gouden gloed van de vlammen danste over haar gezicht, dat desondanks nog altijd bleek zag. Toen ze hem in de gaten kreeg, rukte ze haar blik weg van de vlammen en schonk hem een glimlach. 'Dank je wel,' zei ze zacht. Hij ging op de bank zitten en ze kroop dicht tegen hem aan, met haar hoofd op zijn schouder.

'We zijn alleen.' Hij sloeg een arm om haar heen en drukte een kus op haar hoofd.

'Met Pepper.'

'O ja. Pepper is er ook nog.'

Ze keken naar de hond die vredig voor het vuur lag te slapen.

'We moeten genieten van elke dag, Freddie,' zei Grace vastberaden. 'Want je weet nooit wanneer het afgelopen is. Pap stond gewoon onkruid te wieden in de tuin, en ineens was het voorbij. Wonderbaarlijk eigenlijk. Op het moment dat de een me werd ontnomen, kwam de ander in mijn leven.'

'Het is mooi als je het zo kunt zien. En dat zal het voor Arthur makkelijker maken om je los te laten. Het besef dat je niet alleen bent.'

'Ik zal op zoek moeten naar een baan, Freddie. Een echte baan. En ik moet...'

'Sst, daar hoef je nu nog niet over na te denken. Het verdriet is nog veel te vers. Wanneer Arthur eenmaal ter ruste is gelegd, gaan we het over je toekomst hebben. Als je daar nu over gaat piekeren raak je alleen maar nog veel meer van streek.'

Ze slaakte een zucht en ontspande, in de geruststellende wetenschap dat Freddie haar zou helpen met de beslissingen die ze moest nemen. Ineens voelde ze zich iets minder alleen. 'We hadden zo'n heerlijke middag,' zei ze. 'Ik wou dat pap ons had kunnen zien, samen. Hij was erg op je gesteld, Freddie. Hij had je heel hoog zitten. Volgens hem kon ik me geen betere man wensen.'

'Ik had hem ook heel hoog zitten.' Hij lachte zacht. 'En vanwege zijn wijsheid heb ik nu nóg meer respect voor hem. Want hij had natuurlijk gelijk. Je had geen betere man kunnen kiezen dan mij.'

'Freddie?'

'Ja?'

'Heb je nog honger?'

'Ja.'

Ze schoot overeind. 'Zullen we dan maar voor het eerst samen aan tafel gaan?' vroeg ze bijna koket.

Hij pakte haar hand. 'Eigenlijk is dit ons eerste echte afspraakje.' Hij schonk haar een tedere glimlach, die ze met dezelfde innigheid beantwoordde. Bij het zien van de lichtjes die in haar ogen dansten, sloeg hij zijn armen om haar heen en drukte hij zijn lippen op de hare. Dus het kon echt, besefte Grace. Je kon gelukkig zijn, zelfs wanneer je net zo'n verschrikkelijk verlies had geleden.

Ze dineerden aan de keukentafel. Grace stak een kaars aan, zette die in het midden en schonk hun ieder een glas gemberbier in. Genietend van het eten dat May voor hen had klaargezet, spraken ze over Arthur. Grace haalde herinneringen op, en wanneer ze moest huilen nam Freddie haar hand in de zijne. Maar er werd ook gelachen, en ondanks al het verdriet – of misschien juist daardóór – voelde Grace haar hart overstromen van liefde voor Freddie.

Het was al na middernacht toen ze besloten dat het tijd was om naar bed te gaan. Freddie bleef in de deuropening van haar slaapkamer staan en kuste haar teder. Grace vond het akelig om alleen te zijn. Ze aarzelde en liet zich kussen, tot de vermoeidheid haar dwong hem weg te sturen. Terwijl ze zich uitkleedde en gereedmaakte om in bed te stappen, hoorde ze hem beneden stommelen. Het was een geruststellend geluid, maar ook vreemd, want ze was gewend aan de geluiden van haar vader, aan zijn langzame, vertrouwde tred. Eenmaal onder de dekens stelde ze zich Freddie voor, op de bank in de woonkamer. Ze hoopte dat hij het warm genoeg had dankzij de deken en het smeulende vuur. Met gespitste oren luisterde ze of ze hem kon horen bewegen, maar het enige geluid was het regelmatige tikken van de staande klok in de gang. Uiteindelijk werd het stil in huis, alsof ook de klok in slaap was gevallen.

Ze sloot haar ogen en probeerde niet aan haar vader te denken, in zijn kamer verderop in de gang. Net zomin als ze aan een toekomst zonder hem wilde denken. Aan alle dingen die ze zou missen. Het liefst zou ze haar gedachten helemaal stilzetten, maar haar hersens maalden door in de duisternis, terwijl haar uitgeputte lichaam snakte naar de verlossing van de slaap.

Uiteindelijk moest ze ingedommeld zijn, want ze werd gewekt door een heldere gloed die de hele kamer vulde. Toen ze haar ogen opendeed zag ze tot haar verbijstering haar vader aan het voeteneind van haar bed staan, gehuld in een wit licht, als een soort mist. Hij leek jonger, knapper en hij glimlachte stralend naar haar, alsof hij haar wilde laten weten dat hij gelukkig was. Ze knipperde met haar ogen, ervan overtuigd dat ze droomde, maar haar vader ging niet weg; hij bleef en straalde een vurige, diepgevoelde liefde uit. Haar hart begon wild te slaan, maar ze wist intuïtief dat hij zou verdwijnen als ze bang werd; dat haar angst het haar onmogelijk zou maken hem te zien. En dus lag ze volmaakt roerloos, met grote ogen, haar hart wijd open, en ze laafde zich als een dorstige ziel aan zijn liefde. Ten slotte begon hij langzaam te vervagen, misschien omdat ze moe werd, of misschien omdat híj moe werd. Ze wilde dat hij bleef, maar even later was de kamer weer in duisternis gedompeld en werd ze opnieuw overmand door eenzaamheid en door de vraag of ze het allemaal had gedroomd, of ze de verschijning zelf had opgeroepen met haar verdriet.

Ze glipte uit bed en sloop de trap af. De sintels gloeiden in de haard, Freddie lag in diepe rust onder de deken. Weifelend bleef ze in de deuropening staan. Ze wilde niet alleen zijn, maar het was ongepast om bij Freddie te gaan liggen. Toch vóélde het niet ongepast. Ze kende hem al haar hele leven. Tot die middag was hij als een grote broer voor haar geweest. Ze beet op haar nagels en begon koude voeten te krijgen. Toen haalde ze diep adem, kroop onder de deken en drukte zich tegen hem aan. Hij werd wakker, maar zakte al spoedig weer weg. Ze hoorde het aan zijn ademhaling, die opnieuw diep en regelmatig werd. Warm en getroost door zijn nabijheid deed ze haar ogen dicht, zich koesterend in een geruststellend gevoel van veiligheid.

De volgende morgen was ze eerder wakker dan hij. Ze lag tegen zijn buik. Een van zijn armen rustte nonchalant op haar middel, de andere onder haar hoofd. Het liefst was ze blijven liggen, maar ze vermoedde dat May al vroeg voor de deur zou staan. Met tegenzin en zo voorzichtig mogelijk, om hem niet te storen, liet ze zich van de bank glijden. Hij bewoog, maar werd niet wakker. Op haar tenen verliet ze de kamer, ineenkrimpend wanneer er een plank kraakte.

Boven in haar slaapkamer deed ze de gordijnen open. De zon stond stralend aan de hemel, alsof hij niet wist dat haar vader dood was. Ze schoot een jurk aan, speldde haar haar vast en omdat ze zo verschrikkelijk bleek zag, deed ze een beetje rouge op haar wangen. Toen liet ze Pepper uit de keuken. Hij draafde de hal door en naar de tuindeur. De grendel maakte zoveel lawaai toen ze hem wegschoof dat Freddie wakker werd. Hij schoot verschrikt overeind. Even wist hij niet waar hij was. Zijn haar stond alle kanten uit, er lag een blos op zijn wangen, waardoor zijn ogen nog stralender blauw leken. 'Heb jij vannacht hier geslapen of heb ik dat gedroomd?' Hij harkte met zijn vingers door zijn haar.

'Dat heb je gedroomd.'

Hij hield zijn hoofd schuin. 'Ik geloof er niks van,' zei hij met een grijns.

Op dat moment kwam May binnenlopen, met Josephine in haar kielzog. Ze had een mand met broodjes bij zich. 'We hebben ontbijt bij ons,' zei ze voortvarend. 'Kindje, wat zie je bleek. Heb je gisteravond gezorgd dat ze iets at, Freddie?'

'Ja, mam. Ze heeft meer dan genoeg gegeten,' antwoordde hij slaperig, terwijl hij zijn arm strekte die stijf was geworden doordat haar hoofd erop had gelegen.

'Maak je geen zorgen. Ik red het wel,' zei Grace.

'Grace, lieverd. Wat een schrik!' zei Josephine bij wijze van begroeting. 'Wat een afschuwelijke schok. Ik vind het gewoon onverdraaglijk, het idee dat jij hier helemaal alleen achterblijft, zonder Arthur. Het is gewoonweg vreselijk.' Ze werkte zich langs Grace en haar moeder heen en liep de hal in. 'Het huis voelt ineens zo leeg!'

'Ik heb wat broodjes meegebracht,' zei May. 'Vers uit de oven. Ik heb ze in alle vroegte gebakken, want ik kon toch niet slapen.' Ze volgde haar dochter naar de kleine hal. 'De ambulance komt straks om Arthur te halen. Michael heeft meteen gebeld. Maar jullie moeten iets eten, Freddie, Grace. Met een lege maag ben je niks waard. Kom mee, Grace.' May en Josephine verdwenen naar de keuken.

Grace liep met hen mee en zette water op. Tante May leek haar verdriet te verbergen achter een masker van efficiëntie en bedrijvigheid. Maar ondanks haar lippenstift en haar oogschaduw was duidelijk te zien dat ze de hele nacht gehuild had. Josephine had haar mond zoals gebruikelijk overdadig vuurrood gestift. Ze straalde. Sterker nog, Grace had haar zelden zo stralend gezien. Ze vermoedde dat Josephine de dramatische ontwikkelingen diep in haar hart eigenlijk wel opwindend vond. Toen ze de tafel had gedekt, gaf ze Pepper zijn hondenkoek. Even later kwam Freddie de keuken binnenslenteren, aangekleed en met natte haren. Zijn wangen zagen rood van het koude water waarmee hij zich had gewassen.

‘Ga zitten en zorg dat jullie iets in je maag krijgen,’ zei May. Freddie wisselde een blik met Grace, waarin ze zwijgend hun bezorgdheid deelden. May gedroeg zich vreemd, zelfs voor iemand die net een dierbare vriend had verloren. Josephine stak een sigaret op en inspecteerde haar gelakte nagels. Freddie en Grace aten de broodjes en dronken thee. May had niet de rust om te gaan zitten. Ze ijsbeerde door de kamer en deed alsof ze het druk had.

‘Mam, je moet het haar vertellen.’ Josephine tikte haar as af in de asbak die haar moeder voor haar had neergezet. ‘Ik word duizelig van je heen-en-weergeloop.’

‘Wat moet je me vertellen?’ Grace keek May onderzoekend aan.

Die trok een stoel naar achteren en ging zitten. ‘Je zult bij ons moeten komen wonen,’ zei ze vastberaden.

‘Dan worden we één grote, gezellige familie,’ zei Josephine. ‘Je mag bij mij op de kamer totdat we Freddie de deur uit hebben gewerkt.’ Ze schonk haar broer een uitdagende grijns, maar die leek haar niet te horen.

Grace keek May geschokt aan. ‘Waarom kan ik niet hier blijven?’

‘Je kunt hier niet alleen wonen!’ zei Josephine. ‘Dat is eng. Helemaal alleen in zo’n oud huis.’

‘Het is niet eng. En het is mijn huis. Ik wil hier blijven. Trouwens, ik ben volwassen.’

‘Ik ben bang dat Mr. Garner je hier niet laat blijven.’ May tuitte haar lippen, zichtbaar nijdig op Mr. Garner. ‘Dit huis hoorde bij de functie van je vader. Nu hij niet langer op het landgoed werkt, kun jij hier niet blijven wonen.’

‘Het is een mannenwereld,’ verzuchtte Josephine. ‘Als je een man was zouden ze het niet in hun hoofd halen je op straat te zetten.’

Grace werd zo mogelijk nog bleker. ‘Maar wie moet er dan voor de bijen zorgen?’

‘Ik weet het niet, kindje. Dat is hún probleem,’ zei May.

‘De bijen lijken me je minste zorg,’ merkte Josephine op.

‘Maar er moet toch iemand voor ze zorgen?’ bracht Grace geschokt uit. ‘We hadden net besloten dat we deze week de honing uit de kasten zouden halen.’ Ze smoorde een snik.

‘Ze vinden wel een nieuwe imker,’ zei May.

'Maar ik weet meer van bijen dan wie ook,' fluisterde Grace, nauwelijks hoorbaar. Haar ogen vulden zich met tranen. 'Ze kunnen me niet uit mijn huis zetten. Pap is nog niet eens begraven. Ik ga hier niet weg.'

'Michael heeft vanmorgen met Mr. Garner gesproken. Natuurlijk doen ze niets overhaast. Maar je kunt hier niet voor onbepaalde tijd blijven. Uiteindelijk zul je elders woonruimte moeten zoeken. Maar daar hoef jij je geen zorgen over te maken. Alles wordt geregeld. Daar zorgen Michael en ik voor.'

'En tot je andere woonruimte hebt gevonden kun je bij ons komen wonen,' zei Josephine opgewekt.

'Dat is lief van jullie, maar ik blijf liever hier. Dit is mijn huis.' Grace keerde zich naar Freddie. Er lag een koortsachtige blik in haar ogen. 'Ze kunnen me toch niet dwingen mijn huis uit te gaan? Je moet me helpen! Je moet zorgen dat ze me niet op straat zetten!'

Freddies gezicht was rood aangelopen van verontwaardiging. 'Ik ga met hem praten.' Hij sprong op.

'Alsof jíj er iets aan kunt doen!' Josephine snoof. 'Jij maakt net zoveel indruk als een scheet in een januaristorm.'

'En je hebt je ontbijt nog niet op!' protesteerde May.

Freddie keek op zijn horloge. 'Ik heb geen tijd om te ontbijten. Er is werk aan de winkel.' Hij glimlachte naar Grace, zijn ogen straalden van vastberadenheid. 'In meer dan één opzicht. En het voornaamste is dat jij hier niet weg hoeft, Grace. Maak je geen zorgen. Mr. Garner zal niet weten wat hem overkomt.'

'O, Freddie, doe alsjeblieft niks doms!' Grace wrong nerveus haar handen.

'Wat ik ga doen is niet dom, Grace. Integendeel, het is het verstandigste wat ik ooit heb gedaan.'

De drie vrouwen keken hem na, zich afvragend wat hij in 's hemelsnaam zou kunnen uitrichten om Mr. Garner tot andere gedachten te brengen. Maar Freddie wist wat hem te doen stond. Er was maar één optie, en terwijl hij op zijn fiets stapte, besefte hij opgewekt dat hij nog nooit ergens zo zeker van was geweest.

14

De begrafenis van Arthur Hamblin was een sobere aangelegenheid. Er werd 's middags een dienst gehouden in de dorpskerk, waarbij dominee Dibben langdurig aan het woord was, even monotoon als altijd, zodat zelfs Grace uiteindelijk moeite had haar gedachten erbij te houden. May zat gedurende de hele dienst haar ogen te betten en haar neus te snuiten, luidruchtig getroost door Josephine, die elke gelegenheid aangreep om de aandacht op zichzelf te vestigen. De kerk was gevuld met vrienden en mensen die met Arthur hadden gewerkt, en voor Grace was het hartverwarmend te merken hoe geliefd haar vader was geweest. Zelfs Mr. Garner kwam zijn respect betuigen en Arthurs moeder en zijn zus waren met de trein uit Cornwall gekomen. Na het uitwisselen van de gebruikelijke beleefdheden wist Grace niet zo goed meer wat ze tegen hen moest zeggen. Ze zat tussen Freddie en Michael en moest zich beheersen om niet Freddies hand te pakken. Maar hij drukte zijn knie tegen de hare, in een gebaar waarvan alleen zij de betekenis kenden.

Op het kerkhof werd Arthur naast zijn vrouw ter ruste gelegd. Bij alle bloemen zette Grace ook een potje honing, en ze legde een exemplaar van 'The Bee-Boy's Song' op het graf, het gedicht van Rudyard Kipling waar haar vader zo van had gehouden. De marmeren zerk moest nog worden gemaakt, maar Michael had gezorgd voor een tijdelijk, houten gedenkteken met daarop slechts Arthurs naam en zijn geboorte- en sterfdag. Starend naar die cijfers bedacht Grace hoe vluchtig het leven was wanneer je het terugbracht tot getallen. De kille cijfers in het hout zeiden niets over de warme persoonlijkheid van haar vader, over de liefde die hij had gegeven en ontvangen, over de waardevolle bijdrage die hij aan hun kleine wereld had geleverd. Wanhopig besefte ze hoe belangrijk het voor haar was dat mensen zich hem zouden herinneren. Want zonder herinneringen zou Arthur ophouden te bestaan, en dat vond ze onverdraaglijk. Haar blik gleed over de gezichten. Ze kende alle aanwezigen al haar hele leven en ze voelde een overweldigende liefde voor ieder van hen, want allemaal koesterden ze een klein, maar kostbaar aandenken aan het leven van haar vader. Zolang dat zijn glans behield, leefde Arthur voort.

Grace was zich bewust van Freddies krachtige aanwezigheid. Hij stond als een rots in de branding naast haar en beschutte haar tegen de elementen. Wanneer hij bij haar was, had ze niets te vrezen en was ze niet alleen. Ze drukte haar arm liefkozend tegen de zijne. De warmte van zijn huid was voelbaar, dwars door zijn jasje heen, en de troost die daarvan uitging, omhulde haar als een mantel. Ze hoefde hem niet aan te kijken om te weten wat hij dacht, want ze voelde zijn liefde als iets tastbaars.

Toen de begrafenis achter de rug was, ging het hele gezelschap naar de Fox and Goose voor een borrel. Mr. Garner had geregeld dat het landgoed de kosten voor zijn rekening nam, en het duurde niet lang of de pub en de biertuin daarachter waren een deinende mensenzee. Het was een stralende dag, het zonlicht werd weerkaatst door de rivier, maar de schaduwen werden al langer en de zon rees elke dag iets minder hoog aan de hemel. Hier en daar ritselden wat bruine bladeren op de wind die de kilte van de herfst in zich droeg.

Grace maakte met iedereen een praatje, dankbaar voor alle woorden van medeleven en voor de herinneringen die mensen met haar deelden. Maar telkens wanneer ze haar ogen opsloeg, zag ze Freddie, die vanaf de andere kant van de tuin naar haar keek. En wanneer hun blikken elkaar vonden, ging er een huivering van blijdschap door haar heen en was ze zich bewust van het geruststellende besef dat er iemand was die goed voor haar zou zorgen. Het liefst zou ze samen naar de rivier zijn gegaan, alleen zij tweetjes, en zou ze de klok hebben teruggezet naar die middag toen haar leven nog even sereen en idyllisch had geleken als die grazige oever, omzoomd door bomen.

'Lord en Lady Penselwood betuigen hun deelneming,' zei Mr. Garner, terwijl hij naar hen toe kwam strompelen. Hij was een strenge, zware man met een korte nek en kleine schichtige ogen.

'Dank u wel,' antwoordde Grace. Op slag gingen haar gedachten naar het huisje, naar wat Mr. Garner met Michael had besproken. Ze wachtte nerveus af tot hij zou zeggen dat ze eruit moest.

'Uw vader heeft veel voor het landgoed betekend. Hij zal heel erg gemist worden. Trouwe, noeste werkers zoals hij moet je met een lantaarntje zoeken.'

'Dank u wel,' zei ze nogmaals.

'Ik hoor van Freddie dat u een bekwame imker bent. Ik neem aan dat u het vak van uw vader hebt geleerd?'

'Inderdaad, Mr. Garner.' Ze durfde nauwelijks adem te halen. Mocht ze weer hoop koesteren? Zou Mr. Garner zeggen dat ze mocht blijven? 'In de zomermaanden had hij het zo druk met de tuinen van de Hall dat ik de bijen deed. Dus ik weet alles wat er van bijen te weten valt.'

'Walbridge Hall heeft altijd een imker gehad. Al meer dan vierhonderd jaar, miss Grace. De markiezin is er alles aan gelegen dat het de bijen goed gaat. Dus ik hoop dat ik op u mag rekenen.'

Haar hart liep over van vreugde. 'Jazeker, Mr.Garner. Ik zal u niet teleurstellen.'

Zijn kleine ogen gingen naar Freddie, die hen in de gaten hield, terwijl hij deed alsof hij deelnam aan het gesprek tussen zijn vader en kolonel Redwood. 'Mr. Valentine is een goed mens,' zei Mr. Garner.

'Dat is hij zeker,' viel Grace hem bij.

'Hij heeft gevoel voor het land. Een kwestie van instinct. Dus ik voorzie dat hij hier op Walbridge een gouden toekomst tegemoet gaat, miss Grace.' Mr. Garner nam een slok bier. 'Het heeft me verrast. Vorig jaar om deze tijd zou ik mijn geld nog niet op hem hebben gezet, maar hij heeft zich geweldig ontwikkeld, tot een veelbelovende, ambitieuze jongeman. U kunt trots op hem zijn.'

'Daar ben ik erg blij om.' Waarom zei hij dat tegen háár en niet tegen Freddies moeder?

'Dus ik stel voor dat u morgenochtend op kantoor bij me langskomt, dan kunnen we de details van uw contract bespreken.'

'Dank u wel, Mr. Garner.'

'Daar moet u mij niet voor bedanken, miss Grace. Die eer gaat naar Mr. Valentine. Hij heeft me de moeite bespaard om naar een andere imker op zoek te gaan. Net als trouwe, noeste werkers zijn ook imkers moeilijk te vinden.'

Zodra Mr. Garner verder was gehobbeld, werkte Grace zich tussen de mensen door naar Freddie. Ze werd diverse malen staande gehouden door mensen die hun medeleven wilden betuigen, maar uiteindelijk had ze hem bereikt en trok ze hem mee naar een rustig plekje bij de muur. 'O, Freddie! Dank je wel! Ik zou je het liefst om je nek vliegen, maar dat kan niet.'

'Dus je bent officieel de nieuwe imker.' Hij grijnsde triomfantelijk.

'Ja. Stel je voor, op mijn negentiende! Ik krijg het beheer over de kasten en ik kan hier blijven wonen! Het is te mooi om waar te zijn en dat heb ik allemaal aan jou te danken.'

'Ik kon het niet laten gebeuren dat je uit je huis werd gezet, Grace.'

'Pap zou zo trots zijn.'

'Je verdient het. Ik kan niet zeggen dat ik dol ben op die beestjes, maar zolang ze jou gelukkig maken, vind ik het best.'

Ze lachte. 'Ach, je bent volwassen. Een bijensteek zou je nu vast niet erg meer vinden.'

'Daar zou ik maar niet zo zeker van zijn. Ik ben getraumatiseerd voor het leven.'

'Doe niet zo gek!'

Hij grijnsde en zijn sproetige gezicht straalde. 'Het enige leuke van bijen is dat ze honing maken. En daar ben ik wél dol op.'

'Ik zal volgende week een pot opzijzetten, speciaal voor jou.'

Er kwam een rusteloze blik in zijn ogen en hij keek steels om zich heen. 'Zie ik je bij de rivier, zodra het hier afgelopen is?'

'Waarom fluister je?'

'Ik heb een verrassing voor je, maar dat mag niemand weten. Josephine al helemaal niet. Als ze weet dat we naar de rivier gaan, wil ze mee. Ze heeft blijkbaar besloten zich over je te ontfermen, en ze kan het niet uitstaan dat je niet bij ons in huis komt.'

'Dat begrijp ik niet. Ik heb altijd gedacht dat ze me niet mocht.'

'Ze is gewoon jaloers op je.'

'Nou, daar heeft ze geen enkele reden voor.'

Freddie schonk haar een liefdevolle blik. 'Ze heeft álle reden om jaloers op je te zijn.' Hij zag dat de oude kolonel naar hen toe kwam. 'Om vijf uur bij de rivier,' fluisterde hij. 'En zorg dat je niet te laat bent!'

Om tien voor vijf stapte ze op de fiets. Ze had Pepper bij zich. Zodra ze het pad door het bos insloeg, met de rivier aan haar linkerhand, verdween de hond in het struikgewas. Fazanten die de bomen in vluchtten, waren de enige aanwijzing waar hij was. Grace dacht aan Freddie, die op haar wachtte op hun vaste plekje bij de rivier. Haar opwinding steeg naarmate ze dichterbij kwam. Van veraf kon ze hem tussen de bomen door al zien. Blijkbaar had hij een picknick georganiseerd, met een kleed, een fles wijn en twee glazen.

Toen hij haar in de gaten kreeg, stak hij enthousiast zijn hand op. Even werd de sluier van haar verdriet, die alle vreugde dreigde te overschaduwen, opgelicht. Ze zwaaide terug. De rivieroever leek los te staan van de tragedie van Arthurs dood, alsof het een magische plek was waar sombere gedachten geen toegang hadden. Het was een opluchting om haar verdriet althans even achter zich te laten.

Hij hielp haar van haar fiets en zette die bij de zijne tegen een boom. Toen nam hij haar in zijn armen. 'Hier heb ik de hele dag naar verlangd!' verklaarde hij nadat hij haar hartstochtelijk had gekust. Ze sloot haar ogen en liet zich door zijn liefde omhullen met een warme deken van intimiteit en veiligheid. Toen hij haar eindelijk losliet, lachte ze.

'Om sombere gedachten geen kans te geven, zei pap altijd dat je je volledig moest richten op het moment. Met jou is dat zo gemakkelijk. Als ik bij jou ben wil ik nergens anders zijn, Freddie. En dan denk ik ook aan niets anders.'

Hij straalde. 'Ik verlang al de hele dag naar het moment waarop ik je voor me alleen zou hebben. Wees nou eens eerlijk, heb je laatst bij me op de bank geslapen?'

Ze grijnsde verlegen. 'Ik wilde niet alleen zijn.'

'Ik wist het wel! Gelukkig dat je al weg was toen mam en Josephine kwamen.'

'Nou, het was op het nippertje!'

'Ik wou dat ik wakker was geworden.'

'Je lag in diepe rust. En dat was waarschijnlijk maar goed ook.'
'Toch vind ik het jammer.'
'Ik denk niet dat we die kans nog eens krijgen.'
Hij glimlachte, toen loodste hij haar naar het picknickkleed. 'Ik zal je een glas wijn inschenken.'
'Wijn?' Ze pakte de fles. 'Wat chic!'
'Ja, en een picknick. Niet mijn verdienste. Daar heeft mam voor gezorgd.' Hij deed de mand open. Er zaten sandwiches in en een paar plakken cake.
'Heb je haar verteld over onze geheime afspraak?'
'Ja, maar maak je geen zorgen. Bij haar is ons geheim veilig. Ze heeft een heel bijzondere picknick gemaakt en beloofd dat ze niets tegen Josephine zou zeggen.'
Hij schonk haar een glas in en Grace nam genietend een hap van een kipsandwich. Nu pas besefte ze hoeveel trek ze had. Nadat ze elkaar hadden toegeklonken, nam Grace een slok van haar wijn. Hoewel de sauvignon niet koud meer was, smaakte hij verrukkelijk. Bovendien zorgde de wijn voor een aangename tinteling in haar buik.
Pepper kwam hijgend, met zijn tong uit zijn bek tussen de bomen vandaan. Hij rende naar de rivier om van het koude, kristalheldere water te drinken. Freddie praatte zoals altijd honderduit, maar hij maakte een lichtelijk gespannen indruk. Zijn bewegingen waren wat houterig en zijn handen beefden wanneer hij iets uit de mand pakte. Waarom was hij zo nerveus? Grace had juist verwacht dat de wijn hem zou ontspannen. Nadat ze de picknick hadden afgesloten met een stuk cake en een tweede glas sauvignon leek hij iets rustiger te worden, maar hij had een blos op zijn wangen en er lag nog altijd een vreemde, bijna schuchtere blik in zijn ogen. Toen schoot het haar te binnen dat hij het over een verrassing had gehad. Op slag voelde ze een nerveus zoemen in haar buik en toen ze van haar glas nipte, merkte ze dat ook háár handen beefden.
Terwijl de spanning zich opbouwde, begon de zon langzaam onder te gaan en werden de schaduwen op het gras steeds langer. Maar het plekje waar zij zaten bleef gehuld in een warme, gouden gloed alsof het laatste licht weigerde zich door de avond te laten opslokken. Ten slotte stond Freddie op en liep naar de boom waar ze hun fiets tegenaan had-

den gezet. Hij kwam terug met een bos vuurrode rozen. 'Voor jou.' Hij ging weer naast haar zitten en legde ze op haar schoot.

'O, Freddie! Wat mooi!' zei ze ademloos. Ze begroef haar neus erin. 'Is dit de verrassing?'

'Nee, dít is de verrassing.' Hij haalde iets uit zijn borstzak. Toen hij zijn hand opendeed, lag daar een ring, geweven van strohalmen, een prachtig stukje handwerk.

'Wat is dat?' vroeg ze verbaasd. 'Heb jíj dat gemaakt?'

'Ja.' Zijn handen begonnen weer te beven. Hij pakte de ring, nam haar hand in de zijne en werkte zich op een knie overeind.

'O, Freddie!' fluisterde ze, verblind door tranen.

'Lieve, mooie Grace Hamblin,' begon hij ernstig. 'Wil jij trouwen met mij, Freddie Valentine, je oudste en beste vriend?' Hij schoof de provisorische ring aan haar linkerhand.

'O, Freddie! Ja...' Ze sloeg lachend haar armen om zijn hals. 'Ik bedoel, ja, ik wil met je trouwen!'

Freddie beefde net zo hevig als zij. Verbaasd en dolgelukkig klampten ze zich aan elkaar vast. 'Je hebt ja gezegd!' Hij trok haar nog dichter tegen zich aan.

'Dacht je dan dat ik nee zou zeggen?'

'Ik wist het niet zeker.'

'We zijn voor elkaar bestemd, Freddie. Tenslotte zijn we altijd al samen geweest.'

Hij lachte ook. 'Ja, dat is zo. Ik hoop dat we samen oud worden.' Hij kuste haar teder.

Waarom had ze hem niet eerder opgemerkt? Hij was er altijd geweest, geduldig wachtend tot haar ogen opengingen. 'Wat is hij prachtig!' Ze hield haar hand met de ring omhoog.

'Ik had geen tijd om een echte te kopen.'

'Deze is volmaakt. Beter dan een echte. Want je hebt hem zelf gemaakt.'

'Zodra ik het kan betalen, koop ik een echte. Ik wil je iets bijzonders geven.'

'Deze is bijzonder! Iets uit de winkel kan nooit zo bijzonder zijn.'

Hij lachte weer. 'Ik hou van je, Grace. Wat heerlijk om dat te kunnen zeggen. Ik hou van je!' Hij schreeuwde het naar de bomen.

'Ik kan bijna niet wachten om het aan tante May te vertellen.'

'Ze zal heel blij zijn. Dan word je echt haar dochter.'

Ze keek hem ernstig aan. 'Als we getrouwd zijn, kom je toch wel bij mij in het Imkershuis wonen, hè?'

'Natuurlijk.'

Er kwam een onderzoekende blik in haar ogen toen ze terugdacht aan dat merkwaardige gesprek met Mr. Garner, na de begrafenis. 'Je hebt die ouwe horrelpoot verteld dat je me ten huwelijk ging vragen! Zeg eens eerlijk?'

Hij bloosde schuldbewust. 'Ja, dat klopt. Om te zorgen dat je in je huis kon blijven wonen.'

'Maar je trouwt toch niet alleen maar met me om me een plezier te doen?'

Hij fronste. 'Lieve Grace, ik ben al jaren verliefd op je. Ik heb nooit van een ander meisje gehouden. Jij bent de enige. Dus nee, ik heb je niet ten huwelijk gevraagd om jou een plezier te doen. Ik heb je gevraagd omdat ik mijn leven met je wil delen. Alleen met jou. Misschien zou ik anders nog even hebben gewacht, om je verdriet om je vader de ruimte te geven. Maar toen ik begreep dat Mr. Garner je uit je huis zou zetten, moest ik iets doen. En snel ook. Het komt allemaal een beetje plotseling, maar het is goed zo.' Hij grijnsde ondeugend. 'Ik vond het heerlijk dat je naast me lag op de bank. Dat wil ik weer. Dus waarom zouden we nog langer wachten?' Nu bloosde zij ook. Hij streek een krul achter haar oor. 'Ik zal heel goed voor je zorgen, Grace.'

'Dat weet ik,' antwoordde ze zacht en ze sloeg verlegen haar ogen neer.

Toen ze even later terugfietsten naar het dorp, liep hun hart over van een uitbundigheid die nieuw voor hen was. Ze stormden bij Freddies huis naar binnen om het nieuws te vertellen. Tante May barstte in snikken uit, oom Michael liep rood aan van plezier. Hij klopte zijn zoon vaderlijk op de rug en drukte Grace aan zijn brede borst. Josephine was zo verrast dat ze Grace om de hals viel en haar op haar wang kuste, met twee vuurrode vlekken als gevolg. 'Een bruiloft! Wat opwindend. Wat moet ik aan?'

Grace bleef eten en rond de tafel werden er plannen gesmeed. May probeerde haar over te halen die nacht te blijven slapen, maar Grace hield voet bij stuk. Ze was volkomen gelukkig in haar eentje in het Imkershuis. Sterker nog, ze voelde zich nergens zo gelukkig, want daar herinnerde alles haar aan haar vader. Het was zo'n drukke dag geweest dat ze amper de tijd had gehad om na te denken. Eenmaal alleen, in haar eigen bed, zou ze alle goede herinneringen de revue laten passeren en proberen de dankbaarheid de overhand te laten hebben boven haar verdriet.

Nadat oom Michael haar met de auto naar huis had gebracht, nam ze Pepper mee naar boven, waar hij zich op het bed tegen haar voeten opkrulde. Spelend met de provisorische ring dacht ze aan Freddie. Ze ging trouwen! Het was bijna niet te bevatten. In de stille donkere kamer glimlachte ze bij de gedachte aan haar bruiloft. Tante May zou haar helpen met de jurk, en voor het boeket zou ze wat takken met bessen in de tuin plukken. Het was allemaal zo opwindend. Tot ze dacht aan het moment waarop ze door het gangpad zou lopen. Wie moest haar nu weggeven? Toen kwamen de tranen en ze huilde geluidloos in haar kussen.

Toen ze de volgende morgen wakker werd sloeg de regen tegen de ruiten. Ze stond meteen op om niet te zwichten voor dat akelige lege gevoel vanbinnen. Hoe eerder ze aan de dag begon, hoe beter het was. Terwijl ze naar de badkamer ging, liet ze haar blik niet door de gang gaan, en ze probeerde ook niet te lang naar de scheerzeep en het scheermes van haar vader te kijken. Eenmaal beneden liet ze Pepper de tuin in en zette ze water op. Toen ging ze aan de keukentafel zitten. Zonder haar vader voelde ze zich verloren en leken de muren op haar af te komen. Ze verlangde naar Freddie, naar de vertrouwde geluiden van iemand in huis. Ze verlangde naar gezelschap, om haar eenzaamheid te verjagen.

Er werd op de voordeur geklopt. Dat zou tante May wel zijn, met weer een mand broodjes. Maar toen ze opendeed, stond ze oog in oog met de norse Cummings, compleet met chauffeurspet. Hij gaf haar een envelop van zwaar wit papier. 'Dit moest ik u overhandigen, miss Grace,' zei hij plechtig. Ze keek over zijn schouder naar de glimmend zwarte Bentley, verbaasd dat ze de auto niet had horen aankomen. Pepper snuffelde enthousiast aan de wielen. Grace hoopte dat Cummings zich niet meteen omdraaide, want dan zag hij dat de hond zijn poot optilde tegen de band.

'Dank u wel,' antwoordde ze. Cummings knikte en vertrok. Grace riep de hond binnen, deed de deur dicht en liet haar vingers over haar naam glijden, die sierlijk en met zwarte inkt op de envelop was geschreven. Haar hart begon wild te slaan toen ze in het goudreliëf op de achterkant het wapen van de Penselwoods herkende: een leeuw en een draak. Ze maakte de envelop open en haalde de brief eruit. Er stond een R boven, ook in goudreliëf. Met de brief liet ze zich in een stoel vallen.

Beste Grace,
Ik was geschokt door het verdrietige nieuws over je vader. Zijn dood moet een erg zware slag voor je zijn. Arthur was een goed mens, gerespecteerd en geliefd, niet alleen hier op Walbridge Hall, maar ook bij de vele vrienden die zo bevoorrecht zijn hem gekend te hebben. Ik hoop dat je je verdriet het hoofd weet te bieden, Grace, en dat je troost vindt bij je dierbare bijen. Ik vind het afschuwelijk om me voor te stellen dat je helemaal alleen in het Imkershuis bent achtergebleven, maar van Mr. Garter hoorde ik dat jij in de toekomst voor de kasten gaat zorgen. Dat vervult me met blijdschap, want het zou ondraaglijk zijn geweest om behalve van je vader ook afscheid te moeten nemen van je bijen.
Laat het me alsjeblieft weten als ik iets kan doen. Ik heb dienst genomen bij het tankregiment in Bovington, en het is de bedoeling dat ik weer thuis kom wonen, in Walbridge Hall. Papa wordt ouder en vindt het de hoogste tijd om mij het klappen van de zweep te leren, zodat ik te zijner tijd de leiding over het landgoed op me kan nemen zonder dat hij zich hoeft om te draaien in zijn graf! Bij ons weerzien hoop ik dat de zon weer zal schijnen op je gezicht. Je verdriet zal slijten, Grace. Wat blijft zijn alle mooie herinneringen aan een vader uit duizenden. Tenminste, dat zegt grootmama, en zij kan het weten.
Ik wens je het beste, uit de grond van mijn hart.
Rufus

Grace las de brief nogmaals, nu langzamer. Het was alsof zijn woorden haar verwarmden, als de gloed van een vertrouwd haardvuur. Haar hart viel terug op een maar al te bekende reactie en verkrampte. Maar toen viel haar blik op de gele ring om haar vinger. Ze hield haar hand omhoog. Wat die ring symboliseerde, dát was echt. Rufus niet. Althans, Rufus was geen optie. Ze vouwde de brief dicht en schoof hem weer in de envelop. Toen liep ze naar boven, naar haar slaapkamer, waar ze de brief in de la van haar kaptafel legde. Ze deed het raam open en leunde naar buiten om de frisse, vochtige lucht in te ademen. Haar toekomst lag bij Freddie. Hij was de man van wie ze hield. Haar dromen over Rufus waren een product van haar fantasie geweest. Ze had zich laten meeslepen door haar kinderlijke verbeelding, maar daar was ze overheen gegroeid. Ze slaakte een diepe zucht van tevredenheid.

Op dat moment zoemde een hommel vanaf de klimrozen haar raam binnen en streek neer op haar gele vest. Ze keek naar zijn dikke, zachte lijfje terwijl hij onbeholpen over de wol waggelde. Toen tilde ze hem voorzichtig op en stak haar hand naar buiten. Het regende nog en hoewel het kleine beestje die nattigheid maar niets leek te vinden, kuierde hij uiteindelijk weg. Met een verbazingwekkend gemak voor zo'n mollig diertje werd hij door zijn nietige vleugeltjes opgetild en hij verdween in de mist.

15

Tekanasset Island, Massachusetts, 1973

Na het huis van Big was dat van Bill en Evelyn Durlacher het grootste op het eiland. Een glanzendwit gepotdekselde, negentiende-eeuwse villa met grijze dakleien, hoge schuiframen en een veranda langs bijna de hele zuidmuur, met een baldakijn van roze klimrozen. Het interieur was het werk van een beroemde ontwerper uit New York, die zich dusdanig had laten meeslepen door zijn nautische thema dat de kamers met hun glimmend houten vloeren, hun blauw-wit gestreepte stoffering en hun meubilair afkomstig van oude schepen, eerder in een boot leken thuis te horen dan op de wal. De boekenkasten waren gevuld met glimmende hardcovers, die per meter waren ingekocht, en op koffietafels lagen stapels dikke boeken over kunst en geschiedenis, eerder op hun uiterlijk dan op hun inhoud uitgekozen, want ze behandelden onderwerpen waar Evelyn noch Bill interesse voor had. De muren hingen vol met schilderijen, voornamelijk van boten, en alle horizontale vlakken waren benut voor het uitstallen van dure snuisterijen, die de persoonlijke keus van de ontwerper vertegenwoordigden. Toen die zijn opdracht had uitgevoerd, was er in het hele huis bijna niets wat Evelyn nog bekend voorkwam. Maar ze was dolenthousiast, want alles verried dat ze haar huis had 'laten doen' – stel je voor dat mensen zouden denken dat ze zich daar zelf mee had ingelaten. Ordinair!

De tuin was weinig bijzonder geweest totdat Grace Valentine hem twintig jaar eerder onder handen had genomen. Evelyn had in niet mis te verstane bewoordingen duidelijk gemaakt wat de bedoeling was: 'groots en indrukwekkend', niet 'schilderachtig'. En dus had Grace de lap grond in drieën gedeeld. In de eerste tuin had ze een stenen fontein in het midden gezet, met daaromheen buxusstruiken en rozen in een geometrisch patroon, waarmee ze de schitterendste rozentuin op het hele eiland had gecreëerd. Van de tweede had ze een echt Engelse tuin gemaakt, met perken vol wilde bloemen in stralende kleuren waar iedereen jaloers op was. Bij de derde tuin had ze een boomgaard rond de tennisbaan geplant, met onder andere kersenbomen die bloeiden in de lente. Als de blaadjes vielen leek het net alsof het had gesneeuwd.

Evelyn, Belle, Sally en Blythe legden hun tennisracket neer en lieten de baan over aan Bill met zijn zeer fanatieke herendubbel. Hij verwaardigde zich zelden om met zijn vrouw te spelen, want hij vond vrouwen op de baan geen uitdaging. En als ze al samen speelden, beklaagde Evelyn zich over de neerbuigende manier waarop hij de bal over het net sloeg en maakte ze doorgaans voortijdig een eind aan de partij door woedend weg te benen. Op dit moment kwam hij in verblindend witte tenniskleding over het onberispelijk gemaaide gras aanlopen, terwijl hij een nieuwe doos Slazenger-ballen openmaakte.

'Laten we iets gaan drinken op het terras.' Evelyn ging haar dames voor over het pad naar het huis. Belle wierp bewonderende blikken om zich heen, maar Evelyn zag de stralende kleuren niet eens, noch de bijen die boven de bloemen zoemden. Ze werd volledig in beslag genomen door de vraag wat ze die avond aan het diner zou dragen.

'Je hebt echt een van de mooiste tuinen op het hele eiland,' zei Belle, in het besef dat Evelyn alleen superlatieven als een compliment beschouwde.

'Ik heb dan ook tegen Grace gezegd dat ik Versailles wilde, geen Petit Trianon.' Evelyn snoof. 'En volgens mij heeft ze dat goed begrepen.'

'Nou en of,' merkte Sally op. 'Het is spectaculair, zoals je tuin eruitziet.'

'Alleen in augustus lijkt het wel alsof alles de kolder in de kop krijgt,' zei Belle. 'Tenminste, bij mij in de tuin loopt het dan volledig uit de hand en ik heb geen andere keus dan de natuur haar gang te laten gaan.'

'Hier niet,' zei Evelyn. 'Tom Robinson en Julian, zijn zoon, wieden als derwisjen. Wist je dat Tom al tegen de zeventig loopt?'

'De zuurstof in de oranjerie houdt hem jong,' zei Belle.

'Dan zouden we allemaal meer planten in huis moeten zetten,' opperde Evelyn.

'Of soms gewoon wat laten opvullen en wegsnijden,' voegde Blythe eraan toe.

'O, zou je dat echt durven, Blythe?' vroeg Belle.

'Natuurlijk! Voor de eeuwige jeugd verkoop ik mijn ziel, als het moet,' antwoordde Blythe lachend.

Ze gingen op het terras zitten. Evelyn sloeg haar gebruinde benen over elkaar. Haar witte rokje kon haar magere dijen amper bedekken. Ze droeg witte tennisschoenen met kleine sokjes, die op hun plaats werden gehouden door bleekroze pompons aan de achterkant. Ze had nauwelijks getranspireerd in haar witte tennisshirt, de lichtroze zweetbandjes om haar polsen waren nog droog. Evelyn hechtte eraan om er onder alle omstandigheden verzorgd uit te zien. En ze vond het dan ook buitengewoon betreurenswaardig dat ze zich 's nachts om drie uur in badjas had vertoond.

'Hebben jullie het al gehoord? De band van Joe is uit elkaar,' vertelde ze toen er een butler in pandjesjas kwam aanlopen om hun een drankje in te schenken. De drie andere vrouwen namen hem verbaasd op. De arme man had het zichtbaar heet in zijn uniform, al was het maar vanwege zijn zwaarlijvigheid. 'Die Jasper – dat is die jongen voor wie Trixie is gevallen – moest terug naar Engeland. Zijn broer is omgekomen bij een auto-ongeluk.'

'Ik heb het gehoord,' zei Belle meelevend. 'Arme jongen. Wat een drama.'

'Ik denk niet dat hij nog terugkomt. Want het schijnt dat híj nu het familielandgoed moet gaan beheren,' voegde Blythe eraan toe.

'Wie had dat kunnen denken?' Sally stak een sigaret op. 'Dat hij van zulke goede familie was?'

'O, als we hem echt ontmoet hadden, zouden we dat heus wel gezien hebben. Volgens Lucy was hij uiterst welgemanierd,' zei Evelyn.

Belle keek de butler na toen die terugliep naar het huis. 'Wie is dát?' vroeg ze fluisterend aan Evelyn.

Die glimlachte zelfingenomen. 'Mijn nieuwe butler. Hij heet Henderson en hij heeft in Engeland in het koninklijk paleis gewerkt.'

'Wat moet ik me daarbij voorstellen?' vroeg Blythe.

'Gewoon, dat hij in dienst was bij de koninklijke familie.'

Belle nam een sigaret toen Sally haar het pakje voorhield. 'Hoe heb je hem gevonden?' vroeg ze.

'Via een geweldig bureau in New York,' antwoordde Evelyn. 'Zodra hij hier een beetje meer is ingeburgerd, ga ik hem naar de roddels vragen.'

'Hè ja! En vertel ze vooral door!' Sally blies een rookwolk uit.

'Reken maar.' Evelyn bracht haar cocktail naar haar vuurrode lippen, ervoor wakend een afdruk achter te laten op het glas.

'Dus is de droom van die jongens nu voorbij? De droom van een carrière in de muziek?' vroeg Belle. 'Wat een teleurstelling moet dat zijn.'

In de stem van Evelyn klonk minder sympathie door. 'Volgens Lucy rekent Trixie erop dat hij haar vraagt achter hem aan te komen, naar Engeland. Hoe groot achten jullie die kans? Nou?' Ze snoof. 'Ik ben bang dat ze kan wachten tot ze een ons weegt. Trixie is het soort meisje om plezier mee te maken. Maar als het om trouwen gaat, stellen mannen hogere eisen.'

'Ik ben het roerend met je eens,' viel Sally haar bij, die het nog nooit níét roerend met Evelyn eens was geweest. 'Mannen trouwen met beschaafde meisjes, niet met stoute.'

'Arme Trixie,' verzuchtte Belle. 'Wat zal ze verdrietig zijn.'

'Helemaal nu ze weet dat hij van een reusachtig landgoed komt. Denk je dat hij een titel heeft?' vroeg Blythe. 'Gaat dat niet zo met landgoederen? Hoort daar niet altijd een titel bij?'

'Volgens mij wel,' zei Evelyn. 'Ik zal het aan Henderson vragen. Die moet dat soort dingen weten.' Ze bestudeerde haar nagels. 'Hij had beter verliefd kunnen worden op Lucy. De man met wie zij ooit trouwt, krijgt een uitstekende vrouw aan haar.'

'Nou en of,' verklaarde Sally hartstochtelijk. 'Want je hebt Lucy opgevoed tot een beschááfd meisje.'

Trixie wachtte. Ze vertrouwde erop dat Jasper haar uiteindelijk zou vragen hem achterna te komen. Haar verdriet over het afscheid maakte plaats voor blind optimisme. Zijn brieven uit Engeland deden er een week over om haar te bereiken. Ze was onder de indruk van de enveloppen van zwaar wit papier, met in reliëf het familiewapen erop – een leeuw en een draak. En ze was verrukt van zijn postpapier, waar een vuurrode J boven stond. Hij had een zwierig handschrift, maar wat hij schreef stemde niet vrolijk. Hij vertelde over de wanhoop van zijn moeder, over de strijd tussen zijn zussen en over de worsteling die hij doormaakte om in de voetsporen van zijn broer te treden, terwijl hij zo goed als niets van het beheer van een landgoed wist. Hij schreef over de hoge verwachtingen die iedereen van hem had en over zijn angst daar niet aan te kunnen voldoen.

Trixie begon ongerust te worden. Uit het deftige briefpapier en uit het feit dat het landgoed al van generatie op generatie via de mannelijke lijn was doorgegeven, bleek duidelijk dat de Duncliffes een indrukwekkend, belangrijk geslacht vormden. Terwijl Jasper betwijfelde of hij het beheer van het landgoed zou aankunnen, had Trixie haar twijfels of ze wel goed genoeg zou zijn in de ogen van zijn familie. Hij had gezegd dat zijn moeder zijn keuze zou afkeuren en inmiddels begreep ze waarom. Haar vader was boer, haar moeder tuinier en zelf verdiende ze haar geld als serveerster. Haar optimisme zakte in als een ballon op de ochtend na een feestje. Het was Jaspers plicht om met iemand uit zijn eigen milieu te trouwen. En zelfs híj had gezegd dat het leven zoals hij dat in Engeland leidde, niets voor haar zou zijn. Ze begon zich af te vragen of hij gelijk had.

Maar ondanks haar afnemende vertrouwen in de toekomst bleef ze onvoorwaardelijk geloven in hun liefde. Ze verlangde zo vurig naar zijn nabijheid dat het lichamelijk pijn deed. Maar in haar hartstochtelijke brieven hield ze haar twijfels vóór zich. Jasper sloot onveranderlijk af met de verzekering hoeveel hij van haar hield, hoezeer hij haar miste en hoe vurig hij verlangde naar hun weerzien. Die passages las ze telkens weer, ze bedekte zijn naam met kussen tot de letters begonnen te vervagen, en ze probeerde haar angst te verdrijven met de hoop dat alles uiteindelijk goed zou komen.

Vier weken na zijn vertrek belde hij. Grace riep zo gejaagd en opgewonden naar boven dat Freddie zijn kantoor uit kwam. 'Het is Jasper! Hij belt vanuit Engeland!' Trixie rende de trap af, de keuken in, waar haar moeder haar de hoorn aanreikte. Haar gezicht stond net zo verrast als Trixie zich voelde.

'Hallo?' zei ze.

Een korte stilte, gekraak op de lijn, en toen: 'Trixie! Ik wilde alleen maar even je stem horen.'

'O Jasper, je klinkt alsof je heel ver weg bent!'

'Dat ben ik ook.'

'Ik mis je!'

'Ik jou ook. Ik kan je niet vertellen hóé ik je mis. En ik wou dat ik weer in Joes boothuis was, met jou in mijn armen.'

'Ik ook,' fluisterde ze in de hoorn. 'Wordt het al een beetje makkelijker daar?'

'Een beetje. Ik begin het klappen van de zweep te leren. En gelukkig heb ik een hoop goede mensen om me heen die weten wat ze doen. Alleen mijn moeder... die drijft me tot wanhoop.'

'Hoezo dan?'

Hij aarzelde. 'Ze maakt het er allemaal niet makkelijker op, en dan druk ik me nog heel voorzichtig uit.'

'Heb je haar over ons verteld?'

'Natuurlijk.'

Het bleef geruime tijd stil. Trixie vóélde zijn ongerustheid, over de uitgestrektheid van de oceaan heen. 'Ze heeft me nog nooit ontmoet, dus je kunt niet van haar verwachten dat ze me aardig vindt. Ze is er waarschijnlijk niet gelukkig mee dat ik Amerikaanse ben. Heb je haar wel verteld dat mijn ouders uit Engeland komen?'

Hij zuchtte. 'Het komt goed. Maak je geen zorgen. Ik geniet zo van je brieven.'

'En ik van de jouwe. Heb jíj die leeuw op de achterkant van de enveloppen gezet?'

Hij begon te lachen. 'Nee, die leeuw en de draak zijn ons wapenschild.'

'Jullie wápenschild?'

'Ja. Ons familiewapen. En als we eenmaal getrouwd zijn, is het ook jouw familiewapen.'

'O, geweldig! Krijg ik dan ook zulk deftig postpapier? Met een B erop?'

'Reken maar, Beatrix.'

'Wat opwindend allemaal! Schrijf me alsjeblieft snel dat ik kan komen. Ik mis je zo! Soms denk ik dat ik gek word van verlangen.'

'Ik weet precies hoe je je voelt. Maar je moet nog even geduld hebben. En blijf me alsjeblieft schrijven.'

'Natuurlijk!'
'Ik denk de hele dag aan je, Trixie.'
'En ik aan jou.' Haar keel werd dichtgesnoerd. 'Ik hou van je, Jasper.'
'En ik hou van jou. Vergeet dat nooit.'
'Nee, dat weet ik.'
'Duizend kussen! Overal!'
Ze lachte door haar tranen heen. 'Ik zal ze koesteren! Alle duizend!'

Grace zat op de schommelbank, met haar oren gespitst om niets van het gesprek te missen. Wat ze hoorde – en dat was maar heel weinig – klonk positief. Sinds het nieuws van Rufus' dood had ze geen oog meer dichtgedaan. Nachtenlang had ze op de schommelbank gezeten, en terwijl ze uitkeek over de oceaan had ze zich laten meevoeren door herinneringen. Ze voelde zich nooit alleen. Ze was zich altijd bewust van een stille, onzichtbare metgezel. In de duisternis voelde ze zijn aanwezigheid op de een of andere manier sterker, leek hij dichterbij. Ze ervoer zijn nabijheid als troostend, geruststellend.

Als Trixie met Jasper trouwde, zou ze moeten terugkeren naar Walbridge, naar de confrontatie met haar verleden. Ze zou naar het Imkershuis moeten, de plek waar haar vader was gestorven; naar de rivier waar Freddie haar ten huwelijk had gevraagd; naar de kerk waar ze waren getrouwd. En dan zou ze er niet aan ontkomen om alles te ontwarren wat er daarna was gebeurd.

Toen Trixie de hoorn neerlegde, ging Grace weer naar binnen. 'Hij zegt dat ik nog even geduld moet hebben.'

'O, lieverd. Het duurt nu vast niet lang meer,' probeerde Grace haar op te beuren.

'Zijn moeder maakt het hem blijkbaar erg moeilijk, maar als ze me eenmaal leert kennen, vindt ze me vast aardig.'

'Natuurlijk vindt ze je aardig.' Grace huiverde bij de gedachte aan de ijzige, beeldschone Lady Georgina, die er meer dan dertig jaar later vast niet minder intimiderend op was geworden.

'Het komt goed,' zei Trixie met ogen die straalden van geluk. 'Jasper houdt van me. Hij belt tenslotte helemaal uit Engeland! Alleen om mijn stem te horen.'

'Ik twijfel er niet aan dat hij van je houdt, lieverd. Die arme jongen.

Hij heeft zijn broer verloren en ineens moet hij al zijn toekomstplannen omgooien. Zijn hele leven is ondersteboven gekeerd.'

'Maar als ik eenmaal op het vliegtuig stap, zet ik het weer overeind.'

'Vast en zeker.'

'Kijk niet zo verdrietig, mam. Ík twijfel niet aan de goede afloop, dus dat moet jij ook niet doen.' Trixie omhelsde haar moeder. 'Ik word Mrs. Jasper Duncliffe. Hoe klinkt dat?'

'Anders.' Grace moest vechten tegen de impuls om te zeggen: Bekend. Maar als ze dat deed, moest ze ook opbiechten waar ze die naam van kende. En dan zou Trixie zich afvragen waarom haar ouders dat al die tijd vóór zich hadden gehouden.

Ze voelde dat Trixie huiverde van opwinding. Waarom had Jasper het haar niet vertéld? Was hij bang geweest dat ze minder van hem zou houden als ze wist dat hij de markies van Penselwood was? Of wist hij diep vanbinnen dat een man van zijn komaf nooit met een meisje als zij zou kunnen trouwen?

De weken verstreken, de dagen werden korter, de zomer maakte plaats voor de herfst. Grace haalde de honing uit de kasten. Trixie was hard aan het werk bij Captain Jack's. Augustus was druk door alle toeristen en mensen uit de stad die naar het eiland kwamen voor hun zomervakantie. Trixie maakte lange uren, maar haar glimlach haperde nooit bij het bedienen van zelfs de meest veeleisende gasten. Ze had amper de tijd om Jasper te missen. Maar toen iedereen weer weg was, moest het eiland zijn ritme zien te hervinden, net als een stad nadat de kermis is vertrokken. De bladeren begonnen te verkleuren. De wind blies kil en vochtig en Trixie voelde voor het eerst een knagende twijfel aan Jaspers liefde.

Grace had het aanvankelijk niet in de gaten. Trixie was altijd aan het werk, of ze ging uit met Suzie. Maar toen september plaatsmaakte voor oktober en Jasper haar nog altijd niet had gevraagd achter hem aan te komen, besefte Grace dat haar dochter zich terugtrok en eenzelvig werd. Ze zat uren met een sigaret op het strand, uit te kijken over de zee, of ze zwierf langs de branding, op zoek naar zeeglas, als een solitaire jan-van-gent. Uitjes met Suzie waren er niet meer bij. In plaats daarvan ging ze vroeg naar bed; ze kroop diep weg onder haar quilt en op zondag sliep ze een gat in de dag. Grace probeerde haar op te beuren, maar zelfs haar ontging het niet dat Jaspers brieven steeds langer op zich lieten wachten, terwijl Trixie juist vaker schreef.

Freddie was bezorgd, maar hij berustte in de situatie. Hij zei niet: *Ik heb het je wel gezegd.* Dat hoefde hij niet te zeggen. Grace wist net zo goed als hij dat Jaspers vastberadenheid begon te verslappen. Hij zou Trixie niet vragen achter hem aan te komen. Hij zou zijn plicht boven zijn persoonlijk geluk laten gaan, zoals dat in zijn kringen gebruikelijk was. Grace ging in haar herinnering terug naar Rufus. Hoe had ze ooit kunnen denken dat Jasper anders zou zijn? Haar hart ging uit naar haar dochter. Als ze met een toverstafje had kunnen zwaaien, zou ze Trixie de toekomst met Jasper hebben gegeven waar ze zo naar verlangde. Voor het geluk van haar dochter was ze tot alles bereid. Als het niet anders kon, zou ze zelfs terugkeren naar Walbridge, naar de talloze herinneringen die ze daar had liggen, ook al zou elke stap haar pijn doen. Maar ze had geen toverstaf, er was alleen een gruwelijke onzekerheid. Totdat begin november Jaspers laatste brief kwam.

Trixie was zo van streek dat ze hem niet kon uitlezen. Ze gaf hem aan haar moeder, rende naar de veranda en liet zich huilend op de schommelbank vallen. Over de schouder van Grace las Freddie de boodschap waarop hij van meet af aan had gerekend.

Mijn allerliefste Trixie,
Dit is de moeilijkste brief die ik ooit heb geschreven. En die ik ooit nog zal moeten schrijven. De laatste maanden zijn erg zwaar geweest. Ik heb onafgebroken strijd geleverd met mijn moeder en wanhopig gevochten om te zorgen dat we een kans kregen, maar ik ben bang dat de strijd verloren is. Ik kan je niet vragen naar me toe te komen, liefste, want ik weet hoe ongelukkig je hier zult zijn. Ik kan niet van je vragen je leven voor me op te offeren. Ik heb de muziek opgegeven en mijn gitaar ver weggestopt, want door alles wat hij symboliseert, maakt alleen al de aanblik me verdrietig. Ik hou zielsveel van je en ik koester de herinneringen aan die dierbare weken met jou op Tekanasset. Ik zal je nooit vergeten. Maar je verdient beter. Dus probeer alsjeblieft mij te vergeten.
Voor altijd de jouwe,
Jasper

'Precies wat ik dacht,' zei Freddie kreunend. 'O, wat had ik het graag mis gehad!'

'Hoe kon hij dat nou doen?' riep Grace uit. 'Hij heeft haar hart gebroken, precies zoals jij altijd hebt gezegd.' Ze keerde zich naar hem toe. 'O, Freddie, had ik ook maar íéts kunnen doen om het te voorkomen?'

'Trixie heeft een sterke wil, Grace. Ik heb geprobeerd haar te waarschuwen, maar ze wilde niet luisteren.'

'En nu?'

'En nu doet ze wat we allemaal doen als we in de steek worden gelaten, of teleurgesteld worden, of als we een gebroken hart oplopen: ze gaat door.' Hij zette fronsend zijn kaken op elkaar. 'We krabbelen op, we slaan het stof van ons af en we proberen er het beste van te maken. Ze gaat studeren en uiteindelijk komt ze eroverheen. En wie weet, misschien horen we de naam Duncliffe, of Melville, of Penselwood nooit meer.'

Grace voelde dat haar wangen begonnen te gloeien. 'Ik zal met haar praten.' Ze liep naar buiten.

Op de veranda ging ze naast haar dochter zitten en trok de snikkende Trixie tegen zich aan. 'Het spijt me zo voor je,' zei ze teder.

'Ik had naar papa moeten luisteren. Hij had gelijk. Waarom heb ik niet naar hem geluisterd?'

'Omdat je verliefd was.'

'Ik haat hem!'

'Nee, je haat hem niet. Daar heb je misschien alle reden toe, maar toch doe je dat niet.'

'Je begrijpt het niet, mam. Jij hebt zoiets nooit meegemaakt. Jij hebt alleen maar van papa gehouden. Dus je weet niet hoe het is. Ik haat hem! Ik wil hem nooit meer zien!' Trixie begroef haar gezicht in de trui van haar moeder. Grace glimlachte verdrietig, want hoe gruwelijk we ook lijden, het hart geeft nooit op. Dat is de schoonheid van de liefde.

16

Er zijn talloze manieren om iemands hart te breken, want waar liefde is, daar is ook pijn – of in elk geval bestaat het risico dat er iemand bezeerd raakt. Trixie was recht in het hart gestoken, maar het hart van Evelyn Durlacher zou op een andere manier worden gebroken. Terwijl Grace alles deed om te voorkomen dat het verdriet van haar dochter gespreksstof werd voor de roddelaars, gonsde het in de Crab Cove golfclub van de geruchten dat Lucy Durlacher ervandoor zou zijn met een van de twee overgebleven bandleden. En daarbij ging het niet om de jongeman met wie ze werd verondersteld omgang te hebben, maar om Ben, van wie werd verondersteld dat hij iets met Suzie Redford had.

Big had het zien aankomen. 'Ik heb met Evelyn te doen. Je zou wel keihard moeten zijn om géén medelijden met haar te hebben. Maar tegelijkertijd heb ik het gevoel dat ze het over zichzelf heeft afgeroepen. Als ze zich niet altijd zo gretig op andersmans ellende had gestort, zou het misschien allemaal zo'n vaart niet hebben gelopen. Wie kaatst, moet de bal verwachten. Dat zeggen ze niet voor niets.' Big en Grace zaten in de salon van de golfclub, en hoewel de gesprekken op gedempte toon werden gevoerd, voelde Grace dat iedereen het over Evelyn en Bill had.

'Helaas, geen beter vermaak dan leedvermaak. Dat zeggen ze ook niet voor niets, en het geldt zeker voor Evelyn,' zei Grace.

'Inderdaad. Maar toch. Hun dochter is ervandoor en ze hebben geen idee waar ze is. Het schijnt dat Lucy wel een briefje had neergelegd, maar daar stond niet in waar ze heen ging. Ze wil blijkbaar niet gevonden worden. En ze wil al helemaal niet terug naar huis.'

'Arme Suzie,' verzuchtte Grace. 'In de steek gelaten. Net als Trixie.'

Big vertrok haar gezicht. 'Maak je over Suzie maar geen zorgen. Bij haar zit de liefde nooit diep, dus zij komt er wel overheen. Maar Trixie... Met haar heb ik het meest te doen.'

'Ze is wanhopig, Big. En ik word er zo verdrietig van om haar zo te zien.'

'Wat een schoft, om te beloven dat hij met haar gaat trouwen en haar dan in de steek te laten.' Bigs gezicht verhardde. 'Als ik zijn moeder was...'

'Volgens mij is zijn moeder juist het probleem. Die heeft een stokje voor het huwelijk gestoken,' viel Grace haar in de rede.

'O ja? Waarom in vredesnaam?'

Grace zette haar theekop neer. 'Vanwege de familie. Jasper is van voorname komaf, dus het is zijn plicht om met iemand uit zijn eigen milieu te trouwen.'

'Hoe heten ze?'

'Penselwood. De oudere broer van Lord Jasper Duncliffe had bij zijn dood geen erfgenaam en dus is de titel op Jasper overgegaan. Die is nu de nieuwe markies van Penselwood.' Grace keek neer op haar thee.

'Penselwood. Die naam ken ik,' zei Big peinzend. Ze kneep haar ogen tot spleetjes.

'Echt waar?' vroeg Grace verrast.

'Reken maar. Mijn vader was bevriend met de markies van Penselwood. Hoe heette hij ook alweer? Het was nogal een ongebruikelijke naam.'

'Aldrich?'

'Ja, dat was het! Aldrich Penselwood. Die had hier een huis. Hij kwam in de zomer altijd naar het eiland, met Arabella, zijn vrouw. Een verrukkelijk excentriek type. En met hun kinderen. Drie of vier, als ik me goed herinner. Prachtige kinderen. Een van de jongens was erg ondeugend. Een schattig ventje. Rufus! Ja, nu weet ik het weer. Echt een heerlijk joch.'

'Jasper is de zoon van Rufus,' zei Grace. 'Wat een toeval dat ze in de zomer altijd hier zaten.'

'Zo toevallig lijkt me dat niet. Dáárom is Jasper hier beland. Dat staat als een paal boven water!'

Natuurlijk! Waarom had zij daar niet aan gedacht? Grace voelde zich wakker geschud. 'Wanneer zijn ze gestopt hier te komen? En waarom?'

'Door de oorlog, neem ik aan. Maar dat weet ik niet. Na die laatste zomer heb ik ze nooit meer gezien en uiteindelijk is het contact verwaterd. Mijn vader was erg op Aldrich gesteld. Ze waren allebei enthousiaste golfers, en als ik me goed herinner was Aldrich verzot op boten. Die verzamelde hij. Echte boten. Heel dure. Die liet hij in kisten naar Engeland vervoeren. En hij bouwde ook scheepsmodellen. Ik had met Arabella te doen. Voor haar had hij volgens mij niet echt veel aandacht.' Ze haalde haar schouders op. 'Maar ja, misschien was ze wel een ijskonijn in de slaapkamer en zocht hij daarom troost bij zijn boten. Zij was niet echt goedlachs, maar híj had altijd een twinkeling in zijn ogen.' Ze wenkte een ober en bestelde twee stukken cranberrytaart.

Grace probeerde tot zich te laten doordringen dat Rufus regelmatig op Tekanasset was geweest. Ze dacht terug aan haar bezoekje aan Walbridge Hall, toen ze een blik in de studeerkamer van zijn vader had geworpen, met al die scheepsmodellen en zeeschilderijen. Die had hij blijkbaar hier gekocht.

'Trouwens, ik moet nog foto's van Aldrich hebben. Mijn vader was een hartstochtelijk fotograaf en mijn moeder bewaarde al zijn foto's heel nauwkeurig,' vervolgde Big. Maar Grace luisterde niet. Was het toeval dat Freddie destijds voor Tekanasset had gekozen? 'Grace, waar denk je aan?' Big nam haar onderzoekend op.

Grace knipperde met haar ogen. 'O, aan niks bijzonders,' zei ze blozend. 'Dat Trixie niet wist dat Jasper een titel heeft.'

'Wist ze dat niet? Waarom heeft hij dat verzwegen? Wat had hij te verbergen?'

'Ik denk dat hij van meet af aan heeft geweten dat hij nooit met haar zou kunnen trouwen.'

'Waarom heeft hij haar dan die lijdensweg niet bespaard?'

'Omdat hij het wel graag wílde. En toen hij hier was, leek het misschien niet onmogelijk. Maar eenmaal thuis, bij zijn moeder die ongetwijfeld net zo intimiderend is als haar schoonmoeder was, besefte hij dat het nooit iets kon worden.'

'Hoor eens, ik mag dan ouderwets zijn, maar zelfs ík weet dat de tijd van de gearrangeerde huwelijken voorbij is.'

'Dat is zo. Maar de artistocratie is buitengewoon plichtbewust. Jasper zal een vrouw moeten zoeken die hem kan helpen bij het beheer van het landgoed. Ze zal grootse ontvangsten en diners moeten kunnen geven, ze zal liefdadigheidsactiviteiten moeten kunnen organiseren in de balzaal, 's zomers het *fête* in de tuin, lunches om geld te werven voor de kerk. Ze zal gezellig moeten kunnen keuvelen met de koninklijke familie op Ascot, en tijdens het seizoen in Londen moet ze in de kringen van hertogen en hertoginnen kunnen verkeren. Kun je je Trixie in die wereld voorstellen? Ze zou de verplichtingen en de formaliteit verafschuwen.' Grace voelde zich moedeloos worden. Het was alsof ze Rufus hoorde praten, alsof zijn stem de jaren overbrugde. 'Dat kunnen alleen vrouwen die het met de paplepel is ingegeven,' besloot ze. Rufus had het gezegd kunnen hebben.

'Dan mag Trixie blij zijn dat ze daaraan is ontsnapt,' zei Big op besliste toon.

'Dat denk ik ook, maar voorlopig is zij er alleen maar van overtuigd dat ze nooit meer van iemand zal kunnen houden.'

'Dat zal wel loslopen. En zo niet, dan wordt ze net als ik. En ik ben heel tevreden met mijn leven.'

Grace schonk haar een warme glimlach. 'Heb je ooit wel eens serieuze verkering gehad?'

'Nou en of.' Er verscheen een twinkeling in Bigs ogen terwijl ze met haar vork een hap taart afsneed. 'Ik heb heel wat vrijers versleten.'

'Maar er was er niet een goed genoeg?'

'Er was er niet een die zelfs maar in de schaduw van mijn vader kon staan.' Ze stopte de hap taart in haar mond en begon genietend te kauwen. 'Met hem vergeleken was het allemaal niks. Mijn vader was zo'n geweldige, bijzondere man dat al die vrijers maar sukkels leken. En ik heb er nooit spijt van gehad. Mijn vader was een godsgeschenk. Daar ben ik altijd intens dankbaar voor geweest. Ik mis hem nog dagelijks.'

Grace dacht aan haar eigen vader en voelde een steek van verlangen. 'Ik mis mijn vader ook. Gaat dat ooit over, denk je? Groeien we daar ooit overheen?'

'Nee, nooit!' verklaarde Big met grote stelligheid. 'Onze vaders zijn onze eerste liefde. En in mijn geval ook mijn enige. Ook al heeft die arme pa enorm zijn best gedaan om me aan de man te krijgen. Ma en hij wilden kleinkinderen. En ze vonden het heel erg dat ze die niet kregen. Maar zo was ik nu eenmaal. Ik peinsde er niet over om me te laten uithuwelijken.' Big klopte Grace grinnikend op haar hand. 'Maar genoeg over mij. Trixie wordt heus wel weer verliefd en op een dag kijkt ze terug en dankt ze God op haar blote knieën dat ze niet met Jasper is getrouwd. Want dan heeft ze het geluk gevonden met iemand die beter bij haar past. Je moet zulke dingen filosofisch bekijken.'

'Trixie is anders helemaal niet filosofisch. Suzie en zij hebben het erover om naar New York te gaan. Freddie wil dat ze gaat studeren, maar daar ziet ze niets in. Ze wil op eigen benen staan.'

'Tja, het wordt waarschijnlijk inderdaad tijd dat ze een eigen bestaan opbouwen.'

'Trixie zou het liefst voor de *Vogue* werken. Dat is haar droom. Met een beetje geluk kan ze misschien onderaan beginnen, als koffiejuffrouw. Maar ze zal er alles aan doen om zich op te werken als blijkt dat ze over de juiste talenten beschikt. Aan ambitie ontbreekt het haar niet.'

'En die is...'

'Ze wil redacteur worden. Maar ik denk dat ze vooral over mode wil schrijven en iets van de wereld wil zien.'

Bigs staalgrijze ogen begonnen te glinsteren. 'Is dat serieus? Die ambitie om iets in de mode te bereiken?'

'Ja, ze heeft een goed stel hersens en een vlotte pen.'

'Ik zal eens zien of ik iets voor haar kan doen. Ik ken mensen die haar op weg zouden kunnen helpen.'

'Dank je wel, Big. Dat zou geweldig zijn.'

'Dat spreekt toch vanzelf. Daar zijn we vriendinnen voor.'

Toen Grace thuiskwam begon het al te schemeren. Ze riep naar Trixie, maar alles bleef doodstil, op het opgewonden gehijg van de honden na. Ze keek op haar horloge. Er was nog net tijd om vóór zonsondergang met ze naar het strand te gaan. Even later sprongen de honden kwispelend voor haar uit over het zand. Er stond een sterke wind, dus Grace wikkelde haar jas strak om zich heen. Ze dacht aan Evelyn. Haar hart ging naar haar uit, want ze wist hoe het was om verdriet te hebben. En ze mocht dan een hekel aan haar hebben, een dergelijke lijdensweg wenste ze niemand toe.

Terwijl ze over het strand liep dacht ze aan Rufus. Toen ze na de oorlog uit Engeland wegging had ze gedacht dat ze hem voorgoed achterliet. In Walbridge was alles en iedereen verbonden met herinneringen aan hem. Wanneer ze daar bleef zou ze nooit van hem loskomen, had ze zichzelf voorgehouden. Maar inmiddels besefte ze dat zijn schaduw helemaal tot Tekanasset reikte. Misschien had hij wel over ditzelfde strand gelopen. En ze wist zeker dat hij op de Crab Cove golfclub was geweest. Wat een wonderlijke ontdekking! Hij had al die jaren zo ver weg gevoeld, maar in werkelijkheid liep ze in zijn voetsporen.

Het feit dat zijn familie hier een huis had gehad, verklaarde waarom Jasper met zijn band naar het eiland was gekomen. Misschien hadden zijn grootouders Joe Hornby wel gekend en Jasper zijn adres gegeven. Wanneer zou Rufus zijn gestorven? En waaraan? In haar herinnering was hij de jonge man gebleven op wie ze ooit verliefd was geworden. Ze kon zich hem niet als een oudere man voorstellen. En ze kon al helemaal niet bevatten dat hij dood was. Bij die gedachte ging er een huivering door haar heen en ze boog haar hoofd om tegen de wind in te lopen.

Het begon donker te worden. Ze kon de honden nauwelijks meer zien. Dus ze maakte rechtsomkeert en liep terug, met de wind in de rug. Terwijl de honden over de duinen en door het hoge gras sprongen, piekerde ze over de laatste, verontrustende ontwikkelingen. Toen ze thuiskwam, wenkte Freddie haar vanaf de veranda. Ze versnelde haar pas, plotseling ongerust. Trixie was de laatste tijd zo neerslachtig geweest. Door de afstand kon Grace de uitdrukking op Freddies gezicht niet goed peilen, maar toen ze dichterbij kwam, zag ze door de glazen deur iemand in de keuken staan.

Ze haastte zich het tuinpad op, met de honden op haar hielen. Freddie deed de deur voor haar open. In de keuken stond Evelyn Durlacher, met haar rug tegen het aanrecht. Grace was verbaasd. In de meer dan dertig jaar dat ze nu aan Sunset Slip woonde, was Evelyn nog nooit bij haar thuis geweest. 'Hallo, Grace,' zei ze met een geforceerde glimlach.

Grace registreerde haar onberispelijk gekapte haar, haar perfect gekleurde lippen en nagels, haar parels en haar chique, subtiel grijze kasjmier twinset. Ze wist niets anders te doen dan haar glimlach te beantwoorden. 'Hallo, Evelyn. Wat een verrassing.'

'Ja, en je hebt gelijk. Ik had al veel eerder eens langs moeten komen. Freddie was zo lief om iets te drinken voor me in te schenken. Ik neem aan dat je het hebt gehoord? Van Lucy? Het is ongetwijfeld het gesprek van de dag. Ik heb nog nooit zo naar een borrel gesnakt!'

'Zullen we naar de zitkamer gaan? Daar is het gezelliger dan hier in de keuken.'

'O, doe voor mij geen moeite,' zei Evelyn, maar Grace ging haar al voor. Vrouwen als Evelyn leken misplaatst in een keuken. Zelfs in hun eigen keuken.

Van elke tuin wist Grace iets moois, iets bijzonders te maken, maar binnenshuis miste ze dat talent. De zitkamer was zonder twijfel de gezelligste op het hele eiland, maar de inrichting was een allegaartje, en ondanks Freddies bijna dwangmatige behoefte aan orde heerste er een aangename chaos. Freddie verdween met een geërgerd gebrom naar zijn studeerkamer, waar alles zijn vaste plek had. Maar de zitkamer was het domein van Grace, met veel planten, snuisterijen in de vorm van een bij en boeken, niet alleen in de kasten maar overal, net als kranten, tijdschriften en schetsen voor tuinontwerpen.

Evelyn tilde een stapel tekeningen van de bank en ging zitten. Grace nam de leunstoel en de honden lieten zich op het kleed voor de lege haard ploffen. 'Wat een verrukkelijke kamer.' Evelyn liet haar blik in het rond gaan.

Ze zei het puur uit beleefdheid. Grace kende Evelyns voorname, smaakvol ingerichte zitkamer. 'Dank je wel,' was alles wat ze zei, want ze peinsde er niet over zich te verontschuldigen voor de rommel.

'Je bijen zijn enig. Die spaar je toch?'

Grace legde vluchtig haar hand op haar vertrouwde gouden bijenbroche. 'Ik ben altijd verrukt van bijen geweest,' antwoordde ze zacht.

'Nou, je bent ook een geweldige imker. Je maakt de beste honing van het eiland.' Evelyn zuchtte, haar gezicht betrok. 'Je vraagt je natuurlijk af wat ik kom doen.'

'Ik neem aan dat het met Lucy te maken heeft. Hoop je soms dat ik je kan helpen om haar te vinden?'

'O nee! Als ze niet gevonden wil worden, dan kan ik maar beter niet naar haar op zoek gaan.' Evelyn grinnikte vreugdeloos, met haar blik op haar gemanicuurde nagels. 'Ik moet ophouden haar voortdurend te willen controleren. Dat zegt Bill. En hij heeft ongetwijfeld gelijk. Als ze van huis weg wil lopen met een muzikant, dan is dat haar zaak. "Je moet haar laten gaan," zegt Bill. Dus dat heb ik gedaan.'

'Ach, Evelyn. Ik vind het echt afschuwelijk voor je,' zei Grace met oprechte compassie.

Evelyns ogen begonnen vochtig te glanzen. 'Neem me niet kwalijk, maar dat komt doordat je zo aardig bent.' Ze nam een grote slok wijn.

'Je kunt niet meer doen dan je best. Lucy is volwassen. We proberen onze dochters een beetje te sturen, maar uiteindelijk doen ze toch wat ze zelf willen.'

'Hoe is het met Trixie?'

'Prima, dank je.' Grace weidde niet verder uit. Ze wilde niet dat Trixies verdriet over het hele eiland werd rondgebazuind.

Evelyn liet met een zucht haar schouders hangen. 'Jij voelt dat misschien niet zo, maar je mag jezelf gelukkig prijzen. Jij bent Trixie niet kwijt.'

'Als ze daar gelukkig zou zijn geworden, had ik haar laten gaan,' zei Grace. 'Dat is toch het enige wat je wilt voor je kind?'

'Natuurlijk,' viel Evelyn haar snel bij. 'En ik heb ook altijd gedacht dat ik wist waar Lucy gelukkig van werd. Maar blijkbaar niet. Blijkbaar heb ik het altijd bij het verkeerde eind gehad. En wat moet er nu van haar worden? Ik weet helemaal niets van die jongen, behalve dat hij Engels is en gitaar en keyboard speelt. Lucy heeft een briefje neergelegd. Er staat in dat ze verliefd is en dat ik me geen zorgen moet maken. Maar niets over waar ze heen ging. En ze heeft maar één koffer meegenomen. Ik heb geen idee hoe ze aan geld denkt te komen. Bill wil haar met alle liefde helpen. Ze heeft maar heel weinig cash bij zich. Misschien zoekt ze contact als dat op is.' Ze haalde in een machteloos gebaar haar schouders op. 'Tenminste, dat hoop ik.'

'En wat verwacht je nu van mij?' Grace vroeg zich af wanneer de aap uit de mouw zou komen.

'Je helpt me al geweldig door naar me te luisteren, Grace.'

'Maar ik zou graag iets meer willen doen. Heb je Joe al gevraagd waar ze naartoe gingen?'

'Ja, maar die heeft er niks meer mee te maken, zegt hij. Volgens mij werd hij door Jasper betaald. Dus nu heeft hij de stekker eruit getrokken, om het zo maar eens te zeggen. Ze staan er helemaal alleen voor.'

'Heeft ze haar paspoort bij zich?'

'Nee.'

'Dus ze is niet van plan om met hem mee terug te gaan naar Engeland?'

'Ik neem aan van niet.' Ze glimlachte verdrietig. 'Na dat feestje... deze zomer op het strand... ben ik in mijn nachthemd naar het strand gegaan, om te kijken waar ze bleef. Toen zat ze met die andere jongen. Hoe heet hij ook alweer?'

'George.'

'Precies, George! Ze rookten een joint en ze zaten heftig te vrijen, dus ik ging volledig door het lint. Dat heb je vast wel gehoord. Er kwam een rood waas voor mijn ogen. En ik dacht niet aan Lucy, maar alleen aan mezelf! Aan wat iedereen zou zeggen als het praatje de ronde deed. Want ik had niet onder stoelen of banken gestoken dat ik die jongelui maar niks vond.' Ze haalde een witte zakdoek uit haar mouw en snoot haar neus. 'Neem me niet kwalijk,' zei ze beleefd. 'Ik heb ze niet de kans gegeven zich te bewijzen. Dom van me, helemaal nu we weten dat Jasper van zulke goede komaf is. Zijn ouders hebben een landgoed met alles wat daarbij hoort, dus dan moet hij wel van goede familie zijn. Denk je ook niet?'

Grace hield zich op de vlakte. 'Het was een erg aardige jongen,' was alles wat ze zei.

'De tijden veranderen. Dat weet ik. Maar ik ben nog van de oude stempel en zo heb ik Lucy ook opgevoed. Maar nu ben ik bang dat ze...' Evelyn kon het nauwelijks over haar lippen krijgen. Ze vermande zich en snoof minachend. 'Ze heeft haar goede naam te grabbel gegooid,' bracht ze gesmoord uit.

Het kostte Grace moeite haar gezicht in de plooi te houden. 'Evelyn, we leven in de twintigste eeuw! Er is niemand die aan Lucy's goede naam zal twijfelen, alleen omdat ze van huis is weggelopen. Ik vind het juist wel goed dat de jeugd van tegenwoordig een beetje kan experimenteren. Wij werden veel te kort gehouden toen we jong waren.'

'Vind je dat echt?'

'Ja, dat vind ik echt. Ik hoop alleen niet dat ze er een gebroken hart aan overhoudt. Jonge harten zijn zo kwetsbaar.'

'Het mijne heeft ze al gebroken!' Evelyn bette haar ogen, heel voorzichtig om haar make-up niet te bederven. Ze zag er zo beklagenswaardig uit dat Grace naast haar op de bank ging zitten.

'Je moet proberen niet al te verdrietig te zijn.' Ze klopte Evelyn meelevend op haar benige schouder. 'Weet je wat ik denk?'

'Nou?'

'Als je haar accepteert zoals ze is, als je haar duidelijk maakt dat je alleen maar wilt dat ze gelukkig wordt, dan komt ze vanzelf weer terug. Dat denk ik.'

'Echt?'

'Ja, natuurlijk. Ze is weggelopen omdat jij haar geen andere keus liet. Door alles wat je had gezegd, móést ze wel, als ze bij de man van haar hart wilde zijn.'

Evelyn slikte. 'Ik denk dat je gelijk hebt.'

'Het komt allemaal goed.'

Evelyn glimlachte mat. 'Ik hoop het.'

'Maar eh... als ik je niet hoef te helpen Lucy te vinden... waar kwam je dan voor?' vroeg Grace.

Evelyn keek haar schaapachtig aan. 'Ik vind het jammer dat we geen vriendinnen zijn,' antwoordde ze krampachtig. 'We hebben zoveel gemeen. Mijn Lucy en jouw Trixie...' Ze haperde. 'Met die Engelse jongens. We hebben allebei geleden als moeder. Ik wilde gewoon met je praten. Want dat kan ik niet met mijn vriendinnen.'

'Waarom niet?'

'O, tegen mijn vriendinnen zou ik nooit zo open kunnen zijn. Tegen jou kan ik dit allemaal zeggen. Jij snapt het. Maar zij zouden er niets van begrijpen.'

'Ik denk dat je hun de kans moet geven om te laten zien dat je het mis hebt. Belle is zo'n lieverd. Die heb ik nog nooit iets lelijks over een ander horen zeggen.'

'Maar ik ben zo... Nou ja, je weet wel. Ik heb heel onaardige dingen gezegd over die jongens.'

'Dan zeg je toch gewoon dat je je hebt vergist? In een vriendschap ben je eerlijk tegen elkaar en deel je niet alleen de leuke dingen, maar ook de moeilijke momenten. Je kunt alleen maar een echte band met elkaar krijgen als je je voor elkaar openstelt en als je bereid bent je een beetje bloot te geven. Ik weet zeker dat ze heel lief zullen reageren. Er is niemand die het een ander kwalijk neemt als hij of zij een fout heeft gemaakt. En dat vervolgens eerlijk toegeeft.'

Evelyn zwol bijna van dankbaarheid. 'Dank je wel, Grace! Wat aardig van je om dat te zeggen.'

'Ik weet zeker dat het allemaal goedkomt.'

'Ik hoop het. En ook voor Trixie. Ik hoop dat ze uiteindelijk een aardige man vindt.'

'Daar ben ik van overtuigd.'

Met een diepe zucht stopte Evelyn haar zakdoek weer in haar mouw. 'Je bent een goed mens, Grace. Er lopen er hier op het eiland genoeg rond van wie ik geen hoogte kan krijgen. Maar van jou heb ik het altijd geweten.'

'Wat wilde ze?' vroeg Freddie toen Evelyn weer was vertrokken.

Grace fronste haar voorhoofd. 'Ik geloof dat ze zich op haar manier kwam verontschuldigen, omdat ze zo bevooroordeeld was geweest over die jongens.'

'Wat zei ze dan?'

'Ze had het over Lucy.'

'Dacht ze dat jij haar kon helpen zoeken?'

'Nee, ze wilde alleen maar praten met iemand die haar begreep. Dat kon ze niet met haar vriendinnen, zei ze.'

'Nee, dat snap ik wel. Daar is ze te trots voor. Jij bent een buitenstaander. Tegenover jou hoeft ze de schijn niet op te houden.'

'Dat zal ik dan maar als een compliment beschouwen.'

'Ze zag er nogal timide uit.'

'Volgens mij heeft ze nederigheid geleerd.'

Hij grinnikte cynisch. 'Hoe hoger de sokkel waar je jezelf op zet, hoe dieper de val. Dat heeft ze ook geleerd.'

Terugdenkend aan haar gesprek met Big, wilde Grace hem vragen waarom hij na de oorlog voor Tekanasset had gekozen, maar het was allemaal al zo lang geleden. Het voelde raar om er nu over te beginnen. Bovendien veranderde dat niets aan de geschiedenis. Tenminste, dat kon ze zich niet voorstellen.

Hij trok zijn wenkbrauwen op. 'Wat is er?'

'Niks.'

'Je keek alsof je iets wilde vragen.'

Grace schudde haar hoofd. 'Ik dacht aan Evelyn. En dat ik verrast was haar hier te zien. Volgens mij heeft ze me altijd ver beneden haar stand gevonden.'

'Nou, dat ben je niet,' zei Freddie nadrukkelijk. 'In Amerika bestaat er goddank niet zoiets als standsverschil! Evelyn Durlacher is gewoon Mrs. Durlacher. Net zoals jij Mrs. Valentine bent.' Hij verdween weer in zijn studeerkamer.

Maar Grace kon zich niet losmaken van het verleden. Als Lord Penselwood hen had geholpen om zich in Amerika te vestigen, waarom had Freddie daar dan nooit iets over gezegd? Wat had hij te verbergen? Ze schonk een glas wijn in en liep ermee naar de zitkamer. Ze was bezig aan een tuinontwerp voor een jong stel dat een huis had gekocht aan Halcyon Street. De schets lag op de bank. Zodra ze wist wat ze wilde, zou ze haar ideeën verder uitwerken en voorleggen aan haar klanten. Maar hoe ze ook naar het papier staarde, het enige wat ze zag, waren de tuinen van Walbridge Hall. Ze legde de tekening neer en nam een slok wijn. Toen trok ze haar voeten onder zich en ze legde haar hoofd op het kussen. Het verleden was er altijd. Zodra ze haar ogen sloot, zag ze de beelden voor zich.

17

Walbridge, Engeland, 1938

May had Grace voorgesteld om vóór het huwelijk de spullen van haar vader uit te zoeken. 'Binnenkort is het jullie huis, van jou en Freddie. En dan wil je niet dat de andere slaapkamer nog helemaal vol staat met spullen van Arthur. Want het duurt vast niet lang...' Ze glimlachte veelbetekenend. '... of er zijn kleintjes om rekening mee te houden.' Grace had haar glimlach beantwoord, met een dromerige blik in haar ogen. 'Jij en Freddie krijgen vast prachtige baby's,' had May verkondigd. 'En dan ben ik oma. Ach, wie had dat toch kunnen denken! Dat ik zo oud zou worden!'

Arthur had in zijn testament alles aan Grace nagelaten. Gelukkig was hij geen man geweest die alles bewaarde. Zijn slaapkamer was netjes op orde, alle belangrijke dingen had hij opgeborgen in een ladekast aan het voeteneind van het bed.

Op een zaterdag tegen het eind van november gingen May en Grace aan het werk. De regen sloeg tegen de ruiten, de zon slaagde er niet in door de dikke wolken te dringen die als dikke, koude pap boven de boomtoppen hingen.

Grace zette thee. Ze had er zo tegen opgezien om de spullen van haar vader te moeten uitzoeken dat ze geen oog had dichtgedaan. Pepper had luidruchtig liggen snurken op het voeteneind, waardoor ze zich iets minder eenzaam had gevoeld. Ze had ernaar verlangd dat haar vader opnieuw zou verschijnen, net als in de nacht na zijn dood, maar anders dan de vertrouwde schaduwen op de muur had ze niets gezien.

Nu voelde ze zich emotioneel broos en rauw van vermoeidheid na de lange, slapeloze uren.

'Kom.' May liep met haar mok thee de trap op. 'Pepper houdt ons gezelschap, hè Pepper? Stel je toch eens voor, Grace, over amper een maand ben je Mrs. Valentine. Ik kan het nog niet bevatten! Mijn Freddie die gaat trouwen.' Zo ratelde ze maar door. In een poging haar op te beuren, besefte Grace. Bij Arthurs slaapkamer gekomen duwde May de deur zachtjes open. Door de vertrouwde geur van haar vader werd Grace overspoeld door een golf van herinneringen. Het verdriet dat ze diep had weggestopt, dreigde haar te overweldigen, maar ze nam een slok thee en slikte dapper haar tranen weg.

May deed het licht aan. Haar blik ging door de kamer. 'Je kunt wel zien dat hij erg netjes was.'

'Ja. Ik denk niet dat we lang werk hebben,' zei Grace. 'Zoveel spullen had hij niet.'

May ging op het bed zitten en keerde zich naar de zwart-witfoto op het nachtkastje. Het was een foto van de ouders van Grace. 'Ze was erg mooi, je moeder. Net als jij.'

'Zouden ze nu weer samen zijn? In de hemel?'

'Natuurlijk.' May pakte de foto. 'Deze moet je bewaren. Zo'n foto is iets heel dierbaars.' Ze gaf hem aan Grace, die er verloren naar keek. 'Laten we beginnen met zijn kleren. Wat wil je dat ik daarmee doe?'

Grace keek haar weifelend aan. 'Ik weet het niet. Wat denk jij? Zou oom Michael er nog iets van willen dragen? Pap had een paar erg leuke truien.'

'We zullen eens kijken. En alles wat we niet houden, geven we weg.'

Nadat ze de kleren hadden uitgezocht, begonnen ze aan de ladekast. Grace deed de bovenste la open. Er stond een kistje in van walnotenhout. Behalve een zijden sjaal bevatte het een klein fluwelen doosje, een notitieboekje en een witte envelop met haar naam erop. Ze zette het kistje voorzichtig neer en maakte de envelop open. Er zat een brief in.

Mijn liefste Gracey,
Hoe graag we ook zouden willen dat we het eeuwige leven hadden, we zijn sterfelijk en uiteindelijk komt het moment waarop ik afscheid van je moet nemen. Met dat in gedachten heb ik de pen gepakt, ook al word ik heel erg verdrietig als ik me voorstel hoe je deze brief ooit zult lezen.

Alles wat ik heb, is voor jou, Gracey. Ik vind het fijn te weten dat jij je over mijn boeken zult ontfermen. Zij zijn, zoals je maar al te goed weet, mijn kostbaarste bezittingen, samen met de inhoud van dit kistje en mijn bijenkasten. Het enige wat me nog dierbaarder is, ben jij.
Zoals je ook maar al te goed weet, heb ik heel veel van je moeder gehouden. Ze heeft niet de tijd gehad veel bezittingen te verzamelen, maar dit zijn de spulletjes van haar die ik altijd heb gekoesterd. Ik schrijf deze brief als voorzorgsmaatregel, want ik hoop je haar bezittingen ooit persoonlijk te overhandigen. Net zoals ik hoop erbij te zijn wanneer je trouwt met een lieve man van wie ik weet dat hij goed voor je zal zorgen. En zoals ik hoop ooit van mijn kleinkinderen te genieten. Maar alleen God weet wanneer onze tijd gekomen is, dus ik beschouw niets als vanzelfsprekend. Het voelt macaber om je dit te schrijven, terwijl ik boven zit en jij buiten in de tuin met de bijen bezig bent. Maar een mens moet praktisch zijn.
Mocht mijn grootste angst bewaarheid worden en mocht ik komen te sterven voordat je trouwt, dan heb je niet langer een dak boven je hoofd. Maar oom Michael en tante May zullen altijd voor je klaarstaan. Wees alsjeblieft niet te trots om hun om hulp te vragen. En wees niet blind voor wat pal vóór je is. Freddie is een aardige jongeman. Volgens mij wordt aardigheid tegenwoordig onderschat. Van romantiek heb ik weinig kaas gegeten, maar ik weet genoeg over vriendschap, respect en liefde om te weten dat Freddie en jij goed bij elkaar passen en samen gelukkig kunnen worden. Ik zeg niet wat je moet doen, ik geef je alleen een duwtje in wat volgens mij de goede richting is. Als ik dood ben, kun je toch niet meer zeggen dat ik me met mijn eigen zaken moet bemoeien!
Mijn allerliefste meisje, ik laat je dit kistje na, met mijn liefde en de liefde van je moeder. Vergeet nooit dat we altijd bij je zijn.
Je liefhebbende vader.

Door haar tranen heen kon Grace die laatste regels nauwelijks meer lezen. Ze gaf de brief aan May, haalde de zijden sjaal uit het kistje en begroef haar gezicht erin. Met haar ogen dicht en diep inademend rook ze heel zwak de vluchtige geur van rozen. May vouwde de brief dicht en schoof hem weer in de envelop. 'Kom, dan zullen we eens kijken hoe hij je staat.' Ze nam de sjaal van Grace over en wikkelde hem losjes om haar hals. 'Blauw, turkoois en groen. Dat zijn ook jouw kleuren, Grace. Hij staat je beeldig.'

Grace stond op en bekeek zichzelf in de spiegel. 'Hij is prachtig,' zei ze zacht. 'Ik zal er heel zuinig op zijn.'

Vervolgens sloeg ze het notitieboekje open. De bladzijden waren volgeschreven met recepten, in het handschrift van haar moeder. Ze keek ze door. 'Lieve hemel, die had ik al veel eerder moeten hebben! Dan had pap het een stuk beter bij me gehad. Kijk dan! Soufflés, meringuetaart, honingkoek...'

'Freddie boft maar,' zei May.

'Pap zou heel gelukkig zijn als hij wist dat Freddie en ik gaan trouwen, denk je ook niet? Want dat was wat hij wilde. En hij had gelijk. Freddie was al die tijd pal vóór me.'

'Hij moet die brief nog niet zo lang geleden hebben geschreven. Dit jaar, volgens mij.'

'Ik vraag me af waarom. Zo oud was hij nog niet.'

'Nee, en hij was gezond. Maar met het klimmen der jaren worden we ons meer bewust van onze sterfelijkheid.'

'Had hij er maar bij kunnen zijn als we trouwen! Kon hij maar zien hoe gelukkig ik ben met Freddie.'

May sloeg haar armen om haar heen. 'Ach, als dat eens waar kon zijn.' Grace voelde mee met haar verdriet, terwijl ze haar hoofd tegen het hare legde.

'Hallo!' klonk de stem van Freddie, beneden in de hal. Pepper sprong van het bed en stormde de trap af. Ze hoorden Freddie tegen de hond praten. Peppers nagels krasten over de plavuizen.

'We zijn boven!' riep May.

Even later verscheen hij in de deuropening. 'Hoe gaat het? Red je het een beetje, Grace?'

'Hier. Lees maar.' Ze gaf hem de brief.

Freddie liet zijn ogen haastig over de inhoud gaan. Zijn wangen werden een beetje rood toen hij zijn eigen naam las. 'Het lijkt wel alsof hij wist dat hij niet lang meer te leven had.'

'Nee, dat geloof ik niet, Freddie,' sprak zijn moeder hem tegen. 'Hij wilde gewoon praktisch zijn. Precies zoals hij schrijft.'

'En wat zit er in het kistje?'

Grace liet hem de sjaal en het notitieboekje zien. 'En dit.' Ze pakte het fluwelen doosje. Er zaten twee ringen in. De ene was een simpele gouden band, de andere had een kleine solitaire diamant. 'Dit zijn de ringen van mijn moeder!' bracht ze ademloos uit. 'O, Freddie! Kijk dan!'

'Wat een mooie solitair,' zei May bewonderend.

Grace schoof hem aan haar linker ringvinger. 'Hij past. Mag ik deze als verlovingsring? Of vind je dat vervelend?'

'Nee, natuurlijk niet. Als jij maar gelukkig bent.'

'Je had gespaard voor een ring, Freddie. Dus nu kun je het geld voor iets anders gebruiken,' zei zijn moeder stralend.

En Freddie wist meteen waaraan hij het geld zou uitgeven.

Op de dag voor de bruiloft sneeuwde het. Uit een witte hemel daalden grote, wollige vlokken neer, alsof God zijn kussen leegschudde en de wereld bedekte met ganzenveren. Grace haastte zich opgewonden naar buiten, de tuin in, gevolgd door Pepper die uitbundig over de harde, bevroren grond sprong. Vandaag was haar laatste dag als Grace Hamblin. Het stemde haar niet verdrietig dat ze haar naam moest opgeven. Haar huwelijk vormde het begin van een nieuw leven met Freddie, ze zag de toekomst vol hoop en vertrouwen tegemoet. Iedereen had het over de oorlogsdreiging, maar ze weigerde de vrede die ze diep vanbinnen voelde te laten verstoren door negatieve gedachten. Haar vader was gestorven, maar ze had zich staande weten te houden. Als er oorlog kwam, zou ze dat ook wel overleven. Freddie en zij zouden samen oud worden. Niets zou hen kunnen scheiden. Dat was God haar verschuldigd. Die overtuiging koesterde ze hartstochtelijk.

'Grace!' Daar was Freddie, op de fiets.

'Kijk eens naar de sneeuw!' riep ze uit. 'Is het niet prachtig?'

'We krijgen een witte bruiloft.' Hij zette zijn fiets tegen de muur. 'Ik heb een cadeautje voor je.'

'Een cadeautje? Waarom? Dat hoeft toch niet!'

Hij kwam naar haar toe met een pakje in bruin papier, dichtgebonden met een touw. 'Ik zou een ring voor je kopen, maar nu je de ring van je moeder gaat dragen, heb ik het geld aan iets anders besteed.'

'Maar ik heb helemaal niets nodig,' zei ze lachend.

'Nee, je hebt het misschien niet nodig. Maar ik vind het leuk om het aan je te geven.' Hij kuste haar. 'Ik wilde het al veel eerder voor je kopen. Kom, dan gaan we naar binnen. Ik wil niet dat het vies wordt door de sneeuw.'

Eenmaal in de keuken begon ze het touwtje los te maken. 'Wat kan dat nou zijn? O, Freddie, je bent me er eentje.' Zijn gezicht straalde terwijl hij toekeek hoe ze het uitpakte. Het papier viel weg, een flits van kleur en er kwam een vuurrode jurk tevoorschijn. 'O, wat mooi! Een rode jurk! Hoe wist je dat? Ik heb altijd al een rode jurk gewild!'

'Dat heb je me ooit verteld. Bij de rivier. En ik ben het nooit vergeten. Sterker nog, ik wilde er toen al een voor je kopen, maar ik had geen geld.'

'Hij is prachtig. Zal ik hem eens aandoen?'

'Ik hoop dat hij past. Mam wist je maat. Trouwens, de juffrouw in de winkel ook.'

'Jij in een winkel met dameskleren!' Ze rende lachend de trap op. 'Wacht jij hier maar. Ik ben zo terug.'

Maar ongeduldig als hij was, kwam hij achter haar aan en hij duwde de slaapkamerdeur open, net op het moment dat ze de knopen dichtmaakte om haar borsten te bedekken. Zijn gezicht verried wat hij ervan vond. Maar ze vroeg het toch. 'En? Vind je hem mooi?'

'Mooi? Hij is prachtig! Maar ik zou het liefst al die knopen weer losmaken.'

'Nee, Freddie. Je moet nog even geduld hebben.' Ze wendde zich af.

'Je hebt geen idee hoeveel geduld ik al heb gehad.' Hij draaide haar in het rond en trok haar tegen zich aan. 'Rood is de kleur van de zonde.' Zijn ogen glansden van begeerte.

'Daarom wilde ik ook een rode jurk. Om me voor de verandering eens zondig te voelen.'

'Grace! Dat had ik nooit achter je gezocht!'

'Het is verbazingwekkend wat rood met een meisje doet.'

Hij ging op het bed zitten en trok haar op schoot. 'Dit is mijn cadeau.' Hij liet zijn hand onder de stof glijden, over haar kous omhoog.

Ze duwde hem weg. 'Nee, Freddie. Je moet nog even geduld hebben,' hield ze vol.

'Geef me dan tenminste een kus! Anders word ik gek!'

Die avond bleef Grace alleen in het huisje. May had geprobeerd haar over te halen bij hen te komen slapen, maar Grace wilde haar laatste nacht als Grace Hamblin thuis doorbrengen. De dag erna – en de rest van haar leven – zou ze het Imkershuis met Freddie delen.

Ze zette de radio aan in de zitkamer. De warme stem van Ella Fitzgerald maakte dat ze zich minder alleen voelde. Ze stak het vuur aan, waarop Pepper zich dankbaar voor de haard installeerde. Ze was nog altijd niet gewend aan de lege stoel van haar vader. Die stoel leek zo groot zonder hem. Ze had zijn pijp en zijn leesbril in het kistje van walnotenhout gedaan, samen met wat andere persoonlijke bezittingen die ze wilde bewaren. Het viel haar minder zwaar zijn dood te accepteren als zijn spullen niet langer door het hele huis lagen.

Ze las een tijdje, maar merkte al snel dat ze alleen maar naar de woorden staarde, zonder de betekenis ervan in zich op te nemen. Haar gedachten dwaalden naar de tuinen van Walbridge Hall, naar Rufus met zijn aanstekelijke glimlach en de twinkeling in zijn ogen. Ze liet haar boek op haar knieën zakken en gaf haar gevoelens de vrije loop. Sinds haar besluit om met Freddie te trouwen had ze nauwelijks meer aan Rufus gedacht. Ze had hem uit haar hoofd gezet, ze had zijn brief en haar dromen weggeborgen in een la en de la gesloten. Maar de definitieve stap die ze met haar huwelijk ging zetten, dwong haar gedachten opnieuw naar de man van wie ze sinds haar veertiende in het geheim had gehouden. Er was nooit ook maar een schijn van kans geweest dat Rufus haar gevoelens zou beantwoorden, maar aan de vooravond van haar huwelijk, op haar laatste avond alleen, besefte ze dat ze er toch voor terugschrok om alle hoop op te geven.

Ze zette de radio uit, liep naar haar slaapkamer en deed de la open waarin ze de brief bewaarde die Rufus haar na de dood van haar vader had gestuurd. Ze ging op het bed zitten en haalde hem uit de envelop. Haar vingers gleden over de R in goudreliëf, en voor het laatst las ze wat hij haar had geschreven. De volgende dag zou ze Freddies vrouw worden. Dan zou ze de onbereikbare dromen van Grace Hamblin de rug toekeren en haar toekomst als Grace Valentine aanvaarden zonder ooit nog achterom te kijken.

Toen ze de brief weer in de lade deed, werd haar blik naar de deuropening getrokken. Met een schuldbewuste blos, alsof ze zich betrapt voelde, draaide ze zich om. Maar er was niemand, het enige geluid was het vertrouwde tikken van de staande klok in de hal. Ze liep de gang in. De deur naar de slaapkamer van haar vader stond open, terwijl ze zeker wist dat die dicht was geweest. Met bonzend hart liep ze erheen. Toen ze haar hand op de deurknop legde zag ze een zakdoek van haar vader op de grond liggen. Vreemd. Die had er eerder niet gelegen. Ook dat wist ze zeker. Ze keek om een hoekje van de deur. De kamer lag er verlaten bij. Ze bukte zich en toen ze de zakdoek opraapte, zag ze de initialen die ze jaren eerder in een van de hoeken had geborduurd. A.H.H. Arthur Henry Hamblin. Met een gesmoorde snik begroef ze haar gezicht in de stof.

De volgende morgen kwam Michael haar met de auto halen. Samen reden ze door de sneeuw terug naar zijn huis, waar May en Josephine al op haar wachtten om haar te helpen met de bruidsjurk. Omdat het ongeluk bracht als de bruidegom zijn bruid al vóór de kerk te zien kreeg, was Freddie in alle vroegte zijn bed uit getrommeld en naar de Fox and Goose vertrokken voor een borrel met zijn vrienden. Thuis ontkurkte Michael een fles champagne en schonk vier glazen in. May zette de grammofoon aan en terwijl de muziek door de kamer schalde, krulden ze hun haar, ze maakten zich mooi en dansten opgewonden door de kamer. Ondanks het dikke pak sneeuw heerste er binnen een lentegevoel. Al sinds de vroege ochtend waren er bloemen bezorgd. Het hele huis rook ernaar.

Een paar weken eerder had ze met May de trein genomen naar Dorchester, waar ze in het warenhuis een jurk hadden gekocht. Een simpele, ivoorwitte japon bestikt met pareltjes. Ze hadden de aankoop gevierd met een lunch in het Regis Hotel en daarna de middagtrein naar huis genomen. Nu was het zover. Grace trok de jurk aan en May maakte de knoopjes dicht op de rug. Toen Grace voor de lange spiegel ging staan, kon zelfs Josephine niets onaardigs bedenken. 'O, Grace,' verzuchtte ze. 'Je ziet er prachtig uit!'

'Beeldschoon,' viel May haar bij. 'Arthur zou trots op je zijn.' Ze maakte het laatste knoopje dicht en deed een stap naar achteren om haar pleegdochter te bewonderen, die vanaf die dag ook officieel haar dochter zou zijn. Haar ogen werden vochtig.

Terwijl Grace naar zichzelf in de spiegel staarde, zag ze heel even het gezicht van haar moeder dat haar aankeek, met een tedere glimlach om haar mond en ogen die glansden van ontroering. Grace hield haar adem in. Ze kon de liefde die uit de ogen van haar moeder straalde door het glas heen voelen, als een warme, troostende gloed die haar omhulde. 'Kijk maar niet zo verrast,' zei May. 'Je bent prachtig, Grace.'

'Degene die verrast moet zijn, is Freddie,' zei Josephine. 'Hij zal niet weten wat hem overkomt. Ik hoop dat hij je herkent.'

'Doe niet zo onaardig, Josie,' mopperde May – iets wat ze anders nooit deed. 'Ga eens kijken of er nog champagne is. Grace wil vast nog wel een glaasje. En anders ik wel!'

Grace wendde zich met tegenzin van de spiegel af. Op slag was het visioen van haar moeder verdwenen. 'Dank je wel, tante May. Wat zou ik zonder jou moeten beginnen?'

May grinnikte. 'Dat zei je vader ook altijd.'

'Ik had zo graag gewild dat hij erbij had kunnen zijn.' Ze smoorde een snik. May omhelsde haar en ze zochten troost bij elkaar, voorzichtig met hun make-up, want die mocht niet uitlopen.

'Hij is erbij, Grace. Dat schreef hij toch? "We zullen altijd bij je zijn." Arthur wist dat soort dingen. Hij bezat een wijsheid die wij niet hebben. Daar vertrouw ik op. En daar moet jij ook op vertrouwen.'

'Maar ik zou zo graag willen dat ik hem kon zien. Natuurlijk heb ik vertrouwen in hem. Maar het is toch anders als je iemand ook kunt zien.'

'Dat begrijp ik, maar we zullen het ermee moeten doen.' May liet haar los en keek haar in de ogen. 'Straks loop je door de kerk, aan de arm van Michael, en dan moet je eraan denken dat mijn Freddie nu voor je gaat zorgen. Je vader is er niet meer, maar mijn Freddie zal alles doen om je gelukkig te maken. Denk aan de toekomst. Je bent geen kind meer. Ooit komt de dag dat je zelf kinderen krijgt. Je ziet er prachtig uit. Met jou als zijn bruid is Freddie de gelukkigste man van de hele wereld.'

Uiteindelijk kondigde Michael aan dat het tijd was om naar de kerk te vertrekken. Josephine ging lopen, samen met haar moeder. Alleen Grace zou in de auto plaatsnemen, met Michael achter het stuur. Net toen ze op het punt stonden om weg te gaan, verscheen de zwarte Bentley van de markies in de smalle laan. Ze hadden geen andere keus dan te wachten. De auto stopte, Cummings stapte uit, liep naar de kofferbak en haalde er het grootste boeket uit dat Grace ooit had gezien. 'Goedemorgen, Mr. Valentine,' begroette hij Michael. Toen keerde hij zich naar Grace. 'Deze bloemen zijn voor u, miss Grace.'

Van Rufus! Ze kreeg een brok in haar keel. Michael bracht de bloemen naar binnen en Cummings gaf Grace een envelop. *Miss Grace Hamblin* stond erop, in het handschrift van Rufus. Met trillende vingers haalde ze er een kaartje uit, met de vertrouwde R in goudreliëf. Daaronder stond met zwarte inkt geschreven:

Beste Grace,
Op je trouwdag wens ik je een lang en gezegend leven toe in voorspoed en geluk, begeleid door het zalige zoemen van je bezige bijen.
Je vriend, Rufus

Ze was zo verdiept in het briefje dat ze vergat Cummings te bedanken. Tegen de tijd dat ze zich van haar onbeleefdheid bewust werd, had hij de auto al gedraaid en was het te laat. Rufus zou hebben gezegd dat een zuurpruim als hij geen bedankje verdiende. Bij die gedachte voelde ze zich iets minder schuldig. Ze glimlachte bij de herinnering aan de bijnaam die Rufus hem had gegeven.

'Dat is een machtig mooi boeket, Grace. Van Lord en Lady Penselwood?' vroeg Michael.

Ze bloosde. 'Nee, van Lord Melville. Ik heb zijn oma ooit eens geholpen, toen ze erg veel last had van haar jicht.'

'Ach ja, dat is waar ook! Wat aardig dat hij aan je denkt op je trouwdag.'

'Hij wenst Freddie en mij veel geluk.' Ze stopte het kaartje in de envelop.

'Ik leg het wel bij de bloemen in de keuken.'

'Heb je ze in het water gezet?' vroeg ze, bang dat ze zouden verwelken.

'Ik heb de gootsteen laten vollopen. Daar staan ze goed tot je ze mee naar huis kunt nemen. Ze ruiken heerlijk! Volgens mij komen ze rechtstreeks uit Londen. Dat soort bloemen kun je hier niet krijgen midden in de winter! Ze moeten een aardige duit gekost hebben.'

'Ja, het is erg aardig van hem.'

'Nou en of! Zo, nu moeten we echt gaan. We mogen ze niet laten wachten.'

Toen Grace aan de arm van Michael de kerk binnenkwam, dacht ze aan haar vader, en aan Rufus, en ten slotte, tegen de tijd dat ze het eind van het gangpad naderde waar Freddie haar verlangend toelachte, met ogen die straalden van bewondering en liefde, dacht ze aan de man die ze ging beloven lief te hebben tot de dood hen scheidde. Maar ondertussen klonk er heel zacht, nauwelijks hoorbaar een stemmetje in haar hoofd dat zei: *Doe het niet! Doe het niet! Je houdt niet echt van hem. De enige die je oprecht liefhebt, is Rufus.*

Toen stond ze naast Freddie, en nadat Michael haar had weggegeven, herhaalde ze wat de dominee zei zonder dat de betekenis van de woorden tot haar doordrong. Want het enige waaraan ze kon denken, was dat prachtige voorjaarsboeket in Mays gootsteen, en ze besefte ineens dat Rufus misschien ook gevoelens voor háár had.

Op het moment dat Freddie de gouden ring van haar moeder om haar vinger schoof, kwam ze met een schok weer bij zinnen. Haar ogen vulden zich met tranen bij de aanblik van de ring die haar vader haar had nagelaten. In gedachten hoorde ze zijn stem en zijn woorden verjoegen wat die andere stem haar had ingefluisterd: *Natuurlijk moet er liefde in het spel zijn, maar dan heb ik het over de betrouwbare, loyale, blijvende liefde van een echte vriend.* Ze vertrouwde haar vader. Hij had beter dan wie ook geweten wat goed voor haar was. Rufus was onbereikbaar. Freddie zou haar gelukkig maken. Het was dwaas om nog meer te willen. Ze keek in Freddies ogen en daarin las ze de betrouwbare, loyale, blijvende liefde die haar vader daarin ook had gezien.

'Dan verklaar ik u hierbij man en vrouw,' zei dominee Dibben stralend. Freddie drukte geruststellend haar hand, ze ontspande en voelde dat haar lippen zich plooiden in een glimlach, alsof ze rebelleerden tegen haar hart dat zijn verlangen zou willen uitschreeuwen naar het hoge kerkgewelf.

‘Dag, Mrs. Valentine,’ fluisterde Freddie. Zijn blauwe ogen straalden van geluk. Grace kreeg geen kans om te treuren om het verlies van haar naam of om na te denken over de consequenties daarvan, want ze werd naar het achterste gedeelte van de kerk geloodst om het register te tekenen. Ze zette braaf haar handtekening en nam waardig de gelukwensen van May en Michael in ontvangst, merkwaardig verdoofd alsof ze zich onder water bevond. Daarop liep ze aan Freddies arm en op de klanken van het orgel de kerk uit – langs alle mensen die ze al haar hele leven kende en die haar ook de rest van haar leven op haar pad zouden vergezellen – haar toekomst als Mrs. Freddie Valentine tegemoet.

Ze wist dat ze het juiste had gedaan, maar de bloemen hadden licht geworpen op de kleine kiem van hoop die nog altijd heel diep in haar hart verborgen lag. Uit die kiem brak nu een nietige groene scheut naar buiten die zich begon te ontworstelen aan de duisternis.

18

Die avond in het Imkershuis, toen ze eindelijk alleen waren, maakte Freddie de knoopjes van haar bruidsjurk los. Hij was een tedere, geduldige minnaar en wat hij aan ervaring miste maakte hij ruimschoots goed met passie. Kleine onbeholpenheden waren aanleiding tot hilariteit en leidden niet tot ongemakkelijkheid, want ze kenden elkaar te goed om zich te generen. In Freddies armen beleefde Grace de overgang van meisje naar vrouw, zonder gevoelens van spijt om haar jeugd die voorbij was, of om haar keuze van echtgenoot. Freddies liefkozingen deden haar Rufus vergeten en ze liet zich meevoeren door bedwelmende, onbekende sensaties die de deur openden naar een nieuwe wereld waarvan ze het bestaan zelfs niet had vermoed. Terwijl ze met Freddie de liefde bedreef, leefde ze volledig in het moment, dankbaar voor het genot dat hij haar schonk.

Het duurde niet lang of ze voelde zich volledig thuis in haar leven als getrouwde vrouw. In plaats van te wassen en te koken voor haar vader deed ze dat nu voor Freddie. Ze bakte en naaide en ontfermde zich ook over de tuin, die er zonder Arthur verweesd bij lag. Ze had de routine al snel te pakken en wiedde onkruid, plantte, snoeide en knipte verwelkte bloemen af, net zoals Arthur dat altijd had gedaan. Ze miste hem verschrikkelijk, maar de zorg voor zijn tuin en zijn bijen gaf haar een gevoel van verbondenheid, want als hij inderdaad nog bij haar was, dan was hij daar, te midden van al wat hem altijd zo dierbaar was geweest.

In de lente van 1939 trouwde Rufus met Lady Georgina tijdens een ceremonie op Thenfold, het landgoed van haar familie in Hertfordshire, de markiezin-douairière Lady Penselwood bezweek in de moestuin aan een hartaanval en Hitlers troepen marcheerden Tsjechoslowakije binnen.

De oorlogsdreiging was het gesprek van de dag en de jonge mannen in de Fox and Goose verklaarden met patriottisch vuur en dwaze naïviteit hun loyaliteit aan vorst en vaderland. Freddie was een van hen. 'Iedereen meldt zich aan voor het leger,' zei hij tegen Grace en zijn moeder. 'Zelfs je vriend Rufus Melville wil naar het front.' Hij keerde zich naar Grace, die het gevoel had dat een kille, klamme vuist van angst zich om haar hart sloot. Vanwege Rufus of vanwege Freddie, dat wist ze niet. 'Het is allemaal reuze spannend. Ik sluit me aan bij de vrijwillige cavalerie, de *Yeomanry* van Dorset,' verklaarde hij trots. 'We zullen die Duitsers geen kans geven hier ook maar één voet aan wal te zetten, en we zijn bereid ons leven te geven voor de groene weiden van ons dierbare vaderland.'

May was bleek geworden. Ze had al een oorlog meegemaakt en ze dacht aan de vaders en zonen die destijds met dezelfde bravoure waren vertrokken en nooit meer van het front waren teruggekeerd. Maar Freddie was naïef en onwetend, voor jonge mannen zoals hij klonk de oorlog als een opwindend avontuur, als een welkome ontsnapping aan de sleur van het leven in de provincie. Arthur had nooit over de Grote Oorlog gesproken; de manier waarop hij zijn ogen had afgewend en zijn lippen samengeknepen, had Grace duidelijk gemaakt dat oorlog iets was waar je niet over kón praten. Ze pakte Freddies hand, maar hij merkte het nauwelijks, bezeten als hij was door opwinding en koortsachtige vaderlandsliefde. Plotseling maakte zich een verstikkende angst van haar meester. Als ze Freddie kwijtraakte had ze niets meer.

Terwijl de oorlog een steeds grotere dreiging vormde, als donkere wolken aan de horizon, probeerde Grace door te gaan zoals ze dat altijd had gedaan, vol blijdschap en vertrouwen. Maar de vreugde die ze ontleende aan de bomen en de bloemen, de vogels en de bijen, werd gekleurd door melancholie omdat de oorlog een gevaar betekende voor alles wat mooi en goed was. Ze was bang en ze voelde zich kwetsbaar, en hoezeer ze ook probeerde in het moment te leven, zoals haar vader haar dat had geleerd, de toekomst reikte naar haar, als de tentakels van een octopus die haar meesleurden naar de diepten waar haar angst woonde.

En toen op een middag, aan het begin van de zomer kwam Freddie naar huis gefietst. 'Grace!' riep hij gejaagd door het keukenraam. 'Of je naar de Hall komt! Ze zitten met een bijenzwerm. Jij bent de enige die daar raad mee weet. Lady Georgina is helemaal van streek. Je moet voortmaken!' Grace deed haar schort af, bond haar haar in een staart en sloot Pepper in de keuken op. Freddie stond al te wachten met haar fiets.

'Ze is toch niet gestoken, hè?' vroeg Grace terwijl ze opstapte.

'Nee, maar wel volslagen in paniek.'

'Ga je mee?'

'Ik rij met je mee tot de Hall, maar dan moet ik terug naar de boerderij.'

'We nemen het pad door het bos. Dat is sneller.' Ze gingen op weg. 'Wonen ze hier tegenwoordig?' vroeg ze.

'Nee, maar Lord Melville wil niet dat Lady Georgina in de stad blijft nu er oorlog komt, want dan is het in Londen niet veilig.'

'Ik hoop nog steeds dat het niet gebeurt.'

'Dan kun je hopen tot je een ons weegt, want het gaat gebeuren, Grace. En spoedig ook.' Hij keek haar grijnzend aan. 'Je kunt je bij de vrouwelijke marine aansluiten en een Wren worden.'

'Ik peins er niet over. Er zal toch iemand voor het land moeten zorgen wanneer jullie het druk hebben met soldaatje spelen. Dus ik denk dat ik jouw werk maar overneem. Tegen de tijd dat de oorlog voorbij is, geven ze mij de baan van Mr. Garner en dan heb je spijt dat je zo nodig naar het front moest.'

'Ik zou je wel eens willen zien zwoegen op het land.'

'Ik denk dat ik het heerlijk zou vinden.'

'Mr. Garner zegt dat hij wat vee wil kopen: koeien voor de melk en varkens om ham van te maken.'

'Kippen hebben ze al.'

'En dan mag jij voor al die beesten zorgen.'

'Zie je het voor je? Lady Georgina en ik die samen de varkens voeren en de koeien melken?' Ze schaterde het uit.

Toen ze bij de Hall arriveerden, stond Mr. Swift, de jachtopziener, hen al op te wachten, samen met Mr. Heath, de nieuwe eerste hovenier. Mr. Swift had Arthur goed gekend en hij schonk Grace een warme glimlach. 'Fijn dat je er bent! Lady Georgina is naar binnen gevlucht.' Hij grinnikte, want net als Arthur was hij een wijs man. Wijs en mild. 'Je zou denken dat de Duitsers waren binnengevallen,' zei hij zacht. 'Een storm in een glas water, als je het mij vraagt.'

'Mrs. Valentine! Komt u maar mee naar de achterkant van het huis,' zei Mr. Heath, wiens boerse tongval zich als een wollige eekhoornstaart rond zijn klinkers wikkelde. 'De zwerm hangt boven de tuin. Het ziet er indrukwekkend uit, als een zwarte wolk. Ik ben benieuwd hoe u dat gaat aanpakken.'

'We zullen eens kijken,' zei Grace.

Freddie vertrok naar de boerderij en Grace volgde de twee mannen om het huis heen naar de achterkant. De tuin lag er schitterend bij. Alles stond in bloei, de zon verleende de kleuren extra glans en het blad aan de bomen was nog stralend groen. Het gazon was net gemaaid, en op de aardwal, met daarachter de paddock, groeiden biggenkruid en muur tussen blauwe ooievaarsbek en witte koekoeksbloemen. Grace vergat even waarvoor ze was gekomen en ging langzamer lopen om de pracht te bewonderen van wat eens het domein van haar vader was geweest.

Achter het huis lag een groot terras waar Lady Georgina blijkbaar even eerder nog had gezeten; de tafel was bezaaid met tijdschriften, er stond een fraaie theepot met een kopje van teer porselein en een kannetje melk, en op alle stoelen en banken lagen kussens. Vanbinnen klonk muziek, maar zo te horen was de plaat blijven hangen.

De bijen zwermden nog altijd boven de tuin, vlak bij de muur van het huis, die overdadig was begroeid met paarse clematis en zoet geurende kamperfoelie. Met haar handen in haar zij keek Grace omhoog. Precies zoals ze had verwacht hing er, onder een van de ramen op de tweede verdieping, een zwerm bijen zo groot als een rugbybal. Voor het ongeoefende oog zag het eruit alsof de diertjes over elkaar heen klommen in een wanhopige worsteling om de bakstenen muur in te kruipen. Maar Grace wist beter. 'Ze zoeken een nieuw nest voor de koningin,' zei ze tegen de mannen. 'Die bevindt zich in het hart van de zwerm.'

'Lady Penselwood wil geen nest in de muur,' zei Mr. Swift. 'Dus ze moeten hier weg, Grace.'

'Eerder komt Lady Melville niet naar buiten,' voegde Mr. Heath eraan toe. 'Ze is doodsbang voor bijen.'

Mr. Swift nam zijn pet af en streek met zijn eeltige vingers door zijn zachte grijze haren. 'Zo te zien zijn ze niet van plan vandaag nog te vertrekken.' Hij zette zijn pet weer op. 'Dus wat denk je, Grace?'

'Ik kan twee dingen doen. Ik zou met een stel blikken kunnen ratelen, om het geluid van de koningin te overstemmen, in de hoop dat ze uitzwermen. Maar het lijkt me verstandiger om tegen zonsondergang terug te komen met mijn imkerspak. Tegen die tijd zijn ze allemaal bij elkaar gekropen en slaperig geworden, dus dan kan ik ze simpelweg van de muur in een mand vegen. Ik zal kijken of ik een nieuwe kast voor ze kan inrichten. Dat hangt van het soort bijen af. Maar dat weten we snel genoeg.' Ze dacht aan een rijmpje dat ze van haar vader had geleerd: *Een zwerm in de meidoornhaag, is weinig op de waag. Een zwerm in de lindeboom, dat is een imkersdroom. Een zwerm op het boekweitveld, is nauwelijks geteld.* Mei en juni waren de echte zwermmaanden, dus ze hoopte dat de bijen dankbaar gebruik zouden maken van de kast die ze in gereedheid ging brengen.

'Akkoord. Ik zal het aan Lady Melville doorgeven,' zei Mr. Swift.

'Dus die zien we vanmiddag niet meer op het terras,' voegde Mr. Heath eraan toe.

'Zeg maar tegen het dienstmeisje dat ze rustig de theeboel kan wegruimen. Ze hoeft niet bang te zijn dat ze wordt gestoken. De bijen hebben het veel te druk met hun nest,' zei Grace. 'Dan ga ik nu weer naar huis. En ik kom terug tegen de tijd dat het begint te schemeren.'

Mr. Heath liep met haar mee naar haar fiets. 'Uw vader was buitengewoon kundig,' zei hij ernstig. 'Ik heb enorme bewondering voor wat hij hier tot stand heeft gebracht.'

'Dank u wel. De Hall was hem erg dierbaar.'

'Dat is maar al te duidelijk. Alles in de tuin wijst op een liefdevolle hand.'

'Ik doe tegenwoordig onze eigen tuin, bij het Imkershuis. Dankzij mijn vader weet ik er aardig wat van, maar ik moet ook nog veel leren.'

‘Als u dat leuk vindt, mag u best af en toe langskomen. Misschien kan ik u nog wat leren. Door de oorlogsdreiging hebben we een tekort aan hoveniers, dus ik zou u dankbaar zijn voor uw hulp.’

Grace begon te stralen. ‘Meent u dat serieus? Dat zou ik heerlijk vinden!’

‘Heel serieus.’ Hij glimlachte. ‘Alleen Mr. Garner, Mr. Swift en ik zijn nog over. We zijn te oud om te vechten.’

‘Dat lijkt me een zegen.’

‘Ik heb in de Grote Oorlog gevochten, Mrs. Valentine, dus ik hoef niet meer. Maar mijn hart huilt om al die jonge mannen die de gruwelen van de oorlog nog niet kennen. Ze zijn verblind door vaderlandsliefde en een misplaatst gevoel van romantiek. Oorlog heeft niets met romantiek te maken.’

‘Mijn Freddie is helaas ook een van die jonge mannen.’

‘Dan hoop ik dat hij een beschermengel heeft.’

‘Dat hoop ik ook, Mr. Heath.’

Terwijl ze haar fiets pakte, gingen haar gedachten weer naar Rufus. Waar zou hij zijn? Haar hart verkrampte van angst bij het vooruitzicht dat hij ook naar het front zou gaan. Het was nog niet eens zo lang geleden dat ze een praatje hadden gemaakt op het gazon, en dat hij haar Kleine Bij had genoemd.

Toen Grace tegen de avond terugkwam, in haar imkerspak en met een mand, zag ze zijn Alfa Romeo op het grind voor het huis staan. Haar maag maakte een salto, als een pannenkoek die wordt omgedraaid. Ze hoopte vurig dat hij te horen kreeg dat ze er was om het probleem met de bijen op te lossen, en dat hij een praatje zou komen maken. Bij die gedachte huppelde ze bijna om het huis heen, naar het terras aan de achterkant.

De tijdschriften van Lady Georgina lagen er nog, en de theeboel was ook niet weggehaald. Maar de muziek zweeg. Het begon te schemeren. Het was een zachte avond, de bloemen in de tuin verspreidden een zoete, zware geur. Mr. Heath had een ladder gebracht. Er was echter niemand om die voor haar vast te houden. Totdat Rufus om de hoek van het huis kwam. En ineens deed al het andere er niet meer toe – de bijen, de angst van Lady Georgina, zelfs de oorlog.

‘Wat zie jij er angstaanjagend uit.’ Hij grinnikte, de punt van zijn sigaret lichtte op in de schemering.

‘Dit is mijn imkerspak.’ Haar hart bonsde bij zijn aanblik. Hij zag er voornaam uit in zijn fluwelen smokingjasje en op fluwelen pantoffels met daarop het familiewapen – de leeuw en de draak – geborduurd.

‘Ach ja, natuurlijk! Jij bent de nieuwe imker.’

‘Ze zitten met een bijenzwerm.’

‘Dat hoorde ik van Georgie.’ Hij keek langs de muur omhoog. ‘Zo te zien slapen de bijen.’

‘Daarom ben ik hier ook. Om ze mee te nemen. Ik heb thuis een kast voor ze ingericht.’

‘Wat slim! Maar hoe ga je dat doen?’

‘Ik zet mijn hoed op, ik klim de ladder op en ik veeg ze letterlijk, als één grote bal, de mand in.’

‘En hoe krijg je ze dan thuis?’

‘Gewoon. Lopend.’

‘Lopend? In het donker?’ Hij trok een wenkbrauw op.

‘Dat valt wel mee. Ik had gehoopt voor het donker thuis te zijn.’

Hij glimlachte, zijn tanden lichtten wit op in zijn gezicht dat door het gedempte licht extra gebruind leek. ‘Maar nu sta je je tijd met mij te verdoen.’

Ze lachte nerveus. ‘Tja, dat levert misschien wat vertraging op.’

‘Dan breng ik je met de auto naar huis. Dat is wel het minste wat ik kan doen.’

‘O, maar dat hoeft…’

‘Ik sta erop,’ onderbrak hij haar kernachtig. Toen slaakte hij een vermoeide zucht. ‘Ik ben allang blij als ik nog niet naar binnen hoef. Mama en Georgie voeren een verhitte discussie over wat ze gaan doen als het eenmaal oorlog is. Doodvermoeiend! Nemen ze varkens? Of geiten? Of schapen? Of koeien? Terwijl ze nota bene niet eens het verschil kunnen zien tussen de voor- en de achterkant van een koe! Typisch een geval van de lamme en de blinde. Papa heeft zich in zijn studeerkamer teruggetrokken met zijn zoveelste scheepsmodel. En ik kan het ook niet opbrengen om naar het gesnater van die twee vrouwen te luisteren. Gek word ik ervan! Dus ik ben blij als ik iets voor je kan doen. Zeg het maar. Ik ben niet echt handig, dus misschien kan ik je nog wat meer vertraging bezorgen.' Grace kon hem alleen maar sprakeloos aankijken, verbijsterd door zijn tirade. 'Want je kunt het niet alleen,' vervolgde hij. 'Al was het maar omdat je iemand nodig hebt die de ladder vasthoudt als je naar duizelingwekkende hoogten klimt.' Hij gooide zijn peuk in de kerstrozen.

'Dat is zo. Iemand moet de ladder vsthouden,' zei ze ten slotte. 'Lieve hemel, je klinkt alsof je wanhopig bent.'

'Dat ben ik ook! Als grootmama nog had geleefd, had ik mijn toevlucht bij haar gezocht. Zij zou me hebben begrepen.'

'Ik vind het erg verdrietig dat ze is overleden.'

'Ik ook. En ik mis haar nog dagelijks. Maar dat heb jij natuurlijk ook. Met je vader.'

'Ja. Dus ik ga zo vaak mogelijk naar hem toe.'

Zijn gezicht verzachtte, er kwam een onderzoekende blik in zijn ogen. 'Echt waar?'

'Ja. Hij ligt hier vlakbij, op het kerkhof.'

'Wat ben je toch lief, Grace.'

'Ga jij dan nooit naar je oma?'

'Ik ben er sinds de begrafenis niet meer geweest.'

'Waarom niet?'

'Ik heb het te druk.' Hij keek naar zijn voeten. 'In Bovington. Tenminste, dat is mijn excuus. Maar eerlijk gezegd heb ik het niet zo op kerken en kerkhoven. En met de dood kan ik al helemaal niet uit de voeten.' Hij glimlachte verontschuldigend. 'Is het liefdeloos van me? Dat ik nooit naar haar toe ga?'

'Nee, natuurlijk niet. Trouwens, op het kerkhof is ze ook niet écht.'

'O? Waar is ze dan?'

'Ze is bij jóú.'

'Ik heb bewondering voor de overtuiging waarmee je het zegt. En ik hoop zo dat je gelijk hebt.'

'Ik weet zeker dat pap bij me is. Als ik in de tuin aan het werk ben, of bij de kasten, dan vind ik het fijn om aan hem te denken. Want dáár is hij, waar hij altijd het liefst was.'

'Je bent getrouwd,' zei hij abrupt.

'Ja. Dank je wel voor de bloemen. Dat was erg aardig van je.'

'Ik ben blij dat je ze hebt gekregen. Waren ze groot genoeg?'

'Ze waren enorm.'

Hij straalde. 'Mooi zo.'

'En bedankt voor je brief na de dood van mijn vader. Je bent veel te attent. En ik kan niets terugdoen.'

'Ik hoef er ook niets voor terug, Grace.'

'Nou ja, het was in elk geval heel erg aardig.' Er viel een ongemakkelijke stilte. 'Jij bent ook getrouwd,' zei Grace haastig. 'Ik ben tot mijn schande helemaal vergeten je te feliciteren.'

'Ja, we zijn allebei getrouwd.'

De sombere ondertoon in zijn stem ontging haar niet. 'Ja, heerlijk, hè?' Ze schaamde zich omdat haar eigen stem zo vlak klonk.

Hij schonk haar een blik vol genegenheid, alsof hij haar naïviteit vermakelijk vond. 'Afijn, zeg het maar. Wat moet ik doen? Ik ben hier om je te helpen. Moet ik de ladder vasthouden, terwijl jij als een eekhoorn omhoogklimt? Want dat kan ik je niet uit je hoofd praten, neem ik aan.'

'Ja, hou jij de ladder maar vast. Ik moet naar boven, om bij de bijen te komen.'

'Goed, dan zorg ik dat hij niet wiebelt. Niks zo erg als een wiebelige ladder.' Hij bukte zich grinnikend om de ladder te pakken. Toen hij die eenmaal stevig tegen de muur had gezet, zo dicht mogelijk bij de bijen zonder hun rust te verstoren, keek hij Grace triomfantelijk aan. 'Kan het er een beetje mee door zo?'

'Prima. Het kon niet beter.'

'Ga je met die mand de ladder op? Kan ik die niet beter voor je vasthouden tot je boven bent?'

'Nee, ik red me wel.' Ze zette haar voet op de onderste sport. Rufus stond zo dicht naast haar dat ze limoengeur van zijn reukwater en de tabakslucht in zijn adem kon ruiken.

'Wees voorzichtig,' drukte hij haar op het hart.

Ze begon te klimmen. Rufus hield de ladder vast en keek toe terwijl ze naar de slapende bijenzwerm klom. 'Ben je er nog?' riep hij naar boven. 'Val niet! Want ik kan niet beloven dat ik je opvang. Ook al zou ik natuurlijk mijn uiterste best doen.' Toen ze ter hoogte van de bijenzwerm was gekomen, zocht ze zorgvuldig haar evenwicht, ze hield de mand onder de zwerm en veegde de hele bal in één vloeiend gebaar van de muur. Rufus zag dat ze beide handen van de ladder nam. 'Grace! Je jaagt me de stuipen op het lijf! Wat bezielt Mr. Heath? Je had wel dood kunnen vallen. Kom naar beneden! Schiet op! Ik wil niet dat je daar nog één seconde langer blijft.'

Toen Grace weer op de grond stond, schaterde ze het uit.'Wat is er zo grappig?' vroeg hij verontwaardigd.

'Jij! Je stond maar te kreunen en te steunen...' Ze barstte opnieuw in lachen uit.

'Ik maakte me gewoon zorgen.' Hij keek toe terwijl ze het deksel op de mand deed. 'Heb je ze allemaal?'

'Allemaal.' Ze zette haar hoed af. 'Dank u wel, Lord Melville.'

'Rufus! Allemachtig! Dat heb ik je zes jaar geleden al gezegd. Bovendien pieker ik er niet over je Mrs. Valentine te noemen. Ik heb nota bene net je leven gered.' Nu lachte hij ook. 'Je neemt me niet serieus, Grace.'

'Schei toch uit! Je zou jezelf eens moeten horen.'

'Ik ben bezorgd om je. Enige dankbaarheid zou je niet misstaan.'

'Ik bén je ook dankbaar, heel erg dankbaar zelfs. Je maakt mijn hele dag goed.' Als hij eens wist hoe waar dat was... Ze begonnen allebei te lachen.

'Kom, dan breng ik je naar huis.'

'Moet je niet even gaan zeggen waar je heen gaat?'

'Welnee, ze zitten aan de champagne. En ze zijn voorlopig nog niet uitgepraat over hun toekomstige veestapel. Ik heb trouwens tegen Johnson gezegd dat ik naar buiten ging om met de bijen te helpen.' Hij legde zijn hand in het holletje van haar rug en loodste haar de tuin door.

'De avond heeft iets betoverends, vind je ook niet?' Hij snoof genietend. 'Met het geheimzinnige geritsel van dieren. We hebben geen idee wat er allemaal naar ons kijkt vanuit het struikgewas. Vossen, dassen, konijnen, fazanten, muizen. En dan de sterren! En die hemel van blauw fluweel! Onheilspellend en romantisch tegelijk. En daardoor erg opwindend.'

'Ja, ik hou ook van de avond,' viel ze hem bij. 'De meeste mensen zijn bang in het donker.'

'Maar wij niet, Grace. Wij niet. Jij houdt vast en zeker ook van de geuren en de geluiden die bij de nacht horen. Georgie kan alleen maar slapen met het licht in de gang aan. Heel vervelend. Ik wil juist al het licht uit, en de gordijnen en de ramen wijd open, om de nacht ten volle te kunnen ervaren. In al zijn glorie.' Hij grinnikte. 'Misschien zijn jij en ik nachtdieren. Misschien zijn we wel de enigen die daar zo van kunnen genieten.'

'De duisternis heeft inderdaad iets heel geheimzinnigs,' viel ze hem opnieuw bij, als betoverd door zijn diepe, sonore stem, zacht en stroperig als karamel.

'Als ik niet terug hoefde voor het diner, en als jij niet naar huis moest vanwege Freddie, zou ik samen met je op een bankje gaan zitten, om te luisteren naar alle fluisterende, ritselende geluiden in de tuin.'

'Dat had ik heerlijk gevonden.'

'Ik zweer je dat je de bomen kunt horen ademen. In het donker wordt ons gehoor scherper, omdat we niks aan onze ogen hebben. Dan doen onze oren extra hun best. En dan kun je de tuin horen ademen – in en uit, in en uit. Het is het meest intrigerende geluid dat ik ken.'

'Echt waar? Kun je de tuin horen ademen?'

'Echt waar, Grace. Misschien zal ik het je ooit bewijzen, als we een keer helemaal alleen zijn in dit kleine paradijs.'

Ze waren aan de voorkant van het huis gekomen. Rufus zette de mand voorzichtig op de achterbank van zijn Alfa. 'Ik hoop niet dat ze wakker worden van de motor. En dat ze dan de hele auto door zwermen.'

'Nee, daar hoef je niet bang voor te zijn,' zei Grace. 'Ze zijn slaperig en bovendien zit het deksel goed dicht.' Toen hij het bijrijdersportier voor haar openhield, stapte ze in. Opnieuw snoof ze genietend de geuren van leer en boenwas op. Ze kon nauwelijks bevatten wat haar overkwam. Ze was alleen met Rufus en hij had beloofd haar ooit op een nacht de tuinen te laten zien.

'Als je straks thuis bent, wat doe je dan met de bijen?' Hij ging achter het stuur zitten.

'Ik stop ze in een nieuwe kast.'

'Heb je die speciaal voor ze gemaakt?'

'Nee. Pap had nog een paar kasten die hij niet gebruikte. Ik hoop dat ze zich erin thuisvoelen. En dat ze honing gaan maken.'

'En die honing komt vervolgens bij ons op de ontbijttafel, voor de thee en de toast.' Hij staarde zuchtend voor zich uit. 'Ik hoop dat Freddie beseft wat een bofferd hij is.'

'Vast wel. En ik ben ook een bofferd,' voegde ze er haastig aan toe.

'Natuurlijk ben je dat. En daar ben ik blij om, want je bent een schat, Grace. Je vindt het toch niet erg dat ik dat zeg? Het is misschien wat al te direct, maar zo ben ik nu eenmaal. Je bent bijzonder. Heel bijzonder. Dat zag ik al toen je nog maar een meisje was. Inmiddels ben je nog verder opgebloeid, en uitgegroeid tot een heel bijzondere vrouw. Ik hoop dat Freddie dat ziet; dat hij je waardeert en koestert, want dat verdien je.'

Grace kreeg het er warm van. Haar gezicht gloeide, haar huid leek in brand te staan onder haar beschermende kleding. 'Freddie is heel erg lief voor me,' zei ze, vurig wensend dat Rufus er niet verder op doorging.

'Neem me niet kwalijk, ik breng je in verlegenheid,' zei hij abrupt. 'Ik had niet mogen aannemen dat Freddie je misschien niet voldoende waardeerde. Natuurlijk doet hij dat wel. Hij zou blind moeten zijn om niet te zien hoe bijzonder je bent. Helpt hij je om de bijen in de kast te stoppen? Of kun je dat alleen?'

'Dat kan ik alleen.'

'Giet je ze er gewoon in? Als grind?'

'Ja.' Ze giechelde om de vergelijking. Hij had zo'n grappige manier om dingen te beschrijven.

'Als ze morgenochtend wakker worden, zullen ze wel behoorlijk de kluts kwijt zijn.'

'Ja, maar ze wennen snel. Zolang de koningin er is, weten ze wat hun te doen staat.'

Rufus hield stil voor het Imkershuis. Er brandde licht, maar Freddie was nog niet thuis. Zijn fiets stond er niet. Hij zou nog wel in de pub zijn. Grace was opgelucht, want als hij zou zien dat Rufus haar thuisbracht, werd hij jaloers.

'Ik stuur Citroen morgen naar je toe met je fiets.'

'Dat hoeft niet. Ik kom hem wel halen.'

'Waarom zou je? Als ik thuis was, zou ik erop staan dat je hem kwam halen. Dan konden we verder praten. Maar ik moet in alle vroegte alweer naar Bovington.'

Grace voelde een groeiende angst diep vanbinnen. Ze dacht aan de dreigende oorlog, aan zijn rol daarin. Ze wilde hem op het hart drukken voorzichtig te zijn, maar daar had ze het recht niet toe. Ze was tenslotte niet met hem getrouwd. 'Bedankt voor het thuisbrengen,' was alles wat ze zei.

'Nee, jij bedankt. Voor het weghalen van de bijen. Als Georgie gerustgesteld is, slapen we allemaal een stuk beter.' Hij stapte met een weemoedige glimlach uit en hielp haar de mand naar de bijenkasten te dragen. 'Ik zou dolgraag blijven, om te zien hoe je dat doet. Maar dan kom ik te laat voor het eten.'

'Misschien wil je tegen je moeder en Lady Georgina zeggen dat ik met alle plezier kom helpen met de beesten als ze zich er geen raad mee weten.'

'Dat zal ik doen. Laten we hopen dat het gekibbel daarmee voorbij is.'

Hij keek haar aan. Alleen de duisternis vulde de afstand tussen hen. Het voelde opwindend, geheimzinnig. Grace hield haar adem in. Zijn doordringende blik was bijna ondraaglijk. 'Dag, Kleine Bij,' zei hij ten slotte.

'Dag, Rufus.'

Ineens was hij weg. De tuin lag er leeg en verlaten bij en leek plotseling kleiner, de avond killer. Ze slaakte een diepe zucht, vechtend tegen een verlangen dat steeds dwingender bezit van haar dreigde te nemen. Ze was getrouwd. Het was verkeerd om op die manier aan Rufus te denken. En het was nog veel erger om van hem te houden. Maar toen ze de bijen in de kast had gedaan en het deksel er weer op had gelegd, bleef ze roerloos staan, met gespitste oren, luisterend of ze de tuin kon horen ademen.

19

Zoals Grace had gehoopt, voelden de bijen zich al snel thuis in hun nieuwe onderkomen. Wanneer ze naar de diertjes keek, ging ze in haar herinnering terug naar die avond met Rufus; dan praatte ze opnieuw met hem, tot ze zijn diepe stem zo duidelijk kon horen dat het leek alsof hij naast haar zat. Voor haar geestesoog zag ze hem ontwapenend zijn schouders ophalen terwijl hij grinnikte; zag ze hoe een bijna verlegen uitdrukking zijn krachtige gelaatstrekken verzachtte. En ze werd zich bewust van een verrassende kwetsbaarheid die ze nooit eerder bij hem had gezien. Dat moment bij de ladder, toen ze samen hadden gelachen om zijn bezorgdheid, had hen hiërarchisch als het ware op één lijn geplaatst. Ineens was hij niet langer de verheven aristocraat op een voetstuk, maar een gewone man; een man die om haar gaf, ook al begreep ze niet waarom.

Wanneer Freddie 's avonds met zijn vader en zijn vrienden in de pub zat, werkte Grace aan een lavendelzak van blauwe zijde, zodat hij 's nachts beter zou slapen. Het liefst zou ze er een R op hebben geborduurd, maar uit angst dat Freddie haar betrapte, had ze voor een bij gekozen. Ze rechtvaardigde haar werk door zichzelf voor te houden dat het haar manier was om hem te bedanken voor de prachtige bloemen op haar trouwdag. Er was geen enkele reden om zich schuldig te voelen. Ze pleegde geen verraad jegens Freddie; ze maakte gewoon een cadeautje voor een goede vriend.

Na die bijzondere, betoverende avond had het getrouwde leven zijn gewone loop weer genomen, waarin Grace haar best deed zich te wijden aan haar echtgenoot en aan haar plichten als zijn vrouw. Ze nam het aanbod van Mr. Heath aan, maar hoe vaak ze ook naar de Hall kwam, de auto van Rufus stond er nooit. Ondanks zichzelf hoopte ze dat hij om een hoek van het huis zou verschijnen, net als op die avond van de bijenzwerm. Maar hij liet zich niet zien. Wel zag ze Lady Georgina soms op het terras, samen met haar schoonmoeder, Lady Penselwood, en de voornaam geklede vrouwen die op het landgoed kwamen logeren. Hun gezichten gingen schuil onder lichtgekleurde zonnehoeden en hun lach klaterde over het gazon, terwijl Johnson en andere bedienden drankjes en verrukkelijk ogende hapjes serveerden. Grace had net zo goed onzichtbaar kunnen zijn wanneer ze in een bruine werkbroek en met een sjaal om haar hoofd achter Mr. Heath aan liep. Maar op een dag, toen ze bezig waren in de border met wilde bloemen vlak bij het huis, zag ze dat Lady Georgina naar haar keek. Er lag een frons op haar zachte, bleke voorhoofd, ze had een ebbenhouten pijpje met een sigaret naar haar vuurrode mond geheven. Grace sloeg haar ogen neer naar de welig tierende vrouwenmantel, maar ze voelde de blik van Rufus' vrouw in haar rug prikken. Had Lady Georgina er aanstoot aan genomen dat haar man haar die avond met de bijen naar huis had gebracht? Had ze hen horen praten toen zij de ladder op klom, vroeg Grace zich koortsachtig af. Ze werd zo door haar angstige vragen in beslag genomen dat ze geen woord hoorde van wat Mr. Heath vertelde. 'Waar ben je met je gedachten?' vroeg de oude man ten slotte glimlachend. 'Je lijkt mijlenver weg.'

Het werd juli. Freddie maakte lange dagen met de oogst van de tarwe en de gerst. Wanneer hij 's avonds laat thuiskwam, rook hij naar zweet en zat hij onder het stof. Maar hoe moe hij ook was, hij vroeg altijd hoe haar dag was geweest en hij luisterde naar wat ze te vertellen had terwijl ze het eten op tafel zette. Op uitzonderlijk warme dagen namen ze hun bord soms mee naar buiten en aten ze in de tuin. Dan pakte Freddie haar hand en haalde herinneringen op. Het liefst ging hij terug naar die middag van hun eerste kus, bij de rivier.

Toen het licht zachter werd, vroeg Grace zich af of dit de laatste zomer was van het leven zoals ze het kende. Oorlog was inmiddels onvermijdelijk. Freddie had zich aangesloten bij de Yeomanry van Dorset en Grace hoorde van Mrs. Ermerson dat Rufus in de voetstappen van zijn vader was getreden en nu deel uitmaakte van een tankregiment van de

Blues & Royals. De mannen spéélden niet langer soldaatje, het was menens geworden, en velen zouden hun leven geven in een oorlog die maar al te echt was. Ze probeerde er niet aan te denken, maar wanneer ze de kasten ging controleren en luisterde naar het zachte kloppen van een specht, het lichte getjilp van vinken en pimpelmezen en het melodieuze lied van een merel, liep haar hart over van verdriet om alles wat misschien verloren zou gaan. Omringd door de serene schoonheid van haar tuin keek ze, in de greep van een gruwelijke angst, naar een duistere, door dood en verderf beheerste horizon. De naderende oorlog zou als een machtige wervelstorm alles wat haar dierbaar was met zich meesleuren en verwoesten.

Op drie september verklaarde Engeland de oorlog aan Duitsland. Grace zat met Freddie, May, Michael, Josephine en anderen uit het dorp om de radio in de Fox and Goose. Het was beter om het nieuws samen te horen, zodat ze troost en steun konden zoeken bij elkaar. Grace liet haar blik over de verhitte gezichten van de jonge mannen gaan, die door de brutaliteit van Adolf Hitler tot een staat van koortsachtige vaderlandsliefde en verontwaardiging waren opgezweept. Maar anders dan zij kon ze de oorlog niet zien als een opwindend avontuur. In plaats daarvan dacht ze aan de doden die zouden vallen, en aan het verdriet van de achterblijvers, zoals zij. Ze keek naar May en zag dat ze huilde.

Toen het eindelijk zover was dat ze afscheid van Freddie moest nemen, trok Grace hem dicht tegen zich aan, in de hoop door haar vurige omhelzing boete te doen voor de lavendelzak en haar gevoelens voor Rufus. Ze sloot haar ogen, maar de tranen drongen door haar wimpers en vielen op zijn jasje, terwijl ze God smeekte haar te vergeven en haar Freddie te behoeden, wiens liefde ze niet verdiende. Hij kuste haar hartstochtelijk, maar zijn ogen glansden van opwinding en haar tranen versterkten zijn vastberadenheid om zich op het slagveld te bewijzen en als een held bij haar terug te keren. Een held die zich van een bijensteek niets zou aantrekken.

Toen alle jonge mannen waren vertrokken, bleven alleen Mr. Heath en Mr. Swift achter voor het onderhoud van de tuinen en moest Mr. Garner het op de boerderij zonder zijn landarbeiders stellen. Het was aan

Grace en de andere vrouwen van Walbridge om hun taken over te nemen en de boel draaiende te houden. Zonder haar man en haar zoon die de beslissingen namen, liet de markiezin van Penselwood zich niet uit het veld slaan; ze zette haar schouders eronder met het onverstoorbare stoïcisme waar de aristocratie beroemd om was. Ze spoorde de vrouwen aan om in actie te komen, als een kolonel die zijn troepen aanvoerde. Ze trommelde hen bij elkaar op het gazon – Mrs. Emerson serveerde thee met taart, net als de zomer daarvoor, op het verlovingsfeest van Rufus en Lady Georgina – en moedigde hen aan hun krachten te bundelen. De oorlog werd niet alleen op het slagveld gevoerd, maar op álle fronten.

Het was een warme septemberdag, maar de koele bries die over het gras streek herinnerde eraan dat de zomer voorbij was, net als het zorgeloze leven dat ze tot op dat moment hadden geleid. Lady Penselwood was als beginnende vijftiger nog een begeerlijke vrouw, met hoge jukbeenderen en volle, welgevormde lippen. Haar glanzende haar en warme bruine ogen deden niets af aan de wilskracht die sprak uit haar kin en kaaklijn. Zelfs als er twijfel bestond aan haar vermogen om het beheer van het landgoed in goede banen te leiden – ze was tenslotte een vrouw – dan wist ze iedereen door haar praktische, vastberaden optreden ervan te overtuigen dat het aan haar inzet niet zou liggen. Ze was een lange, elegante verschijning, en met haar wollen mantelpak, roomwitte zijden blouse en degelijke bruine veterschoenen maakte ze een waardige, betrouwbare indruk. Haar simpele bruine hoed was getooid met een fraaie waaier van fazantenveren. Ze wist de vrouwen die ze om zich heen had verzameld ervan te overtuigen dat ze tot alles in staat waren; dat ze zelfs de Duitsers zouden weten terug te slaan, mochten die het wagen ook maar één voet op het terrein van de Hall te zetten. En zo kwam het dat ook Grace haar tranen verdrong en begon uit te zien naar Freddies thuiskomst. De oorlog zou vast niet lang meer duren en dan was alles weer bij het oude.

Het werd Kerstmis, een nieuw jaar brak aan, en Grace keek vol ongerustheid uit naar Freddies brieven. Ze vertelden haar nauwelijks iets over zijn leven in oorlogsgebied. In plaats daarvan schreef hij over zijn herinneringen aan thuis; aan het meer, de boerderij, de bossen in de lente. En hij schreef vooral over zijn liefde voor haar. Het enige inkijkje dat hij haar gaf in zijn ziel, was zijn bekentenis dat haar brieven hem ervoor behoedden 'weg te zinken in diepe dalen van heimwee en eenzaamheid' en dat hij ze altijd bij zich droeg om ze telkens opnieuw te herlezen. Hij droomde van simpele dingen, schreef hij, en hun leven samen was alleen maar nóg kostbaarder voor hem geworden.

Ondanks het feit dat Grace hem erg miste, had ze geen tijd om eenzaam te zijn. Ze maakte deel uit van een grote, opgewekte groep vrouwen – het *Women's Land Army*, zoals de overheid hen noemde – die op de boerderij en in de moestuinen werkten om de voedselproductie op te schroeven, ten dienste van de oorlogsinspanning. Er kwamen ook vrouwen uit Londen om te helpen. Onder hen bevond zich Ruby, een meisje met pit en ondernemingslust, dat bij Grace in huis kwam. Aanvankelijk had Grace de kamer van haar vader niet willen afstaan, maar Lady Penselwood had haar er hoogstpersoonlijk van overtuigd dat het niet gezond was om een soort schrijn voor haar vader in stand te houden. 'We zijn in oorlog, kindje. Dit is niet het moment om sentimenteel te doen,' had ze gezegd. En Grace, die Rufus terugzag in haar chocoladebruine ogen en krachtige gelaatstrekken, was onmiddellijk gezwicht.

Ruby was een dartel ding van negentien, een meisje dat het avontuur zocht. Met haar blonde krullen, blauwe poppenogen en porseleinen huid zou ze eruit hebben gezien als Goudhaartje uit het sprookje, ware het niet dat ze haar lippen vuurrood stiftte, ook als ze naar het land ging, en permanent een sigaret in haar mondhoek had, als de eerste de beste straatventer. Grace sloot haar meteen in haar hart, vooral omdat Ruby niets van het platteland wist. Ze schaterde het uit wanneer ze een groene spriet uit de grond trok en ontdekte dat er een wortel of een radijsje aan vastzat. Ze bleven laat op, luisterden naar de radio en roddelden heel wat af, want over de Hall was altijd wel iets te vertellen.

Het huis was plotseling gevuld met kinderen uit Londen, met veterschoenen en gebreide truien, die voor hun veiligheid naar het platteland waren gestuurd. Grace had als voornaamste taak om Mr. Heath te helpen in de moestuinen en de kratten met groenten en fruit naar de keukens te brengen. Daar kreeg ze een kop thee en maakte ze regelmatig een praatje met Mrs. Emerson. Die vertelde haar fluisterend dat Lady Penselwood altijd een groot gezin had gewild en dat ze daarom welbewust de kinderen uit drie gezinnen – in totaal zeven evacueetjes!

– in huis had genomen. 'Lieve hemel, we kunnen er hier wel veertien bergen,' gnuifde ze. Na een slok thee vervolgde ze aanzienlijk zachter: 'Lady Melville was zo geschokt door de invasie dat ze zich twee dagen in haar slaapkamer heeft opgesloten. Volgens mij houdt ze niet van kinderen. Kun je je dat voorstellen? Iemand die niet van kinderen houdt? Ze is verwend. Dat is het hele probleem. Nee, dan Lady Penselwood! Die stroopt tenminste haar mouwen op en voelt zich niet te goed om met ons samen te werken. Gisteren kwam ze nota bene naar de keuken om te helpen met het eten van de kinderen! Is het niet ongelooflijk? Ze ging bij ze zitten en er werd gepraat en gelachen, alsof ze gewoon een groot, gezellig gezin waren. Eindelijk kan ze zich helemaal uitleven. De oorlog heeft haar nieuwe kansen geboden. Ze heeft een paar koeien gekocht voor de melk. En Mr. Garner heeft haar melken geleerd. Stel je toch eens voor! De markiezin van Penselwood die koeien melkt. Dat zou voor de oorlog ondenkbaar zijn geweest. Maar Lady Melville loopt er met een grote boog omheen. Haar ogen gaan ervan tranen, zegt ze. Zelfs eieren rapen doet ze niet. We hebben er zoveel dat we omeletten kunnen bakken voor de hele county. Lady Penselwood is ook weer gaan paardrijden en ze maakt lange ritten met Mr. Swift. Dat is de beste manier om de landerijen te inspecteren, zegt ze. Ik heb bewondering voor haar. Niet voor Lady Melville, maar ik neem aan dat die ook haar steentje bijdraagt. Ze breit sokken voor de soldaten.'

In de lente kwam Freddie met verlof naar huis, in zijn bruine uniform met riem en pet. Hij wilde niet over de oorlog praten. Hij wilde vrijen met zijn vrouw, hij wilde drinken met zijn familie en zijn vrienden in de Fox and Goose, en hij wilde de landerijen inspecteren met Mr. Garner. Grace was dolgelukkig. In de maanden aan het westelijk front was zijn huid donkerder geworden en hij had behoorlijk wat gewicht verloren, maar met zijn wilde charme en goedmoedige plagerijen was hij nog altijd haar Freddie. Hij rookte veel en zette – samen met Ruby – de keuken blauw. Grace kookte grote porties, met recepten uit het boekje van haar moeder. De rantsoenering was op het land minder voelbaar dan in de stad, dankzij de groenten en de zuivel van de Hall. En in plaats van suiker gebruikte ze honing uit de bijenkasten, dus Freddie at als een vorst. Tegen de tijd dat hij terugging naar zijn regiment, waren zijn ingevallen wangen weer rond en was de blozende kleur teruggekeerd op zijn gelaat.

Grace had ervan genoten haar man thuis te hebben. Toen hij weer weg was, werd ze overweldigd door een diepe eenzaamheid, waartegen May en Ruby machteloos waren. Ze verlangde naar een kind, om van te houden en voor te zorgen, maar tegelijkertijd maakte de gedachte om in zo'n angstaanjagende, onzekere tijd een baby op de wereld te zetten haar doodsbang. Dus het was met gemengde gevoelens dat ze een maand na Freddies vertrek ontdekte dat ze niet zwanger was. Ze stortte zich volledig op de zorg voor haar bijen en het onderhoud van de moestuinen van de Hall, ze schreef lange brieven aan Freddie, in haar kleinste lettertjes op luchtpostpapier, en ze bad voor hem wanneer ze naar bed ging.

De lavendelzak voor Rufus was allang af, maar ze wist niet hoe ze moest zorgen dat hij hem kreeg. Zoals het geschenk daar lag, op haar toilettafel, bij haar borstels en haar flesjes parfum, riep het herinneringen en verlangens op die ze beter had kunnen uitbannen. Maar terwijl de weken verstreken deed ze steeds vaker de la open en herlas ze de brief die Rufus haar na de dood van haar vader had geschreven, en het kaartje dat bij de bloemen ter ere van haar huwelijk had gezeten. In stilte smeekte ze God om ook hem te behoeden, en in dezelfde vurige gebeden vroeg ze om vergiffenis voor haar losbandige, dwaze hart.

En toen op een dag, aan het eind van de zomer, kwam Rufus thuis.

Grace duwde haar fiets door het bos, op weg naar huis na een lange dag in de tuinen van de Hall. De lucht was vochtig, wolken kleine muggen dansten tussen de bomen, gevangen in het licht van de ondergaande zon waarvan de stralen door de openingen in het gebladerte drongen. Ze luisterde genietend naar het geritsel van kleine dieren in het struikgewas en haar gedachten gingen opnieuw naar de ademhaling van de nacht, waarvan Rufus had gezegd dat hij die kon horen wanneer de duisternis zijn gehoor scherpte. En op hetzelfde moment dat ze aan hem dacht, zag ze hem voor zich opdoemen, want hij had een smal pad gevolgd dat parellel liep aan het hare.

De verrassing was zo plotseling en zo enorm dat ze alle terughoudendheid liet varen. 'Rufus!' riep ze dolgelukkig. 'Je bent weer thuis!'

Verrukt door haar enthousiasme nam hij met een brede glimlach zijn pet af. 'Ik ben weer thuis. En dat voelt deksels goed.'

Ze liet haar blik over zijn kapiteinsuniform gaan. Hij zag er aantrekkelijker uit dan ooit, en ze voelde de adrenaline door haar lichaam jagen. 'Ben je met verlof?'

'Ik heb een nieuwe aanstelling en ik ben ingedeeld bij het hoofdkwartier van generaal Doncaster in Bovington.'

'Wat heerlijk!'

'Het is maar voor korte tijd, dan vertrek ik weer, deze keer naar Afrika.'

'O.' De teleurstelling stond op haar gezicht te lezen, en hij glimlachte vertederd, alsof hij ontroerd was door de liefde die uit haar ogen sprak.

'Maar nu ben ik hier,' zei hij zacht.

'Wanneer ben je teruggekomen?'

'Vanmiddag.'

'Je ziet er goed uit.'

'Ik voel me ook goed, hoewel het eten verschrikkelijk was. Ik heb de biefstuk en de nierpastei van Mrs. Emerson gemist. De oorlog is een avontuur, maar ik vrees dat het ook een lange, zware worsteling gaat worden.'

'Zeg dat alsjeblieft niet. Zulke dingen wil ik niet horen.'

'Dan hebben we het niet meer over de oorlog. Wat is het hier heerlijk, hè?' Met een zucht van genot liet hij zijn blik over de varens en de braamstruiken gaan, alsof hij het allemaal voor het eerst zag. 'Zet je fiets neer, Grace. Ik moet je wat laten zien.'

Ze aarzelde even, zich er ineens van bewust dat ze met hem alleen was en bang voor de indruk die dat zou wekken als iemand hen zag. 'Het duurt maar even.' Hij zei het zo ontwapenend dat ze haar fiets in het gras legde en hem volgde over het pad waarlangs hij was gekomen, dieper het bos in.

De varens reikten tot hun middel, het pad was zo smal dat ze achter elkaar moesten lopen. Hij beklom met grote stappen een lichte helling naar een deel van het bos dat ze goed kende, omdat ze wel eens met Mr. Swift meeging om hem te helpen met de fazanten. Maar uiteindelijk verliet hij het pad en baande hij zich een weg door het struikgewas. Ze volgde hem zwijgend, tot ze op een open plek kwamen. Aan de andere kant daarvan stond een houten speelhuis. 'Dit heeft papa voor me gebouwd toen ik klein was,' vertelde hij. 'Ik vond het geweldig.'

'Wat knap dat hij dat kan.'

'Hij vindt het heerlijk om dingen te maken. Natuurlijk had hij het nog leuker gevonden als het een boot was geweest.' Hij trok grinnikend zijn schouders op. 'Maar moet je eens kijken wat ik net ontdekte.' Hij pakte haar hand en het gevoel van zijn huid tegen de hare maakte dat haar wangen begonnen te gloeien. Natuurlijk kon ze haar hand terugtrekken, maar het voelde zo vertrouwd, en ze zei tegen zichzelf dat hij gewoon aardig wilde zijn.

Met een vinger op zijn lippen draaide hij zich naar haar om. Haar nieuwsgierigheid was gewekt, ze vergat dat haar hand in de zijne lag. Heel voorzichtig duwde hij met zijn voet de deur open en gebaarde haar naar binnen te kijken. Ze deed een stap naar voren, waarbij ze zijn hand eindelijk losliet. In de bovenhoek van het huisje ontdekte ze een nest, gevuld met kleine, donzige kuikens. Ze hadden hun gele snaveltjes hongerig opengesperd. Terwijl Grace toekeek, joeg het ontroerende tafereeltje al haar angst vanwege het feit dat ze met Rufus alleen was op de vlucht.

'Het is heel bijzonder om zo laat in de zomer nog een nest met jonge vogels te zien,' zei ze fluisterend terwijl ze weer een stap naar achteren deed. 'Wat een geluk dat we er zo dichtbij konden komen. Maar hoe komt de moeder binnen?'

'Die vliegt door het raam. Ze heeft niet veel ruimte nodig. Ik kwam hier om terug te gaan naar mijn jeugd, om even rust te vinden tussen mijn herinneringen. Het leven is op het moment veel te ernstig.' Hij glimlachte verdrietig en Grace zag een somberheid in zijn ogen die ze daar nooit eerder in had gezien. 'Ik kwam hier om aan het leven te ontsnappen en toen hoorde ik je neuriën.'

'Neuriede ik?'

'Ja.'

'Dat had ik helemaal niet in de gaten.'

'Ik dacht wel dat je het leuk zou vinden om de jonge vogeltjes te zien. Van alle mensen die ik ken, is Grace Valentine de enige die zoiets echt weet te waarderen, zei ik tegen mezelf.'

'Ze zijn aanbiddelijk,' antwoordde ze gevleid.

Hij keek op haar neer; zijn ogen straalden van liefde en hij deed geen moeite die te verbergen. 'Nee, jíj bent aanbiddelijk,' zei hij zacht. Grace keek hem aan, verrast en geschokt tegelijk. 'God sta me bij, maar ik hou van je, Grace. Ik kan het niet ontkennen en ik kan mijn gevoelens niet langer verdringen. Ik hou van je.'

Grace hield angstig haar adem in. 'Dat moet je niet zeggen!' Maar ze hoorde zelf hoe weinig overtuigend het klonk, en ze wist dat de vurige blos op haar wangen haar verried. Niet ontmoedigd door haar zwakke protesten boog hij zich naar haar toe en drukte in een tedere kus zijn lippen op de hare.

Toen deed hij een stap naar achteren. 'Als jij niet hetzelfde voor mij voelt, dan moet je het nu zeggen. En dan blijft het bij deze ene kus. Dat beloof ik. Sterker nog, dan doen we alsof het nooit is gebeurd.'

Grace schudde langzaam haar hoofd. 'Ik hou van je, Rufus.' Nu ze het hardop had gezegd, zochten de woorden de vrijheid, als duiven die uit hun kooi werden gelaten. Ze zou ze nooit meer terug kunnen nemen. En dat wilde ze ook niet, besefte ze terwijl hij haar opnieuw in zijn armen nam.

20

Terwijl Rufus haar kuste, dacht ze niet aan Freddie. Het was alsof hij deel uitmaakte van een ander leven, van een droom, en alsof dit moment met Rufus haar enige werkelijkheid was. Met zijn armen om haar heen en met slechts het bonzen van hun onstuimige harten tussen hen in, waren ze volledig één. Alle verschillen van stand, opvoeding en milieu waren weggevallen. Ze waren gewoon twee geliefden, wier gevoelens voor elkaar gestaag en onherroepelijk waren gegroeid, vanaf dat allereerste moment op het gras voor de kerk, acht jaar eerder. Grace had zich talloze malen voorgesteld hoe het zou zijn als ze in zijn armen lag, en het had altijd goed, altijd gepast gevoeld. Nu wist ze dat haar verbeelding haar niet had bedrogen. Ze waren twee zwervende zielen, die elkaar eindelijk hadden gevonden.

'O, Grace,' verzuchtte Rufus terwijl hij het haar uit haar gezicht streek. 'Nu ik weet dat je van me houdt, voel ik me de gelukkigste man van de hele wereld. Ik had al veel eerder voor jou moeten kiezen. We hadden er samen vandoor moeten gaan.'

'Ik hield meteen al van je, vanaf het moment dat ik die bij op je arm zette. Weet je dat nog?'

Hij begon te lachen. 'Ach, lieve Grace! Natuurlijk weet ik dat nog! Je was nog maar een kind. Een meisje. Maar ik wist toen al dat je zou opbloeien tot een prachtige vrouw. En ik heb gelijk gekregen. Je bént prachtig! Hoe is het je vergaan in al die jaren? Wat heb je gedaan? Ik wil alles weten. Echt alles. Van de bijen tot de bloemkool! Ik neem al je verhalen met me mee wanneer ik terugga naar die vervloekte oorlog.' Hij nam haar handen in de zijne. 'Maar daar praten we niet over. Kom, dan gaan we een eind lopen. Ik ken dit bos als mijn broekzak en ik wil er samen met jou van genieten. Dit huisje, op deze paradijselijke open plek, is ons geheim. En dat blijft het. Hier kan niemand ons vinden. Zolang we in het huisje zijn, kunnen we doen alsof Georgie en Freddie niet bestaan. Alsof we echt samen zijn, jij en ik.' Hij kuste haar voorhoofd. 'Mijn Kleine Bij.'

Overdag deed Grace haar werk, zoals altijd, en wanneer ze tegen de avond terugliep door de bossen, verscheen Rufus als een van de dappere ridders van koning Arthur en voerde haar in zijn armen naar het rijk van hun verbeelding. Hij had dekens meegenomen en in het speelhuis op de grond gelegd. Daarop lagen ze in elkaars armen, genietend van de korte tijd die hun was gegeven. Dan speelde hij met haar lange haren, streek ze achter haar oor of draaide ze om zijn vinger, en dan vertelde hij haar hoe mooi ze was en hoe ze hem had gered van een saai en betekenisloos bestaan. Op haar beurt bracht Grace verslag uit over de bijen en over Ruby, over het werk in de moestuin en op de boerderij, over de roddels die de ronde deden over de Hall. Hij genoot ervan te horen wat Mrs. Emerson over hem en zijn familie te zeggen had, maar Grace was wel zo zorgvuldig het niet over Lady Georgina te hebben. Sterker nog, ze spraken helemaal niet over hun echtgenoten. Dat was beter.

Net als zijn moeder, de markiezin, was Rufus verrukt van de jeugdige evacueetjes uit Londen. Wanneer Grace hem over hen hoorde vertellen, voelde ze een zoete pijn diep vanbinnen, want ook zij verlangde steeds meer naar kinderen. Wat zou ze die graag met Rufus hebben gekregen! Maar dat was onmogelijk. Lady Georgina zou hem een erfgenaam schenken en als God zo beschikte, zou Grace de kinderen van Freddie ter wereld brengen. Van de liefde tussen haar en Rufus zou niets voortleven. Niemand zou er ooit van weten. Wat ze voor elkaar voelden, zou voor altijd verborgen blijven en met hen sterven. Ach, kon er maar iets – een aandenken, hoe klein ook – beklijven, wenste Grace.

Op de avond voordat hij naar Afrika vertrok, gaf ze Rufus de lavendelzak. 'O, liefste, wat zorgzaam van je. Ik zal hem koesteren.' Hij begroef zijn neus erin. 'En wat slim!' Toen begroef hij zijn gezicht in haar hals en kuste haar. 'Kon ik jouw geur maar in een zakje doen, zodat ik straks aan het front iets van jou bij me zou dragen.'

Ze kronkelde op de deken. 'Dat kietelt.'

Hij gromde als een beer. 'En dit?' Zijn lippen gleden naar haar sleutelbeen.

Ze schaterde het uit. 'Dat ook! Stop! Niet doen!' Maar ze wilde niet echt dat hij zou stoppen.

Hij haakte een schouderband van haar werkbroek los en maakte één voor één de parelmoeren knoopjes van haar blouse open. Toen kuste hij langzaam, doelbewust de zachte huid boven haar witkatoenen beha. Ze werd ernstig en lachte niet meer. Daar had hij haar nooit eerder gekust. Zonder een woord te zeggen schoof hij zijn hand onder haar rug om haar beha los te maken. Ze deed niets om hem tegen te houden. Om hen heen was het doodstil geworden, alsof zelfs het bos zweeg, uit respect voor de gewijde aard van het moment. Ze hield haar adem in terwijl ze met ontbloot bovenlijf onder hem lag. Opnieuw drukte hij zijn lippen op de hare en streelde de zwelling van haar borsten. Ze zuchtte, haar ademhaling werd oppervlakkig, een zacht gekreun ontsnapte aan haar keel. Toen zijn tong de plaats innam van zijn vingers, gooide ze haar hoofd achterover, ze sloot haar ogen en ze genoot van de spanning die zich diep binnen in haar opbouwde, als een vlam die aanwakkerde tot een razend vuur.

Dit was hun laatste avond. Het kon wel maanden duren voordat ze hem terugzag. En misschien zag ze hem nooit meer. De oorlog maakte de toekomst onzeker, het enige wat telde was het heden. Dat was alles wat ze had. Met al haar zintuigen alert en overweldigd door begeerte liet ze zich uitkleden. Hij trok haar werkbroek naar beneden en ze hielp hem door zich uit haar blouse en haar beha te wurmen. Toen schoof hij haar onderbroek van haar billen, over haar benen, haar enkels en gooide hem in het gras. In de trillende lichtvlekken die de zon door het gebladerte wierp, gaf ze zich over aan zijn blikken. Rufus verslond haar met zijn ogen. Tot op dat moment was haar echtgenoot de enige man die haar naakt had gezien. Maar ze gaf zich in al haar kwetsbaarheid aan haar geliefde, die gretig en vol verrukking haar lichaam verkende en haar zuchten en kreten ontlokte die nooit eerder aan haar keel waren ontsnapt.

Nadat ze de liefde hadden bedreven, haalde Rufus een pakje Camel uit de zak van zijn jasje. Hij stak een sigaret op en inhaleerde diep. 'Ik neem de herinnering aan deze dag met me mee om de gruwelen van de oorlog uit te wissen,' zei hij. 'Ik voel me meer dan ooit met je verbonden, Grace. Je hebt in mijn armen gelegen en ik heb je tot de mijne gemaakt.'

'Wanneer kom je terug?'

'Dat weet ik niet.'

'Ik zal elke dag aan je denken.'

'Dat vind ik een fijne gedachte. Om te weten dat je aan me denkt. En ik heb iets voor je, om te zorgen dat je me niet vergeet.' Uit zijn andere zak haalde hij een roodfluwelen doosje. 'Ik was zo blij toen ik dit tegenkwam. Ik heb het al voor de oorlog in Londen gekocht en het al die tijd bij me gedragen. Eerder zou het niet gepast zijn geweest om het je te geven.'

'O, Rufus! Dat had je niet moeten doen.'

'Nee, daar heb je natuurlijk gelijk in. Maar ook al hoort het niet, een mens doet toch wat hij wil, en ik wilde dit heel erg graag. Het brandt in mijn zak, al heel lang.'

Ze drukte op het gouden knopje, het dekseltje ging open en een flonkerende diamanten broche in de vorm van een bij glinsterde haar tegemoet. Ze hijgde van verrukking. 'O, wat prachtig!' riep ze vol bewondering. 'Hij is volmaakt. Ik zou niets kunnen bedenken wat beter bij me past. Maar hij was vast heel erg duur. Ik voel me bezwaard...'

'Ach, wat ben je toch lief.'

'Maar het zijn volgens mij echte diamanten...'

'Ja, dat zijn het. Gele en witte diamanten. Maar jij bent veel meer waard dan een paar stukjes geslepen glas. Ik hield toen al van je, maar dat wist je niet.'

'En ik hield van jou en dat wist jij niet,' zei ze lachend.

'Je moet hem altijd dragen.'

'Natuurlijk.'

'En als Freddie vraagt hoe je eraan komt?'

'Ik verzin wel wat.'

'Je kunt zeggen dat mijn grootmoeder je die broche heeft nagelaten. Als dank omdat je haar hebt geholpen met haar jichtklachten.'

'Wat een goed idee! Dat ga ik zeggen. Daar zal hij niets achter zoeken.'

'Telkens als ik een bij zie, koop ik hem voor je, tot je hele huis is gevuld met de bewijzen van mijn liefde. Ik bezorg je zo'n enorme verzameling dat je me nooit meer vergeet.'

'Maar ik wíl je ook helemaal niet vergeten!' Ze voelde zich opgetild, licht als een veertje.

'En ik zal jou nooit vergeten. Dat weet je toch, Grace? Wat er ook gebeurt, ik zal mijn Kleine Bij nooit vergeten. Je blijft altijd mijn grote liefde.'

Op dat moment hoorden ze stemmen, dieper het bos in. Geschokt keken ze elkaar aan. 'Vlug! We moeten ons aankleden!' fluisterde hij. Gejaagd schoten ze in hun kleren. Grace was spierwit geworden van angst. Ze stopte het roodfluwelen doosje in de zak van haar werkbroek en bond de sjaal om haar hoofd. De stemmen leken niet dichterbij te komen. De bries voerde een zachte lach mee, begeleid door een mompelende mannenstem. Rufus pakte haar hand. 'Kom,' fluisterde hij. Grace schudde haar hoofd. 'Maak je geen zorgen,' stelde hij haar gerust. 'Ik weet waar ze zijn. Maar zij weten niet waar wij zijn. Vertrouw me nou maar.' Hij loodste haar langzaam in de richting van de stemmen. Telkens wanneer er een takje onder haar voeten kraakte, kromp Grace ineen. Hoe kon hij zo roekeloos zijn! Wat moesten ze zeggen als ze betrapt werden? Maar hij hield haar hand stevig in de zijne en gidste haar behoedzaam maar vastberaden door het struikgewas. Ten slotte zei hij dat ze op haar hurken moest gaan zitten. Samen tuurden ze tussen de bomen door.

Wat ze toen zagen, verontrustte Grace nog meer dan de kans dat ze werden betrapt. Rufus vond het daarentegen hoogst vermakelijk. 'Allemachtig!' riep hij geamuseerd uit. 'Wie had dat gedacht? Mama en Mr. Swift!'

'We moeten hier weg!' snauwde Grace, verstijfd van schrik omdat ze de markiezin van Penselwood hadden betrapt terwijl ze door de jachtopziener tegen een boom werd gedrukt. Josephine had haar *Lady Chatterley's Lover* geleend, en Grace had het stiekem gelezen. Maar ze had geen moment gedacht dat zulke dingen echt gebeurden, al helemaal niet met Lady Penselwood.

'Zie je nou wel, iedereen doet het. Ik wil wedden dat er in de hele county geen echtgenote te vinden is die zich nooit bezondigt aan overspel. Mama komt vast en zeker tekort bij papa. Die brave Mr. Swift. Ik had het niet achter hem gezocht. *Lady Penselwood's Lover*.' Hij grinnikte terwijl hij hardop uitsprak wat Grace dacht.

'We mogen hen niet begluren. Dat is niet netjes.' Grace vroeg zich af of hij ook Lady Georgina onder de overspelige echtgenotes schaarde.

'Goed dan. Kom maar mee.' Hij stond op en liep voortvarend terug via de weg waarlangs ze waren gekomen.

'Zachtjes!' fluisterde ze ongerust.

'O, die horen niks. Daar hebben ze het veel te druk voor.' Hij begon weer te lachen. 'Moeder is met sprongen in mijn achting gestegen!' zei hij hoofdschuddend.

'Vind je het niet erg?'

'Waarom zou ik het erg vinden? Het zou gruwelijk hypocriet zijn als ik er moeite mee had dat mijn moeder mijn vader ontrouw is. Papa was toch al nooit een erg attente echtgenoot. Hij besteedt elk vrij moment aan zijn scheepsmodellen, terwijl hij zijn vrouw zou moeten beminnen. Dus ik neem het haar volstrekt niet kwalijk dat ze elders op zoek gaat naar liefde. Het verrast me alleen dat ze die bij Mr. Swift zoekt. Alle mannen uit haar eigen milieu zijn waarschijnlijk naar het front.' Hij pakte de hand van Grace en bracht die naar zijn lippen. 'Jij bezit een aangeboren adel, Grace. Ik ken heel wat gravinnen die niet echt een dame zijn. Maar dan jij... Jij bent in alles een dame, behalve in naam. En wat zou ik graag willen dat ik daar iets aan kon doen. Ik zou een gravin van je maken, en dan zou je in verfijning en waardigheid ver boven alle adellijke vrouwen uitstijgen.' Hij kuste haar teder. 'Voor mij ben je een dame, Grace.'

Plotseling werd ze overweldigd door het besef dat ze afscheid moesten nemen. Ze wierp zich om zijn hals. 'Konden we maar samen zijn!' verzuchtte ze. 'Maar dat is onmogelijk. We zijn gedoemd voor altijd gescheiden te blijven. Je moet terug naar het front en misschien zie ik je nooit meer.'

'Heb vertrouwen in het vaderland, mijn liefste.' Hij trok haar dicht tegen zich aan. 'Wanneer de overwinning een feit is, kom ik terug en dan druk ik je tegen een boom, net zoals Mr. Swift dat met mijn moeder doet.'

Ondanks zichzelf moest ze lachen. 'Wat ben jij slecht!'

'En dat zeg jij! De pot verwijt de ketel!'

Ze keek met glinsterende ogen naar hem op. 'Ik hou van je, Rufus. Ik hou echt van je.'

'Dat weet ik en dat zal me de oorlog door helpen, tot we weer samen zijn, op onze geheime plek, waar niemand ons kan vinden, behalve mama en Mr. Swift.' De uitdrukking in zijn ogen werd ernstig terwijl hij zijn vingers strelend langs haar gezicht liet gaan. 'Telkens als je me mist, leg je je hand op de broche en dan zal ik het weten, ik zal het voelen, in het diepst van mijn hart.'

'O, Rufus, dat moet je niet zeggen. Dan ga ik huilen.'

Hij boog zich naar haar toe om haar opnieuw te kussen. 'Als God besluit me te sparen, kom ik terug en trouw ik met je. Dat beloof ik. Dan ga ik bij Georgie weg en jij laat je van Freddie scheiden. Niets zal ons verhinderen samen te zijn.'

De volgende dag keerde Rufus terug naar het front, Grace ging weer aan het werk en alles leek weer als vanouds. Maar dat was slechts schijn; vanbinnen was alles anders geworden. Grace ontdekte dat ze een verrassend talent bezat om twee levens te leiden: een leven waarin ze lange brieven aan Freddie schreef en waarin ze tegenover Ruby en Josephine en May verzuchtte dat ze hem zo miste, en een geheim leven waarin ze met haar hele hart naar Rufus verlangde. Tot haar schande ontdekte ze bovendien dat ze een verrassend talent bezat om te liegen.

Rufus schreef haar lange brieven vanuit Afrika, geadresseerd aan miss Bernadette Short, een naam die ze hadden verzonnen voor het geval dat Freddie met verlof thuiskwam en de brieven zou zien. In dat geval zou Grace zeggen dat Bernadette een meisje uit Londen was dat kortstondig bij haar in huis was geweest. Dat had Rufus bedacht. En het was een goed idee. De brieven zelf richtte hij aan 'Mijn lieve kleine B' en hij ondertekende met 'Je trouwe Broderick', verwijzend naar de naam van een van zijn voorouders die Grace erg vermakelijk had gevonden. Ze koesterde zijn brieven en verborg ze samen met de eerste twee, die ze aanvankelijk in de la van haar kaptafel had bewaard, onder een losse plank in de vloer onder haar bed. Anders dan Freddie, die nooit over zijn ervaringen schreef, vertelde Rufus er uitvoerig over, binnen de grenzen van de censuur. Hij leek er behoefte aan te hebben om zijn ervaringen van zich af te schrijven, en Grace voelde zich gevleid dat hij zo gedetailleerd uitweidde over zijn gevoelens en niet alleen zijn successen maar ook zijn mislukkingen met haar deelde. Hij was buitengewoon intelligent en geestig, zijn brieven waren bijna korte verhalen, waarin de mannen over wie hij schreef personages werden die haar nieuwsgierig maakten; en om wie ze treurde wanneer ze omkwamen door het oorlogsgeweld. Zijn stijl was wijs en filosofisch, maar er was één passage die dagenlang door haar hoofd bleef spoken en die 's avonds in bed de tranen deed komen.

> *Het lawaai van de oorlog is zo oorverdovend dat het al wat leeft vernietigt. Soms zegt mijn gevoel dat de Aarde is gestopt met ademhalen. Wanneer ik onder de sterrenhemel zit en niets anders zie dan mijn eigen angsten, probeer ik de ademhaling van de Aarde te horen – in en uit, in en uit – maar het enige wat ik hoor is doodse stilte en het zwakke kloppen van mijn hart, dat nog altijd slaat voor mijn grote liefde.*

Ze ging midden in de nacht buiten zitten, gehuld in een jas van schapenvacht, en sloot haar ogen. Eerst hoorde ze alleen het rusteloze bonzen van haar eigen hart, maar toen dat rustiger werd en haar gehoor scherper, werd ze zich bewust van het zachte geritsel van een klein dier in de haag. Zonder haar ogen open te doen, stemde ze ook haar andere zintuigen af op het verborgen nachtleven in de tuin. Ze wilde zo graag de ademhaling horen waarover Rufus haar had verteld. Het was geruststellend te merken dat de oorlog het leven in haar tuin nog niet had verwoest.

Tot haar opluchting bleek Mrs. Emerson, de bron van alle roddels in de Hall, niets te weten van de affaire tussen Lady Penselwood en Mr. Swift. En uit het feit dat de kokkin háár ook niet anders bejegende, leidde Grace af dat ze ook niets vermoedde van wat er tussen haar en Rufus was. De enige om wie ze met een grote boog heen liep, was Lady Georgina. De vrouw van Rufus liet zich nooit zien buiten de privévertrekken van het grote huis. Terwijl de markiezin voortvarend in de weer was op de boerderij en in de tuinen, waar ze de inspanningen van de vrouwen coördineerde, koeien molk, eieren raapte en uit rijden ging met Mr. Swift, zat haar pruilende schoondochter in haar privézitkamer op de bovenverdieping sokken te breien voor de soldaten. Mrs. Emerson was verontwaardigd, net als de andere vrouwen die op het land werkten en die vol ontzag spraken over de vrouwelijke leden van de aristocratie die in de hele county een overall aantrokken en schouder aan schouder werkten met de arbeidersklasse. Maar Lady Georgina had, volgens Mrs. Emerson, zo'n sterke eigen wil en was zo onbuigzaam dat zelfs Lady Penselwood haar niet aan het werk wist te krijgen.

Maar op een dag in de lente van 1942 verscheen Lady Georgina in de tuin. Ze kwam naar Grace toe. Het geheime compartiment onder de slaapkamervloer bevatte niet langer alleen Rufus' brieven, maar ook een groeiend aantal bijen die hij haar had gestuurd. Een porseleinen doosje in de vorm van een bij, een sigarettenkoker met bijen erop, een zilveren bij en een gouden hanger. In zijn brieven tekende hij ook hier en daar bijen, wat haar telkens weer een glimlach ontlokte.

'Kan ik u even spreken?' vroeg Lady Georgina, afstandelijk als altijd.

'Wat kan ik voor u doen, m'lady?' Grace had het gevoel dat haar hart in haar keel klopte. Ze probeerde de uitdrukking op het gezicht van Lady Georgina te peilen. Las ze wantrouwen in haar ogen? Maar er was geen enkele emotie van het mooie, hooghartige gezicht af te lezen.

'Ik wil een doos honing naar Lord Melville sturen.'

'Dat moet geen probleem zijn. Ik heb de honing afgelopen september bij Mrs. Emerson afgeleverd. Er staat ongetwijfeld nog genoeg in de provisiekamer.'

Lady Georgina leek even van haar à propos gebracht. 'Ik wil speciaal beschreven etiketten,' zei ze toen.

Grace wist dat de krijgsgevangenen die op een nabijgelegen boerderij waren ingekwartierd, de etiketten voor de honing van Walbridge met de hand beschilderden. 'Zoals u wilt. Daar kan ik voor zorgen. Ik zal dit jaar vroeg moeten oogsten. Dan zal ik wat potten speciaal voor u vullen. Maar dat wordt pas mei.'

'Maken de bijen niet voortdurend honing?'

'Dat wel, maar we oogsten niet vaker dan een, hoogstens twee keer per jaar.'

Lady Georgina glimlachte vreugdeloos. 'Ik dacht dat je de honing er gewoon uit kon halen. Wanneer je maar wilde.'

'Dat zouden de bijen niet leuk vinden,' zei Grace. 'Wat wilt u dat er op de etiketten komt te staan? Dan zorg ik ervoor.'

'Ik wil speciale etiketten voor mijn man. Het is een cadeau. Hij is ineens erg in bijen geïnteresseerd.'

Grace wist dat ze zich zou verraden door haar blik af te wenden. 'Dat komt waarschijnlijk doordat de markiezin-douairière Lady Penselwood haar jicht liet behandelen met bijensteken,' antwoordde ze met vaste stem.

Lady Georgina trok haar wenkbrauwen op. 'En hielp het?'

'Ik geloof het wel.' Grace zag dat de blik van Lady Georgina op haar bijenbroche viel.

Ze kneep haar ogen tot spleetjes. 'Wat een prachtige broche!'

'Dank u wel.'

'Van wie hebt u die gekregen?' Ze ging er als vanzelfsprekend van uit dat Grace de broche niet zelf had gekocht. En daar had ze gelijk in.

In het besef dat haar vader nooit zoiets duurs had kunnen kopen, nam Grace haar toevlucht tot wat Rufus had bedacht.

'Van de markiezin-douairière Lady Penselwood. Als dank voor het verminderen van haar pijnklachten. Ik heb haar destijds geholpen om zich te laten steken.' De oude dame was dood, dus ze kon het verhaal niet weerleggen.

'Wat gul van haar!' zei Lady Georgina verrast. 'Uw hulp moet wel erg veel voor haar hebben betekend.'

'Ik draag de broche altijd,' vertelde Grace.

'Bent u niet bang dat u hem verliest tijdens het werken? Dat zou zonde zijn. Als ik u was zou ik hem alleen op mijn mooie kleren dragen.'

'Hij zit goed vast.' Grace legde haar hand erop. Het lag op het puntje van haar tong om te zeggen dat hij heus niet zou wegvliegen. Ze verbeet een glimlach, want dat was het soort grapje dat Rufus zou hebben gemaakt.

'Hoe is het met uw Freddie?' vroeg Lady Georgina. 'Schrijft hij vaak?'

'Zo vaak als hij kan.'

'Lord Melville heeft blijkbaar niets omhanden, want ik word bedolven onder de brieven.' Ze lachte vreugdeloos, en Grace begreep dat ze het spottend bedoelde.

Ineens had ze medelijden met haar. 'Laten we hopen dat er spoedig een eind komt aan die zinloze oorlog,' zei ze vurig. 'Dat onze echtgenoten snel thuiskomen en dat alles weer wordt zoals het was. Daar bid ik om. Het is bijna onverdraaglijk om voortdurend het ergste te vrezen, om mezelf te dwingen aan andere dingen te denken terwijl ik voortdurend doodsbang ben dat Freddie gewond raakt, of in angst zit, of ziek wordt van heimwee.' Ze lachte bitter. 'Ik voel me hier zo nutteloos. En soms ben ik ook bang dat ik gek word van de onzekerheid.'

De ogen van Lady Georgina verzachtten. Even viel de afstand weg die hun door het standsverschil was opgelegd. Even waren ze gewoon twee vrouwen die in angst zaten om hun man. 'We zitten allemaal in hetzelfde schuitje,' zei Lady Georgina. 'U met uw Freddie, ik met mijn Rufus, Arabella met haar Aldrich. En zoals wij zijn er zovelen, die allemaal gek worden van angst en onzekerheid. Beestachtig, dat is het!'

'Maar eh... hoeveel potten wilt u?' Grace bracht het gesprek terug op de honing. Ze deinsde ervoor terug om al te vertrouwelijk te worden met de vrouw van Rufus. Het gezicht van Lady Georgina verhardde weer. Het ging alleen om haarzelf, besefte Grace, om haar eigen zorgen en verdriet.

'Zes, denk ik. Ik heb begrepen dat honing ook wordt gebruikt voor het behandelen van verwondingen.'

'Dat klopt. Het bezit antiseptische eigenschappen,' vertelde Grace.

'Wat is honing toch iets verrukkelijks! En wat zijn ze slim, die bijen! Als u eens wist hoe ik u benijd, met uw simpele bestaan.'

'Is het uwe dan zo ingewikkeld?'

'Ach, u hebt geen idee. Het is allemaal een kwestie van verwachtingen, en ik neem niet aan dat u, met uw bijen en uw kleine tuintje, lijdt onder verwachtingen die niet worden ingelost.'

Grace fronste, niet goed wetend wat ze bedoelde.

'Ik wil mooie etiketten. Met wilde hyacinten erop, als herinnering aan onze bruiloft. En met onze initialen erop. Een R en G die met elkaar verstrengeld zijn. Kan dat, denkt u?'

'Dat moet lukken.' Grace voelde zich ineens slecht op haar gemak.

Want hoeveel Rufus ook van haar hield, zijn leven zou altijd verstrengeld blijven met dat van Lady Georgina, net als hun initialen op de etiketten.

'Fijn. Kunt u de potten bij mij persoonlijk afleveren? Want ik wil niet dat ze bij de honing voor het huishouden terechtkomen. Mrs. Emerson kan nogal eigenaardig zijn.'

'Dat zal ik doen.'

'Goed, dan hou ik u niet langer op. U hebt ongetwijfeld nog veel te doen in de tuin.'

Grace keek haar na toen ze wegliep. Waarom was Lady Georgina naar haar toe gekomen? Koesterde ze een vermoeden? Of ging het echt alleen maar om de honing die ze naar het front wilde sturen? Als ze inderdaad een vermoeden koesterde, dan hoopte Grace dat ze dat had weggenomen.

Met stijgende bezorgdheid om haar eigen wankelende moreel zag Grace de verwoestende gevolgen van de oorlog om zich heen. Mrs. Emerson verloor een kleinzoon aan het Franse front, Lady Penselwood een neef in Afrika. En net als zij waren er talloze andere vrouwen die een brief kregen waarin stond dat hun man of hun zoon was gesneuveld, werd vermist of gruwelijk gewond was geraakt. Walbridge rouwde en het rouwen sleepte zich al maanden voort. Grace lag hele avonden geknield voor haar bed, in gebed voor Rufus en Freddie, en in onderhandeling met God, vurig hopend dat haar ontrouw Hem niet uit boosaardigheid zou doen besluiten Rufus van haar weg te nemen. Het enig juiste zou zijn te beloven dat ze een eind aan de verhouding maakte. Dat wist ze. Maar ze wist ook dat ze zich niet aan die belofte zou kunnen houden.

Aan de keukentafel schreef ze lange brieven aan zowel Freddie als Rufus, en ze deed ze samen op de post. Soms vroeg ze zich af hoe het mogelijk was om van twee mannen tegelijk te houden. Maar een mens kan op veel manieren liefhebben, en de liefde tussen broers en zussen, ouders en kinderen, vrienden, echtgenoten en minnaars is allemaal anders, net zoals de zeven kleuren van de regenboog allemaal deel uitmaken van hetzelfde natuurverschijnsel. Het voelde volstrekt oprecht en natuurlijk om tegen béíde mannen te zeggen dat ze van hen hield.

In de herfst van 1942 ontving Grace een brief waarin stond dat Freddie aan het front in Noord-Afrika gewond was geraakt. Ze had niet eens geweten dat hij in Afrika zat! Het was een vreemd gevoel te beseffen dat de twee mannen die ze liefhad aan hetzelfde front hadden gevochten. Freddie lag in een militair ziekenhuis. Zijn toestand was stabiel, dus zodra de mogelijkheid zich voordeed, zou hij naar huis komen. Grace zocht troost bij zijn familie. Nadere details waren niet verstrekt. Grace was dankbaar dat hij nog leefde, maar ook doodsbang voor de aard van zijn verwondingen. Ze had gehoord over mannen die gruwelijk verminkt waren thuisgekomen, zonder armen of benen, of onherstelbaar geestelijk beschadigd. Soms schrok ze midden in de nacht wakker uit een droom waarin ze hem niet had herkend. Terwijl ze naar zijn bebloede, monsterlijke gelaatstrekken keek, veranderden zijn indigoblauwe ogen in de chocoladebruine van Rufus, en ze schreeuwde het uit van afschuw.

Haar gebeden voor Rufus werden hoe langer hoe wanhopiger. Haar ongerustheid steeg naarmate de weken verstreken zonder dat ze ook maar iets van hem hoorde. Als hij was gesneuveld, of gewond geraakt, of als hij werd vermist, zou zij daar geen bericht van ontvangen. Terwijl ze wachtte op Freddies terugkeer, wachtte ze ook op nieuws van haar minnaar. Maar dat kwam niet. Ze probeerde van alles om Lady Georgina of de markiezin tegen het lijf te lopen en bedacht uitvluchten om te worden binnengelaten in de Hall. Niets in het gedrag van zijn moeder en zijn vrouw wees erop dat Rufus iets verschrikkelijks was overkomen. Ze bleef hem schrijven, smekend om nieuws; uit haar brieven bleek steeds duidelijker hoe wanhopig ze eraan toe was.

Zou Lady Georgina achter hun affaire zijn gekomen? In gedachten ging ze terug naar hun gesprek in de tuin en ze probeerde zich koortsachtig te herinneren of ze iets had gezegd waarmee ze zichzelf onbewust had verraden. Had Lady Georgina de bijenbroche al gezien voordat Rufus die aan háár had gegeven? Had hij hem in huis laten rondslingeren? Had Lady Georgina gedreigd bij hem weg te gaan als hij ooit nog contact met haar zocht? De mogelijkheden speelden rusteloos en verontrustend door haar hoofd. Hij had gezegd dat niets hen zou verhinderen samen te zijn, maar de harde realiteit was dat bijna alles hun samenzijn onmogelijk maakte.

Freddie kwam thuis na Kerstmis. Behalve zijn ooglap en een litteken op de linkerkant van zijn gezicht zag hij eruit als de oude Freddie. Maar innerlijk was hij veranderd. Hij was verbitterd geraakt, hij was haatdragend en zwaar op de hand geworden. Alsof met zijn oog ook zijn hart hem was uitgerukt. Maar het ergst van alles was zijn zwijgzaamheid.

De blik waarmee hij Grace aankeek, was boos, dreigend, alsof zij schuld had aan wat er was gebeurd. May probeerde haar gerust te stellen. Het was normaal dat hij zijn verdriet en zijn boosheid afreageerde op degenen die hem het meest na stonden, maar Grace vroeg zich af of hij in haar ziel kon kijken en of hij daar zag wat ze voor Rufus voelde.

Ze verlangde nog altijd wanhopig naar nieuws over Rufus, maar ze kon niemand naar hem vragen. De maanden verstreken zonder dat ze iets hoorde. Uiteindelijk stopte ze met schrijven. Dat was haar toch al zwaar gevallen nu Freddie weer thuis was. Maar ze bleef geloven in hun liefde, en wanneer Freddie naar de pub was om zijn verdriet te verdrinken, maakte ze de geheime bergplaats onder haar bed open en verdronk ze háár verdriet door zich onder te dompelen in zijn brieven. Misschien wist hij dat Freddie weer thuis was en leek het hem, ondanks de andere naam op de envelop, niet veilig haar nog langer te schrijven. Ze kon niets doen, alleen maar wachten tot de oorlog voorbij was en Rufus weer thuiskwam. Haar hand ging zo vaak naar haar bijenbroche dat het een zenuwtic werd. Freddie leek de broche niet op te merken. Hij vroeg in elk geval nooit hoe ze eraan kwam.

DEEL 3

21

New York, 1990

Trixie kon niet slapen. Ze was zich bewust van een vreemde angst, heel diep vanbinnen, net als vroeger, op de middelbare school, in de nacht voor een belangrijk examen. Ze keek naar de man die nietsvermoedend en in diepe rust naast haar lag, op zijn rug, het dekbed nonchalant van zich af geduwd, zodat zijn gespierde bovenlijf zichtbaar was. Zijn gladde huid glansde in het schijnsel van de straatverlichting dat door het raam naar binnen viel. Leo was Amerikaan, van Italiaanse afkomst. Aantrekkelijk, atletisch, grappig. Kortom, hij had alles waar de meeste vrouwen een moord voor zouden doen. Maar Trixie hield niet van hem. Net zomin als ze had gehouden van alle andere mannen met wie ze het bed had gedeeld. En dat waren er heel wat geweest. Ze was wel dol op hem. Ze kon met hem lachen, hij werkte haar niet op de zenuwen en het was leuk om iemand te hebben om dingen samen mee te doen. Hij hield het inmiddels al acht maanden vol, maar het einde was in zicht. Ze kende de voortekenen. Haar langste relatie had veertien maanden geduurd.

Ze stond op, schoot haar fluwelen badjas aan en liep naar de zitkamer. Daar ging ze voor het grote raam zitten, met daarachter de nooit dovende lichten van de stad die al zeventien jaar haar thuis was. Terwijl ze naar het woud van wolkenkrabbers keek, voelde ze een steek van heimwee naar de weidse zee en de schitterende sterrenhemel van haar jeugd.

Ze was het eiland ontvlucht om te ontkomen aan de pijn en het verdriet, in de illusie dat die haar in New York niet wisten te achterhalen. En aanvankelijk had het erop geleken dat drugs en drank en wilde feesten haar verwachtingen inlosten en erin slaagden het doodse gevoel diep vanbinnen te verdrijven in ruil voor de volgende illusie, namelijk dat ze een gelukkig en vervuld leven leidde. Big had haar contacten aangeboord en haar een baantje weten te bezorgen bij een modeblad, waar ze voor de koffie en het archief zorgde. Ondertussen was ze met de ene na de andere man het bed in gedoken, in een poging Jasper uit haar systeem te wissen. Uiteindelijk had Suzie Redford haar de ogen geopend, de drugs door de wc gespoeld en haar stevig onderhanden genomen. Trixie moest zorgen dat ze zichzelf weer in de hand kreeg, voordat ze haar baan en haar toekomst verspeelde. Geen enkele man was het waard om jezelf de vernieling in te helpen, vond Suzie.

Stukje bij beetje had haar werk haar er weer bovenop geholpen. Ze hield van mode en sloot al snel vriendschap met de meisjes op haar afdeling. Omdat ze vastbesloten was een succes van haar leven te maken, hadden haar ambities geleidelijk aan een eind gemaakt aan het leven van uitgaan en drinken. Door zich volledig op haar werk te storten, gaf ze heimwee en melancholie geen kans. In New York kon ze iemand anders zijn. En dus ging ze zo min mogelijk naar huis, om niet langer het meisje met het gebroken hart te zijn, dat op het strand, in de duinen, overal op het eiland worstelde met haar herinneringen.

Ze was inmiddels zesendertig. In haar vriendenkring waren de meesten getrouwd en hadden kinderen, maar Trixie was getrouwd met haar baan. Ze had hard gewerkt om zover te komen. Moderedacteur werd je niet zomaar. Ze stond bekend als gedreven en hardwerkend, maar er was niemand die vermoedde wát haar dreef. In de ogen van de buitenwereld had ze alles: ze was knap, ze had een goede baan, een geweldige vriend, een trouwe vriendenkring, een ruime loft in Soho en een garderobe vol designerkleding. Het perfecte plaatje. Maar wat eraan ontbrak, was in Trixies ogen uitgerekend het enige wat er echt toe deed.

Ze zat op kantoor toen haar vader belde. Dat deed hij zelden, dus ze was verrast zijn stem te horen. 'Hallo, pap. Hoe gaat het?'

Hij aarzelde even, de knoop in haar maag werd strakker aangetrokken. 'Ik heb slecht nieuws,' zei hij ten slotte. 'Je moeder heeft kanker.'

Het klonk als een doodvonnis. 'O god!' bracht Trixie geschokt uit.

Het was alsof de grond onder haar voeten werd weggeslagen. Ze greep zich vast aan haar bureau. 'Hoe erg is het?'

'Het is niet best. De tumor is pas laat ontdekt. Hij zit in de hersens, op een plek waar ze niet kunnen opereren. Ze heeft chemo gehad, maar de tumor is niet kleiner geworden. Dus ze kunnen verder niets voor haar doen.'

'Ze heeft chemo gehad? Hoe lang weten jullie het al?'

'Ongeveer een half jaar.'

'Waarom hebben jullie niks gezegd?'

'Dat wilde ze niet. Je moeder wilde niet dat je je zorgen maakte.'

'Ze wilde niet dat ík me zorgen maakte? Dat meen je toch niet serieus?'

'Het leek ons het beste.'

'Maar dat is afschuwelijk. Je had het moeten zeggen. Ik had er moeten zijn. Ik kom nu meteen naar huis,' verklaarde ze op besliste toon. 'Met de eerste vlucht die ik kan krijgen.'

In shock vloog ze naar Boston, waar ze een aansluitende vlucht nam naar het eiland. Terwijl ze naar de glinsterende oceaan beneden zich keek, dacht ze aan haar laatste woorden tegen Jasper. *Als je tranen in het water van de haven vallen, kom je terug naar het eiland.* Ze had bij haar vertrek naar New York heel wat tranen gelaten. En nu huilde ze om haar moeder. Ze had er verschrikkelijk veel spijt van dat ze de band met thuis zo had verwaarloosd. Dat ze haar ouders als iets vanzelfsprekends had beschouwd. Het besef dat ze sterfelijk waren, trof haar als een klap in het gezicht. Het was nooit bij haar opgekomen dat het veiligheidsnet dat haar ouders vormden, er ooit niet meer zou zijn. Ze had vaker naar huis moeten gaan, zei ze nijdig tegen zichzelf. Zacht snikkend in haar sjaal dacht ze aan de onvoorwaardelijke liefde van haar moeder, en ze realiseerde zich beschaamd hoe weinig zij daarvoor had teruggegeven. Behalve haar moeder was Grace ook altijd haar beste vriendin geweest. Van een leven zonder haar kon ze zich geen voorstelling maken. Dat mocht ze niet laten gebeuren. Ze mocht haar moeder niet laten doodgaan, ongeacht wát ze moest doen om dat te voorkomen.

Het was herfst, er woei een koude wind over het water. Haar vader was op het vliegveld. Toen ze hem omhelsde, merkte ze geschrokken hoe mager hij was geworden, alsof het zíjn lichaam was dat door kanker werd verwoest. Niet voor het eerst had ze er verschrikkelijk veel spijt van dat ze niet vaker naar huis was gegaan. 'Je moeder wil geen drukte,' zei hij. 'Je weet hoe ze is. Iedereen die met sombere gezichten rondloopt... Dat is wel het laatste wat ze wil.'

'Kunnen ze echt niets meer voor haar doen?'

'Nee, alleen een wonder kan haar nog redden.' Hij wendde zijn ogen af. 'Dus daar zou ik maar om bidden.'

Ze reden door de vertrouwde klinkerstraten, met aan weerskanten de charmante eilandhuizen met hun grijze dakleien. De bomen lieten hun gele en oranje bladeren vallen, alsof ze huilden, en Trixie werd overweldigd door heimwee naar haar jeugd, toen ze de toekomst nog vol vertrouwen tegemoet had gezien. De mensen die op straat liepen, met een hond aan de riem of kleine kindertjes aan de hand, zagen er gelukkig uit in het zachte licht van de avondzon. Trixie was zich bewust van een onbestemd verdriet om wat had kunnen zijn. Ze keek naar de etalages van de kleine exclusieve winkeltjes en stelde zich het vredige, onbekommerde bestaan van de middenstand voor. Na al die jaren in New York was ze vergeten hoe aanlokkelijk Tekanasset was.

Haar moeder lag in de stampvolle woonkamer onder een deken op de bank. De haard brandde, uit de cd-speler klonk klassieke muziek en overal stonden bloemen. Hun geur hing in het hele huis en dat zorgde ondanks de kille herfstdag voor een zomerse sfeer. De hond lag genietend aan haar voeten te dommelen. Toen ze haar dochter zag, spreidde Grace stralend haar armen. 'Lieverd, wat een verrassing!' Trixie boog zich over haar heen en gaf haar een kus. Haar moeder zag er niet zo slecht uit als ze had gevreesd. Haar vader leed zichtbaar onder de situatie, Grace leek alleen ouder geworden.

'Je had het me moeten vertellen...'

Haar moeder kapte haar af. 'Ach, het valt allemaal wel mee.' Maar de vermoeide berusting in haar glimlach verried hoe ernstig ze eraan toe was.

'Wat een prachtige bloemen!' Trixie verdrong haar tranen.

Grace haakte er gretig op in. 'Ja. Prachtig, hè. Het grootste boeket is natuurlijk van Big. Ze is echt geweldig voor me geweest. Trouwens, iedereen was heel aardig.' Ze glimlachte ondeugend naar Trixie. 'Evelyn heeft me een van haar koks aangeboden. Die mocht ik lenen. Hoe vind je die? Ik heb voor de eer bedankt, dat begrijp je.'

'Raar mens. Ze staat natuurlijk weer met haar neus vooraan als er wat te rouwen valt,' zei Trixie.

'Nou, ze wil in elk geval alles weten.'

'Zodat ze het over het hele eiland kan rondbazuinen.'

Grace zag er ineens een beetje moe uit. 'Lieverd, wat heerlijk dat je er bent! En wat zie je er goed uit. Hoe lang blijf je?'

'Ik heb een week vrij genomen. En ik heb mijn laptop bij me, dus ik kan hier ook werken.'

'Fijn. Ik kan wel wat hulp gebruiken met de bijen. We moeten de kasten winterklaar maken en ik ben bang dat ik niet sterk genoeg ben om het alleen te doen.'

Bij de gedachte dat ze zich nuttig kon maken voelde Trixie zich op slag iets minder ongelukkig. Als kind had ze het heerlijk gevonden om haar moeder te helpen met de bijen. Grace had destijds speciaal een extra klein imkerspak voor haar laten maken. 'O, leuk!' zei ze dan ook enthousiast. 'We moeten de kasten inspecteren op wasmotten en de suikervoorraad controleren.'

Grace glimlachte trots. 'Dus je hebt echt naar me geluisterd, lieverd!' zei ze verrast.

Trixie grijnsde schaapachtig. 'Een beetje. Maar nu zou ik willen dat ik nog beter had geluisterd.'

In de dagen daarop hielp ze haar moeder met de bijen. Voor het geval dat Trixie het was vergeten, legde Grace nogmaals uit waarom het zo belangrijk was om de kasten regelmatig te inspecteren; om te controleren of de bijen wel voldoende stuifmeel en nectar opsloegen, of de koningin gezond was en eieren legde, of de bijen niet te dicht op elkaar zaten en of ze de indruk wekten te gaan zwermen. Ze vertelde met liefde en geduld, alsof ze het over haar kinderen had. Trixie kreeg een brok in haar keel toen ze zag hoe belangrijk het voor haar was dat de bijen na haar dood goed verzorgd zouden worden. 'Het imkerswerk kun je niet uit een boekje leren, Trixie. Alleen van een ervaren imker. Zoals ik het van mijn vader heb geleerd. Je moet zorgen dat de bijen tevreden zijn. Daar gaat het om. En dat bereik je door ze zo min mogelijk te storen. En door ze zorgvuldig en met geduld te behandelen. Bijen zijn stuk voor stuk kleine ego's en sommige van de oudere kunnen erg lastig zijn. Vooral die moet je te vriend houden.'

Het ontging Trixie niet hoezeer Grace was verzwakt en hoe snel ze moe werd. Maar ze maskeerde haar ongemakken met een glimlach, en niets leek haar zoveel vreugde te geven als haar bijen. Alleen bij het zien van de aanzienlijke hoeveelheid pillen die haar moeder elke ochtend moest slikken, besefte Trixie hoe ziek ze was.

Het ontging haar niet met hoeveel tederheid haar vader naar haar moeder keek. Ze kende hem als een koele, afstandelijke man, maar op zijn drieënzeventigste begon hij ineens te ontdooien. Er was een hartverwarmende intimiteit tussen haar ouders opgebloeid, als bloesem die uitbotte na een strenge winter. Trixie betrapte haar vader erop dat hij haar moeder weemoedig gadesloeg, met blikken vol spijt en verdriet. Ooit had ze zich afgevraagd waarom haar ouders zich, ondanks dat ze totaal verschillend waren, tot elkaar aangetrokken hadden gevoeld. Inmiddels wist ze het antwoord: ze hielden van elkaar. En de liefde was het enige wat telde.

'Mam, wat is het toch met bijen dat ze je zo fascineren?' vroeg ze op de derde avond, nadat ze de deksels van de kasten hadden gehaald en Grace had uitgelegd waar een imker op moest letten bij het zogenaamde inwinteren.

'Laten we naar het strand gaan,' stelde Grace voor. 'Ik vind het altijd zo heerlijk om vanaf de duinen uit te kijken over de zee. Kom, dan nemen we een paar dekens mee. We zeggen niks tegen je vader, anders wordt hij maar ongerust.'

Een koude wind blies over het zand, de zee was donker en onstuimig. De wolken die langs de hemel joegen, speelden verstoppertje met de sterren. Ze gingen in het gras op een duin zitten, met de dekens om hun schouders. Trixie stak een sigaret op. Grace staarde naar het eind van de wereld en vroeg zich af wat er voorbij die laatste grens gebeurde; wat er na dit leven kwam.

'Weet je waarom bijen me zo fascineren, Trixie? Door het leven dat ze leiden. Dat is zo verbijsterend. En door hun van God gegeven creativiteit. Wij mensen kunnen auto's bouwen, en vliegtuigen. We kunnen naar de maan vliegen. Maar wat er nodig is om ons lichaam te doen functioneren, dat gaat ons begrip te boven. Wetenschappers zijn waarschijnlijk wel in staat een lichaam en een brein te creëren. Maar geen intelligentie. Ze zouden het lichaam niet tot leven kunnen brengen. De intelligentie die de bijen aanstuurt en motiveert, daar begrijpen we ook nog steeds niets van. Hun complexe manier van leven gaat ons begrip te boven. Wij zouden geen honing kunnen maken, maar nietig als ze zijn maken de bijen genoeg voor zichzelf én voor ons. Dat vind ik heel bijzonder.' Ze keerde zich met een weemoedige glimlach naar haar dochter. 'Bovendien vormen de bijen de schakel met mijn jeugd en met mijn vader. Ik heb heel veel van hem gehouden.'

'Wat vond hij van pap?'

'Hij was dol op Freddie en hij wist al veel eerder dan ik dat Freddie de juiste man voor me was.' Ze grinnikte. 'Ik moest niet blind zijn voor wat pal vóór me was, zei hij. En daar had hij gelijk in. Natuurlijk had hij gelijk. Ik kende Freddie al mijn hele leven. We waren de dikste vrienden, maar ik had hem nooit als mijn toekomstige man gezien. Hij was altijd meer een soort broer voor me geweest.'

'Jullie zijn al bijna vijfenvijftig jaar getrouwd, mam. Dat is een hele prestatie.'

'Nou en of,' antwoordde ze zacht.

'Pap was altijd zo afstandelijk. Ik vond het soms moeilijk om echt contact met hem te krijgen. Maar volgens mij is hij milder geworden.'

'Diep vanbinnen is hij heel lief, heel zacht.'

'Dat zeg je altijd.'

'Omdat ik hem ken.'

'En omdat je van hem houdt?'

'Ja, ik hou van hem. We hebben het lang niet altijd makkelijk gehad, maar het is nooit bij me opgekomen om bij hem weg te gaan. Jullie generatie geeft op zodra het tegenzit. Wij hebben een soort plichtsbesef dat jullie vreemd is. Zelfs toen...' Ze haperde, haar blik werd opgeslokt door de donkere avond. 'Zelfs toen het allemaal heel erg zwaar werd, heb ik geen moment overwogen om bij hem weg te gaan.' Het klonk bijna verbaasd, alsof ze het zelf nauwelijks kon geloven. Alsof ze nu pas besefte wat dat betekende.

Trixie nam haar onderzoekend op. Ze wist zo weinig van het verleden. Haar ouders spraken er nooit over. Maar achter die laatste woorden leek een complete wereld schuil te gaan, alsof er heel voorzichtig een deur openging waarachter Trixie een glimp meende op te vangen van een verborgen leven.

'Ik zou zo graag willen dat je iemand vond om je leven mee te delen,' zei Grace. 'Dat zou me zo gelukkig maken. Als ik wist dat je iemand had.'

'Mam, geluk is méér dan het vinden van een man. Ik heb geen man en geen kinderen nodig om gelukkig te zijn. Ik heb mijn baan en mijn vrienden. Ik ben heel tevreden.'

Grace keek haar dochter ernstig aan. 'Lieverd, neem nou maar van mij aan, zonder de liefde is het leven niet de moeite waard.'

'Ik hou van jóú,' zei Trixie schouderophalend. Er prikten tranen in haar ogen.

'Dat weet ik, lieverd. Én van Jasper.'

Trixie drukte haar sigaret uit. 'Ach, dat is al zo lang geleden,' zei ze zacht.

'Maar de liefde slijt niet noodzakelijk met het verstrijken van de tijd. En je eerste liefde is soms de sterkste. Maar je moet Jasper loslaten. Je kunt je kansen in het hier en nu niet laten bederven door een gebroken hart uit het verleden.' Ze sloot haar ogen en lachte bitter. Het was een wijsheid die haar vader háár misschien zou hebben voorgehouden als hij niet zo jong was gestorven.

'Ach, weet je, mam, er is niemand die ook maar in Jaspers schaduw kan staan. Dat meen ik echt. Helemaal niemand.' Trixies ogen schitterden in de gloed van het vlammetje toen ze haar handen om haar aansteker legde. 'Het is misschien wel voor het eerst dat ik het hardop zeg. Maar het is zo. Niemand kan de vergelijking met Jasper doorstaan.' Haar gezicht stond verslagen. Ze leek ineens klein, verloren.

Grace sloeg een arm om haar heen en legde zuchtend haar wang tegen de hare. 'Het is niet aan mij om te bepalen van wie je moet houden. Je hart maakt zijn eigen keuze en daar heeft niemand iets over te zeggen. Ik hou van je, Trixie. Je blijft mijn kleine meisje, ook al ben je volwassen en heb je je eigen leven. Ik ben trots op je.' Ze kneep haar ogen stijf dicht, want de gedachte aan het onvermijdelijke afscheid was ondraaglijk. 'Ik zou het alleen zo'n geruststelling vinden als ik zeker wist dat alles goed met je is.'

Die nacht kon Trixie niet slapen. Ze sloop de trap af en ging met haar sigaretten op de schommelbank zitten om naar de tuin te kijken en naar de zee daarachter. Ze dacht aan de liefde, aan hoe het had gevoeld om lief te hebben. Hoe hardnekkig ze ook probeerde zichzelf wijs te maken dat ze een man en een gezin niet belangrijk vond, het tegendeel was waar. Niet dat ze erg naar kinderen verlangde, maar wel naar iemand om van te houden. Iemand van wie ze wist dat hij ook van haar hield. Net als wanneer ze te veel had gedronken en somberheid de overhand kreeg, gingen haar gedachten naar Jasper. Wat deed hij? Waar was hij? Was hij getrouwd? Had hij kinderen? Speelde hij nog gitaar? Of was de muziek uit zijn leven verdwenen, samen met Tekanasset en met wat zij samen hadden gehad?

Terwijl ze haar gedachten de vrije loop liet, ontdekte ze een schimmige gedaante bij de bijenkasten. Haar moeder? Maar die lag boven in bed. Bovendien voelde ze dat de gedaante een man was. Ze stond op en liep om de zijkant van het huis. Er was niemand, ze was alleen met de bijenkasten en met de koude wind uit zee. Ze bleef staan, luisterend naar de golven en naar haar eigen trage, regelmatige ademhaling. Hoewel ze niemand zag, had ze toch nog steeds het gevoel dat ze niet alleen was. Er ging een huivering door haar heen. Ze nam een laatste trek van haar sigaret en gooide hem weg. Terwijl ze dat deed werd haar blik getrokken naar de schuur, helemaal achter in de tuin. Het was alsof iemand haar op de schouder tikte en wees. Alsof iemand wílde dat ze naar de deur van de schuur keek, die op een kier stond en zacht piepend heen en weer bewoog op de wind.

Langzaam slenterde ze het pad af. Het was donker, op het zilveren schijnsel van de maan na dat de vochtige takken van de kale struiken deed glinsteren. Ze duwde de deur open en ging naar binnen. In alle jaren dat ze hier had gewoond, had ze nooit een voet in haar moeders schuur gezet. Ze had er nooit iets te zoeken gehad. Toen ze het licht had aangeknipt – een kale gloeilamp aan het plafond – keek ze om zich heen. Dit was haar moeders privédomein. Haar hart begon schuldbewust te bonzen. Net als de zitkamer bood ook de schuur van Grace een rommelige aanblik. Er stond en hing en lag van alles – tuingereedschap, zakken met zaad en kunstmest, dozen met bollen, spullen voor de bijenkasten, lege honingpotten, niet langer gebruikte afdekplaten en honingramen. Het rook er zoet en muf. Trixie keek om zich heen, niet goed wetend waar ze naar zou moeten zoeken.

Opnieuw voelde ze heel sterk en vlakbij een aanwezigheid. Ze keek over haar schouder, maar het enige wat ze zag was de deur die nog altijd bewoog op de tocht. Ze haalde diep adem. *Wat wil je dat ik hier vind?* Toen stond ze doodstil, in afwachting van het antwoord. Maar er gebeurde niets. Het gepiep van de deur deed haar schrikken, en toen ze haar ogen opsloeg zag ze een mahoniehouten kistje op de plank boven de deur. Het was een plek waar ze nooit zou hebben gezocht. De plank bevond zich boven haar hoofd, het kistje ging schuil onder een stapel tuinboeken. Haar hart begon sneller te slaan toen ze op haar tenen ging staan en het kistje van de plank tilde. Nieuwsgierig deed ze het deksel open, en ze hield geschokt haar adem in toen ze de twee dikke stapels luchtpostbrieven zag, bijeengebonden met touwtjes.

Ze pakte een van de stapels. De brieven waren geadresseerd aan miss Bernadette Short, het Imkershuis, Walbridge. Haar hart sloeg een slag over. Walbridge! Daar woonde Jasper! Bevend las ze het adres op de brieven van de andere stapel. *Kapitein Rufus Melville, British Forces Post Office,* stond er in het onmiskenbare handschrift van haar moeder. De naam zei haar niets, haar moeder had het nooit over een kapitein Melville gehad. Onder in de doos lagen nog twee brieven, in hetzelfde handschrift als de brieven aan Bernadette, maar geadresseerd aan miss Grace Hamblin. Op de achterkant van de enveloppen stond het familiewapen met de leeuw en de draak dat ook op de enveloppen van Jasper had gestaan. Het bloed joeg bonzend door haar slapen. Ze begreep het niet, maar haar moeder kon ze niet om uitleg vragen. Wat het ook allemaal te betekenen had, het was duidelijk dat haar moeder wilde dat het geheim bleef.

Ze ging op de grond zitten en begon met de twee brieven aan miss Grace Hamblin. De ene was geschreven na de dood van de vader van Grace. In de andere – geen brief maar een kaartje – werd Grace gelukgewenst met haar huwelijk. Beide waren ondertekend met 'Rufus' en voorzien van een R in goudreliëf, net zoals Jasper een J op zijn postpapier had gehad. Het kon niet anders of Rufus en Jasper waren familie. Maar waarom heette de een dan Duncliffe en de ander Melville?

In verwarring gebracht maakte ze het tuintouwtje los om het stapeltje brieven die aan Bernadette waren geadresseerd. Ze begreep onmiddellijk dat 'Kleine B' niet Bernadette was maar Grace, en dat ze die valse naam hadden bedacht om ontdekking te voorkomen. Te oordelen naar de vlekken en kreukels had haar moeder de brieven in de loop der jaren talloze malen herlezen.

Wat Rufus Melville schreef, klonk verliefd en romantisch, met hier en daar in de tekst een tekeningetje van een bij. Hij vertelde uitvoerig over de oorlog en zijn persoonlijke ervaringen daarmee, maar ook over zijn vurige liefde. En in elk brief sprak hij zijn verlangen uit naar een gezamenlijke toekomst. De laatste dateerde van september 1942.

Toen Trixie de brieven van Rufus aan haar moeder had gelezen, pakte ze de andere stapel en probeerde het touwtje los te maken. Anders dan bij de brieven van Rufus was het touwtje sterk en en bovendien strak dichtgeknoopt. Het bloed joeg opnieuw door haar slapen toen ze besefte dat dit de brieven waren die Grace aan Rufus had geschreven en die ze om welke reden dan ook had teruggekregen. Gezien het smetteloos witte papier en de strakke knoop vermoedde Trixie dat haar moeder ze simpelweg bij de andere in de kist had gestopt, zonder ze te herlezen. De knoop was onmogelijk strak. Kon ze het touw maar gewoon doorsnijden!

Ze liet zich echter niet ontmoedigen, vastberaden om de brieven te lezen. Dat leek ineens van het grootste belang, alsof het leven van haar moeder ervan afhing. Eindelijk had ze de knoop weten los te peuteren, het touw viel weg en ze maakte de eerste brief open. Zodra ze begon te lezen was het haar maar al te duidelijk dat haar moeder van deze man had gehouden. Met bonzend hart liet Trixie haar ogen over de brief gaan. Haar moeder schreef in poëtische, charmante bewoordingen een aaneenschakeling van nieuwtjes en herinneringen – aan een bijenzwerm en aan hun eerste kus, ergens in de bossen. Trixie kreeg tranen in haar ogen. Ze wist niet waarom ze huilde, om de liefde van haar moeder of om het verlies dat haar vader daardoor had geleden.

De uren verstreken, maar ze merkte het niet, zozeer was ze verdiept in de liefdesbrieven van haar moeder. Met stijgende verbazing las ze over het geheime leven van haar moeder. Toen kwam ze bij een brief die anders was dan de rest. De envelop was geadresseerd aan kapitein Rufus Melville, maar de brief die erin zat was aan Freddie gericht.

Trixies wangen begonnen te gloeien, er kwam een afschuwelijk vermoeden bij haar op. Als haar moeder Freddies brief aan Rufus had gestuurd, dan was de kans groot dat de brief voor Rufus bij Freddie was beland. Trixie sloeg een hand voor haar mond, geschokt door de implicaties. Wist haar moeder dat? Maar het was duidelijk dat ze haar brieven aan Rufus niet had herlezen, alleen zijn brieven aan haar; die had ze stukgelezen. Dus de kans was groot dat ze geen weet had van haar afschuwelijke vergissing. En Freddie? Hoe groot was de kans dat hij inderdaad een brief had gekregen die voor Rufus bedoeld was geweest?

De laatste brief van Grace aan Rufus dateerde van maart 1943, zeven maanden na zijn laatste brief aan haar. In die zeven maanden werd de toon van Grace steeds wanhopiger. Waarom was Rufus gestopt met schrijven? Waarom had Grace haar brieven teruggekregen? Was hij aan het front gesneuveld?

Het was al over vieren toen Trixie eindelijk de laatste brief had gelezen. Maar ze was helemaal niet moe. Haar lichaam beefde als een paard in de startbox, net als vroeger in de tijd dat ze cocaïne had gebruikt. Ze was opgewonden, nieuwsgierig, het duizelde haar van de vragen waarop ze antwoord wilde.

In haar herinnering ging ze terug naar dat moment waarop haar moeder in snikken was uitgebarsten bij het vooruitzicht haar te verliezen omdat ze Jasper achterna zou reizen. Ze hadden op de schommelbank gezeten. Trixie herinnerde het zich heel duidelijk, juist doordat de reactie van haar moeder haar buitenproportioneel had geleken. Nu besefte ze dat haar moeder misschien niet zo geschokt was geweest vanwege haar dochter, maar vanwege Jaspers vader, die dood was! Vandaar de noodzaak dat Jasper naar huis ging. Trixie sloeg kreunend haar handen voor haar gezicht. Ineens begreep ze het. Ineens was alles haar duidelijk. Het kon niet anders of Rufus was Jaspers vader. En dat was de reden waarom haar ouders van meet af aan hadden geweten dat Jasper niet met haar zou trouwen. Ze kenden de familie. Ze kenden zijn ouders, ze wisten hoe ze waren, en ze wisten dat Grace verliefd was geweest op Rufus. Voor die verschillende namen was vast wel een verklaring; een of andere Engelse traditie die zij niet kende.

Maar daarmee had ze nog geen antwoord op de vraag waarom Rufus alle brieven van Grace had teruggestuurd. Als hij niet aan het front was gesneuveld, waarom was hun verhouding dan gestopt? Haar moeder kon ze het niet vragen – Trixie voelde dat zij het ook niet wist – en haar vader kon ze er al helemaal niet mee confronteren.

Er was er maar één die haar misschien zou kunnen helpen het raadsel tot op de bodem uit te zoeken, en dat was de zoon van Rufus Melville. Jasper! Het was een gok. Tenslotte had zij ook niets van de affaire van haar moeder geweten. Dus de kans was groot dat hij ook geen enkel vermoeden had van het verleden van zijn vader. Maar het was het proberen waard.

22

Trixie was nog nooit in Engeland geweest. En dat had ze nooit raar gevonden. Het was een lange reis en haar ouders hadden het zelden over hun vaderland. Maar het was natuurlijk wel raar, in aanmerking genomen dat haar vader en haar moeder in Engeland waren geboren en getogen, en dat ze er waren getrouwd. Waarom had ze nooit de moeite genomen hun ernaar te vragen? Omdat ze volledig was opgegaan in de dramatische verwikkelingen van haar eigen leventje. Dat ook haar moeder dramatische verwikkelingen had doorgemaakt, was niet eens bij haar opgekomen. Net zomin als de mogelijkheid dat haar moeder in haar jeugd ook een gebroken hart had opgelopen. Ze had gedacht dat haar moeder haar niet zou begrijpen toen Jasper een eind aan hun relatie maakte. Wat had ze het bij het verkeerde eind gehad!

Nu begreep ze waarom haar ouders nooit met haar naar Engeland waren gegaan. Ze hadden geen van beiden nog de behoefte om terug te keren naar hun verleden. Hun emigratie naar Amerika was een nieuwe start geweest, voor hen allebei. Daardoor werd de afstand tussen Grace en Rufus zo groot dat het huwelijk van Grace en Freddie weer een kans kreeg. Althans, dat vermoedde Trixie terwijl ze uit het raampje naar Londen keek, diep beneden haar, en het vliegtuig de landing inzette.

Ze voelde zich schuldig omdat ze haar ouders niet had verteld dat ze naar Engeland ging. Het voelde indiscreet, alsof ze haar neus in zaken stak die haar niet aangingen. Net zoals het indiscreet was geweest om de liefdesbrieven van haar moeder te lezen. In hoeverre ging het haar bij deze reis om Rufus Melville? Als ze eerlijk was, ging het haar dan niet veel meer om Jasper Duncliffe?

Het regelen van een tripje naar Engeland was geen enkel probleem geweest. Rifat Ozbek, de in Londen gevestigde modeontwerper, was razend populair in New York. Hij had toegestemd in een interview en daarvoor zouden ze elkaar ontmoeten in het Claridge's Hotel. Na het interview zou ze op de trein naar Dorset stappen met bestemming Dorchester. Haar assistente had een kamer voor haar geboekt in de Fox and Goose Inn in Walbridge. Vandaar zou ze op verkenning uit gaan. Ze wist niet wat ze kon verwachten en ze had het op de redactie niet durven vragen, ook al waren twee van haar collega's afkomstig uit Engeland.

Door het vliegtuigraampje was haar eerste indruk van Londen saai en grijs; een stad met speelgoedhuisjes en straten vol bomen, waarvan de herfsttooi de monotonie doorbrak met welkome accenten oranje en geel. De dichte bewolking hing laag en hardnekkig, als een permanente aanwezigheid, boven het land. De natte landingsbaan glinsterde zwak in het matte daglicht.

Na de paspoortencontrole en de douane zette ze koers naar de rij taxi's voor het luchthavengebouw. Haar stemming klaarde op bij het zien van een echte Londense taxi en ze genoot van de rit naar het centrum als een kind tijdens haar eerste ritje in een draaimolen. Alles wat ze zag, had iets onwezenlijks. Verwonderd keek ze naar de grote rode bussen, de schilderachtige rijtjeshuizen en de charmante, smalle straten waar het wemelde van de mensen met paraplu's. Ze was zo onverstandig geweest tegen de taxichauffeur te zeggen dat het haar eerste bezoek aan Londen was. Vandaar dat hij zich opwierp als gids en haar op de historische monumenten en gebouwen langs de route wees. Hij deed het met zo'n zwaar Cockney-accent dat ze hem amper kon verstaan.

Ze kwamen langs het Natural History Museum, Harrods, het huis van de hertog van Wellington op Hyde Park Corner en – via een dure omweg – langs Buckingham Palace en St. James's Palace. Maar ten slotte stopte hij dan toch eindelijk voor het Claridge's Hotel. Londen was opwindend. Trixie wenste dat ze langer kon blijven, om meer van de stad te kunnen zien. En tegelijkertijd wenste ze dat ze dat niet alleen zou hoeven te doen, dat ze de stad met iemand samen kon bekijken.

Het Claridge's stelde niet teleur. Met zijn vuurrode tapijten en witte lofwerk bezorgde het hotel Trixie een gevoel alsof ze een stap terug deed in de tijd, naar een periode vol grandeur en elegantie. Ze moest denken aan de favoriete televisieserie van haar moeder, *The Pallisers*, die ze op video had en waarvan ze af en toe een aflevering bekeek. Met de negentiende eeuw als decor hadden The Pallisers gezorgd voor haar eerste onuitwisbare indruk van Engeland. Terwijl ze door de draaideur ging, genoot ze met een prettig gevoel van nostalgie en déjà vu van stemmen die met een Engelse tongval spraken, en het gerinkel van zilveren lepels in porseleinen kopjes. Ze gaf haar bagage in bewaring bij de receptie en liep met een klein koffertje naar de wc's om zich op te frissen voor het interview. Na de lange vlucht voelde ze zich als een jurk die nodig gestreken moest worden. Starend naar haar spiegelbeeld vroeg ze zich af of Jasper haar erg veranderd zou vinden.

Rifat was een charmante, innemende man met wie ze tijdens de lunch een geanimeerd gesprek voerde. Pas in de trein naar Dorset dacht ze weer aan de eigenlijke reden van haar komst. Ze zou beginnen bij het Imkershuis. Als Jasper op een indrukwekkend landgoed woonde, zou het vast niet moeilijk zijn hem te vinden. Gezien alle commotie rond zijn terugkeer kon ze zich niet voorstellen dat hij naar elders was vertrokken. Bij 'zijn soort' – de formulering van haar vader – ging plicht vóór alles. Misschien had juist dat plichtsgevoel Rufus ertoe gebracht Grace haar brieven terug te sturen. Had hij, net als zijn zoon, zijn liefde opgeofferd voor zijn familie? En had hij dat met pijn in het hart gedaan? Of met kille berekening? Hadden de twee mannen uiteindelijk spijt gekregen van hun beslissing?

Terwijl de trein tot diep in het Engelse binnenland doordrong, maakten de buitenwijken plaats voor golvende groene heuvels en wouden. Ondanks de motregen staken de stralende herfstkleuren vurig als laaiende vlammen af tegen de grijze hemel. In plaats van rijtjeshuizen zag Trixie boerderijen door het raampje van haar coupé, en cottages die zo uit een plaatjesboek afkomstig leken. Auto's waren zo goed als verdwenen, het landschap werd gevuld door koeien en schapen die vreedzaam op de glooiende hellingen graasden. De akkers en weiden waren omzoomd door hagen, en van een afstand boden al die afzonderlijke lappen grond de aanblik van een quilt in diverse tinten groen. Trixie voelde zich opgetild door zoveel weemoedige schoonheid en ze vroeg zich af hoe vaak haar ouders naar ditzelfde landschap hadden gekeken.

Het was al donker toen de trein in Dorchester stopte. De regen was opgehouden, maar de vochtige kilte deed haar denken aan de winters op Tekanasset, als de kou je tot op het bot versteende. Ze stopte haar sjaal in haar jas en zeulde haar bagage naar de taxistandplaats. Een dikke chauffeur met varkensoogjes en gehuld in een walm van junkfood en tabak bracht haar over smalle, door bomen omzoomde weggetjes naar Walbridge. Ondertussen vroeg hij honderduit, terwijl Trixie liever in alle rust van het moment zou hebben genoten. Als het haar in Amerika was gebeurd, zou ze hebben gezegd dat hij zijn mond moest houden. Maar hier was ze een vreemde en voelde ze zich minder zeker van zichzelf.

'Dit is Walbridge,' vertelde de taxichauffeur met zijn lijzige, boerse accent, toen ze over een grijze stenen brug een dorp binnenreden. De weg maakte een flauwe bocht en voerde langs winkels en huizen. Het deed Trixie sterk aan Main Street op Tekanasset Island denken, want ook in Walbridge leek de tijd te hebben stilgestaan. De huizen waren opgetrokken uit een zachte, gele steensoort die door de tand des tijds niet ongemoeid was gelaten. Sommige hadden een rieten dak. De bouwvallig ogende schoorstenen rookten als pauzerende nachtwakers tijdens hun ronde. Hier en daar zag Trixie een huisje dat er met zijn lage voordeur en kleine ramen vlak boven de grond uitzag alsof het door hobbits werd bewoond. Straatlantaarns wierpen een oranje gloed op de stoepen, waar zich bladeren hadden verzameld alsof de wind met ze was uitgespeeld. Trixie bekeek het allemaal vol verwondering. Dus dit was het dorp waar Jasper vandaan kwam. En ook het dorp waar zíj zou hebben gewoond als ze met hem was getrouwd. En wat misschien nog minder te bevatten was: uit dit schilderachtige dorp in Dorset waren haar ouders na de oorlog naar Amerika vertrokken.

De Fox and Goose Inn was een ouderwetse pub, met witte muren, zwarte vakwerkbalken en een uithangbord met een sluwe vos die leek na te denken over zijn avondeten. De ramen boden met hun diamantvormige panelen, omlijst door dikke muren, een middeleeuwse aanblik. Nadat ze de taxichauffeur had betaald, keek Trixie om zich heen. De huizen aan weerskanten van de smalle straat leunden naar voren, als oude mensen die niet langer rechtop konden staan. Waren ze zo gebouwd? Of waren ze in de loop der jaren scheefgezakt?

De Inn had twee deuren. De ene gaf toegang tot de pub, op de andere, iets verder naar links, stonden met witte verf de letters B&B geschilderd. Het gouden schijnsel achter de eerste deur was aanlokkelijker en beloofde gezelschap plus een stevige borrel – ze hoorde het geroezemoes van stemmen, de geur van houtrook drong in haar neus. Maar het was al laat en ze had een vermoeiende reis achter de rug. New York leek heel ver weg. En dus liep ze naar de tweede deur. Daarachter lag een soort ontvangstruimte.

'U bent zeker miss Valentine?' vroeg een aantrekkelijke dame van achter een bureau.

'Dat klopt.'

De vrouw schonk Trixie een hartelijke glimlach. 'Kom, dan help ik u met uw koffer. Waar komt u vandaan? Niet uit Engeland, zo te horen.' Ze ging Trixie voor naar een smalle trap.

'Uit Amerika.'

'Bent u hier met vakantie?'

'Ja, voor een paar dagen.'

'Nee maar! En dat u dan voor Walbridge hebt gekozen! We zijn niet echt een toeristische bestemming. De meeste mensen die hier komen, zijn vogelaars. Bij de rivier zitten nog een heleboel zeldzame soorten. En vissen, dat wordt hier ook veel gedaan. We zitten niet ver van zee. Dus mocht u dat leuk vinden...'

'Mijn ouders komen hier oorspronkelijk vandaan.'

'O?'

'Dus ik hoop iemand te vinden die hen nog heeft gekend.'

'Hoe heten ze, kindje?'

'Freddie en Grace Valentine. Ze zijn hier net na de oorlog vertrokken,' vulde ze aan toen een blik van herkenning uitbleef. 'Maar de familie woont, volgens mij, nog hier.'

'Nee, dan weet ik het niet. Ik kom hier niet vandaan. We zijn twaalf jaar geleden uit Sussex hierheen verhuisd om dichter bij onze dochter te zijn. Die is met een man uit Walbridge getrouwd. Dus ik denk dat u het beter bij de wat ouderen kunt proberen. In de pub.' Ze grinnikte. 'Ze zitten aan de bar. Het kan niet missen.'

'Dank u wel. Dat zal ik doen.'

'U zult wel trek hebben.'

'Een beetje wel, ja.'

De vrouw deed een rode deur open die toegang gaf tot een kleine kamer met een tweepersoonsbed en een raam. 'De badkamer is op de gang. Ik ben zo vrij geweest de gordijnen dicht te doen, maar morgenochtend kunt u vanuit uw raam de rivier zien liggen. Het uitzicht is prachtig. Als u zover bent, kom dan naar de pub. Dan maak ik iets te eten voor u. Wat dacht u van een lekker bordje filosoof? Daar warmt u weer van op. Als u uit Amerika komt, bent u dit koude weer vast niet gewend.'

Ze was duidelijk nooit in Amerika geweest. Trixie glimlachte. 'Een bordje filosoof lijkt me heerlijk.' Ze had geen idee wat het was, maar als ze er weer van opwarmde, moest het goed zijn.

Nadat ze uitgebreid in bad was geweest en andere kleren had aangetrokken voelde ze zich een stuk beter. Ze liep de trap af naar de pub. De gasten zaten in groepjes aan zware houten tafels en bij de bar stonden krukken. Iedereen keek naar haar toen ze binnenkwam. Walbridge was maar klein. Er kwamen hier vast niet veel vreemden. In de pub hing een sterke rooklucht, van het gastvrije vuur in de haard en van de sigaretten die overal opgloeiden. Trixie ging op een kruk aan de bar zitten en stak er ook een op. De barkeeper vroeg met een goedkeurende blik wat ze wilde drinken. Ze schatte hem op een jaar of veertig. Een man met dunnend haar en een fris, open gezicht. Het zou niet lang duren of hij knoopte een praatje met haar aan, vermoedde ze. Hij zette een rumcocktail voor haar neer, en even later kwam Maeve, zoals de barkeeper haar noemde, de ovenschotel brengen, die niet alleen gloeiend heet maar ook erg smakelijk was.

'Waar kom je vandaan?' vroeg de barkeeper ten slotte, met een blik in zijn ogen die er geen geheim van maakte dat hij haar aantrekkelijk vond.

'Uit Amerika.' Ze vertelde hem hetzelfde wat ze even eerder tegen Maeve had gezegd.

Hij knikte, gretig haar te helpen. 'Valentine.' Er kwam een nadenkende blik in zijn heldere ogen, die zo blauw waren als vergeet-me-nietjes. 'Er zat een winkel aan de hoofdstraat… die heette Red Valentine. Het was een damesmodezaak. Maar dat is jaren geleden. Ik was nog een jochie, dus ik zal het eens aan mijn moeder vragen. Misschien weet zij het. Maar volgens mij komt die naam hier niet meer voor. Dat weet ik bijna zeker. De meeste mensen hier ken ik wel. De pub ligt midden in Walbridge en het is maar een klein dorp. Dus ik vermoed dat de familie vertrokken is.'

'Dan moet ik maar op zoek naar de oudste in de pub.' Ze keek lachend om zich heen. 'Misschien dat ik dan iets wijzer word.'

'Ik zal je aan hem voorstellen,' zei de barkeeper enthousiast. 'Alle oude mensen vinden het heerlijk om over vroeger te praten.' Behalve mijn ouders, dacht Trixie verdrietig. 'Hoe lang blijf je?' vroeg hij.

'Een paar dagen.'

'Heb je hier mensen die je kent?'

'Nee.'

Hij schonk haar een brede grijns. 'Bij dezen. Robert Heath.' Hij stak haar zijn hand toe.

Ze legde de hare erin. 'Hallo, Robert. Ik ben Trixie.' Hij fronste. 'Ik heet eigenlijk Beatrix,' voegde ze er behulpzaam aan toe.

'Net als Beatrix Potter?'

'Ja, en net als de koningin.'

Hij fronste weer.

'Van Nederland.'

'O. Ik ken alleen ónze koningin.' Hij pakte een glas en begon het droog te wrijven. 'En wat ga je doen als je iemand vindt die je ouders heeft gekend?'

'Een heleboel vragen stellen.'

Hij trok zijn wenkbrauwen op. 'Dat klinkt geheimzinnig.'

Ze grijnsde wrang. 'Je hebt geen idee hóé geheimzinnig!'

'Nou, dan hoop ik dat je antwoord krijgt.'

'Daar zorg ik voor,' antwoordde ze. 'Ik vertrek pas als ik antwoord op al mijn vragen heb.'

Ze drukte haar sigaret uit maar stak meteen de volgende op. 'Zegt de naam Jasper Duncliffe je iets?'

Er verscheen een blik van herkenning op Roberts gezicht. 'Je bedoelt Jasper Penselwood. Ze wonen in de Hall.'

Haar hart begon te bonzen. 'Walbridge Hall?'

'Precies.'

'En hij heette vroeger geen Penselwood, maar Duncliffe. Klopt dat?'

'Dat klopt. Maar inmiddels heet hij Penselwood. De markies van Penselwood, om precies te zijn.'

Nu was het haar beurt om verward te kijken. 'Maar hoe kan dat dan? Waarom is hij van naam veranderd?'

'Engelse titels zijn erg ingewikkeld.' Hij genoot zichtbaar van haar onwetendheid. 'Als ze bij mij in de familie niet altijd voor de aristocratie hadden gewerkt, zou ik er ook niks van snappen. Het zit zo. De zoon van de markies van Penselwood is de graaf van Melville. En de zoon van Lord Melville heet Lord Duncliffe. Drie namen binnen één familie. Krankzinnig, als je het mij vraagt. Jasper Duncliffe kwam hier vroeger vaak wat drinken met zijn vrienden. Ik begon destijds net achter de bar. Toen is hij naar Amerika vertrokken, met zijn band. Hij speelde hier ook altijd, voordat het hele avontuur op niets uitliep. Hij had een goede stem. Ik dacht dat hij het ver zou schoppen. Trouwens, dat dachten we allemaal. Maar toen is zijn broer verongelukt.' Robert schudde zijn hoofd. Zijn gezicht stond ernstig. 'Tragisch, dat was het. Heel erg tragisch. Hij reed nooit te hard. En ook niet roekeloos. Het was een ongeluk. Een aardige kerel, dat was het. Ik kan me de begrafenis nog goed herinneren...' Hij hield even op met drogen. 'Een treurige dag, voor heel Walbridge,' zei hij fronsend.

'En hoe ging het verder? Toen Jasper uit Amerika was teruggekomen?'

Robert zette het glas neer en pakte het volgende. 'Toen werd hij markies van Penselwood. En hij trouwde met Charlotte Hanbury-Johnson.'

'Wat is het voor iemand? Zijn vrouw, bedoel ik.'

'Ken je Lord Penselwood?' Hij nam haar wantrouwend op. Als ze nog meer van hem te weten wilde komen, zou ze – althans gedeeltelijk – open kaart moeten spelen.

'Ik heb hem in Amerika ontmoet, in de tijd dat hij nog carrière wilde maken als rockster.' Ze glimlachte weemoedig. 'Dat is jaren geleden. We waren goed bevriend. Speelt hij nog gitaar?'

'Dat denk ik niet. Ik weet nog dat hij daar zat, op jouw kruk, met een whisky. Zijn ouders begrepen hem niet, klaagde hij. Ze wilden dat hij in het leger ging.'

'Dat zou hij verschrikkelijk hebben gevonden.'

'En dus ging hij naar Amerika. Het was zonde dat hij terug moest komen. Misschien was hij anders wel beroemd geworden.'

'Net zo beroemd als de Beatles.'

Hij glimlachte peinzend. 'Ja, net zo beroemd als de Beatles. Dat was geweldig geweest. Gratis tickets voor hun concerten.'

'Is de Hall hier dichtbij?'

'Je kunt het lopen. De tuinen zijn 's zomers open voor het publiek, dus er staan overal bruine borden. Het kan niet missen.'

'Maar ik neem niet aan dat ze nu open zijn?'

Hij schudde zijn hoofd. 'Nee. Dan had je in mei of juni moeten komen. De tuinen zijn echt ongelooflijk!'

'Komt Jasper nog wel eens in de pub?'

'Nee.' Hij grijnsde. 'Maar zijn zoon komt hier sigaretten halen.'

'Hoe oud is hij?'

'Een jaar of vijftien. En ik doe alsof ik dat niet weet.'

'Maar hoe is ze? De vrouw van Jasper?'

Hij haalde zijn schouders op. 'O, ze is niet onaardig. En altijd druk. Maar dat hoort erbij. Ze is net als haar schoonmoeder, Lady Georgina. Twee handen op één buik, dat zijn ze. Allebei altijd druk.' Uit de nadruk waarmee hij het zei, leidde Trixie af dat ze nogal vermoeiend waren. 'Wil je nog iets drinken?' Hij zette het glas neer.

'Ach, waarom ook niet? Maar niet te sterk, alsjeblieft.'

'Zoals je wilt.' Hij schroefde de dop van de Bacardi en schonk een schoon glas in. 'Wat deed je vader?'

'Hij werkte op de boerderij.'

'Van het landgoed?'

'Ja. En mijn moeder was de imker.'

Er verscheen een brede glimlach op zijn gezicht. 'Had dat dan meteen gezegd!' Hij zette zijn handen op zijn heupen. 'Mijn grootvader was eerste hovenier tijdens de oorlog. Ik wed dat hij je ouders heeft gekend. Hij is helaas overleden. Maar mijn moeder weet het misschien ook nog wel. Ze heeft jaren voor de familie gewerkt. Tegenwoordig werkt ze in de huishouding bij de oude Lady Penselwood. Die woont aan de andere kant van het dorp. Ze is in de negentig, maar nog erg kras.'

'Dat is Jaspers oma, toch?'

'Precies. Ze moet weinig hebben van de andere vrouwen in de familie. Vandaar dat ze naar de andere kant van het dorp is vertrokken. Een ouwe taaie, dat is ze. Zo onverwoestbaar als een Sherman-tank.'

'Wat een prestatie, om zo oud te worden.'

'Dat soort vrouwen heeft het eeuwige leven. Ik wed dat onze koningin-moeder de honderd ook wel haalt.'

'Hoe komt dat, denk je?'

'Een kwestie van afkomst. Gewone mensen zoals wij gaan al veel eerder het hoekje om.' Hij boog zich over de bar en dempte zijn stem. 'Of misschien zijn ze gewoon zo verrekte koppig dat ze het vertikken de geest te geven voordat zij besluiten dat ze er klaar mee zijn.'

Toen Trixie in bed kroop dacht ze aan Jasper. Hoe moest ze het aanleggen om hem te ontmoeten? Kon ze gewoon bij hem aanbellen? Of was dat een faux pas? Het zou er in de Hall vast en zeker erg formeel aan toe gaan, net als bij Plantagenet Palliser. En bovendien, wat moest zijn vrouw wel niet denken als ze zomaar ineens, onaangekondigd op de stoep stond? Zijn vrouw... Met een gesmoorde kreun verborg ze haar gezicht in haar kussen. Wat bezielde haar? Ze leek wel niet goed wijs! Het was zeventien jaar geleden dat Jasper en zij elkaar hun liefde hadden verklaard. En ook zeventien jaar geleden dat ze zijn brief had gekregen waarin hij schreef dat hij niet met haar kon trouwen. Zeventien jaar droogte voor haar dorstende hart. Wat verwachtte ze dat er zou gebeuren? Wat hoopte ze? Dat hij spijt zou krijgen en zijn vrouw en kinderen voor haar in de steek zou laten? Dat zou niet gebeuren, en hoezeer ze hem ook miste – en ze miste hem verschrikkelijk! – ze wilde er niet de oorzaak van zijn dat zijn gezin uit elkaar viel.

Ze zou voor hem niet meer het meisje zijn op wie hij ooit verliefd was geworden. In plaats daarvan zou hij medelijden met haar hebben. Hij was getrouwd en hij had kinderen gekregen, zij was stil blijven staan, zich wentelend in spijt en zelfbeklag. Ze was niet verdergegaan met haar leven, hij wel. Wat had het voor zin om hem terug te zien? Waar zou dat toe leiden? Het was zinloos, als een korst die werd losgekrabd, waardoor de wond daaronder opnieuw zichtbaar werd en waardoor de genezing weer helemaal van voren af aan moest beginnen.

Daar had ze niet aan gedacht. Ze was alleen maar bezeten geweest door het vooruitzicht de man die ze liefhad terug te zien. Maar ze besefte nu pas hoe zinloos het hele plan was geweest.

Haar verstand zei haar dat ze de volgende morgen de eerste trein terug moest nemen. Terug naar Londen. Maar haar hart wilde dat ze bleef. Dit was het dorp waar haar ouders waren opgegroeid, waar ze waren getrouwd, waar haar moeder verliefd was geworden op de graaf van Melville; een verhouding die dramatisch was geëindigd, zonder dat ze daar een verklaring voor had. Haar moeder was voorgoed uit Engeland weggegaan, met een gebroken hart. En haar vader? Wat was zíjn verhaal?

Terwijl ze wegdoezelde, dacht ze aan haar moeder, huilend op de schommelbank, en dat sterkte haar in haar vastberadenheid om te doen wat ze kon om de waarheid te achterhalen. Want dat was belangrijk. Ze had het gevoel dat iemand een beroep deed op haar geweten, dat iemand haar voortdreef; een stem zonder geluid, die erop bleef hameren dat het van het allergrootste belang was om de waarheid boven tafel te krijgen. Voordat ze wegzonk in de koele duisternis van de slaap, zag ze voor haar geestesoog het silhouet van een man. Hij stond bij de bijenkasten. En hoewel ze hem niet duidelijk kon zien, herkende ze hem. Ze kende hem op een diep, onbewust niveau. Uit de glimlach waarmee hij haar aankeek, sprak liefde.

23

De nieuwe dag brak met bijna zomers enthousiasme door de duisternis. De zon zette de bomen in vuur en vlam, zeemeeuwen gleden klaaglijk roepend laag over de rivier. Toen Trixie de gordijnen openschoof, zwol haar hart van vreugde bij het zien van het vredige tafereel. Een rij wilde eenden dobberde langs als een konvooi kleine schepen, een treurwilg doopte zijn ranke takken sierlijk in het water. Op de oever speelde een jonge hond opgewonden tussen de oranje bladeren, tot zijn baasje hem terugfloot. Met een zucht van genot keek Trixie omhoog, naar de bleekblauwe hemel waar pluizige wolkenslierten door een lichte bries werden meegevoerd. Nu begreep ze waarom mensen Engeland zo mooi vonden. Motregen had plaatsgemaakt voor zonneschijn en alles wat de vorige dag nog grijs was geweest, was nu overgoten met een stralende gouden gloed.

Tijdens het ontbijt, beneden in de pub, vertelde Robert trots dat hij voor de lunch een afspraak voor haar had geregeld met zijn moeder. 'Ze heeft jouw moeder nog gekend. Grace. Klopt dat? En bovendien heeft ze in haar jonge jaren ook nog een tijdje voor ene Josephine Valentine gewerkt. Bij Red Valentine. Dat was haar winkel. Ik heb een geheugen als een olifant,' besloot hij grijnzend.

Trixie was onder de indruk. 'Josephine is de zus van mijn vader. Ik weet nog dat ze kwam logeren, samen met opa en oma. Ik was toen nog heel klein. Ze had vuurrode lippenstift en ze gebruikte een parfum waar ik hoofdpijn van kreeg. Maar ik vond haar prachtig! Een filmster! Ik ben benieuwd wat er van haar is geworden.'

'Dat kun je aan mijn moeder vragen. Die vindt het heerlijk om over vroeger te praten. Als ze eenmaal op haar praatstoel zit is er geen houden meer aan. Wat ga je vanochtend doen?'

'Naar het Imkershuis.'

'Weet je waar het is?'

'Nee, ik had gehoopt dat jij me dat kon vertellen.'

Hij lachte. 'Maeve weet het wel. Ze zit in het kerkbestuur, dus ze is bij heel Walbridge over de vloer geweest.'

Op dat moment kwam Maeve de pub binnen vanuit de ontvangstruimte. 'Hoor ik daar mijn naam ijdel gebruiken?'

'Trixie is op zoek naar het Imkershuis,' zei Robert. 'Ik zei dat jij wel zou weten waar het is.'

'Dat klopt.' Maeve keerde zich trots naar Trixie. 'Ik breng het parochieblad rond. Dus er is inderdaad geen huis in Walbridge waar ik niet aan de deur ben geweest.'

'Mijn moeder was imker,' vertelde Trixie.

'O, wat leuk! Ik ben dol op bijen. Het zijn zulke fascinerende beestjes,' jubelde Maeve. 'Hoe ze die honing maken! Dat vind ik zo knap! Er zijn nog altijd bijenkasten. De huidige imker heet Robin Arkwright. Hij is ook jachtopziener. En hij weet alles over vogels. Soms stuur ik gasten naar hem toe. Mensen die geïnteresseerd zijn in vogels. Robin is een wandelende encyclopedie. Je moet hem maar eens naar de dikbekfuut vragen. Of naar de vale pijlstormvogel. Prachtige namen, vind je niet?'

'Ja, prachtig!' viel Trixie haar bij. 'En hoe kom ik bij het huis?'

'Het is een prachtige dag voor een wandeling. Je kunt via de weg, maar dat is langer. Dus ik zou het voetpad nemen, over het terrein van het landgoed. Dat is veel mooier, met meer natuurschoon. Die route raad ik mijn gasten ook altijd aan. Hier, ik zal hem voor je tekenen.' Ze pakte het notitieblokje dat bij de kassa lag. 'Je loopt langs de kerk, dan ga je híér het pad op naar de boerderij. Langs een rij huisjes, en dan dáár door het hek. Er staat een bord dat de wandelroute aangeeft. Blijkbaar is de familie ooit naar de rechter gestapt om het terrein af te sluiten voor het publiek, maar dat hebben ze verloren. Volgens de rechter had iedereen het recht om zo'n prachtig, historisch landhuis te bewonderen. Goed, hè? Doe er je voordeel mee, kindje. Geniet ervan.'

Trixie liep de smalle laan af die uitkwam op de weg dwars door het dorp. Een brede, schilderachtige straat met aan weerskanten winkels en huizen, opgetrokken in zandkleurige steen. Het verschil in hoogte van alle daken en schoorstenen verleende het geheel een soort rommelige charme. Hier en daar liepen wat mensen op de stoep, af en toe kwam er een auto voorbij, maar dat alles kon de vredige rust niet verstoren.

Ten slotte kwam ze bij de kerk. Het kerkhof lag er verlaten bij, de zerken baadden in de ochtendzon. Merels scharrelden tussen het afgewaaide blad op het gras. Trixie vroeg zich af of haar opa hier begraven lag. Dat zou ze later onderzoeken. Op dat moment ging de deur van de kerk open. De dominee kwam naar buiten met een oude dame in tweed en op rubberlaarzen. Ze had een sjaal om haar hoofd gewikkeld, leunde op een wandelstok en gebaarde krachtig met haar vrije hand. De dominee gooide schaterend zijn hoofd achterover. Trixies nieuwsgierigheid was gewekt, dus ze bleef staan om te luisteren. Terwijl het tweetal het pad af liep, kon ze duidelijk verstaan wat er werd gezegd. De oude dame had een scherpe, gebiedende stem. Ze was overduidelijk gewend haar zin te krijgen.

'Dus de dokter heeft mijn been verbonden en me een paar dagen rust voorgeschreven. De idioot! Thuis heb ik het verband er meteen afgehaald, ik heb een flinke bel sherry genomen en ik ben een eind gaan lopen met Magnus. De enige reden dat ik naar de dokter ging, was om Georgie een plezier te doen. Die stond erop dat ik naar dat been liet kijken. Ze maken tegenwoordig toch altijd zoveel drukte om niks! In mijn tijd liep je daar gewoon mee door. Wij hadden het te druk om onze tijd te verdoen in de wachtkamer van de dokter. Maar Lottie zit er al zodra die kinderen maar een snotneus hebben. En die hebben ze voortdurend. Maar ik moet mijn mond houden. Ik ben tenslotte hun overgrootmoeder maar, dus wat weet ik ervan?' Ze snoof luidruchtig. 'Afijn, is het zo geregeld?'

'Het is geregeld, Lady Penselwood.'

'Mooi zo.'

'Maar laten we hopen dat het voorlopig nog niet aan de orde is.'

'*Que sera, sera*, luidt het gezegde. En *Een gewaarschuwd mens*... Dat is er ook een. Denk erom dat Georgie er niets aan verandert. Ik mag tegen die tijd dan drie meter onder de grond liggen, ik wil niet dat zij alsnog de dienst uitmaakt. Is dat duidelijk?'

'Het is volkomen duidelijk, Lady Penselwood.'

'Ze heeft een verschrikkelijke smaak als het om muziek gaat. Altijd al gehad.' Lady Penselwood snoof. 'Ach, was Rufus nog maar...' Haar stem stierf weg en Trixies wangen begonnen te gloeien, alsof zij een verhouding met Rufus had gehad in plaats van haar moeder. De dominee en Lady Penselwood waren bij de weg gekomen. De oude dame wierp een strenge blik op Trixie, die licht terugdeinsde. 'Goedemorgen! Wat een prachtige ochtend! Vindt u ook niet?'

'Dat is het zeker,' viel Trixie haar bij, waarop Lady Penselwood haar onderzoekend opnam. Waarschijnlijk vroeg ze zich af wat die onbekende met een Amerikaans accent in Walbridge te zoeken had. Toen ze ten slotte naar de wachtende auto liep, rook Trixie heel vaag een geur van seringen.

Ze keek de auto na. Dus dat was de moeder van Rufus. Lady Penselwood. Wat verwarrend dat er dríé Lady's Penselwood waren: Lottie, de vrouw van Jasper; Georgie, zijn moeder; en deze indrukwekkende oude dame, Georgies schoonmoeder. Het liefst zou Trixie de telefoon pakken en haar moeder bellen. Maar ze kon haar niet vertellen waar ze was. Dan moest ze ook opbiechten dat ze de brieven had gelezen. Dus ze zou het helemaal op eigen kracht moeten uitzoeken, zonder hulp van haar moeder – en van haar vader. Terwijl uitgerekend zij haar het meest hadden kunnen vertellen.

Ze hield zich aan het kaartje van Maeve en sloeg het voetpad in dat dwars door de velden naar de bossen leidde. Schapen graasden, vogels kwetterden en Trixie genoot van de landelijke rust. Het was allemaal zo anders dan in Amerika; kleinschaliger en voor haar als buitenlander ook zo schilderachtig en ouderwets.

Terwijl ze een heuvel beklom bleef ze af en toe even staan om op adem te komen en de omgeving te bewonderen. Haar moeder had hier ongetwijfeld ook talloze malen gelopen. Ging ze in haar verbeelding ooit terug naar het verleden? Miste ze het? Even later liep Trixie langs een uitgestrekte, versgeploegde akker. Aan haar linkerhand verhief zich een hoge haag, helemaal tot aan het bos. Toen ze aan het eind van het veld was gekomen en de haag minder dicht werd, kon ze uit de vallei beneden haar schoorstenen zien oprijzen. Nieuwsgierig werkte ze zich door een opening in de takken. Eenmaal aan de andere kant gekomen hield ze haar adem in bij de aanblik van het schitterende landhuis dat aan haar voeten lag, omringd door onafzienbare tuinen.

Ze liep een eindje verder langs de bosrand, toen bleef ze staan om de schoonheid van Walbridge Hall, de zetel van het geslacht Penselwood, in zich op te nemen. Behalve op de televisie en in fotoboeken had ze nog nooit zo'n schitterend huis gezien. Met haar handen in haar zij lachte ze hardop om haar eigen onnozelheid. Dus dít was het huis waarvoor Jasper zijn carrière in de muziek had opgegeven. Dít was zijn erfenis. Dit was het landgoed dat zijn volle toewijding eiste, het familiebezit dat zijn erfgenamen verplichtte hun persoonlijke geluk op te offeren zodat het van generatie op generatie kon blijven voortbestaan, als een minotaurus van baksteen en cement. Jasper had háár voor het huis opgeofferd. Was het met Rufus en haar moeder net zo gegaan?

De lach bestierf haar op de lippen en ze keek verbitterd neer op het huis dat haar van haar grote liefde had beroofd. Achter al die schoonheid verschool zich een koud en gevoelloos hart. Was Jasper gelukkig? Dacht hij nog aan haar? Pakte hij zijn gitaar nog wel eens om het nummer te spelen dat hij voor haar had geschreven? Zong hij überhaupt nog?

Ze rukte zich los van de aanblik, bang dat ze hem zou zien en dat ze zich dan niet zou kunnen beheersen. De route voerde de heuvel af, naar de bosrand, waar een pad zich voortslingerde tussen dichte varens en knoestige oude eikenbomen, die onderzoekend op haar neerkeken, als hertogen uit een eeuwenoud verleden die zich afvroegen wat ze hier te zoeken had. Tussen de bomen klonk een geritsel van dieren die zich niet lieten zien. Ze begon een beetje bang te worden.

Ten slotte kwam het eind van het bos in zicht, met een verleidelijk doorkijkje naar open velden en landerijen die zich koesterden in de zon. Toen ze het bos achter zich liet en in het volle licht stapte, zag ze een eindje vóór zich een huisje dat deels schuilging achter een groepje bomen. Het Imkershuis. Dat moest het zijn. Langzaam liep ze erheen. Het besef dat ze in de voetsporen van haar moeder liep, stemde haar onverwacht emotioneel. Het huisje had een rieten dak, witte muren en ramen die bijna slaperig van onder de dakrand de wereld in keken. Als die ramen eens konden praten!

Ze klopte op de deur. Toen er geen reactie kwam, aarzelde ze. Wat nu? Ze wilde niet betrapt worden op spioneren, maar het verlangen om de bijenkasten te zien maakte haar roekeloos. En dus liep ze om het huisje heen naar de achterkant. 'Hallo!' riep ze. 'Is er iemand thuis?'

Boven de struiken verscheen een hoofd met een wollen muts, als een soort vogelverschrikker. 'Wie is daar?'

'O, hallo,' antwoordde Trixie verrast. 'Maeve heeft me over u verteld.'

'Logeert u bij haar in de B&B?'

'Ja. Ze zei dat ze gasten naar u toe stuurt als ze iets over vogels willen weten.'

'Aha! Bent u geïnteresseerd in vogels?' vroeg hij wat toeschietelijker en hij stapte vanuit de border het grasveld op.

'Ik kom eigenlijk voor de bijen.'

Zijn gezicht lichtte op. 'Nog beter! Ik heb een heleboel bijen.' Hij veegde zijn vingers af aan zijn broek. 'Robin Arkwright.'

Ze schudde hem ferm de hand. 'Trixie Valentine.'

'Valentine. Wat een romantische naam.'

'Dank u wel. Mijn ouders hebben hier gewoond.'

'Aha. Díé Valentine!'

'Mijn moeder was hier imker tijdens de oorlog.'

'Grace Valentine.' Hij knikte.

Trixies hart maakte een sprongetje. 'Hebt u haar gekend?'

'Nee, ik ben hier in '62 gekomen, maar Tom Garner was de broer van mijn moeder en hij sprak altijd heel lovend over Grace en Freddie.'

'Wat leuk om te horen. En wie is Tom Garner?'

'Hij was rentmeester op het landgoed, nog tot hij dik in de zeventig was. Uiteindelijk hebben ze hem moeten dwingen met pensioen te gaan. En toen was het ook meteen met hem gebeurd. Hij was de rechtstreekse baas van je vader. Freddie Valentine.' Hij krabde glimlachend tussen zijn grijzende krullen. 'Grappig om die naam na al die jaren weer te horen.'

'Mijn ouders zijn naar Amerika geëmigreerd.'

'Dat klopt. Ze waren van de ene op de andere dag vertrokken. Je vader was gewond geraakt in de oorlog, als ik het goed heb begrepen.'

'Ja, hij heeft een oog verloren.'

Robin schudde zijn hoofd. 'Deksels beroerd voor hem. Hij was een held, volgens mijn oom Tom.'

'Echt waar? Mijn vader?'

'Ja, hij is een oorlogsheld. Heeft hij je dat nooit verteld?'

'Hij praat nooit over de oorlog.'

'Nee, dat begrijp ik ook wel. Mijn oom praatte nooit over Ieper. Daar is hij een been kwijtgeraakt. Ik neem aan dat ze de oorlog het liefst zo snel mogelijk wilden vergeten toen ze eenmaal weer thuis waren.'

'Woont u hier al sinds 1962?'

'Nee, ik heb eerst bij mijn oom in huis gezeten. Ik had geen ervaring als imker en jachtopziener, maar ik werkte onder Mr. Swift, de vorige jachtopziener. Benedict Latimer, de imker, heeft me alles geleerd wat hij over bijen wist. Toen hij met pensioen ging heb ik het van hem overgenomen. Mijn oom kon geen andere imker vinden, of misschien had hij geen zin om ernaar te zoeken, en dus was ik de gelukkige en mocht ik in het Imkerhuis gaan wonen.'

'Het ziet er erg leuk uit.'

'Mijn vrouw vond het te klein, vandaar dat we er een serre aan gebouwd hebben. Maar voor het overige is er, volgens mij, niet veel veranderd sinds je ouders hier woonden.'

'Ik zou het erg leuk vinden om de bijenkasten te zien.'

'Natuurlijk. Kom maar mee.' Hij ging haar voor naar het achterste gedeelte van de tuin. 'Heb je zelf ook bijen?'

'Nee, maar mijn moeder heeft een paar kasten. Ik help haar met de verzorging en het onderhoud.'

'Het is een verslavende hobby. Wanneer je er eenmaal aan begint kun je niet meer stoppen. Bijen zijn fascinerende diertjes, vind je ook niet?'

'Dat zijn ze zeker.'

Robin liet haar trots een rij van acht kasten zien. Ze stonden langs een haag die de tuin aan de achterkant begrensde. 'Ik wed dat de helft nog stamt uit de tijd toen je moeder hier imker was. Op af en toe een reparatie na en hier en daar een nieuw onderdeel zijn ze nog volledig origineel. Ik heb er een paar bijgekocht. En Mr. Latimer ongetwijfeld ook. Maar die drie daar, die zien eruit alsof ze hier altijd al hebben gestaan!' Hij grinnikte. 'Ben je hier op bezoek?'

'Ja, ik was benieuwd waar mijn ouders zijn opgegroeid en getrouwd.'

'Zijn ze...'

'Nee, gelukkig niet. Ze leven nog. Maar ik moest voor mijn werk in Londen zijn, dus toen besloot ik om hier ook een kijkje te nemen.'

'Wat leuk. Nou, zeg maar tegen je moeder dat de bijen het nog altijd goed doen in Walbridge. Dat vindt ze vast leuk om te horen.'

'Nou en of.'

Ze spraken over de bijen, over de laatste oogst en de problemen met motten en bestrijdingsmiddelen. Hoe zou haar moeder het vinden dat ze hier was? Trixie zou haar ervaringen zo graag met haar willen delen. Het was al halverwege de ochtend toen ze terugliep door het bos. Ze dacht aan wat Robin haar had verteld. Dat haar vader een oorlogsheld was. Daar had hij nooit iets over gezegd. En haar moeder ook niet. Vreemd, want dat was toch iets om trots op te zijn? Tot dusverre had ze nog geen antwoorden en waren er alleen maar vragen bij gekomen.

Terwijl ze door het bos liep, hoorde ze plotseling gehijg in de varens. De bladeren weken uiteen en er kwam iets door het groen op haar afstormen. Misschien een wild zwijn of een vos, dacht Trixie angstig. Maar toen werd er een glimmend zwarte neus zichtbaar, gevolgd door grote zwarte poten en een glanzende zwarte vacht, en er tuimelde een zwarte labrador het pad op. Trixie bukte zich verrast en opgelucht om hem te aaien. Op zijn beurt leek de hond minder verrast haar te zien. Hij kwispelde met zijn staart en duwde opgetogen zijn neus tussen haar knieën. Trixie keek om zich heen, op zoek naar zijn baasje. Maar alles bleef stil, het bos lag er verlaten bij.

Blijkbaar was de hond alleen op stap. Hij had wel een identificatieplaatje aan zijn halsband. *Ralph, The White House, Walbridge Hall*, stond erop. Met een telefoonnummer. 'Nou, Ralph, dan zal ik je maar naar huis brengen.' Trixie vervolgde haar weg. Ze had geen idee waar ze het White House kon vinden, maar Walbridge Hall wist ze te liggen. Misschien moest het zo zijn. Misschien zou ze Jasper alsnog te zien krijgen.

Met een knoop in haar maag daalde ze de heuvel af naar de Hall, op de hielen gevolgd door de hond. Ineens had ze een reden om aan te bellen en hoefde ze niet bang meer te zijn voor een faux pas. Ze zou aanbellen en naar het White House vragen. In gedachten zag ze Jaspers gezicht al voor zich wanneer hij de deur opendeed. Hij zou met stomheid geslagen zijn. Ze streek verlegen met haar handen door haar haar in een poging het te fatsoeneren.

Toen ze ervoor stond was het huis zo mogelijk nóg intimiderender. De zandkleurige muren verhieven zich hoog en streng, de ramen keken gebiedend de wereld in. Ze was zo nerveus dat haar hart sneller begon te slaan. Net toen ze aan de bel wilde trekken, die aan een zwaar koord rechts naast de enorme deur hing, klonk er achter haar een stem. 'Kan ik u helpen?' Ze draaide zich om, teleurgesteld toen ze ontdekte dat een tuinman haar had aangesproken.

'Ik heb deze hond in het bos gevonden. Dus ik kom hem terugbrengen,' legde ze uit.

'O, dat is Ralph. Hallo, Ralph.' Hij sloeg op zijn knieën en de hond sprong enthousiast tegen hem op. 'Gek beest! Hij loopt voortdurend weg. Maar ja, dat heb je met reuen. Teefjes zijn honkvaster. Ralph is de hond van Lady Georgina. Weet u waar het White House is?'

Trixie zag bepaald niet uit naar een ontmoeting met de vrouw die Jasper zijn trouwplannen met haar uit het hoofd had gepraat. 'Nee, ik kom hier niet vandaan.' Ze deed een stap naar achteren. 'Kan ik hem misschien bij u achterlaten?'

'Komt u maar mee. Dan zal ik het u wijzen. U moet de tuin door, helemaal naar de andere kant van de moestuin.'

Ze volgde hem met tegenzin rond het huis naar de achterkant. Aan het eind van een uitgestrekt, onberispelijk gemaaid gazon tekende een steigerend paard op een sokkel zich af tegen het dieprode blad van een esdoorn. De borders bloeiden in stralende tinten paars, rood en geel. Hoge bomen strooiden met hun goudgeel verkleurde bladeren die speels door de wind werden meegevoerd. Het effect was zo dramatisch dat het leek alsof de tuin in vuur en vlam stond. Trixie ging langzamer lopen om het allemaal in zich op te nemen. Zoiets moois had ze nog nooit gezien en ze besefte dat alle tuinen die haar moeder op Tekanasset had ontworpen, slechts povere imitaties waren; maar ook dat haar moeder bij elke bloem, elke struik, elke boom die ze plantte, werd gedreven door verlangen en heimwee. Haar moeder mocht Engeland dan voorgoed hebben verlaten, de tuinen die ze aanlegde, bleven haar terugvoeren naar het verleden.

Door een opening in een taxushaag zag Trixie een tennisbaan; ze hoorde het zwakke stuiteren van ballen op rackets en hoopte dat de tuinman haar langs de baan zou gidsen – misschien was Jasper wel aan het tennissen – maar hij nam haar mee door een ommuurde moestuin. Aan de andere kant daarvan verhief zich een groot wit huis, met opnieuw een schitterende tuin vol goudgeel en dieprood. Daar nam de tuinman afscheid, gehaast als hij was om weer aan het werk te gaan. 'Lady G zal u ongetwijfeld persoonlijk willen bedanken.' Na die woorden verdween hij in de ommuurde moestuin.

Jaspers moeder was blijkbaar nogal intimiderend. Anders had de tuinman vast wel aangeboden de hond zelf terug te brengen. Met een geërgerde zucht drukte Trixie op de bel, terwijl ze de tuinman in gedachten uitmaakte voor lafaard. De deur ging open en Trixie keek recht in de ijsblauwe ogen van een lange, slanke vrouw met asblond haar in een strenge boblijn. 'Met wie heb ik het genoegen?' vroeg ze zonder ook maar een zweem van een glimlach.

Trixie registreerde de scherpe jukbeenderen, de volle mond, de rechte neus. Goed geconserveerd, dacht ze. Maar wel een ijskonijn. 'Ik kwam uw hond tegen in het bos.' Ze beantwoordde de ijzige blik vrijmoedig.

Lady Georgina keek naar de labrador. 'Ralph! Ben je nou wéér weggelopen?' Ze zuchtte ongeduldig. 'Waar hebt u hem gevonden?'

'Ik weet het niet. Ergens midden in het bos.'

'Nee, natuurlijk weet u dat niet. U bent Amerikaanse. Dat hoor ik aan uw accent. Bent u hier met vakantie?'

'Zo zou je het kunnen noemen.'

Lady Georgina snoof. Ze nam Trixie onderzoekend op en wat ze zag, leek haar te ontdooien.

'De tuinen zijn schitterend!' zei Trixie. 'Echt ongelooflijk. Ik heb nog nooit zulke prachtige kleuren gezien.'

'Ja, het is wel bijzonder, hè?' De hond sjokte langs haar heen het huis in. 'Nou ja, in elk geval heel erg bedankt voor het terugbrengen.'

'Is dat Ralph?' klonk een stem.

'Ja, hij was er weer eens vandoor.'

Er kwam een man aanlopen die achter Lady Georgina bleef staan. 'En u hebt hem teruggebracht?' Hij schonk Trixie een glimlach. 'U bent een engel!'

'Nou, niet echt. Ik was bij het Imkershuis geweest. Daar heeft mijn moeder gewoond.' Ze zag een blik van herkenning op het gezicht van Lady Georgina verschijnen.

'Grace Valentine?' zei ze langzaam. 'Lieve hemel, u lijkt sprekend op haar.'

'Echt waar? Dat wist ik niet.'

'Als twee druppels water. Komt u toch even binnen. Wilt u misschien een kopje thee? We zijn u zo dankbaar dat u Ralph hebt teruggebracht. Dat was echt buitengewoon vriendelijk van u.' Trixie was verbijsterd door de plotselinge omslag. 'Grace en Freddie Valentine! Ach, wat is dat allemaal lang geleden! Hoe gáát het toch met ze?'

Trixie werd een charmante zachtblauwe zitkamer binnengeloodst. 'Lieverd, wil jij haar jas even aannemen? Hoe zei u ook alweer dat uw naam was?'

'Beatrix.' Gezien de formele ambiance vond Trixie haar officiële naam gepaster.

'Ik ben Georgina Stapleton en dit is Teddy, mijn man. Ga zitten. Lieverd, we willen graag een kopje thee.'

'Ik zal het doorgeven.' Hij liep terug naar de hal.

Lady Georgina schonk Trixie een glimlach. 'Wat leuk je te ontmoeten, Beatrix!' zei ze stralend en volledig ontdooid, tot Trixies verrassing. 'Hoe gaat het met je ouders?'

'Heel goed. Dank u.' Trixie had er geen behoefte aan de ziekte van haar moeder met vreemden te bespreken.

'Daar ben ik blij om. Wat is je vader in Amerika voor werk gaan doen?'

'Hij werkte op een cranberrykwekerij. Maar inmiddels is hij met pensioen en slijt hij zijn dagen vooral op de golfbaan.'

'En je moeder? Ze was een geweldige imker en een hartstochtelijk tuinier. Ik kan me herinneren dat ze als een trouwe labrador achter Mr. Heath aan liep.'

'Ze tuiniert nog steeds. Eigenlijk is ze ook min of meer met pensioen, maar ze vindt het werk zo heerlijk dat ze er niet echt mee kan stoppen. De meeste tuinen op Tekanasset zijn door haar aangelegd.'

'Wat heerlijk om te horen. Ik ben zo blij dat het allemaal goed heeft uitgepakt. Heb je nog broers of zussen?'

'Nee, ik ben enig kind.'

'En ben je getrouwd?'

'Nee.'

Lady Georgina trok verrast haar wenkbrauwen op. 'Niet? Zo'n knappe vrouw en je bent niet getrouwd?'

'Ik ben de ware nog niet tegengekomen.'

'Zoek niet te lang, zou ik zeggen. Anders ben je te oud om kinderen te krijgen.'

'Ik geloof niet dat het mijn bestemming is om kinderen te krijgen, Lady Georgina.'

'Onzin, dat is de bestemming van alle vrouwen. Ik heb er drie en inmiddels heb ik ook zeven kleinkinderen. Zonder kinderen telt een vrouw niet mee.'

'Dat ben ik niet met u eens!' zei Trixie verontwaardigd. 'Ik vind niet dat kinderen de enige roeping zijn van een vrouw. Ik heb ook een gevuld leven, met een succesvolle carrière...'

'Een carrière is prachtig, kindje. Maar als je geen kinderen hebt, krijg je daar ooit spijt van. Neem dat maar van me aan. Waarvoor zijn we hier anders?'

Voordat Trixie kon reageren kwam er een jonge vrouw binnen met theekopjes op een blad, gevolgd door Teddy die de theepot droeg. 'Maar vertel eens, Beatrix. Is dit je eerste bezoek aan Walbridge?' vroeg Teddy.

'Ja, ik ben hier voor het eerst.'

'Maar je ouders zijn toch vast en zeker wel eens terug geweest?'

'Nee.'

'Merkwaardig.' Teddy's gezicht stond peinzend.

'Ach, het is een lange reis. En vliegtickets zijn niet goedkoop,' zei Lady Georgina.

'Je vader is legendarisch hier op Walbridge,' vertelde Teddy opgewekt. 'Georgie en ik zijn al vijftien jaar samen. Maar daarvoor was ze met Rufus getrouwd. En het is aan jouw vader te danken dat hij de oorlog heeft overleefd.'

'Wat heeft mijn vader dan gedaan?' vroeg Trixie.

Lady Georgina hield verbijsterd haar adem in. 'Maar wéét je dat dan niet?'

'Wat zou ik moeten weten?'

'Hij heeft het leven van mijn man gered.'

Trixie staarde haar ongelovig aan.

'Je vader was een held. Zonder hem zou Rufus zijn gesneuveld.'

'Aan het front in Noord-Afrika,' vertelde Teddy. 'Je vader heeft een kogel opgevangen die voor Rufus bedoeld was.'

'Mijn vader?'

'Jouw vader,' zei Lady Georgina. 'De tank van Rufus was geraakt. Dus ze zochten dekking in een dorpje, ergens in de buurt van El Alamein. Toen de Duitsers een tegenaanval lanceerden, kwam je vader te hulp met zijn bataljon. En toen hij zag dat een Duitser zijn geweer op Rufus richtte, dook hij boven op hem.' Het was te horen dat ze het verhaal al talloze malen had verteld.

'Hij wierp zich letterijk boven op Rufus,' voegde Teddy eraan toe, heftig gebarend. 'Het geweer ging af. En Freddie werd geraakt in zijn gezicht.'

'Arme Freddie. Hij verloor een oog. Maar hij had het leven van mijn man gered,' zei Lady Georgina zacht. 'Daar zijn we hem voor altijd dankbaar voor.'

'Dat heeft pap me nooit verteld.' Trixie was ten prooi aan verwarring. 'Waarom zou hij zoiets verzwijgen?'

'Nu weet je het, dus je kunt het hem vragen. Misschien is hij gewoon erg bescheiden en wilde hij geen ophef. Lord Penselwood leeft helaas niet meer, maar wil je tegen je vader zeggen dat we hem nog altijd heel erg dankbaar zijn?'

'Het spijt me dat u uw man hebt verloren,' zei Trixie. *En mijn moeder haar geliefde.*

'Dank je wel, kindje. Zijn hart stopte ermee, zomaar, van het ene op het andere moment. Terwijl hij nog lang niet oud was.' Ze fronste. 'Het leek wel alsof zijn hart had besloten dat het genoeg was geweest.' Haar blik ging naar het raam. 'Daar is hij gestorven.' Ze slaakte een weemoedige zucht. 'Op een bankje in de tuin. Hij vond het heerlijk om midden in de nacht buiten te zitten, onder de sterrenhemel, en te luisteren naar het geritsel van de dieren. Na zijn terugkeer van het front zat hij er voortdurend. Volgens mij wilde hij zich na alle gruwelen die hij had gezien omringen met schoonheid. Hij was dol op de tuin. Die was heel belangrijk voor hem.'

Trixie volgde haar blik. Dus daarom had Rufus de verhouding beëindigd: niet omdat hij niet meer van Grace hield, maar uit loyaliteit en respect voor de man die zijn leven had gered. En de verbijsterde uitdrukking op het gezicht van Lady Georgina vertelde haar waaraan Rufus was gestorven. Trixie wist het zeker: Rufus was gestorven aan een gebroken hart.

24

Trixie vertrok via een andere weg dan waarlangs ze was gekomen. Het tuinpad van Lady Georgina kwam uiteindelijk ook uit op de laan die haar weer bij de pub bracht. Onder het lopen dacht ze aan de uitzonderlijke onthulling over het dappere optreden van haar vader. Ze begreep niet waarom hij daar nooit iets over had gezegd. En ze kon zich ook niet voorstellen waarom haar móéder het nooit had verteld. Zo'n heldendaad was toch iets om trots op te zijn? Maar haar ouders hadden erover gezwegen alsof het een misdrijf betrof. Ze troostte zich met de gedachte dat haar vader onmogelijk van de affaire kon hebben geweten. Want als hij wel op de hoogte was geweest, zou hij Rufus niet te hulp zijn gekomen. Wat een ironie! Ze glimlachte verdrietig. Haar vader had het leven van Lord Melville gered. Misschien had hij het instinctief gedaan, tenslotte werkte hij voor de familie Penselwood. Maar door zijn dapperheid had hij ook het leven van de minnaar van zijn vrouw gered. En daarop had Lord Melville geen andere keus gehad dan een eind te maken aan de verhouding. Wat moest zijn dankbaarheid vermengd zijn geweest met bitterheid. Vanuit een andere invalshoek bekeken had graaf Melville haar vader niet alleen zijn vrouw afgenomen, maar ook een oog. Trixie was zich bewust van een stijgende weerzin jegens de man van wie haar moeder had gehouden, en van een diepe compassie met haar vader. Ze hoopte vurig dat hij inderdaad nooit iets van de ontrouw van haar moeder had geweten.

Toen ze even na half een terugkwam bij de Fox and Goose, was ze doodop. Ze was zo volledig opgegaan in het verleden van haar ouders dat ze Jasper helemaal was vergeten. Robert, die achter de bar stond, wenkte haar en wees naar een blonde vrouw aan een hoektafeltje bij het raam. 'Moeder zit al op je te wachten. Ik zal Maeve sturen om jullie bestelling op te nemen.'

Zonder acht te slaan op de nieuwsgierige blikken liep Trixie de gelagkamer door.

'Hallo.' Ze trok een hoge, rechte stoel naar achteren en ging zitten. 'Dus u bent de moeder van Robert.'

De vrouw begroette haar met een hartelijke glimlach die twee rijen kleine scheve tanden onthulde. Ze had dezelfde stralend blauwe ogen als haar zoon. 'En jij bent Trixie Valentine.'

'Ik vind het erg leuk u te ontmoeten, Mrs. Heath.'

'Zeg maar gewoon Joan.' Ze klopte Trixie op haar hand. 'Nee maar! De dochter van Grace Hamblin. Je lijkt sprekend op je moeder. Grace was een erg mooi meisje.'

'Ik ben zo blij om iemand te ontmoeten die haar in haar jonge jaren heeft gekend.' Trixie fleurde weer op dankzij Joans hartelijkheid en enthousiasme. Maeve nam hun bestelling op en kwam even later terug met de drankjes.

Joan was meer dan bereid haar verhalen te delen met iemand die ze dolgraag wilde horen. 'Ik was een jaar of tien toen je moeder met je vader trouwde. Maar ik kan me de bruiloft nog heel goed herinneren, want Freddie en Grace waren erg geliefd en het hele dorp was uitgelopen. Het was vlak voor de oorlog. Als een perfecte zomerdag voor een onweer.'

'Mam heeft me wel eens verteld dat ze haar trouwjurk bij een warenhuis had gekocht.'

'Dat moet haast in Dorchester zijn geweest.' Joan trok haar neus op. 'Niet echt een wereldstad.'

'Maar de jurk was wel mooi.'

'Reken maar! Erg mooi,' verzekerde Joan haar nadrukkelijk. 'Maar toen werd het oorlog. Freddie vertrok naar het front, net als alle jongemannen. Mijn oudere broers gingen ook, terwijl Charlie pas zeventien was en nog echt een schooljongen. Mijn moeder heeft een week gehuild, toen stortte ze zich met al haar energie op de oorlogsinspanning. Ze ging op de boerderij werken, samen met je moeder. Maar Grace werd al snel door mijn opa onder zijn hoede genomen om in de tuinen te helpen. Hij was de eerste hovenier op de Hall en hij had Grace als hulpje uitgekozen, want hij had een zwak voor haar. Trouwens, volgens mij had iedereen dat.' Ze glimlachte weemoedig. 'De moestuin en de boomgaard op de Hall waren echt schitterend. En de oogst die ze binnenhaalden! Dat had je moeten zien. Mijn opa zei altijd dat Grace kon toveren, maar volgens mij was het puur een kwestie van liefde. Als je houdt van al wat leeft, groeit het vanzelf. En Lady Penselwood pakte het slim aan. Ze had al voor de oorlog wat koeien en schapen en varkens gekocht. Dus het enige waarbij we hier in Walbridge iets van de rantsoenering merkten, was benzine. We aten als vorsten. Eieren, melk, kaas, honing in plaats van suiker... Dankzij je moeder hadden we meer dan genoeg honing. Bijen zijn zulke nijvere beestjes.'

Haar ogen stonden helder en alert, en de duik in het verleden toverde een blos van plezier op haar wangen. Het was duidelijk dat de oorlogsjaren voor haar een opwindende periode waren geweest. 'Nou en of ze dat waren, Trixie! Heel erg opwindend. Ik had geluk, mijn broers kwamen ongedeerd weer thuis. Anderen waren minder gelukkig. Zoals je lieve vader.'

Maeve kwam het eten brengen en zette de dampende borden op tafel, maar Trixie was zo verdiept in het gesprek dat ze zich nauwelijks de tijd gunde om een hap te nemen.

'Ik ben vanmorgen Lady Georgina tegen het lijf gelopen. Die vertelde dat pap een held was in de oorlog,' zei ze.

'Een held?' Joan trok haar wenkbrauwen op.

'Ja, blijkbaar heeft hij het leven van Lord Melville gered.'

'Echt waar?'

'Ik vind het zo vreemd dat hij daar nooit iets over heeft gezegd. Vind je ook niet?'

Joan gaf Trixie weer een klopje op haar hand. 'Toen ze eenmaal weer thuis waren, spraken de mannen nooit meer over de oorlog. Met niemand. Ze wilden hem het liefst zo snel mogelijk vergeten en verder met hun leven. Volgens mij is je vader een bescheiden man. Wat anderen als heldenmoed zagen, was voor hem waarschijnlijk zijn plicht als soldaat. Hij zou zich misschien ongemakkelijk hebben gevoeld als er te veel ophef over was gemaakt.'

'Het heeft hem wel een oog gekost.'

'Maar dankzij het offer dat je vader heeft gebracht, heeft Lord Penselwood – ik bedoel Rufus; toen was hij nog gewoon Rufus Melville – het er levend van afgebracht. Dat is toch ongelooflijk! Als je iemands leven mag redden.'

'Wat was het voor man?'

'Rufus? Een knappe sprookjesprins, dat was hij. Heel lang, met sprekende, donkerbruine ogen en een dikke bos donker haar. Hij had een smal gezicht en zijn mond verried dat hij overal de humor van inzag.' Ze gebaarde druk met haar handen. 'Hoge jukbeenderen, een krachtige, rechte neus. Een dynamische verschijning. Als klein meisje kwam ik hem wel eens tegen, en dan werd ik zo verlegen dat ik geen woord kon uitbrengen. Later, toen ik bij Red Valentine werkte, voor je tante Josie, kwam hij wel eens met Lady Georgina mee. Ze was een adembenemende schoonheid. Niet lief en zacht, zoals je moeder, maar ijzig en afstandelijk, als de Sneeuwkoningin.' Ze lachte van plezier om haar eigen vergelijking. 'Ze waren een schitterend paar, ook al moet ik zeggen dat de glans er wel af was na de oorlog. Hij was altijd vrolijk en opgewekt geweest, een man die als het ware licht om zich heen verspreidde, maar na de oorlog lachte hij niet meer, tenminste, niet met zijn ogen. Je kunt zien of iemand echt gelukkig is als zijn ogen meelachen. Maar dat deden ze bij Rufus niet meer.'

'Wat naar.'

'Helaas was hij niet de enige. Er waren heel veel mannen zoals hij. Ik denk dat ze te veel gezien hadden. Lady P klaagde dat hij brommerig en opvliegend was geworden. Maar ze klaagde uit liefde. Ze aanbad haar zoon. Hij kwam twee keer per week bij haar lunchen. Dan aten ze samen. En bij haar lachte hij wel. Ze woonde destijds in het White House op het landgoed, maar na het huwelijk van Jasper is ze naar de andere kant van het dorp verhuisd. Lady Georgina en zij kunnen het niet echt goed vinden samen.'

'Hoe komt dat? Omdat het twee sterke persoonlijkheden zijn?'

Als Joan het al wist, dan was ze niet van plan erover uit te weiden. Ze glimlachte hartelijk als altijd en gaf Trixie opnieuw een klopje op de hand. 'Je zou bij haar langs moeten gaan. Ik weet zeker dat ze het enig vindt om je te zien. Ze was erg dol op Grace. Door de oorlog zijn de barrières tussen de rangen en standen voor een groot deel weggevallen.

Volgens mijn opa was Lady P niet te beroerd om haar mouwen op te stropen en haar handen vuil te maken, samen met de arbeidersvrouwen. Lady Georgina bleef natuurlijk in haar ivoren toren zitten. Háár heeft de oorlog niet kunnen veranderen. Maar Lady P was wars van kouwe drukte.'

'Wat voor werk doe je bij haar?'

'Je kunt beter vragen wat ik níét doe. Ik ben haar dienstmeisje en manusje-van-alles.' Ze begon te lachen. 'Ook al ben ik natuurlijk geen meisje meer. Ik ben bijna zestig.'

'Dan ben je in haar ogen nog een meisje.'

'Ja, dat zal wel. Ze is dik in de negentig, maar denk maar niet dat ze het al rustig aan doet.' Ze schudde haar hoofd. 'Zoals Lady P is er maar één. Ze is echt uniek. En ik zal heel verdrietig zijn als het haar tijd is.'

'En hoe is het verdergegaan met mijn tante? Met Josephine?'

'Ach, Josephine! Onze vrouw van de wereld!' Joan zuchtte genietend. 'Ze was een mooi meisje. Heel aantrekkelijk. Maar veel te ambitieus voor een dorp als Walbridge. Uiteindelijk heeft ze haar winkel verkocht en is ze naar Londen vertrokken. Daar is ze, geloof ik, met een rijke zakenman getrouwd. Ik heb gehoord dat ze zelfs in West End op de planken heeft gestaan, maar het is er nooit van gekomen om naar een voorstelling van haar te gaan. Ik geloof ook niet dat haar carrière zoveel voorstelde. Ze droomde er altijd van beroemd te worden, maar volgens mij is daar niet zoveel van terechtgekomen. Na de dood van haar vader is haar moeder ook naar Londen verhuisd, om dichter bij haar dochter te zijn. Sindsdien heb ik nooit meer iets van haar gehoord. Haar moeder was een goed mens. May Valentine. Ze bakte taarten en die verkocht ze 's zomers op de jaarmarkt. Ik kan me haar nog goed herinneren; ze had lieve ogen.'

Op dat moment ging de deur open. Er woei een vlaag wind naar binnen, Trixie keek op en daar stond Jasper.

Bij de aanblik van de man van wie ze ooit had gehouden haperde haar hart. Vol ongeloof staarde ze hem aan. Hij was ouder geworden, zijn gezicht was verweerd, zijn haar werd dunner en begon aan de slapen grijs te worden. Maar hij was nog altijd een knappe verschijning. Haar hart herstelde zich en maakte een sprongetje.

Jasper keek de gelagkamer rond. Toen zijn blik op haar bleef rusten, verscheen er een brede, verraste glimlach op zijn gezicht. Haastig kwam hij naar haar toe. 'Neem me niet kwalijk dat ik jullie stoor, Joan,' zei hij beleefd toen hij bij hun tafeltje bleef staan. Daarop keerde hij zich naar Trixie. 'Dus het was waar! Je bent het echt!'

'Hoe wist je dat ik hier was?' vroeg Trixie. Had Joan, net als zij, het nauwelijks verholen verlangen in zijn ogen gezien?

'Dat vertelde mijn moeder.'

Trixie vond dat Joan recht had op een verklaring. 'Jasper en ik hebben elkaar in Amerika leren kennen, zeventien jaar geleden.' Ze begon te blozen onder zijn blik.

'En je bent niets veranderd!' zei hij. 'Geen spat!'

Joan zette haar handen op tafel en maakte aanstalten op te staan. 'Dus jullie zijn oude vrienden. Dan zal ik jullie niet langer storen.'

'Maar ik wil jullie lunch niet onderbreken,' verontschuldigde Jasper zich.

'Dat doet u niet. Ik zat zo op mijn praatstoel. Het is maar goed dat u kwam. Anders hadden we hier de hele middag gezeten. Hè, Trixie?'

'Ik trakteer op de lunch,' zei Jasper hoffelijk.

'Dat is buitengewoon vriendelijk van u, Lord Penselwood. Dank u wel.' Joan stond op. 'Leuk je gesproken te hebben, Trixie. Echt erg leuk. Hoe lang blijf je nog?'

'Een paar dagen.'

'Nou, dan hoop ik dat je eén heel plezierig verblijf hebt. Het weer zet in elk geval zijn beste beentje voor. En misschien zien we elkaar nog.'

Toen ze weg was, dempte Jasper zijn stem. 'Allemachtig, Trixie! Ik kan het nog steeds niet geloven!' Toen pas zag ze een zweem van verdriet achter zijn glimlach. 'Waarom heb je niet gezegd dat je kwam?'

'Hoe had ik dat moeten doen?'

'Je had me kunnen schrijven.' Zijn ogen keken in de hare, op zoek naar het meisje dat hij op het strand had achtergelaten. 'Of je had kunnen aanbellen.'

'Jasper...' Ze keek verlegen de gelagkamer rond.

Hij begreep haar terughoudendheid. 'Laten we ergens heen gaan waar we in alle rust kunnen praten,' stelde hij voor. Trixie keek hem na toen hij naar de bar liep om te betalen. Hij droeg een ribfluwelen broek en een zachtblauwe kasjmier trui onder een oud, door de motten aangevreten jasje van tweed. Op en top de landheer. Haar hart verkrampte om de jongen die ervan had gedroomd een rockster te worden, maar die door plichtsbesef en traditie was gedwongen zijn droom op te geven. 'Kom,' zei hij, en ze had bijna haar hand in de zijne gelegd, net als toen, op het strand van Tekanasset.

Ze volgde hem naar buiten, waar de zon scheen. De laan lag er verlaten bij. Ze waren alleen. Zonder een woord te zeggen sloeg hij zijn armen om haar heen en trok hij haar tegen zich aan. Zo hield hij haar heel lang vast, en ze wist zeker dat ze hem hoorde kreunen. Met haar ogen dicht vocht ze tegen de tranen tegen de golf van verlangen die haar dreigde te overspoelen. 'O, Trixie, ik weet gewoon niet waar ik moet beginnen.' Hij liet haar los. Er speelde een wrange glimlach om zijn mond. 'Van dit moment heb ik al die jaren gedroomd. Maar nu het zover is, weet ik niet wat ik moet zeggen.'

'Je hoeft niets te zeggen. Het is genoeg dat ik je zie.'

'Nee, dat is het niet.' Zijn gezicht stond ernstig. 'Ik ben je een verklaring schuldig. Kom, dan gaan we een eind rijden.'

Zijn stoffige Volvo stationcar stond in de schaduw bij de rivier. Hij deed het bijrijdersportier voor haar open. Ze rook een hondenlucht en bij nadere inspectie ontdekte ze dat de bekleding onder de witte haren zat. 'Waar is je hond?' vroeg ze terwijl hij achter het stuur ging zitten.

Hij grijnsde. 'Bendico is thuis. Sorry voor al die haren.'

'O, dat geeft niet. Mam had ook altijd grote honden. Weet je dat nog?'

'Ik weet alles nog,' antwoordde hij, en ze hoorde het verlangen in zijn stem. De auto zette zich in beweging. 'Ik kon mijn oren niet geloven! Mijn moeder vertelde dat Ralph was thuisgebracht door ene Beatrix Valentine. Dat kan alleen míjn Beatrix Valentine zijn, dacht ik meteen. Zeg eens eerlijk, als ik niet naar je toe was gekomen, was je dan weer vertrokken zonder dat we elkaar hadden gezien?'

'Ik ben hier vanwege mijn ouders. Om meer duidelijkheid te krijgen over het verleden. Ik dacht niet dat jij me wilde zien.'

Hij schudde zijn hoofd. 'Hoe kon je dat nou denken? O, Trixie! Je bent nog niets veranderd. Je bent nog hetzelfde meisje als vroeger. Het is alsof we weer jong zijn. Was dat maar waar! Konden we de klok maar terugzetten! Dan zou ik het allemaal heel anders doen.' Hij keek haar aan, zijn grijsgroene ogen werden overschaduwd door verdriet. 'Jou opgeven is het stomste wat ik ooit heb gedaan.' Trixie was verbaasd dat hij al zo snel met die bekentenis kwam. Maar hij had gelijk, het voelde inderdaad alsof ze weer op Tekanasset waren. Hij was haar nog net zo vertrouwd als toen, en ze moest zich beheersen om haar hand niet op zijn arm te leggen en hem gerust te stellen dat zij met hetzelfde worstelde.

Hij leek spijt te hebben van zijn uitbarsting. 'Sorry. Ik had je niet moeten lastigvallen met mijn problemen. Ik neem aan dat je getrouwd bent... Hoe heb ik ook maar één moment kunnen denken dat je dat niet was?'

'Ik ben niet getrouwd, Jasper,' zei ze zacht.

'Woon je nog op Tekanasset?'

'Nee. Mijn ouders wel. Maar ik ben naar New York verhuisd.'

Hij grijnsde. 'En is het je gelukt om een baan te vinden bij *Vogue*?'

'Niet bij *Vogue*, maar ik ben wel moderedacteur bij een van de grote glossy's.'

'Ik wist het toen al. Jij kunt alles worden wat je wilt.'

'Speel je nog gitaar?'

Hij schudde zijn hoofd. 'Ik heb sinds Tekanasset niet meer gespeeld.'

Trixie was geschokt. 'Maar je had zoveel talent!' riep ze verbijsterd uit.

'Ik heb alles wat me dierbaar was opgegeven.' Hij fronste schuldbewust zijn voorhoofd. 'Zelfs jou.'

'Ach, het is allemaal al zo lang geleden.' Ze keek uit het raampje. 'Waar gaan we heen?'

'Naar het strand. Ik wil een eind lopen. En ik moet alleen met je zijn, ik moet in alle rust met je kunnen praten. Er is zoveel gebeurd. En ik heb je zoveel te vragen.'

Ze sloeg haar handen in elkaar en hield haar blik op de weg vóór haar, vechtend tegen het verlangen hem aan te raken.

Jasper reed door de smalle lanen tot ze bij een modderig pad naar een boerderij kwamen. Dat sloeg hij in en hij reed het helemaal uit, tot op de top van een heuvel. De oceaan strekte zich weids en flonkerend voor hen uit, zo ver als het oog reikte. 'Wat prachtig!' verzuchtte Trixie. 'Ik wist helemaal niet dat we zo dicht bij zee zaten.'

'Kom, hier is een pad naar beneden, naar het strand. Ben je wel warm genoeg gekleed?' vroeg hij met een blik op haar leren jasje en dunne sjaal.

'Vast wel,' antwoordde ze. Maar hij liep naar de achterkant van de auto en deed de kofferbak open. 'Trek deze maar aan. Hij is je veel te groot en dit soort kleding is ongetwijfeld niet gepast voor een moderedacteur, maar er staat een koude wind.'

Ze pakte de groene jas van hem aan. 'En jij dan?'

Hij grijnsde en zette een barse stem op. 'Ik ben een man.'

Ze lachte. 'Zelfs mannen kunnen het koud krijgen, Jasper.'

'Echte mannen niet!'

Ze liepen een smal voetpad af, dat zich tussen rotsblokken en hoog gras naar het strand slingerde. De ingesloten baai lag er verlaten bij, op de af en aan vliegende meeuwen na. Het was eb. Bij elke golf die zich terugtrok, bleven op het strand kleine schaaldieren achter waar de vogels om vochten. Af en toe werd de stilte verscheurd door hun verontwaardigde gekrijs. 'Het spijt me, Trixie. Het spijt me dat ik je zoveel verdriet heb gedaan,' zei Jasper plotseling. Met een diepe zucht stopte hij zijn handen in de zakken van zijn jasje. 'Het is nooit mijn bedoeling geweest je aan het lijntje te houden. Ik had echt gehoopt...'

Ze kapte hem af. 'Het is goed zo. Laten we het er maar niet meer over hebben. Het ligt al zo ver achter ons.'

'Voor mij niet. Spijt is iets wat je niet zo makkelijk van je af kunt zetten. Ik heb het er heel erg moeilijk mee gehad.'

'Het heeft niet zo mogen zijn,' zei ze in een poging filosofisch te zijn, terwijl ze hem het liefst om de hals zou willen vallen en hem zou willen verwijten dat hij de liefde voorgoed kapot had gemaakt, omdat ze na hem nooit meer van een ander had kunnen houden.

'Ik geloof niet in het lot. We bepalen zelf hoe ons leven eruitziet,' sprak hij haar tegen. 'En als we fouten maken dan zullen we met onze spijt in het reine moeten zien te komen. Als ik met jou was getrouwd, zou ik nu niet zeggen dat ik wou dat ik het allemaal anders had gedaan. Dan zou ik niet ongelukkig zijn geweest.'

Ze legde vluchtig haar hand op zijn arm. 'Laten we langs het strand lopen.' Ze wendde zich van hem af en liet de wind haar tranen drogen.

Ze begonnen langzaam te lopen, naast elkaar, met de wind in de rug. Jasper rechtte zijn rug en trok zijn schouders naar achteren. Bij het zien van de moeite die hij deed om zijn gevoelens onder controle te houden, kreeg Trixie opnieuw tranen in haar ogen.

'Maar vertel eens,' begon hij, 'heb ik het goed begrepen? Klopt het dat je ouders in Walbridge hebben gewoond?'

'Ze zijn hier opgegroeid. Allebei,' vertelde Trixie. 'Ze zijn in het kerkje van Walbridge getrouwd. Mijn vader werkte op de boerderij van de Hall en mijn moeder was de imker. Ze heeft in de oorlog onder Mr. Heath gewerkt, jullie tuinman. Daarna zijn ze naar Amerika geëmigreerd.'

'En dat heb je al die tijd niet geweten?'

'Ze hebben er nooit iets over gezegd. Over vroeger werd niet gesproken. Ik ben er net pas achter gekomen.'

'Maar hóé dan?'

Ze haalde diep adem. 'Ik heb een kistje met liefdesbrieven gevonden, in de tuinschuur van mijn moeder. Ze waren aan haar geadresseerd, hier in Walbridge. En ze kwamen niet van mijn vader,' voegde ze er ernstig aan toe.

'O god! Ze waren van een andere man.'

'Ja. Ze had aan het begin van de oorlog een verhouding met een ander.'

'Weet je ook met wie?'

Ze aarzelde, zich afvragend of ze het hem zou vertellen. Of ze daar goed aan deed. 'Met je vader,' zei ze ten slotte.

Jasper bleef met een ruk staan. 'Met mijn vader?' Hij keek haar geschokt aan.

'Ja.' Ze haalde haar schouders op en voelde zich in de verdediging gedrongen. 'Het spijt me.'

'Weet je het zeker?'

'Er was toch maar één graaf van Melville?'

Hij knikte. 'Goeie genade! Papa en jouw moeder. Wat een bizarre speling van het lot.'

'Dat kun je wel zeggen. Het was voor mij ook een schok.'

'Het is niet te geloven!' Hij probeerde hoofdschuddend te bevatten wat hij zojuist had gehoord. 'Zo zie je maar. Je kent je ouders nooit écht.'

'Nee, en dat heb ik met schade en schande geleerd,' zei Trixie.

'Hoe lang heeft het geduurd?'

'Ik denk een jaar of twee. De brieven zijn erg lief. Als ze niet van de minnaar van mijn moeder waren, zou ik ze woest romantisch vinden.'

'Wanneer eindigde de verhouding?'

'Dat is niet duidelijk. Maar hij is eind '42 gestopt met schrijven. En haar laatste brief is van maart 1943. Dat weet ik doordat hij haar na de oorlog al haar brieven heeft teruggestuurd.'

'Waarom zou hij dat gedaan hebben?'

'Volgens je moeder heeft mijn vader in Afrika het leven van jouw vader gered. Ik neem aan dat hij last van zijn geweten kreeg en de man die een kogel voor hem had opgevangen, niet kon bedriegen. Daarom heeft hij een eind aan de verhouding gemaakt. Eerlijk gezegd geloof ik dat mijn moeder er nooit overheen is gekomen.'

'Heeft ze je verteld wat er is gebeurd?'

'Nee. En ik weet niet eens zeker of mijn vader het weet. Mam heeft in elk geval geen idee dat ik erachter ben gekomen. Het was puur toeval dat ik die brieven vond. Sterker nog, ze weet niet eens dat ik hier ben.'

'Dus je bent in Walbridge vanwege het verleden van je ouders? Daar ga je naar op zoek?'

'Ja.' Terwijl ze het zei, besefte ze dat ze in werkelijkheid voor hem was gekomen. Om hem te zoeken.

Ze liepen zwijgend verder, Jasper worstelend met de onthulling over de verhouding van zijn vader, Trixie eindelijk bereid toe te geven dat het gat dat Jasper in haar hart had geslagen alleen door hem kon worden gevuld en door niemand anders. De wind vulde de leegte tussen hen in; een leegte die plotseling zo breed leek als een ravijn, door de overweldigende eenzaamheid die haar overviel, en het besef dat ze altijd alleen zou blijven.

'Mam heeft kanker,' flapte ze eruit, zwichtend voor de behoefte om het hem te vertellen. Voor de behoefte aan troost.

'O, Trixie, wat afschuwelijk!'

Door het medeleven in zijn stem werden haar ogen weer vochtig.

'Volgens mij heeft ze niet lang meer te leven. Vandaar dat ik wilde weten waarom je vader haar brieven had teruggestuurd en wat er met hem is gebeurd. In haar laatste brieven aan hem smeekt ze om de geruststelling dat hij nog leeft en dat hij nog van haar houdt. Ze klinkt echt wanhopig.'

Hij omklemde haar vingers met zijn grote eeltige hand, en het voelde alsof het zo hoorde. 'Het gaat niet goed met je, hè?'

'Nee, niet echt.' De warmte van zijn hand had een sussende uitwerking. 'Maar ik red me wel. Ik sla me er wel doorheen.' Ze slaakte een diepe zucht. 'Het verdrietige is dat ik mijn moeder net pas weer heb gevonden, nadat ik me jarenlang min of meer had afgezonderd in New York. Mam is mijn beste vriendin. We hebben zoveel gemeen. Tot ik die brieven vond, had ik niet beseft hóéveel.'

'Denk je dat je ouders wisten wie ik was?'

'Ja, en daar waren ze niet gelukkig mee. Ik hoor ze nog zeggen dat mensen zoals jij met iemand uit hun eigen milieu trouwden. Dat je je niet aan je belofte zou houden. Mam wist meer dan ik besefte.'

'Papa heeft er nooit iets over gezegd, maar dat verbaast me niet. Een buitenechtelijke verhouding is tenslotte niet iets wat je van de daken schreeuwt. En ik betwijfel of mijn moeder ervan wist. Voor zover ik weet, hadden ze een goed huwelijk.'

'Je moeder had geen idee. Daar ben ik van overtuigd. Anders had ze me niet zo gastvrij ontvangen. Ze vertelde hoe dankbaar ze papa was dat hij het leven van Rufus had gered door die kogel op te vangen. Als ze van die brieven had geweten, zou ze vast niet zo dankbaar zijn geweest.'

Jasper grinnikte. 'Hoe heb je je voorgesteld?'

'Als Beatrix. Had ik me verraden als ik Trixie had gezegd?'

'Absoluut. Ze wilde onder geen voorwaarde dat ik met je trouwde. De naam Beatrix zegt haar niets, maar bij Trixie zouden alle alarmbellen zijn afgegaan.'

'Dan is het maar goed dat ik zo formeel ben gebleven. Het ging vanzelf. Doordat ze zelf ook een formele indruk wekt.'

'Ze is keihard.' Hij zuchtte verbitterd. 'Uiteindelijk ben ik gezwicht, want diep in mijn hart sloot ik niet uit dat ze gelijk had. Je zou het hier afschuwelijk hebben gevonden. Je bent een vrije geest, geen markiezin die leeft voor haar verplichtingen en haar goede doelen.'

Trixie bleef staan. 'En jij dan?' Ze keek hem gefrustreerd aan. 'Jij bent toch ook een vrije geest? Je zou over de wereld moeten zwerven met je liedjes en je gitaar, in plaats van de landheer spelen in tweed en ribfluweel.'

'Het was mijn plicht.'

'Wat is dat, je "plicht"? Je plicht jegens wat? Een stapel bakstenen? Je bent een mens van vlees en bloed, Jasper! Ooit komt de dag, dan is het afgelopen. En wat heb je dan gedaan met je leven? Je moet voor jezélf kiezen!'

Hij kreunde, alsof de last van zijn familie en zijn verantwoordelijkheden ondraaglijk was. 'Ik ben getrouwd. Ik heb drie kinderen. Ik ben met handen en voeten gebonden aan Walbridge Hall. En ik zou bij god niet weten hoe ik me daar ooit van los kan maken.'

Er laaide een sprankje hoop in Trixies hart. 'Zou je dat willen dan?'

'Ik ben niet gelukkig, Trixie. Voordat jij kwam, was alles donker om me heen, maar jij hebt als een baken van hoop licht in de duisternis gebracht. Je bent als een vuurtoren, heel ver weg. Onbereikbaar. Je bent er altijd, het licht dat door de duisternis dringt. Maar hoe hard ik ook roei, het lukt me niet om dichterbij te komen.'

Na die woorden boog hij zich naar haar toe en kuste haar vurig, net zoals hij haar op Tekanasset had gekust, toen ze nog jong waren, en vrij, en bruisend van ambitie. Trixie beantwoordde zijn kus hartstochtelijk. De lange jaren van eenzaamheid en onvervuld verlangen vervlogen als een akelige droom. Ze sloeg haar armen om zijn hals, ademde zijn vertrouwde geur in en wist dat haar moeder gelijk had; dat liefde met het verstrijken van de jaren niet verdween of aan slijtage onderhevig was, maar voor altijd bleef stralen, als een eeuwige zon.

25

Jasper deed een stap naar achteren. Met zijn handen langs haar gezicht keek hij haar innig aan, alsof hij terugdacht aan alle kussen, alle liefkozingen op de winderige stranden van Tekanasset. Zijn uitdrukking was zachter geworden, het krampachtige was eruit verdwenen, zijn kaken en zijn voorhoofd waren ontspannen, zijn ogen stonden niet langer donker van verdriet maar straalden en weerkaatsten het licht in de hare – hij had de vuurtoren eindelijk weten te bereiken.

'Hoe heb ik je ooit kunnen opgeven! Wat ben ik stom geweest!' mompelde hij, met een glimlach van geluk omdat ze als door een wonder waren herenigd.

Ze legde haar handen op de zijne en glimlachte terug. 'Ik ben altijd van je blijven houden, Jasper.'

'Echt waar? Meen je dat?'

'Ja.' Ze haalde haar schouders op. 'Ik heb geprobeerd je achter me te laten, maar er was niemand die de vergelijking met jou kon doorstaan.'

'O, Trixie.' Hij kreunde. 'Als ik toen had geweten wat ik nu weet, zou ik niet naar mijn moeder hebben geluisterd. Dan zou ik de stem van mijn hart hebben gevolgd.'

'Ik heb me nooit voorgesteld dat je niet gelukkig was.'

'Lottie is geen slecht mens, maar we passen gewoon niet bij elkaar. Op papier leek het allemaal te kloppen. We zijn samen opgegroeid. Onze ouders waren goede vrienden en ze was van jongs af aan opgevoed in het vooruitzicht dat ze ooit de leiding zou hebben over een groot landgoed. Maar ze zou beter bij mijn broer hebben gepast. Ze heeft net als Edward geen enkele artistieke aanleg en ze houdt meer van paarden dan van mensen. Mama heeft me ervan weten te overtuigen dat ik haar nodig had. En dat was ook zo, althans, in het begin. Lottie nam het beheer van het landgoed op zich; als markiezin van Penselwood was ze perfect. Maar als mijn vrouw schoot ze hopeloos tekort. We hebben nooit van elkaar gehouden. Ik dacht destijds dat het er niet toe deed; dat we een goed team zouden zijn, gewoon goede vrienden. Maar zelfs dat zijn we niet meer.' Hij drukte haar handen. 'Ik ben mezelf in de loop der jaren kwijtgeraakt, Trixie. Ik ben iemand anders geworden. Als ik in jouw ogen kijk, zie ik daar weer de jongen die ik ooit was. En de man die ik hoopte te worden. In plaats daarvan ben ik nu net zo saai, net zo burgerlijk en behoudend als mijn vader.' Hij trok zijn handen uit de hare en keerde zich naar de zee. De wind blies het haar uit zijn gezicht en onthulde de ontgoocheling in zijn profiel. 'Ik ben mijn vader geworden, net zoals hij destijds zíjn vader werd. Het is onmogelijk een patroon te doorbreken dat ons door het lot wordt opgelegd.'

'Natuurlijk kun je het patroon doorbreken.' Trixie kon er niets aan doen dat ze moest lachen om het excuus waarachter hij zich verschool. 'Wie je bent, hoe je bent, dat heb je zelf in de hand.'

'Nee, dat is niet zo. Ik heb mijn verplichtingen en verantwoordelijkheden als markies van Penselwood.'

'Dat is een titel, een functie. Het is geen excuus om niet te worden wie je wilt zijn. Je zou om te beginnen je gitaar weer tevoorschijn kunnen halen.'

Hij haalde zijn schouders op. 'Ach, ik weet het niet.'

'Jasper! Je bent geen marionet! Je hebt een eigen wil, een eigen leven. Pak je gitaar en schrijf een nummer! En als je zo ongelukkig bent, dan wordt het waarschijnlijk het beste nummer dat je ooit hebt geschreven!'

Hij glimlachte om het vuur waarmee ze probeerde hem zijn zwaarmoedigheid uit het hoofd te praten. 'Je hebt gelijk.' Hij pakte haar hand. 'Ik heb me gewenteld in zelfbeklag.' Met haar hand in de zijne trok hij haar mee over het strand, terug naar het pad dat zich over het klif omhoog slingerde. 'Ik wilde mijn plicht doen. Ik wilde dat mijn moeder trots op me zou zijn, want ik was niet half zo gekwalificeerd als mijn broer, en dat wist ik maar al te goed. Edward was afgestudeerd aan de landbouwhogeschool en hij werkte al geruime tijd samen met mijn vader; hij wist alles van het beheer van het landgoed. Iedereen dacht dat ik het niet zou kunnen. Ik was de wildcard. En dus wilde ik bewijzen dat ze het allemaal bij het verkeerde eind hadden.' Hij keek haar aan met ogen die brandden van spijt. 'Het was puur een kwestie van trots,' zei hij wrokkig. 'Dáárom ben ik met Lottie getrouwd. En daarom heb ik de enige vrouw van wie ik hield, opgegeven. Enkel en alleen uit trots.'

'Lottie en jij hebben samen kinderen gekregen, dus je moet geen spijt hebben van je huwelijk. Je hebt een gezin. Dat is ook heel veel waard.'

'Maar jíj dan!' Hij greep haar hand weer. 'Ik heb jou een gezin ontzegd. God, als jij toch eens de moeder van mijn kinderen was... Wat zou ik dan gelukkig zijn!'

'Ik ben niet verbitterd, Jasper. Ik heb een fascinerende carrière. En ik heb privé ook kansen genoeg gehad. Als ik echt kinderen had gewild, had ik kunnen trouwen en een gezin kunnen stichten. Maar ik heb ervoor gekozen om dat niet te doen. Dat was mijn keuze, niet de jouwe. Niemand heeft me ook maar ergens toe gedwongen. En ik heb een heerlijk leven. Ik wilde geen genoegen nemen met een man die tweede keus was. Ik wilde alleen jou. En als dat niet kon, dan wilde ik niemand anders. Maar dat wil niet zeggen dat ik mezelf elk pleziertje heb ontzegd. Helemaal niet. Ik heb van het leven genoten.'

'Ik wou dat ik daar deel van had uitgemaakt.'

'Dat wou ik ook. Volgens mij heeft mijn moeder jaren naar je vader gesmacht. Daarom heeft ze zijn brieven bewaard en in het geheim steeds weer herlezen. En daarom barstte ze in snikken uit toen ik vertelde dat je vader was gestorven. Dat is me nu wel duidelijk. Ik begin steeds meer zicht te krijgen op het verleden. Volgens mij is haar verlangen naar Rufus funest geweest voor haar huwelijk,' zei ze peinzend, met een weemoedige klank in haar stem. 'Ik heb altijd gedacht dat pap niet echt een warme man was en onredelijk gereserveerd. Maar inmiddels vraag ik me af of het niet andersom was, of hij niet op haar kilte en afstandelijkheid is stukgelopen. Het is niet goed om eindeloos te blijven verlangen. Als ik iets van mijn moeder heb geleerd, is dat het. We moeten het verleden loslaten, we moeten leven in het hier en nu. Anders leef je niet echt, dan droom je alleen maar.'

'Maar nu jij hier bent, kan ik het verleden niet loslaten.' Hij keek haar grijnzend aan.

'Dan hou je jezelf voor de gek.'

'Dat kan me niet schelen.' Hij trok haar naar zich toe om haar weer te kussen. 'Ik leef op dit moment in het hier en nu en daar heb ik genoeg aan.'

Enige tijd later reden ze terug naar het dorp. Het licht werd minder, donkere wolken pakten zich samen en verslonden gretig de laatste stukken lichtblauwe hemel. 'Ik wil morgen met je afspreken,' zei Jasper ernstig.

'Ik weet het niet...' Trixie aarzelde.

'Je kunt nu niet teruggaan naar New York!' verklaarde hij heftig. En ze wist dat hij gelijk had. Alles was ineens anders komen te liggen. Ze kon niet weggaan en doen alsof alles nog bij het oude was.

'Ik weet niet wat ik moet doen.' Ze keek hulpeloos naar de hemel, die steeds donkerder werd.

'Ik neem je mee naar mijn oma,' stelde hij voor. 'Misschien kan zij enig licht werpen op papa's verhouding met je moeder. Ook al moeten we het wel heel voorzichtig aanpakken. Ze is tenslotte van een andere generatie. Ik kom je morgen halen.'

Ze keek hem angstig aan. 'Is dat wel verstandig, Jasper?'

'Je wilde toch weten waarom papa haar brieven heeft teruggestuurd?'

'Dat weet ik inmiddels. Het was een erezaak, een kwestie van soldaten onder elkaar.'

'Toch vind ik dat je met mijn oma moet praten. Misschien weet zij meer.' Toen hij zich naar haar toe keerde, zag ze de paniek in zijn ogen. 'Ik moet je nog een keer zien, Trixie! Je kunt nu niet weggaan...'

Over de versnellingsbak heen pakte ze zijn hand. 'Goed dan. Ik ga met je mee naar je oma.'

Hij ontspande. 'Fijn. Dan kom ik je om negen uur halen. Is dat een goede tijd?'

'Prima. En wat zeg je tegen Lottie?'

'Gewoon, de waarheid: dat ik een oude vriendin ben tegengekomen en dat ik met haar naar oma ga. Daar zal ze niets achter zoeken.'

'Ik vlieg overmorgen terug.'

'Dat betekent dat we een hele dag hebben samen.'

Trixie had het gevoel dat haar keel werd dichtgesnoerd. 'Eén dag.'

'Eén dag. Of twee dagen. Je hoeft niet weg.'

Ze schudde haar hoofd. 'Mijn leven ligt in Amerika, Jasper.'

Hij klemde zijn handen strak om het stuur. 'Ik ben er om negen uur.'

Trixie kon het niet opbrengen om in de pub te eten, waar ze een praatje met Robert zou moeten maken. Dus ze liep de hoofdstraat in en vond een raamtafeltje bij een Italiaans restaurantje. Het was gaan miezeren. Ze keek naar de regendruppels, die een kronkelig spoor over de ruit trokken. Af en toe leken ze door het heldere licht van koplampen in vloeibaar goud te veranderen. Diep in gedachten verzonken at ze haar pizza. Het weerzien met Jasper had haar in een roes gebracht, net als de drugs dat vroeger hadden gedaan, maar het afkicken was al begonnen. Woog de opwinding van zijn kussen wel op tegen het kwellende besef van de kortstondigheid ervan? Ze was gewend geraakt aan het alleenzijn, maar de middag met Jasper had haar eraan herinnerd hoe het voelde om te worden omhelsd door de man van wie ze hield. Wanneer ze hem vergeleek met de mannen met wie ze in de loop der jaren het bed had gedeeld, werd de leegte van die relaties pijnlijk duidelijk. Door het weerzien met Jasper was het leven dat ze had geleid ontmaskerd als onecht, een schijnvertoning, en ze betwijfelde sterk of ze daarnaar terug wilde. Er waren momenten waarop ze wenste dat ze nooit naar Engeland was gekomen, want wat vroeger acceptabel was geweest, voelde door hun hereniging als onverdraaglijk. Niets zou ooit nog hetzelfde zijn, want hetzelfde was simpelweg niet langer genoeg.

Ze dronk haar glas pinot grigio leeg en betaalde. Met haar jas dicht om zich heen liep ze door de hoofdstraat terug naar de laan die leidde naar de pub en de rivier daarachter. Ze moest hier weg, voordat ze onherroepelijk door de situatie werd meegezogen. Ze mocht zijn gezin niet kapotmaken. Dat wilde ze niet op haar geweten hebben, hoe ongelukkig hij ook was met zijn vrouw. Dus het had geen enkele zin nog langer te blijven. Jasper was onbereikbaar. Ze zouden nooit samen kunnen zijn. Het weerzien had haar alleen maar herinnerd aan wat ze miste. Ze zou teruggaan naar New York en proberen over hem heen te komen, net zoals ze dat bijna twintig jaar eerder had gedaan. Na een lange, moeizame klim naar de top van de emotionele berg was ze naar beneden gegleden. Zou ze het kunnen opbrengen om opnieuw van onderaf te moeten beginnen? Om zelfs maar de allereerste stap op de weg naar boven te zetten?

Bij de Fox and Goose gekomen, sloop ze ongezien de trap op naar haar kamer; ze had geen behoefte aan een praatje met Maeve of Robert, of met wie dan ook. Toen ze eenmaal in bed lag en het licht uitdeed, dacht ze aan Grace. Haar hart stroomde over van compassie. Wat moest haar moeder het zwaar hebben gehad, als ze net zo naar Rufus had gesmacht als zij nu naar Jasper smachtte.

Overweldigd door eenzaamheid gaf ze zich over aan het verlangen en aan het ondraaglijke gevoel dat ze een nederlaag had geleden. Met haar armen om haar kussen huilde ze om zichzelf en om haar moeder. Ze was altijd alleen maar met zichzelf bezig geweest, zonder erbij stil te staan dat Grace behalve haar moeder ook een vrouw was. En ze besefte dat ze haar moeder in dat opzicht helemaal niet kende.

De volgende morgen werd ze wakker met een knoop in haar maag. Ze moest zorgen dat ze vóór negen uur weg was, vóórdat Jasper haar kwam halen. Maar hoezeer ze daar ook van overtuigd was, ze kon het niet opbrengen. Haar gevoel blokkeerde haar gezonde verstand, en er was niets wat ze daartegen kon doen. Dus in plaats van haar koffer te pakken ging ze voor de spiegel staan, ze verdrong haar twijfels en verheugde zich op de dag die voor haar lag.

Het ontbijt werd geserveerd in de kleine eetkamer, maar ze was bijna te nerveus om te eten. 'Hoe is het, kindje? Geniet je van je verblijf?' vroeg Maeve, die koffie en toast kwam brengen. 'Wel jammer van het weer. Gisteren was het zo'n heerlijke dag, maar daar moeten we vandaag voor boeten.'

'Ja, ik heb het erg naar mijn zin,' antwoordde Trixie vrijblijvend, want ze had geen behoefte aan een gesprek.

'Ik hoop dat Joan je wat wijzer heeft kunnen maken over je familie. Ze is echt een schat.'

'Ja, het was heel interessant wat ze te vertellen had.'

Maeve leunde op de rugleuning van een stoel, alsof ze er eens goed voor ging staan. 'Ze werkt al jaren voor Lady P. De verhouding is meer moeder-dochter dan werkgever-werknemer. Maar ze heeft het er op dit moment niet makkelijk mee, die stakker. Lady P is vastbesloten om haar eigen begrafenis te regelen. En op haar leeftijd is dat misschien ook niet zo gek. Maar daar wil Joan niets van weten. Ze is dol op de oude dame.'

'Het klinkt nogal morbide, om je eigen begrafenis te regelen. De dood is iets waar ik niet eens aan wil denken.'

'Dat zegt Lady Georgina ook. En die arme dominee zit ertussenin. Lady P bestookt hem met ideeën voor muziek en liederen, maar Lady Georgina drukt hem op het hart om vooral niet naar haar te luisteren. Ze is ervan overtuigd dat haar schoonmoeder ze niet meer allemaal op een rijtje heeft!' Maeve moest lachen. 'Weet je wat ik denk?'

'Nou?' Trixie nipte van haar koffie, volstrekt niet geïnteresseerd in wat ze dacht.

'Ik denk dat Lady P haar laatste offensief voorbereidt.'

'Hoe bedoel je?'

'Nou, het schijnt dat ze er nogal onconventionele opvattingen op nahoudt over haar begrafenis, ongetwijfeld tot ergernis van Lady Georgina, want die is juist erg traditioneel. Het zou een laatste belediging zijn, over het graf heen, als Lady Georgina naar een gospelkoor moet luisteren...'

'Een gospelkoor?' Nu was Trixies interesse gewekt.

'Ja, Lady P wil een zwart gospelkoor.'

'Dat is inderdaad nogal onconventioneel.'

'Precies. Ik weet natuurlijk niet of ze haar zin krijgt. Wanneer Lady P er niet meer is, drijft Lady Georgina waarschijnlijk gewoon haar zin door. Ze laat niet met zich spotten, dus ik kan me niet voorstellen dat die arme dominee tegen haar in durft te gaan.'

'Wat een drama.'

'Zeg dat wel. Maar ja, zo is er altijd wel wat aan de hand. Het is hier nooit saai, anders had ik het er niet zo lang uitgehouden. Walbridge is maar een klein dorp.' Ze grinnikte. 'Maar er is reuring genoeg.'

Robert stak zijn hoofd om de deur. 'Goeiemorgen, Trixie.' Hij schonk haar een brede glimlach en ze glimlachte terug met een gesmoorde zucht van ergernis. Het zag er niet naar uit dat ze in alle rust zou kunnen ontbijten. 'Lord Penselwood is in de pub.'

'O.' Ze fleurde meteen op. 'Ik kom eraan. Dank je wel.' Ze legde haar servet op tafel en schoof haar stoel naar achteren.

'Moeder heeft genoten van jullie gesprek gisteren,' vertelde Robert.

'Misschien zie ik haar vandaag weer. Jasper gaat me voorstellen aan zijn grootmoeder.' Vanwaar die behoefte om uitleg te geven? Verried ze daarmee dat ze last had van haar geweten? Ze hoopte van niet.

'Heb je een leuke dag gehad gisteren?'

'Ja, erg leuk. Dank je.'

'En heb je het Imkershuis kunnen vinden?'

'Ja.'

'En Robin? Heb je die gesproken?'

'Ook dat. Uitvoerig zelfs.'

'Mooi zo.' Hij aarzelde even. 'Als je dat wilt, kan ik je de omgeving laten zien. Ik heb vanmiddag vrij.'

'Dank je wel. Dat is erg aardig van je. Ik laat het je weten.'

'Ik ben om twee uur klaar,' voegde hij er gretig aan toe.

Ze knikte en glipte langs hem heen de gang in. 'Ik hou het in gedachten,' zei ze en ze was het onmiddellijk weer vergeten.

Jasper begroette haar hartelijk en nam haar mee naar de auto. Het ontging haar niet dat zijn gitaar op de achterbank lag. 'Aha, muziek!' Ze stapte in.

'Ik heb naar je geluisterd,' antwoordde hij. Het viel haar op hoe vrijgevochten hij eruitzag met zijn haar naar achteren, weg uit zijn gezicht. De dikke groene trui die hij droeg op zijn spijkerbroek accentueerde het groen-grijs van zijn ogen. Zodra ze in de auto zaten boog hij zich naar haar toe, hij legde zijn hand in haar nek en drukte zijn lippen op de hare. Het limoenaroma van zijn aftershave en de vertrouwde geur van zijn huid waren genoeg om de jaren te doen wegvallen, maar terwijl hij haar kuste vielen ook haar twijfels weg. Er lokte een stralende horizon van eindeloze mogelijkheden, die haar het gevoel gaf dat ze werd opgetild. Het leek wel alsof niets er meer toe deed; alsof die dag samen het enige was wat telde.

Hij reed het dorp door. 'Ik heb gezegd dat we kwamen. Oma vond het enig om de dochter van Grace Valentine te ontmoeten. De herinneringen aan Grace zijn haar dierbaar, zei ze.'

'Wat lief. Maar ik kan me niet voorstellen dat ze veel met elkaar te maken hadden,' zei Trixie. 'Tenslotte was je oma de markiezin en behoorde mijn moeder tot het personeel.'

'Dat zal je verbazen. Van mijn oma is bekend dat ze iedereen als een gelijke behandelt. Anders dan mijn moeder!'

'Je moeder is nogal intimiderend.'

'Een verschrikkelijke snob, dat is ze. Ik vind het akelig om te zeggen…'

'Maar je doet het toch maar.' Trixie lachte.

'Ja, ik zeg het toch.' Hij grijnsde. 'Het is gewoon onzekerheid. Ze is bang voor alles wat ze niet kent, en dus wil ze maar het liefst dat alles blijft zoals het altijd is geweest. Daar klampt ze zich aan vast, zonder te beseffen dat de tijden zijn veranderd. Ze zit gevangen in een andere wereld, ze zet haar hakken in het zand en verzet zich tegen elke verandering. In haar ogen wordt de wereld nog altijd geregeerd door de aristocratie.'

'Ach, als zij daar nou gelukkig mee is. Daar doet ze toch niemand kwaad mee?'

'Jazeker wel. Ze maakt andere mensen er doodongelukkig mee. Ik had het patroon doorbroken door naar Amerika te gaan, maar toen ik terugkwam ben ik alsnog gezwicht. Toen heb ik me aangepast. En daar ben ik niet gelukkig van geworden.'

'Heb je een zoon?'

'Ja, Fergus. Hij is vijftien.'

'Dan kun je die wijsheid gebruiken om hem de kans te geven zijn eigen keuzes te maken.'

'Dat is niet zo simpel, met een moeder als Lottie.'

'O, daar had ik niet aan gedacht.'

'Lottie is net als mijn moeder. Waarschijnlijk kunnen ze het daarom ook zo goed vinden samen. Ze spreken dezelfde taal: plicht, verantwoordelijkheid, gemeenschap, traditie, erfgoed…' Hij zuchtte. 'Er is een speciaal woordenboek voor dat soort mensen!'

'Dan moet jij Fergus aanmoedigen om zijn eigen weg te gaan.'

'Gelukkig zijn de tijden veranderd. En daarmee de eisen. Fergus heeft een sterke wil. Die gaat zijn eigen weg wel.' Hij keek haar grijnzend aan. 'Ik zal nooit druk op hem uitoefenen. Maar ik ben bang dat zijn moeder minder soepel is.'

'Heeft Fergus ook broers of zussen?' vroeg Trixie, nieuwsgierig naar Jaspers gezin.

'Twee jongere zussen. Eliza en Cassandra.'

'Ze boffen maar, met een vader zoals jij.'

'Ik ben dol op ze!' De overgave waarmee hij het zei, deed Trixie beseffen dat de liefde voor zijn kinderen het hem nog zwaarder zou maken ooit bij Lottie weg te gaan.

Op dat moment sloegen ze een oprijlaan in. Aan het eind daarvan doemde een groot, zandkleurig huis op dat gedeeltelijk schuilging onder een boa van blauweregen. Bij het geknars van de autobanden op het grind barstte er een opgewonden geblaf los. 'Dat is Winston, de boxer van mijn oma. Hij ziet er angstaanjagend uit, maar eigenlijk is het een goeie lobbes.' De voordeur ging open en daar stond de oude vrouw die Trixie in gezelschap van de dominee bij de kerk had gezien. Er lag een brede, hartelijke glimlach op haar gezicht. Winston werkte zich langs haar heen en begon gewichtig aan de auto te snuffelen. Met zijn oren nieuwsgierig rechtop drukte hij zijn neus tegen Trixies raampje. Jasper liep om de auto heen, duwde hem weg en deed haar portier open. 'Aai hem maar even, dan laat hij je verder met rust.'

'Wat een schattig beest!' Ze krabde de hond achter zijn oren.

'Als je dat doet, laat hij je geen moment meer met rust. Dag, oma.'

'Lieverd, kom binnen. Het kan elk moment gaan regenen,' zei Lady Penselwood.

'Goedemorgen.' Trixie stak haar de hand toe.

Lady Penselwood schudde hem krachtig. In haar andere hand hield ze een wandelstok. 'Je komt me bekend voor.' Ze nam Trixie onderzoekend op.

'We hebben elkaar vluchtig ontmoet bij de kerk...'

'Ach, natuurlijk! Nu weet ik het weer. Ik mag dan met één been in het graf staan, er mankeert nog niks aan mijn geheugen. Kom binnen, kindje. Let maar niet op Winston. Die laat zijn visitekaartje achter tegen de wielen van de auto en dan komt hij via de tuin naar binnen.' Ze sloot de deur achter hen. 'Joan heeft het vuur in de zitkamer aangemaakt. Het is er heerlijk warm. Wat is het vochtig vandaag. Echt afschuwelijk.'

'Wat een prachtig huis!' Trixie keek om zich heen, naar de Perzische tapijten en de antieke meubels die zorgden voor een voorname sfeer.

'Ik heb bij mijn vertrek uit de Hall wat spullen meegenomen,' vertelde Lady Penselwood. 'Ik was erg blij toen ik dit huis vond. Het heeft charme, vind je ook niet?'

'Absoluut,' viel Trixie haar bij terwijl ze Jasper volgde naar de zitkamer.

Daar werd ze getroffen door de schilderijen aan de muren, waarin ze Tekanasset herkende. 'Heb jij die voor je oma meegenomen?' vroeg ze verrast aan Jasper.

'Nee, ze waren van mijn opa.'

Ze hield haar adem in toen er een vage herinnering bij haar bovenkwam. 'Natuurlijk! Nu weet ik het weer! Je vertelde destijds dat je opa ooit een huis had gehad op Tekanasset.'

'Aldrich was een hartstochtelijk zeiler,' legde Lady Penselwood uit terwijl ze bij het vuur ging zitten, met haar wandelstok op de grond naast haar stoel. 'Jasper, zou jij Joan willen vragen de thee te serveren? Ik heb heerlijke gemberkoekjes gekocht bij de delicatessewinkel.' Ze keerde zich naar Trixie, die nog altijd verdiept was in de schilderijen. 'Mijn man was geobsedeerd door boten. Ik heb zijn modellen in de eetkamer staan. Hij bouwde ze zelf. Dat was zijn hobby. Een hobby die mij wel eens tot waanzin dreef.' Ze snoof geërgerd. 'Ik heb altijd gedacht dat zijn boten belangrijker voor hem waren dan de mensen om hem heen.'

'Hoe is hij ooit op het eiland terechtgekomen?'

'Ken je de familie Wilson? Randall Wilson Jr. was een vriend van mijn man. We brachten er regelmatig de zomer door.'

'Big is de beste vriendin van mijn moeder,' vertelde Trixie enthousiast.

'Hoe is het mogelijk!' Lady Penselwood schonk haar een verraste glimlach. 'Wat is de wereld toch klein! Ze heet eigenlijk Henrietta, wist je dat?'

'Ja, dat weet ik. Maar iedereen noemt haar Big.'

'Is ze uiteindelijk nog getrouwd?' vroeg Lady Penselwood terwijl Jasper weer binnenkwam.

'Nee. Bij gebrek aan moed, als je het mij vraagt. Er was geen man die het met haar aandurfde,' antwoordde Trixie.

Lady Penselwood begon te lachen. 'Ja, ze was niet voor een kleintje vervaard. Al heel jong.'

'En ze is nog niets veranderd.'

'Ga zitten, kindje. Joan komt met de thee. Daar worden we weer warm van. Wat is het ineens kil, hè? Ik weet nog dat we ooit op Tekanasset hebben overwinterd en dat de zee was dichtgevroren. Wat kon het daar ook deksels koud zijn! Ik hoorde van Jasper dat je nog niet eerder in Walbridge was geweest.' Op dat moment kwam Joan binnen met de thee en een schaal koekjes op een blad. 'Heerlijk, Joan! Je bent een engel. Zet alles maar op tafel. We schenken zelf wel in. Waar is Winston?'

'Die ligt te slapen voor het fornuis.' Joan keek glimlachend naar Trixie. 'Dag, kindje. Leuk om je weer te zien.'

'Ik heb begrepen dat je geïnteresseerd bent in de geschiedenis van je familie,' vervolgde Lady Penselwood. 'En ik moet zeggen dat ik het buitengewoon vreemd vind dat je vader nooit iets over zijn heldendaad heeft verteld.'

'Met geen woord.'

'Wil jij de thee inschenken, Jasper? Neem een koekje, Trixie. Ze zijn afschuwelijk lekker. Tja, weet je... Door de oorlog zijn we allemaal veranderd. Ik bloeide als het ware op.' Haar bruine ogen begonnen te schitteren bij de herinnering. 'Het was een opwindende tijd. Ik trommelde de vrouwen op en iedereen stak de handen uit de mouwen. Nou ja, bíjna iedereen.' Ze schonk haar kleinzoon een afkeurende blik en Trixie vermoedde dat ze doelde op zijn moeder, Lady Georgina. 'We stelden de Hall open voor kinderen uit Londen, en wat hebben we een dolle tijd met ze gehad! Je moeder verrichtte wonderen in de tuin. Ze was onvermoeibaar, net als Mr. Heath. En ze was ook geweldig met het vee en de bijen. Altijd enthousiast, in alles wat ze deed. Ik was dol op haar. En toen haar Freddie het leven van onze Rufus redde, waren we allemaal zo dankbaar.'

'Was het uw idee dat ze naar Tekanasset gingen?' vroeg Trixie, en ze nipte van haar thee.

'Tja, dat is een wonderlijk verhaal.' Lady Penselwood leunde met een zucht achterover. 'Een heel wonderlijk verhaal. Mag ik een koekje, Jasper?'

Ze nam genietend een hap, haar hele gezicht straalde tevredenheid uit. 'We wilden Freddie bedanken. De oorlog was voorbij en dankzij hem was Rufus levend thuisgekomen. Die arme Freddie had een oog verloren. Dus we hadden allemaal zo verschrikkelijk met hem te doen. Maar we waren hem ook eeuwig dankbaar. Daar wilde hij echter niets van weten. Die dag dat hij naar de Hall kwam... Ik weet het nog goed. Aldrich, Rufus en ik ontvingen hem in de bibliotheek. Freddie leek ten einde raad, alsof hij zijn doodvonnis in ontvangst kwam nemen in plaats van een beloning. Nadat Aldrich hem een whisky had ingeschonken ontspande hij iets. Maar hij bleef nerveus, erg nerveus. Toen onderschepte ik een blik tussen Freddie en Rufus, en ineens begreep ik het: Freddie haatte Rufus. En dat vond ik ook niet zo verrassend. Tenslotte had hij door hem een oog verloren. Waarschijnlijk had hij spijt van zijn impulsieve optreden. Maar zo gaat het nu eenmaal. Mensen handelen vaak uit instinct, zonder nadenken, en ik vermoed dat Freddie een zekere mate van respect voelde jegens Rufus en onze familie. Hoe dan ook, Aldrich zei tegen Freddie dat we diep bij hem in de schuld stonden en dat we het heel fijn zouden vinden als we iets konden doen om onze dankbaarheid te tonen. En toen kwam het eruit. Toen kwam hij met die uitzonderlijke wens om te emigreren. Hij wilde zo ver mogelijk weg van Engeland. We waren met stomheid geslagen. Grace en hij hadden hun hele leven in Walbridge gewoond! Ze waren onlosmakelijk verbonden met de gemeenschap, om nog maar te zwijgen over het feit dat Mr. Garner grote verwachtingen had van Freddie tegen de tijd dat hij met pensioen ging. Hoe dan ook, Aldrich stelde Tekanasset voor, vanwege zijn goede vriend Randall, die onmiddellijk bereid zou zijn om te helpen met het vinden van werk en een huis. Het pakte allemaal erg goed uit. Randall liet er geen gras over groeien. Binnen een paar weken hadden we het huis gekocht en had Randall geregeld dat Freddie aan het werk kon op de cranberrykwekerij. We vonden het heel erg jammer dat ze weggingen, maar Freddie wilde het zo. Daarna hebben we ze nooit meer gezien.'

'Het is zo jammer dat ze nooit meer terug zijn geweest, zelfs niet voor een bezoekje,' zei Trixie zacht.

'Ach, het was in die tijd een lange reis. Trouwens, dat is het nog steeds.' Lady Penselwood zette haar kopje neer. 'En ik dacht dat ze waarschijnlijk niet aan het verleden herinnerd wilden worden.'

Ze keek Trixie doordringend aan. Haar blik werd somber, er glinsterden tranen in haar bruine ogen. 'De oorlog had Rufus ook veranderd,' zei ze zacht. 'Of liever gezegd, het éínde van de oorlog.' Door de nadruk die ze op dat woord legde, begreep Trixie dat ze niet alleen op de oorlog doelde. 'Het was een onwerkelijke tijd. Alles was zo intens, zo dringend. We hielden allemaal rekening met de mogelijkheid dat we de volgende dag dood zouden zijn. Het leven moest ten volle geleefd worden! Je moest ervan genieten, in al zijn kwetsbare, vluchtige heerlijkheid. Maar toen de oorlog voorbij was, toen het leven zijn vertrouwde loop weer had genomen, vonden we het maar saai, wonderlijk genoeg. De spanning was weg, de opwinding, net als die sfeer van onwezenlijkheid waardoor we bereid waren geweest risico's te nemen, met vuur te spelen. Veel mensen waren een affaire begonnen. Ze hadden zich hartstochtelijk op de liefde gestort, in het besef dat het leven maar kort was en vanuit de behoefte zich eraan vast te klampen. Rufus had het heel erg moeilijk.' Ze keek op en schonk Trixie een verdrietige glimlach. 'Ik hoop dat je moeder op Tekanasset gelukkig is geworden.'

'Dat is ze. Hoewel...' Trixie aarzelde en bleef Lady Penselwood recht aankijken. 'Ik denk wel dat ze hier iets heel kostbaars heeft achtergelaten. Iets wat ze voorgoed is kwijtgeraakt.'

Ineens kwam er weer leven in het gezicht van Lady Penselwood. Blijkbaar was haar iets te binnen geschoten. Er verscheen een veelbetekenende twinkeling in haar bruine ogen. 'Jasper, wil je iets voor me van boven halen? In de rechterla van mijn toilettafel ligt een blauwfluwelen etui. Zou je dat mee naar beneden willen nemen?' Jasper liep de hal in, de trap op. 'Ik heb iets wat ik aan je moeder wil geven. Dus misschien wil jij dat voor me doen. Het is niets bijzonders, maar voor haar heeft het heel veel waarde, denk ik. Wanneer ga je weer naar huis?'

'Morgen.'

'Ik ben zo blij dat ik je heb leren kennen, Trixie. Hoe gáát het met je moeder?'

'Niet zo best, helaas. Ze heeft kanker.'

'Ach, wat akelig.'

'Ja, dat is het. Maar ze wil het er eigenlijk niet over hebben. Ze is vastbesloten gewoon door te gaan, alsof er niets aan de hand is.'

'Ik zal bidden dat ze weer beter mag worden.'

'Dank u wel, Lady Penselwood.'

Jasper kwam weer binnen, met het fluwelen etui. Trixie keek er nieuwsgierig naar. Hij gaf het aan zijn grootmoeder. De oude dame keek ernaar alsof het een bijzondere emotionele waarde vertegenwoordigde en alsof ze er maar moeilijk afstand van kon doen. Ten slotte gaf ze het aan Trixie. 'Wil je dit aan Grace geven? En wil je zeggen dat ik haar alle goeds toewens?'

'Mag ik kijken wat erin zit?'

'Natuurlijk.'

Trixie stak haar hand in het etui en haalde er een lavendelzak uit. De stof was verschoten en dun geworden, als van het kaal gesleten knuffelbeest van een kind. Op de voorkant was een grote bij geborduurd.

26

Samen met Jasper zwierf Trixie over het kerkhof, op zoek naar een zerk met de naam Arthur Henry Hamblin. Een frisse wind liet de bruine en gele bladeren over het gras dansen en blies ze tegen de zerken en de verse bloemen die daar waren neergezet ter nagedachtenis aan de overledenen. Trixie wilde liever niet te veel nadenken over de lichamen onder de grond. Ze gaf de voorkeur aan het spirituelere beeld van zielen die uit hun stoffelijke omhulsel waren bevrijd en die in vrede en vrijheid konden rondzwerven. Ze herinnerde zich hoe ze destijds het gevoel had gehad dat ze door een onzichtbare maar voelbare aanwezigheid naar het tuinschuurtje van haar moeder was geleid. In het nuchtere ochtendlicht vroeg ze zich af of het verbeelding was geweest. Was het mogelijk de dood te slim af te zijn en voort te leven? Of was de mens zodanig geconditioneerd dat hij niet zonder het geloof kon, omdat het alternatief simpelweg te gruwelijk was?

Ze huiverde in de koude wind en stopte haar handen in haar jaszakken. Jasper liep over de paden tussen de graven op en las de inscripties op de oudste stenen, waarvan de letters door de elementen deels waren weggesleten. 'Hier ligt iemand uit 1556! Ongelooflijk.'

'Waar is jouw familie begraven?'

'In de familiecrypte, onder de kerk.'

'Brrr, wat klinkt dat griezelig.' Ze huiverde weer.

'Ik kan ook niet zeggen dat ik er regelmatig kom.'

'Is er ook al een plek voor jou bestemd?'

'Dat neem ik aan. Maar daar denk ik liever niet over na.'

'Het schijnt dat je oma al is begonnen met het regelen van haar begrafenis.'

'Ja, dat weet ik. En ze vindt het heerlijk. Het houdt haar bezig en het is mijn moeder een doorn in het oog. Ik heb het sterke vermoeden dat het haar vooral daarom te doen is.'

'O, kijk! Hier is het.' Trixie liet zich voor een zerk op haar hurken zakken en las de inscriptie. 'Arthur Henry Hamblin. 1889 – 1938. Hij is maar achtenveertig geworden. Dat is niet oud.' Ze duwde het lange gras weg om de rest te kunnen lezen. 'Ter herinnering aan een liefhebbende vader en dierbare vriend. Moge hij in Gods hand rusten in vrede.'

'Hij ligt naast zijn vrouw begraven.' Jasper keek naar de zerk naast die van Arthur.

'Mam heeft haar moeder nooit gekend. Ze is door haar vader grootgebracht. Zijn dood moet een verschrikkelijke slag voor haar zijn geweest. Toen bleef ze helemaal alleen achter.' Trixie maakte een snelle berekening. 'Ze was pas achttien of negentien. En toen is ze vrijwel meteen met pap getrouwd. Goddank dat ze hem had.' Waarom was haar moeder zo snel getrouwd? Was ze bang om alleen te zijn? Dat was vlak voor de oorlog. En vlak voor haar correspondentie met Rufus. Dus blijkbaar was hun verhouding ook rond die tijd begonnen.

'Ik heb erover nagedacht, Trixie. Pap was een lastpak, een chagrijn. Hij werkte veel te hard en hij zwierf uren alleen over het landgoed en door de tuinen, alsof hij met zichzelf in de knoop zat. Een verbitterde man, met een sarcastische, bijtende humor. Hij kon wreed en onverdraagzaam zijn. En hij werd om het minste of geringste boos. Als kinderen waren we bang voor hem. Maar misschien is er, doordat hij Grace moest opgeven, iets in hem gestorven, iets wat hij voorgoed is kwijtgeraakt. Volgens mijn oma is hij ooit een onbekommerde, geestige vrijbuiter geweest. In haar beschrijving herken ik niets van mijn vader.' Hij keek haar fronsend aan. 'Ben ik net zo? Ben ik ook chagrijnig en onverdraagzaam geworden, doordat ik mijn grote liefde ben kwijtgeraakt? Is het een patroon dat zich herhaalt? Lottie beklaagt zich over mijn sarcasme. Ze kan er niet meer tegen, zegt ze. Maar zo ben ik niet altijd geweest. Komt het door de teleurstelling? Ben ik daardoor veranderd?' Hij keek haar aan, alsof hij het antwoord van haar gezicht hoopte af te lezen. Trixie zei niets. Ze keek hem alleen maar vol medelijden aan. 'Laten we hier weggaan,' stelde hij voor.

'Waar gaan we heen?'

'Ik wil met je alleen zijn. Het is onverdraaglijk dat je zo dichtbij bent maar dat ik er niets mee kan.'

Op de straat die langs het kerkhof liep, kwam een stel aanlopen dat hun kant uit keek. 'Oké,' zei ze. 'Zeg maar waar je heen wilt. Ik vind alles best, als we hier maar weggaan.'

Ze reden door kronkelende lanen naar de kust. Deze keer parkeerde hij de auto op zeeniveau en loodste hij haar over een met gras begroeid pad naar een oud boothuis, als een nestelende patrijs verborgen tussen bomen en woekerende struiken. Een pier stak een eindje het water in, aan een meerpaal lag een vissersboot die een eenzame aanblik bood. 'Een erfstuk van mijn opa. Hij was geobsedeerd door boten. Ik gebruikte hem vroeger om de kinderen mee het water op te nemen, maar de laatste jaren heb ik hem verwaarloosd.'

'De eerste keer dat we vrijden was in het boothuis van Joe Hornby,' zei ze.

Hij trok haar in zijn armen. 'Dan is dit precies de juiste plek,' zei hij met een weemoedige glimlach. 'Eindelijk alleen.' Hij kuste haar verlangend, bijna wanhopig, en ook al wist ze dat het verkeerd was, toch had ze geen last van haar geweten, want het vóélde niet verkeerd. Integendeel. Het intieme contact was zo vertrouwd. Ze hadden al talloze malen gevrijd en pakten de draad weer op waar ze zeventien jaar eerder, op de kade van Tekanasset, waren gestopt. Ze waren alleen wat ouder geworden – hij een beetje grijzer, zij een beetje voller – en hun gekwelde harten nog hongeriger na alle jaren waarin ze naar hun verloren andere helft waren blijven hunkeren.

Ze vrijden in de romp van de boot, warmgehouden door picknickkleden. In hun koortsachtige liefkozingen herleefden ze het verleden, ze ontdekten elkaar opnieuw, ze genoten van de vertrouwde geur, het vertrouwde gevoel van elkaars lichaam, en ze waren allebei vastberaden de weg terug te vinden naar degene die ze in de ogen van de ander waren geweest.

Trixie lag op haar rug te roken, Jasper had zijn gitaar gepakt en zong het nummer dat hij op het strand van Tekanasset voor haar had geschreven. Ze keek naar hem door de rook van haar sigaret, met een lome, liefdevolle blik in haar ogen. Het duizelde haar, ze voelde zich dronken van liefde. Terwijl hij zong speelde er een vluchtige, tevreden glimlach om haar mond. Zijn stem was doorleefder geworden, rauwer, doordat hij jaren niet had geoefend. Dat gebrek aan polijsting ontroerde haar. Destijds op het eiland was hij nog zo jong geweest, zo zorgeloos, zo stralend en veelbelovend. Inmiddels was zijn gezicht doorgroefd, met brede, diepe kraaienpoten. Het grijs in zijn haar en in de stoppels op zijn kin verried niet alleen zijn leeftijd, maar ook dat hij niet gelukkig was. Haar hart haperde, ze wenste dat de tijd stil zou blijven staan zodat ze nooit meer weg hoefde. Ze voelde dat hij haar nodig had en dat trok aan haar, ergens heel diep vanbinnen waar haar verdriet zich verborgen hield.

'Bij jou kan ik mezelf zijn,' zei hij, zacht tokkelend. 'Jij ziet me zoals ik was. In jouw ogen heb ik talent, ben ik een vrije geest, onconventioneel...' Hij grijnsde verlegen. 'En een beetje wild.' Hij lachte om zichzelf.

'Dat ben je nog steeds, Jasper. Heel diep vanbinnen veranderen we niet. Er zijn lagen bij gekomen. Maar die zitten aan de buitenkant. Daaronder ben je nog dezelfde.'

'Als ik bij jou ben vallen die lagen weg. Dat voelt zo goed. Ik heb eindelijk weer het gevoel dat ik leef.' Hij sloeg zijn ogen op naar het dak van de kajuit en slaakte een diepe zucht. 'Ik voelde me een gevangene, Trixie. Het was alsof ik stikte. Ik begrijp nu pas hoe mijn vader zich moet hebben gevoeld.' Hij keerde zich naar haar toe en zijn ogen kregen een sombere glans. 'Ik wil niet jong doodgaan zoals hij.'

'Denk je dat hij aan een gebroken hart is gestorven?'

Hij haalde zijn schouders op. 'Het klinkt wel romantisch. Zou dat kunnen, sterven aan een gebroken hart?'

'En zou het kunnen dat de kanker van mijn moeder een fysieke manifestatie is van psychisch lijden? Ik denk van wel.'

'Ik heb je nodig, Trixie.'

'Ik jou ook.'

Ze lagen nog altijd in elkaars armen toen de zon naar de horizon zakte en de dag ten einde liep. 'De zandloper is bijna leeg,' zei hij ten slotte, met zijn armen stijf om haar heen. De wolken begonnen zich samen te pakken en donkerpaars te kleuren. De wind floot langs de romp van het schip zodat het zacht begon te deinen.

'Het voelt alsof we op Tekanasset zijn.'

'Was het maar waar.'

'Het was een heerlijke tijd, hè? Mooier kon bijna niet.'

'Ik wist dat ik het goed had, maar ik heb destijds niet beseft hóé goed. Die zomer is in mijn herinnering uitgegroeid tot iets overweldigends. Uniek, onovertroffen, ongelooflijk. Het strand, de muziek, de zon, het meisje.' Hij trok haar tegen zich aan. 'Vooral het meisje. Ik had nooit verwacht dat dit het leven was dat ik zou gaan leiden. Ik dacht dat ik voor volle stadions zou zingen.' Hij grinnikte wrang. 'Dankzij jou weet ik weer hoe het voelde om Jasper Duncliffe te zijn.'

'Je mag dan geen Jasper Duncliffe meer heten, maar je moet wel gitaar blijven spelen en nummers blijven componeren, al was het maar om voeling te houden met Jasper Duncliffe. Muziek maakt deel uit van wie je bent. Als je stopt met spelen, snijd je jezelf af van je eigen kern.'

'Het voelt goed om weer te spelen,' gaf hij toe. 'En hoe zit het met jou, liefste Trixie? Ben jij helemaal jezelf?'

'Ik doe wat ik altijd heb gewild. Ik ben gelukkig bij de glossy. Ik hou van mode. Ik weet hoe ik erover moet schrijven. Ik heb een reputatie opgebouwd in de modewereld. Ik verdien goed. Ik heb een grote vriendenkring. Dus ja, ik heb wel het gevoel dat ik helemaal mezelf ben.'

Hij drukte een kus op haar slaap. 'Je moet zeggen dat je je zonder mij niet compleet voelt. Dat wil ik horen.'

Ze moest niet voor het eerst lachen om zijn zelfbeklag. 'Je wéét dat ik zonder jou niet compleet ben.'

'Blijf dan bij me.'

Ze bleven tot laat in de boot. Pas toen hun maag begon te protesteren van de honger, stapten ze weer op de pier en sloegen ze met tegenzin het pad in naar de auto. Er was een scheur in het wolkendek gekomen, waarachter sterren schitterden en waar het schijnsel van de maan doorheen drong om hen bij te lichten. Het was doodstil, op het zachte klotsen van het water na dat tegen de rotsen sloeg. Jasper pakte haar hand en ze bleven staan om uit te kijken over de diepzwarte zee. Een koude wind blies in hun gezicht en woelde met ijzige vingers door hun haar, terwijl ze in de verre, lege horizon naar een toekomst zochten, maar niets vonden.

'Hoe laat vertrek je morgen?' vroeg hij.

'Al heel vroeg. Kom alsjeblieft geen afscheid nemen. Ik héb al een keer afscheid van je genomen en daar ben ik nooit meer overheen gekomen.'

'Ik móét je terugzien.'

Ze keek hem verdrietig aan. 'Je bent getrouwd, Jasper. Je hebt een gezin. We kunnen ons geluk niet bouwen op het ongeluk van anderen. Dat laat ik niet gebeuren. Ik blijf nog liever de rest van mijn leven naar je hunkeren dan dat ik spijt moet hebben van de verwoestingen die een relatie tussen ons zou aanrichten.'

'Je bent veel te wijs. Ik wou dat je net zo egoïstisch was als ik.'

Ze trok lachend haar hand uit de zijne. 'Je bent minder egoïstisch dan je denkt. Je vroeg me om te blijven. Je hebt me niet gevraagd om met je te trouwen en je hebt niet gesuggereerd dat je je gezin voor me zou verlaten. Daar ben je te fatsoenlijk voor, en dat weet je. Dus breng me nu maar terug naar de pub en laten we de herinnering aan vandaag koesteren. Het was een prachtige, verdrietige, volmaakte dag.'

Ze stapten in de auto. Eenmaal bij de pub gekomen kuste hij haar nog een laatste keer. 'Waar moet ik mijn brieven heen sturen als ik je wil schrijven?'

'Jasper...'

'Ik wil je alleen maar schrijven. Meer niet. Geef me alsjeblieft de kans om contact te houden. Ik kan het niet opbrengen om je helemaal uit mijn leven te verbannen. Je hoeft me niet terug te schrijven. Dus als je besluit mijn brieven niet open te maken zal ik het nooit weten.'

Ze slikte, maar de tranen braken dwars door haar verzet en stroomden over haar wangen. 'Naar Tekanasset.'

'Sunset Slip.'

'Dus je weet het nog.'

'Trixie...'

'Niet doen... Toe...'

'Ik hou van je.'

Ze omhelsde hem stevig, drukte haar lippen op de zijne en liet het zout van haar tranen erop achter. 'En ik hou van jou. Ik zal altijd van je houden.'

Ze keek de auto niet na maar glipte naar binnen, met haar hoofd gebogen, bang om Maeve of Robert tegen het lijf te lopen. Ze had sinds de koekjes bij Lady Penselwood niets meer gegeten, maar dat deed er niet toe. Ze zou toch geen hap door haar keel kunnen krijgen. Eenmaal op haar kamer liet ze het bad vollopen, en terwijl ze zich onder water liet zakken wenste ze dat de wereld zou zijn veranderd wanneer ze weer bovenkwam.

De volgende morgen belde ze een taxi om haar naar het station te brengen. Het was nog vroeg. Het eerste daglicht probeerde door de duisternis te dringen en kleurde de hemel in het oosten bleekgeel, als stukgeslagen eidooiers. Een zachte regen viel op het plaveisel toen ze over een plas stapte en naar de wachtende auto liep. Maeve had koffie en toast voor haar gemaakt, maar voor Robert was het nog te vroeg. Dus Trixie had een boodschap voor hem achtergelaten. Misschien was hij teleurgesteld dat ze niet op zijn aanbod voor een rondleiding was ingegaan. 'Goede vlucht naar New York,' zei Maeve. 'En mocht je ooit terugkomen, dan ben je hier meer dan welkom.' Maar Trixie verwachtte niet dat het ervan zou komen. Net als voor haar moeder was Walbridge nu ook voor haar verbonden met pijnlijke herinneringen.

Bij aankomst op Heathrow betrapte ze zich erop dat ze de gezichten afspeurde op zoek naar Jasper. Ze was ervan overtuigd dat hij achter haar aan was gereden. Niet alleen overtuigd, dat hoopte ze ook. Maar ze zag slechts onbekende gezichten om zich heen en tegen de tijd dat ze in het vliegtuig zat, hield ze zichzelf voor dat het in het leven anders liep dan in de film. Hij ging niet met haar mee terug.

Snikkend keek ze uit het raampje naar de glimmende startbaan en de grijze lucht. Een vriendelijke stewardess met rode lippenstift kreeg medelijden en gaf haar een plekje in de businessclass, maar de ruimere zitplaats en het uitstekende eten konden haar niet opvrolijken. Ze dacht aan Jasper en beleefde de middag in de boot opnieuw, alsof het een film was die ze zo vaak als ze wilde kon terugspoelen en weer afdraaien. Ze twijfelde aan de juistheid van haar beslissing. En ze begon te wensen dat ze was gezwicht voor zijn smeekbeden om te blijven. Hoog boven de Atlantische Oceaan, op weg naar huis, naar haar leven in New York, kon dat leven haar ineens niets meer schelen en zou ze er alles voor hebben gegeven om desnoods nog maar één dag met Jasper te kunnen doorbrengen.

Ten slotte dommelde ze in, dankzij de wijn en een slaappil. Ze voelde zich duizelig, onthecht. Gedachten schoten door haar hoofd als een chaotische school vissen die niet wisten waar ze heen moesten. Hoe zag haar toekomst eruit? Jasper was onbereikbaar, maar zou ze ooit genoegen kunnen nemen met een ander? Of was ze voorbestemd de rest van haar leven alleen te blijven? Ze wist dat ze hem moest loslaten. Maar ze wist ook dat ze dat niet kon.

Na aankomst in New York nam ze het vliegtuig naar Boston. Ze zou om bijzonder verlof vragen wegens familieomstandigheden, zodat ze bij haar moeder kon zijn. Dat was het enige wat telde. Ze had haar moeder nodig. En haar moeder had háár nodig. Het grootste deel van haar werk kon ze bovendien ook thuis doen. Haar assistente zou tijdens haar afwezigheid het fort bemannen. Dat was haar wel toevertrouwd. En de uitgever zou het begrijpen. Haar eigen moeder was gestorven aan borstkanker en Trixie had geholpen met het inzamelen van geld voor kankeronderzoek door de marathon van New York te lopen.

Met een klein vliegtuigje dat al bij de minste of geringste windstoot heftig op en neer ging, vloog ze van Boston naar het vliegveldje op Tekanasset. Ze werd misselijk tijdens de landing, maar tegen de tijd dat het vliegtuig aan de grond stond, had ze opnieuw tranen in haar ogen, niet langer van misselijkheid, maar van opluchting om weer thuis te zijn. Ze ademde de vertrouwde zeelucht in, doordrenkt met de zoete, vochtige geur van de herfst, en vroeg zich af wat haar ooit had bezield om weg te gaan.

In de taxi keek ze uit het raampje. Ineens zag ze het eiland met andere ogen. Het koesterde zich in de middagzon. De rozerode esdoorns leken dankzij het gouden licht in brand te staan toen de zon in het westen naar de horizon begon te zakken en de dag met zich meenam. Trixie snakte naar alles wat vertrouwd was. Ze verlangde ernaar de armen van haar moeder om zich heen te voelen. Ze wilde zich opkrullen in de veiligheid van het verleden, waar ze kon vergeten dat de man van wie ze hield nooit de hare zou zijn.

De taxi zette haar af op Sunset Slip. Vervuld van nieuwe inzichten keek ze naar het huis. Hier waren haar ouders naartoe gevlucht toen hun wereld in Engeland was ingestort. Haar moeder had haar geliefde verloren, haar vader een oog, en dit huis was de compensatie voor hun verlies. Ze rende het pad op, met haar koffer achter zich aan, trok de hordeur open en toen de massieve deur daarachter. Een windvlaag kreeg hem te pakken en gooide hem met een klap weer dicht. De hond van haar moeder begon te blaffen. 'Mam!' Ineens werd haar keel dichtgesnoerd. De angst dat haar moeder misschien al dood was besprong haar als een demon. 'Mam! Ik ben thuis!' Ze liet haar koffer in de hal staan en liep haastig de woonkamer binnen. De haard brandde. Zoals gebruikelijk lagen er overal paperassen. De kussens op de bank waren geruststellend ingedeukt. Trixie rende naar de keuken. Een vlaag tocht trok langs haar heen. Ze huiverde. Toen pas zag ze dat de deur openstond. Ze keek naar buiten. De deur van de schuur stond ook open.

Ze liep de veranda op. 'Mam!'

Grace kwam naar buiten. Ze leek wel kleiner te zijn geworden. 'Lieverd, wat een verrassing! Wat fijn dat je er bent.'

'O, mam!' snikte Trixie. Ze rende haar tegemoet en viel haar om de hals. Haar moeder klopte haar verbouwereerd op de rug.

'Is alles goed met je, lieverd? Wat is er? Waarom ben je zo van streek?'

Trixie liet haar los en keek haar aan. Ze zou eerlijk moeten zijn, besefte ze. Over alles. 'Ik kon je niet vinden.'

Grace knikte begrijpend. 'Je dacht dat ik ertussenuit was geknepen.'

'Ik eh...'

'Maak je geen zorgen. Ik ben zomaar niet verdwenen,' zei Grace voortvarend. 'Kom, dan gaan we naar binnen. Wil je iets drinken? Zal ik thee zetten?'

Trixie keek over de schouder van haar moeder naar de schuur. 'Wat deed je daar?' vroeg ze. Maar ze wist het antwoord al. Haar moeder had schone handen. Ze was niet in de tuin bezig geweest. Dus er kon maar één reden zijn waarom ze naar de schuur was gegaan.

Eenmaal in de keuken zette Grace water op voor de thee. 'En, hoe is het in New York?'

Trixie haalde diep adem. 'Ik kom niet uit New York.'

'O?'

'Ik was in Engeland.'

Haar moeder keek haar verrast aan. 'In Engeland? Wat deed je daar?'

'Ik ben naar Walbridge geweest.'

Grace verbleekte. 'Naar Walbridge?' Toen riep ze zichzelf tot de orde. 'Op zoek naar Jasper?'

Trixie schudde langzaam haar hoofd. 'Nee, niet echt. Op zoek naar jou.'

'Naar mij?'

'Ja… ik eh…' Ze haperde, niet goed wetend waar ze moest beginnen. Want ze wilde niet toegeven dat ze de brieven had gelezen, uit angst voor haar moeders reactie wanneer ze hoorde dat haar dochter in haar spullen had geneusd. 'Ik heb iets voor je.' Ze rende naar de hal en haalde het fluwelen etui uit haar koffer.

Ze gaf het aan haar moeder, die zichtbaar in verwarring was gebracht. 'Wat is het?'

'Lady Penselwood zei dat ik het aan jou moest geven. Jij zou wel weten wat het betekent.'

Grace was inmiddels spierwit geworden. 'Heb je Lady Penselwood gesproken?'

'Ja. En Lady Georgina.'

De ogen van Grace begonnen te glinsteren. 'Waarom?' Toen Trixie geen antwoord gaf, trok Grace het koord van het etui open en stak haar hand erin. Zodra ze de versleten zijde voelde, wist ze wat het was.

Bij het zien van de geborduurde bij wist ze niet waar ze moest kijken of wat ze moest zeggen. Haar lippen trilden, haar ogen vulden zich met tranen. Ze slikte moeizaam. Toen begroef ze haar gezicht in de zijde en sloot haar ogen. 'Tijd voor een glas wijn, lijkt me,' zei ze ten slotte.

'Ik pak het wel,' bood Trixie aan.

'We zouden buiten moeten gaan zitten. Er is nog zon.'

'Oké. Prima.' De gejaagde klank in de stem van haar moeder ontging Trixie niet. De uitdrukking op haar gezicht was veranderd. Haar blik verried dat ze iets te vertellen had. 'Waar is pap?' vroeg Trixie.

'Golfen. Ik verwacht hem pas laat thuis. Dus dat komt goed uit.'

Trixie pakte de fles wijn uit de koelkast, schonk twee glazen in en volgde haar moeder naar de veranda. 'Wat ben je te weten gekomen?' vroeg Grace.

'Alles,' antwoordde Trixie. 'En nog veel meer.'

27

Ze installeerden zich op de schommelbank, waar ze al zo vaak samen hadden gezeten. Grace nam een grote slok wijn. 'Oké, lieverd. Vertel! Vanaf het begin. Hoe kwam je ertoe om naar Walbridge te gaan?'

Trixie pakte haar tas en zette die op haar schoot. 'Vind je het vervelend als ik rook?'

'Nee, natuurlijk niet. Ook al zou je toch eens moeten proberen te stoppen. Het is een afschuwelijke gewoonte, om over de schade aan je gezondheid nog maar te zwijgen.'

'Je hebt gelijk. Ik ga mijn best doen. Dat beloof ik.' Ze diepte haar sigaretten en een aansteker uit haar tas. De rook blies ze naar opzij, uit haar mondhoek, zodat haar moeder er geen last van had. Het ontging Grace niet dat haar hand beefde. 'Ik heb het kistje met je brieven in de schuur gevonden,' bekende Trixie.

Grace ademde langzaam in. 'Aha.'

'Ik was er niet naar op zoek. De deur stond open en ik wilde hem dichtdoen.' Ze zei niets over de vreemde aanwezigheid die ze had gevoeld, ervan overtuigd dat haar moeder haar voor gek zou verklaren. 'Ze zijn prachtig, mam. En zo romantisch.' Grace kneep haar lippen stijf op elkaar en liet haar blik naar de zee gaan. 'Ik vroeg me af waarom Rufus je brieven had teruggestuurd,' vervolgde Trixie.

'Dat was zijn manier om de verhouding te beëindigen, neem ik aan.'

'Maar waarom dééd hij dat? Waarom zette hij er een streep onder?'

Grace haalde haar schouders op. 'Dat weet ik niet. Hij gaf geen uitleg. Hij heeft me alleen mijn brieven teruggestuurd. Ik was er kapot van. Misschien was zijn vrouw erachter gekomen. Nogmaals, ik weet het niet. En het is allemaal al zo lang geleden...'

Trixie keek haar moeder aan met zoveel compassie dat Grace haar tranen niet langer kon terugdringen. 'Hij heeft je die brieven teruggestuurd omdat hij er een streep onder móést zetten, mam. Hij had geen keus. Pap heeft aan het front zijn leven gered. De kogel die pap een oog heeft gekost, was bedoeld voor Rufus. Pap is ervoor gesprongen. Hij was een held. Heeft hij je dat nooit verteld?'

Grace schudde fronsend haar hoofd. 'Nee! Daar heeft hij nooit iets over gezegd. En hoe weet jij dat?'

'Van Lady Georgina. Ze bedankte me. Pap was een held, zei ze, en ze waren hem eeuwig dankbaar.'

'Waarom heeft hij daar dan niks over tegen mij gezegd?'

'Dat weet ik niet. Maar daarna heb ik ook nog theegedronken bij de oude Lady Penselwood.'

'Leeft ze nog?'

'Nou en of! Ze zei dat pap geen drukte wilde. Haar man en zij waren hem heel erg dankbaar en ze wilden iets terugdoen. Hij hoefde het maar te zeggen. En toen vroeg hij om een nieuwe start in Amerika. Weet je wie dit huis voor jullie heeft gevonden en wie heeft geregeld dat hij op de kwekerij kon gaan werken?' Grace schudde haar hoofd. Uit haar verwrongen gelaatstrekken kon Trixie afleiden dat het allemaal als een verschrikkelijke schok voor haar kwam. 'Randall Wilson Jr.'

'Maar dat begrijp ik niet... Hoe is dat dan gegaan?'

'Aldrich Penselwood was een goede vriend van Randall Wilson.'

'Dat wist ik,' zei Grace zacht, denkend aan haar gesprek met Big. 'Ga door.'

'Aldrich Penselwood heeft dit huis voor jullie gekocht om pap te bedanken omdat hij het leven van zijn zoon had gered.'

'Dat heeft Freddie me nooit verteld. Hij zei alleen dat we naar Amerika gingen. Hij was ineens zo vreemd, zo afstandelijk. Niet meer mijn oude Freddie. De oorlog had hem zo veranderd dat ik hem nauwelijks herkende. Hij was kil en vijandig geworden.' Haar schouders schokten. 'Het was verschrikkelijk. Ik raakte niet alleen Rufus kwijt maar ook Freddie. Ik verloor ze allebei. En mijn huis. Het enige wat ik nog had, waren mijn brieven en mijn herinneringen.'

Trixie omhelsde haar moeder en trok haar dicht tegen zich aan.

Grace voelde klein en broos. 'Het was een harteloze manier om jullie verhouding te beëindigen,' zei Trixie. 'Hij had het je moeten uitleggen, in plaats van jou je brieven terug te sturen. Heb je ze nog wel eens gelezen?'

'Mijn eigen brieven? Nee, dat vond ik onverdraaglijk. Ik heb ze onder in de kist gestopt. Hoezo? Heb jij ze gelezen?'

'Ja...' Trixie stond op het punt om te vertellen dat ze ook een brief had gevonden die voor Freddie bedoeld was geweest, maar ze hield zich in. Ze wilde haar moeder niet nog meer van streek maken dan ze al was. 'Ze zijn prachtig.'

'Rufus moet razend zijn geweest dat uitgerekend Freddie vóór hem is gesprongen. Want daardoor moest hij mij opgeven. Wat een wrede speling van het lot! Dat hun wegen elkaar uitgerekend op die manier moesten kruisen.'

'Met het terugsturen van je brieven lijkt het alsof Rufus zijn nederlaag toegaf.'

'Zo zal hij het ook wel bedoeld hebben. Er waren talloze obstakels die ons geluk in de weg stonden, maar dit had Rufus nooit kunnen voorzien.'

'En niets had ook dwingender kunnen zijn.' Trixie trok haar moeder nog dichter tegen zich aan. 'Arme Rufus. Ik had nooit gedacht dat ik dat zou zeggen. Maar ik meen het. Die arme, arme man.'

Grace grinnikte zacht. 'Dat komt omdat je ook bezeerd bent geraakt door de liefde.'

'Misschien. Ik hou van Jasper. Hij is mijn grote liefde. Maar ik moest hem achterlaten.'

'Ach, lieverd. Ik vind het zo ellendig voor je.'

'Ik dacht altijd dat je het toch niet zou begrijpen. Maar nu weet ik dat jij de enige bent die me echt begrijpt, want jij hebt ook liefgehad en verloren.'

'Destijds, toen je Jasper kwijtraakte, wilde ik je vertellen dat ik van zijn vader had gehouden, maar ik kon het niet. Ik wilde je vader niet verraden. Want van hem hou ik ook, Trixie. Het klinkt misschien raar, maar ik hou van je vader. Ik hou van de man achter die koude façade. Zo is hij niet altijd geweest. En zo is hij niet echt. Ik hou van hem.'

Trixie legde haar hoofd op haar moeders schouder. 'Met jouw hulp sla ik me er wel doorheen. Als ik er met jou over kan praten, dan kan ik het uiteindelijk achter me laten. Dat weet ik zeker.'

'Gedeelde smart is halve smart.' Grace duwde haar dochter teder van zich af. Toen ze in haar ogen keek, herkende ze het verdriet dat ze daarin las. 'Ik heb altijd gehoopt dat jij niet hetzelfde zou hoeven doormaken.'

'Maar het was het waard. Je zou het allemaal overdoen. Heb ik gelijk of niet?'

Grace glimlachte. 'Ik denk het wel.'

'Ik ook.'

'Weet je ook hoe Rufus is gestorven? Dat heb ik me zo vaak afgevraagd.'

'Hij is midden in de nacht de tuin in gelopen. Daar ging hij op een bankje zitten, hij keek naar de sterren en hij was dood.'

Opnieuw stroomden de tranen over de wangen van Grace. 'Hij luisterde naar de nachtelijke geluiden van de tuin.' Ze knikte en lachte door haar tranen heen. 'Als je heel goed luisterde, kon je de ademhaling van de aarde horen, zei hij ooit. In en uit, in en uit.'

'Volgens mij is hij gestorven aan een gebroken hart, mam. Ik wed dat hij altijd van je is blijven houden. Zijn moeder zei dat het einde van de oorlog hem had veranderd. Volgens mij bedoelde ze het einde van jullie verhouding.'

'Lady Penselwood,' zei Grace langzaam. 'De oorlog heeft haar ook veranderd. Ze had een spannende affaire met de jachtopziener.'

'Echt waar? Net als in *Lady Chatterley's Lover?*' riep Trixie vrolijk. 'Dat had ik nooit achter haar gezocht!'

'Ze was erg mooi. En tijdens de oorlog bloeide ze op. Toen Rufus en ik een keer in het bos waren, zagen we haar en Mr. Swift. Ze stonden tegen een boom. Het was schokkend!'

'Wat zei Rufus wel niet?'

'O, die kon zich er niet druk over maken. Volgens mij had hij wel bewondering voor haar. Voor haar durf en haar vurigheid.'

Ze lachten allebei. Grace schonk haar dochter een liefdevolle blik en pakte haar hand. 'Ik ben blij dat je het weet, Trixie. En dat we het kunnen delen.'

'Je ziet er een stuk beter uit nu je de waarheid kent.'

'Ik voel me ook beter. Het is alsof er een last van mijn schouders is gevallen. Ik voel me een stuk lichter.' Ze kuste haar dochter op de wang. 'Dank je wel, lieverd. Maar hoe is het nu met jou?'

'Dat vroeg Jasper ook.'

'En wat heb je gezegd?'

Trixie nam weer een trek van haar sigaret. 'Ik heb gezegd dat ik me wel zou redden. Hij heeft een vrouw en kinderen, en de verplichtingen en verantwoordelijkheden die horen bij zijn positie.' Ze moest er zelf om lachen. 'Het is nooit bij me opgekomen dat hij een lord was! Ik had geen idee. Geen wonder dat hij het zo grappig vond als ik hem Mr. Duncliffe noemde.'

'Lieverd, hoe had je het moeten weten?'

'Ach, ja. Nu lijkt het zo voor de hand liggend. Hoe dan ook, hij vroeg of ik wilde blijven, maar dat kon natuurlijk niet. Dat wist hij zelf ook wel. Hij heeft het er met geen woord over gehad dat hij bij Lottie weg zou gaan. En ik denk ook niet dat ik zoveel respect voor hem zou hebben als hij in staat was zijn gezin in de steek te laten. Dus ik ben de verliezer in het verhaal. Maar ik krabbel wel weer op.'

'Dat weet ik zeker, lieverd. En dat heb ik ook gedaan. We hadden jou. Op onze manier waren we gelukkig. Ik stortte me op mijn tuinen. En ik ontdekte dat de mens buitengewoon veerkrachtig is en een groot aanpassingsvermogen bezit. Ik ben nooit ongelukkig geweest, Trixie. Ik heb mijn herinneringen, en ook al word ik er soms een beetje verdrietig van, ze maken me ook blij. Ik denk terug aan de begintijd met Freddie, de tijd voor de oorlog. Toen was hij zo aanbiddelijk en zo romantisch. Dat kun jij je niet voorstellen, maar je vader was ooit heel speels en charmant. Aan die herinneringen hou ik me vast.'

'En wat is het verhaal van de lavendelzak?' vroeg Trixie.

'Die had ik voor Rufus gemaakt, opdat hij beter zou slapen.'

'Zo te zien heeft hij er jaren mee geslapen. Het ding is totaal versleten.'

Grace glimlachte vertederd. 'Ja, dat denk ik ook.'

'En hoe is het met jóú, mam? Ik weet dat je er liever niet over praat, maar ik moet het weten. Ik zou het niet kunnen verdragen om jou ook kwijt te raken.'

Grace trok haar dochter naar zich toe en streek over haar haar. 'Ik ben een vechter, Trixie.' Ze drukte een kus op haar voorhoofd. 'En ik heb heel veel om voor te vechten.'

Terwijl de dag eindelijk zwichtte voor de avond schonken Grace en Trixie zich nog eens in. Grace luisterde geboeid naar Trixies verhalen over haar korte vakantie. Ze wilde alles weten, tot in de kleinste details. Over Walbridge. Over het Imkershuis. Over de Hall, de Fox and Goose, Lady Georgina en Lady Penselwood. En toen Trixie was uitverteld, wilde Grace alle verhalen nog een keer horen.

Tegen de tijd dat Freddie thuiskwam lag Grace in bed, uitgeput van alle emoties. 'Trixie!' riep hij uit, verrast zijn dochter in de kamer aan te treffen. 'Hoe is het in de Big Apple?'

'Prima, pap. Maar ik vond het tijd om maar weer eens naar huis te komen, om mam gezelschap te houden.'

'Daar was ze vast erg blij mee.'

Ze grijnsde. 'Heel erg blij.'

Freddie bleef in de deuropening staan, ogenschijnlijk slecht op zijn gemak. 'Nou, ik zal maar eens kijken of er nog wat voor me in de koelkast staat.'

'Pap...' Trixie stond op en kwam naar hem toe.

'Ja?'

'Ik hou van je.' Ze lachte om zijn verbaasde gezicht. 'Sorry, het klinkt misschien gek, maar dat moest ik gewoon even zeggen. Ik hou van je en ik ben je echt heel dankbaar, voor alles. Ik vond je vaak te streng, maar dat was omdat je het beste met me voorhad. Dat begrijp ik nu, maar ik wou dat ik het eerder had begrepen.' Ze sloeg haar armen om hem heen. Hij verkrampte, maar ze liet zich niet ontmoedigen en hield hem stevig vast. Uiteindelijk ontspande hij iets – heel langzaam, nauwelijks merkbaar – en klopte hij haar op haar rug. Harder, geëmotioneerder dan hij dat ooit had gedaan. Haar keel werd dichtgesnoerd, haar hart trok samen, haar tranen maakten een donkere vlek op zijn overhemd.

Toen ze hem eindelijk losliet, liep ze naar de keuken om pasta voor hem te koken, terwijl hij zichzelf een borrel ging inschenken in zijn kantoor. Hij kwam terug met een glas whisky met ijs. Op zijn vraag hoe het ging op haar werk, vertelde ze over het interview met Rifat Ozbek, zonder erbij te zeggen dat ze daarvoor naar Londen was geweest. Ze kon zich er niet toe brengen hem over haar reis te vertellen, want ze betwijfelde of hij net zoveel begrip zou tonen als haar moeder. Ze dacht aan wat Lady Penselwood had gezegd; over de haat van Freddie jegens Rufus, omdat die wel ongedeerd uit de oorlog was teruggekomen. Waarschijnlijk had haar vader er spijt van dat hij Rufus had gered, dus ze was bang dat het ten koste zou gaan van de vertrouwelijkheid als ze zijn heldendaad nu ter sprake bracht. Ze had zich nooit zo verbonden met hem gevoeld en dat wilde ze voor geen goud bederven door over zijn verleden te beginnen.

Een beetje licht in het hoofd, na twee whisky's en een glas wijn, beklom Freddie later die avond de trap naar de slaapkamer. Trixie was bij hem komen zitten en ze hadden samen de pasta gegeten die ze had klaargemaakt. Tijdens het eten had ze hem naar zijn dag op de golfbaan gevraagd en daarna was ze over zijn begintijd op de kwekerij begonnen, net na de oorlog. Ze had hem aandachtig aangekeken en geluisterd zonder hem ook maar één keer te onderbreken. Haar belangstelling had hem verrast. Ze had nooit eerder interesse getoond voor zijn werk.

Eenmaal boven glipte hij zachtjes de donkere kamer binnen. Grace was in diepe rust. Ze had het licht in de badkamer aangelaten. Om haar niet wakker te maken kleedde hij zich daar uit. Hij douchte, trok zijn pyjama aan en knipte het licht uit. Toen kroop hij onder de dekens, heel voorzichtig om de matras zo min mogelijk te doen inzakken, en staarde naar het plafond.

'Freddie,' fluisterde Grace slaperig.

'Ik dacht dat je sliep.'

'Ik sliep ook, maar nu ben ik wakker. Heb je Trixie gesproken?'

'Ja, wat een fijne verrassing!'

'Freddie?' fluisterde Grace weer. Haar stem klonk ernstig.

'Ja?'

'Ik moet je iets vragen en ik wil dat je eerlijk antwoord geeft.'

'Wat is er dan?'

'Heb jij in de oorlog het leven van Rufus gered?'

Het bleef geruime tijd stil. De sfeer werd gespannen, ongemakkelijk; het was alsof de kamer zijn adem inhield. Terwijl Grace wachtte tot hij iets zou zeggen, voelde ze het bloed door haar slapen razen. Ze rekende erop dat hij haar zou buitensluiten, dat hij een muur van kille afstandelijkheid zou optrekken, zoals ze dat van hem gewend was. Maar dat deed hij niet. 'Ik heb een kogel opgevangen die voor hem bedoeld was,' antwoordde hij zacht. Grace was verbijsterd door zijn openhartigheid. Misschien kwam het door de duisternis, of door de whisky, of misschien was het de wetenschap dat ze niet lang meer te leven had die hem de moed gaf erover te praten.

'Je bent een held. Waarom heb je me dat nooit verteld?'

'Ik ben geen held.'

'Dat ben je wel! Ik heb je uitgelachen toen je moest huilen om die bijensteek. En toen zei je moeder dat jongens dapper zijn als het erop aankomt. Ze had gelijk. Ik had het mis. Je hebt je oog gegeven om het leven van Rufus te redden. Natuurlijk ben je een held!'

Ze voelde hem verkrampen. Opnieuw bleef het geruime tijd stil. Ze kreeg het er warm van, maar ze durfde zich niet te bewegen. 'Ik haatte hem.' De toon waarop hij het zei, deed haar huiveren. 'Ik wist dat je van hem hield. Terwijl ik aan het front zat, kreeg ik een brief van je die voor hem bedoeld was.' Ze hield geschokt haar adem in. Het was alsof het bed onder haar wegviel. Ze klemde haar vingers om de lakens, op zoek naar houvast. 'Ik ben niet op hem af gesprongen om hem te redden, Grace, ik wilde hem vermoorden!'

Ze lagen allebei doodstil, als vermorzeld door zijn bekentenis. Grace wist niet wat ze moest zeggen. Ze staarde naar de duisternis en voelde zich ellendig, niet vanwege zijn gewelddadige bedoelingen, maar vanwege het besef dat hij al die jaren in stilte had geleden; dat hij al die jaren had geweten dat ze van een ander had gehouden. Ze was ervan uitgegaan dat zijn afstandelijkheid was voortgekomen uit de gruwelen van de oorlog. Het was nooit bij haar opgekomen dat zíj de oorzaak was. Nu begreep ze het en haar hart liep over van compassie. De oorlog had hem niet veranderd, dat had zij gedaan! Onder de dekens zocht haar hand de zijne. De heftigheid waarmee zijn vingers zich om de hare sloten, ontroerde haar. Ze kreeg tranen in haar ogen.

'Het was een moment van verstandsverbijstering, Grace.' Hij staarde nog altijd naar het plafond. 'Een vlaag van jaloezie. Pas toen ik hem aanvloog, zag ik dat pistool. Het ging allemaal zo snel, maar het voelde traag en zwaar, alsof ik onder water was. Ik zag dat die mof op het punt stond de trekker over te halen. Zijn gezicht was verwrongen van haat. Maar ik deinsde niet terug. Er was iets wat me voortdreef. En ik weet oprecht niet wat me bezielde. Of ik me op Lord Melville stortte om hem te redden of om hem op zeep te helpen.' Hij smoorde een snik. 'Ik wenste hem dood, maar ik redde zijn leven. Toen Lord Penselwood me vroeg naar de Hall te komen om me te belonen voor mijn dapperheid, kotste ik zo van mezelf dat ik hem amper aan durfde te kijken. En Rufus haatte ik. Hij leefde nog, hij kon van je blijven houden, en ik was een oog kwijt.' Zijn stem werd brozer. 'Dat ik jou had verloren deed me meer pijn dan dat ik een oog moest missen. Ik had desnoods allebei mijn ogen gegeven, als jij maar van me hield, Grace.'

'Hij heeft me al mijn brieven teruggestuurd, Freddie.' Grace probeerde hem te troosten, maar ze besefte dat ze zichzelf niet kon vrijpleiten. Hete tranen biggelden in haar hals en werden koud op haar kussen.

'Maar je hield nog steeds van hem.' Hij kreunde. 'Je hield altijd al van hem. Maar ik wist dat hij zijn vrouw nooit zou verlaten. Hij dacht alleen maar aan zichzelf, aan zijn eigen plezier. En jij spartelde hulpeloos als een vis aan een haak. Je dacht dat ik niks in de gaten had.' Hij zuchtte. 'Maar ik zag het, elke keer als ik in je ogen keek. Want het verlangen dat ik daarin las, was voor hem bedoeld.' Ze worstelde tegen het overweldigende gevoel van spijt dat haar dreigde mee te sleuren. Ze hield zijn hand stijf omklemd en staarde naar de muur, waarop de maan met haar zilveren penseel een strook licht had geschilderd. 'Dus ik vroeg om een nieuw begin, een nieuw leven in Amerika. En Lord Penselwood beloofde dat hij daarvoor zou zorgen. Bigs vader was een vriend van hem. Hij regelde alles. Ik dacht dat je Rufus zou vergeten als ik je meenam naar de andere kant van de wereld.' Hij grinnikte wrang. 'Maar ik had het mis. Je bent hem nooit vergeten, en mij zag je niet. Je bijen... die waren belangrijk voor je. En je tuinen. En Trixie, niet te vergeten. Maar van mij heb je nooit gehouden.'

Grace kon het niet langer verdragen. Ze rolde op haar zij, legde haar hoofd op zijn schouder en sloeg haar armen om hem heen. 'O, Freddie! Dat is niet waar! Ik dacht dat de oorlog je had veranderd. Dat je een hekel aan me had omdat ik niet begreep wat je had doorgemaakt. Maar ik verdroeg het omdat ik bleef denken aan mijn oude Freddie; de Freddie met wie ik was opgegroeid en op wie ik verliefd was geworden. Ik wist dat die er nog moest zijn, dus ik wachtte tot die weer naar buiten kwam. Ik dacht dat de tijd alle wonden zou genezen.' Ze begroef haar gezicht in zijn hals. 'Ik hou van je, Freddie. En ik denk niet dat ik zo naar Rufus was blijven hunkeren als ik had geweten dat jij ook van mij hield. Wat ik voor Rufus had gevoeld, was een voorbijgaande verliefdheid. Ik wou dat het nooit gebeurd was. Dat ik het kon uitwissen. Een illusie, dat was het. Waarschijnlijk voelde ik me gevleid. Ach, ik weet het niet. Het was dom van me. Mijn vader had gelijk. Jij was de juiste man voor me! Van meet af aan. Maar na de oorlog had ik zo'n behoefte aan liefde. En ik geloofde dat hij nog steeds van me hield. Begrijp je dat? Ik voelde een leegte. En hij vulde die. Maar al die tijd verlangde ik naar mijn oude Freddie. Al die tijd verlangde ik ernaar dat jij me weer net als vroeger zou aankijken.'

Hij legde een hand op haar rug en begon haar langzaam te strelen. 'Ik wilde terug naar de rivier. Naar onze geheime open plek, waar Rufus niet bij ons kon komen. Ik wilde dat je bewondering voor me had, net als toen ik van de brug dook. Weet je nog hoe kwaad je werd toen ik expres heel lang onder water bleef?'

'Je maakte me bang. Ik dacht dat je dood was.'

'Dat wilde ik ook, je bang maken. Om zeker te weten dat je van me hield.'

'En dat is je gelukt.'

'Toen heb ik je voor het eerst gekust.'

'Het was de mooiste kus van mijn hele leven.' Ze drukte haar gezicht tegen zijn wang en sloot haar ogen. 'Ik wil je terug. Misschien heb ik niet lang meer te leven, maar de tijd die ik nog heb, wil ik samen zijn met mijn oude vriend en geliefde. Met mijn oude Freddie Valentine.'

Ze voelde zijn armen om zich heen, net als in hun huwelijksnacht in het Imkershuis, en terwijl zijn handen de vergeten contouren van haar lichaam verkenden, was het als die allereerste keer dat ze door hem werd bemind. In het donker zochten zijn lippen de hare, en zijn kus was teder en vurig tegelijk, net als toen, vóórdat ze door verraad en wantrouwen vreemden voor elkaar waren geworden. Met elke tedere streling ontdooide de desolate kilte binnen in haar als de aarde die na een lange winter weer tot bloei komt dankzij de warme strelingen van de lente.

Met een glimlach om haar lippen viel Grace ten slotte in slaap. Haar tranen waren gedroogd op haar kussen. Haar vingers, die zich nog altijd om Freddies hand sloten, ontspanden en openden zich licht. Ze zakte heel diep weg, maar in tegenstelling tot andere nachten bleef ze zich bewust van waar ze was. Het was alsof ze boven zichzelf zweefde en op haar eigen slapende lichaam neerkeek; volmaakt ontspannen en op haar gemak, alsof ze al vaker buiten zichzelf was getreden.

Toen hoorde ze een vertrouwde stem en ze zag een helder licht, heel ver weg. Ze verplaatste haar aandacht van het bed – van de aanblik van Freddie en haar, hand in hand – naar de verte en vloog erheen, gedreven door verlangen en door de liefde in haar hart die steeds verder leek te reiken, steeds meer leek te omvatten. *Dus zo voelt het om dood te gaan.* Ze was volstrekt niet bang, zo sterk was haar verlangen om over te gaan, om naar huis terug te keren.

Het licht werd stralender, intenser. In het middelpunt daarvan stond de vertrouwde figuur van haar vader, in zijn overall en met zijn wollen pet op. En ineens wist ze dat het zíjn aanwezigheid was die ze voelde bij haar bijenkasten. Dat hij altijd bij haar was gebleven, precies zoals hij had beloofd. 'Pap! Wat fijn dat je bij me bent!'

'Ik ben altijd bij je gebleven, Gracey.' Hij leek weer jong en sterk, zijn gezicht straalde van vreugde.

'En moeder?'

Hij glimlachte. 'Die is er ook. Ze is nooit weggegaan. De liefde verbindt ons, Gracey. Dat is een band die nooit verloren gaat. Je moet vertrouwen hebben in wat je voelt.'

'Ben ik dood?'

Hij schudde zijn hoofd. 'Daarom ben ik hier. Om je te vertellen dat het je tijd nog niet is. Trixie heeft je nodig, nu meer dan ooit. En Freddie ook.'

'Kan ik niet blijven?'

'Nee, je moet terug. Je bent nog niet klaar.' Het licht begon te vervagen, en daarmee de gedaante van haar vader.

'Maar ik heb kanker. Ik ga dood.'

Zijn stem werd zwakker. 'Je wordt weer beter, Gracey.'

'Je wordt weer beter...' Grace deed haar ogen open en keek recht in Freddies ongeruste gezicht. 'Je wordt weer beter, Grace,' herhaalde hij.

Ze fronste. Het eerste licht van de nieuwe dag drong door de kieren tussen de blinden. 'Wat is er gebeurd?'

'Je hebt akelig gedroomd, lieverd.' Freddie streek het vochtige haar uit haar gezicht.

'Nee, ik heb heerlijk gedroomd!'

Hij glimlachte. 'Maar nu ben je wakker. Je zei dat je doodging,' voegde hij eraan toe omdat ze hem verward bleef aankijken. 'Je zei dat je doodging, maar je wordt weer beter. Ik laat het niet gebeuren dat je doodgaat, nu ik je eindelijk weer heb gevonden.'

Ze beantwoordde zijn glimlach en legde een hand langs zijn stoppelige wang. 'Lieve Freddie. Wat ben ik blij dat ik dát niet alleen maar heb gedroomd!'

Hij boog zich over haar heen en kuste haar op haar voorhoofd. 'Ik ook.' Toen hij zijn blik over haar gezicht liet gaan, voelde Grace vlinders in haar buik, net als vroeger. 'Ik was vergeten hoe mooi je bent 's ochtends,' zei hij zacht.

'Blijf dan nog even in bed.' Ze pakte hem bij zijn armen. 'We hebben geen haast. Het is nog vroeg.' In de ondeugende grijns die zich over zijn gezicht verspreidde, zag ze de oude Freddie weer. En ze glimlachte terug, net als die middag bij de rivier, toen ze alleen maar oog had gehad voor hem.

28

Drie maanden later liep Trixie over het besneeuwde grindpad naar Bigs voordeur en drukte op de bel. Aan de andere kant van de deur klonk geschuifel van hondenpoten. Door het raampje kon ze het groepje bastaarden zien, hijgend, kwispeltaartend, en toen ze op het glas tikte, werd de opwinding nog groter. Even later verscheen Big, in een felgeel vest en een broek met een Schotse ruit.

'Trixie! Wat een verrassing!' Ze deed breed glimlachend de deur open. 'Allemachtig, wat zie jij er goed uit! Wat heb je uitgespookt? Ik kan me niet voorstellen dat een mens van New York zo gaat stralen.'

'Ik ben gestopt met roken,' vertelde Trixie trots.

'Dat werd ook wel tijd. Kom binnen. Het is gemeen koud.'

'Welnee. Het is een prachtige dag! De zon schijnt, de hemel is strakblauw, de sneeuw flonkert als diamanten. Ik geloof niet dat ik het eiland ooit zo beeldschoon heb gezien.'

'Ja, verse sneeuw is mooi. Daar heb je gelijk in. Maar voor je het weet is de glans eraf. Wat wil je drinken? Iets warms? Chocolademelk?'

'Warme chocolademelk! Heerlijk!'

'Met een scheutje van het een of ander? Om het wat pittiger te maken?' Big knipoogde.

'Nee, dank je. Voor mij alleen melk en cacao.'

'Ik ga het tegen Hudson zeggen. Hij zal blij zijn dat hij eindelijk iets te doen heeft. Het is een saaie dag. Jij bent de eerste die langskomt. Volgens mij heeft niemand zin om naar buiten te gaan. Alleen de dappersten trotseren de sneeuw. Loop jij maar vast door en ga lekker bij het vuur zitten.'

Trixie deed haar jas uit en liep naar de haard in Bigs royale zitkamer. Het was er gezellig, zonder pretenties. De glimmend rieten banken met lichtblauwe kussens zaten zo heerlijk en je zakte er zo diep in weg dat je nooit meer wilde opstaan. Op de glazen salontafel in het midden stond een schitterend boeket winterbessen met daaromheen glanzende fotoboeken over kunst en het leven op het eiland. Big kocht het liefst bij plaatselijke ambachtslieden, dus haar huis stond vol manden, decoratief schelpenwerk en beschilderde antieke meubels. Trixie liet zich op de bank vallen waar ze al zo vaak had gezeten en slaakte een zucht van tevredenheid. Het voelde goed om weer op Tekanasset te zijn, te midden van iedereen die echt belangrijk voor haar was. Ze strekte haar hand uit naar Mr. Doorwood, die op het andere uiteinde van de bank lag te dommelen, en aaide hem zachtjes. De kater spinde in zijn slaap, zijn dikke lijf ging rustig en bedaard op en neer met zijn ademhaling. Even later kwam Big binnen en plofte in de leunstoel bij het vuur, waar ze troonde als een vorstin.

'Hoe is het met je moeder?'

'Steeds beter,' antwoordde Trixie dolgelukkig. 'Het is een wonder. Echt een wonder. De dokters hadden haar opgegeven, maar volgens mij gaat ze het redden.'

'Ze ziet er goed uit,' viel Big haar bij. 'Volgens mij is het de macht van het gebed. Wonderen gebeuren nog steeds, ook in deze tijd van technologische verworvenheden – opdat we niet vergeten dat God nog altijd almachtig is.'

'En bovendien kunnen pap en zij het tegenwoordig zo goed vinden samen. Het is ongelooflijk! Hij lijkt wel een ander mens.'

'Volgens mij is hij gewoon dankbaar dat hij haar terug heeft. Hij heeft serieus gedacht dat hij haar zou kwijtraken.' Big ademde zwaar door haar neus. 'En dat dachten we allemáál.'

'Het is nog te vroeg om conclusies te trekken, maar ze voelt zich al veel sterker. En dat is zo'n opluchting. Al was het maar omdat ik haar nu meer nodig heb dan ooit.'

'Hoe lang blijf je?' vroeg Big.

Trixie keek haar aan alsof haar hart zou barsten van geluk. 'Voorgoed!' Ze sloeg vastberaden met haar handen op haar knieën. 'Ik heb mijn baan en mijn appartement in New York opgezegd. Ik wil het radicaal over een andere boeg gooien en ik heb besloten voorgoed naar huis te komen.'

'Nee maar! Wat een verrassing. Daar kijk ik van op. En ik kijk zelden ergens van op.' Hudson kwam binnen met cake en warme chocolademelk. 'Neem een plak cake,' zei Big toen Trixie een mok van het blad nam. 'Je ziet eruit alsof we je een beetje moeten bijvoeren. Die jonge meisjes van tegenwoordig leven van de wind, lijkt het wel. Jullie zijn veel te mager. Mensen zien er een stuk beter uit met wat spek op de botten. En dat geldt zeker voor een knappe meid zoals jij.' Hudson zette de cake op de koffietafel. Trixie nam een bescheiden plak, maar Hudson legde het grootste stuk voor Big op een porseleinen bordje. 'Dank je wel, Hudson.' Ze nam een hap en kreunde van genot. 'Chocoladecake is je geheime wapen.'

De oude man glimlachte dankbaar. 'Dank u, miss Wilson.'

Big kauwde genietend. 'Maar dat wist je al.' Ze grinnikte. 'Afijn, Trixie, wat zijn je plannen?' Big nam haar onderzoekend op. 'Want volgens mij heb je plannen, of ik moet me wel heel sterk vergissen. En bij die plannen heb je vast en zeker mijn hulp nodig.'

'Zoals ik al zei, ik wil weer hier komen wonen, om voor imker te leren en mam te helpen met haar tuinen. Ze is niet meer zo sterk als vroeger, maar tuinieren is haar lust en haar leven, dus ze wil er toch mee doorgaan. Ik word haar assistente,' vertelde Trixie opgewekt. 'En daar verheug ik me enorm op.'

'Maar je wilt niet weer bij je ouders in huis?' veronderstelde Big.

'Nee, ik denk dat het beter is om mijn eigen plek te hebben.'

'Groot gelijk. En nu denk je aan mijn guesthouse.'

Trixie glimlachte schaapachtig. 'Ik hoop dat je het niet brutaal vindt, maar ik zou het heel graag van je willen huren. In elk geval voorlopig.'

'Lieve kind, je kunt het huren zolang als je wilt. Ik zal je een kleinigheid rekenen om de kosten te dekken.' Big glimlachte ondeugend. 'Ik vind het heerlijk om je zo dichtbij te hebben en je kunt via het strand naar het huis van je ouders lopen.'

'Precies. Dat had ik ook bedacht. Bovendien vind ik het heerlijk om zo dicht aan zee te zitten. Dat is zo romantisch.'

'Absoluut. En over romantisch gesproken, vanwaar die plotselinge terugkeer naar huis? Ik dacht dat je het helemaal had gemaakt in New York?'

'Dat is ook zo.' Trixie schonk haar een raadselachtige glimlach. 'Maar er is iets gebeurd waardoor ik anders tegen de dingen ben gaan aankijken. En waardoor ik ben gaan beseffen waar het in het leven echt om draait. Ik hou van het eiland. Hier ben ik altijd het gelukkigst geweest. Ik heb mijn ambities vaarwel gezegd. Er zijn belangrijker dingen dan veel geld verdienen en succes hebben. Het gaat om de kwaliteit van het bestaan.'

'Ik kan je alleen maar gelijk geven. En wat zullen je ouders het heerlijk vinden. Wanneer wil je erin?'

'Zodra het jou schikt. Ik heb thuis nog niets gezegd. Het leek me verstandiger om eerst onderdak te regelen.'

'Nou, dan kun je het ze gaan vertellen. Het guesthouse is bij dezen verhuurd. De verwarming staat aan, anders bevriezen de leidingen, dus je kunt er meteen in. Weet je zeker dat je niet iets sterkers wilt om het te vieren?'

Trixie schudde haar hoofd. 'Warme chocolademelk is heerlijk. En die cake ook, trouwens. Mag ik nog een plak?'

Trixie haastte zich over het pad tussen de bomen naar het strand. De flonkerende sneeuw leek het zwakke winterse zonnetje te tarten, maar de wind had hem tot hoge bergen doen opwaaien, dus het zou weken duren voordat alles gesmolten was. Het guesthouse van Big stond met de voorkant naar de zee, genesteld tegen een met gras begroeide rotswand, beschut door struiken en lage bomen. Het was gebouwd in dezelfde stijl als de meeste huizen op het eiland, met grijze dakleien en een brede veranda, die op dit moment was bedolven onder sneeuw. Het huisje bood een verloren aanblik, zoals het met zijn donkere, lege ramen uitkeek over de oceaan, maar in Trixies ogen was de eenzame ligging juist romantisch; ze popelde van ongeduld om erin te trekken en het te vullen met leven.

Ze stak de sleutel in het slot en duwde de deur open. Zodra ze over de drempel stapte, rook ze de vertrouwde, vochtige geur van de zee en haar hart stroomde over van geluk en nostalgie. Ze liet haar blik door de gezellige hal gaan met zijn glimmend houten vloer. Een sierlijk gewelfde trap voerde naar de bovenverdieping. Er ontsnapte haar een zucht van tevredenheid. Dit was waar ze thuishoorde. Opnieuw een diepe zucht. Ze had eindelijk de weg naar huis gevonden.

Terwijl ze door de kamers zwierf, herkende ze de hand van de binnenhuisarchitecte die maar al te bekend was op het eiland en die zich ook hier aan haar kenmerkende nautische stijl had gehouden – wit, verschillende tinten blauw en rieten meubels. Trixie besloot dat ze hier en daar een rood accent zou toevoegen om er haar eigen stempel op te drukken. Een warme kleur was welkom om haar door de lange winter heen te helpen. In de woonkamer stond de zithoek om de open haard. Ze liet zich op een van de banken vallen. De zwakke winterse zon die door de ramen scheen, viel op het blauw-witte kleed dat de kamer domineerde en een oase van zachtheid vormde op de glimmend houten vloer. De stilte in het lege huis gaf haar een gevoel van rust. Buiten spoelden de golven met vermoeide regelmaat over het besneeuwde strand, alsof de kou ze had beroofd van hun kracht.

Wat hield de toekomst voor haar in petto? Sinds het afscheid van Jasper in Walbridge wist ze zeker dat ze nooit op dezelfde manier van een ander zou kunnen houden. Aanvankelijk had ze nog gedacht dat ze misschien iemand zou vinden met wie ze haar leven wilde delen. Ze was jong en tweede keus was misschien beter dan helemaal niemand. Ze had nog een lang leven voor zich. Alleen was maar alleen. Maar in de laatste paar dagen was haar duidelijk geworden dat ze geen man nodig had, zelfs Jasper niet, want ze had ontdekt dat ze met een verstekeling aan boord naar Amerika was teruggekeerd: een stukje Jasper, verborgen in haar buik, waar het langzaam groeide. Aan de liefde voor haar kind zou ze de rest van haar leven genoeg hebben. Ze zouden zich prima weten te redden, zij tweetjes. En ze zouden volmaakt gelukkig zijn. Dat prachtige, nieuwe mensje was het enige wat telde. De rest deed er niet toe. Met een hand op haar buik dankte ze God in een stil gebed voor Zijn barmhartigheid.

29

Drie jaar later

De herfstzon wierp lange schaduwen over Sunset Slip en zette de purperen wolken in vuur en vlam, in een dramatisch kleurenspel van tinten rood. Trixie liep over het strand met Arthur, haar zoon. Haar blik gleed naar de uitgestrektheid van de oceaan waar de ondergaande zon in al zijn pracht werd weerspiegeld door de golven. De schoonheid van de natuur ontroerde haar en in een vlaag van melancholie bleef ze staan om te genieten van alweer een zonsondergang op Tekanasset waarvan de grootsheid ook na al die jaren nog altijd diepe indruk op haar maakte. Arthur rende achter een dwergplevier aan. Zijn borrelende kinderlach werd meegevoerd door de wind, samen met de eenzame kreet van een meeuw. Het liep tegen het eind van de zomer. Nog even, dan zouden de sternen en plevieren naar warmere kusten trekken, het zou gaan stormen en in de donkere nachten zou de wind huilend aan haar slaapkamerraam rammelen. Ze genoot van het guesthouse, net zoals ze genoot van het strand, en ze besefte dat ze nog nooit zo gelukkig was geweest.

Aanvankelijk had Jasper haar vurige brieven geschreven, maar geleidelijk aan was de periode ertussen steeds langer geworden, precies zoals ze had verwacht, al was het maar omdat ze hem nooit had aangemoedigd door terug te schrijven. Misschien geloofde hij dat ze niet meer van hem hield. Die gedachte deed pijn. Ze had al talloze malen pen en papier gepakt om haar hart uit te storten, maar ze had telkens weer spijt gekregen van haar impulsiviteit en de onafgemaakte brief in het vuur gegooid. Er kon niets goeds van komen. Er was niets wat ze kon doen. Het verleden kon ze niet veranderen en tot het veranderen van het heden was ze niet bereid. Haar enige troost was dat ze een zuiver geweten had; dat ze zijn gezin niet kapot had gemaakt.

Ze keerde zich naar Arthur, denkend aan de verrassende reactie van haar ouders op het nieuws dat ze zwanger was van Jasper. De vooroordelen van hun generatie waren na de ziekte van Grace weggevallen. Ze hadden geleerd dat het leven een geschenk was en dat de liefde het enige was wat telde. Ze wilden simpelweg dat hun dochter gelukkig was. Toen de baby werd geboren, heetten ze hem met open armen welkom. Volgens Grace leek hij op haar vader, Freddie zag een gelijkenis met zijn moeder. Maar naarmate haar zoon groeide, herkende Trixie steeds meer van Jasper in zijn glimlach en zijn grijsgroene ogen. Voor hen allemaal gold dat ze hem beschouwden als een geschenk van de liefde en dat ze dankbaar waren voor het geluk dat hij om zich heen verspreidde.

Sinds haar terugkeer, drie jaar eerder, had Trixie nieuwe vrienden gemaakt op Tekanasset. Ook Lucy Durlacher – recentelijk gescheiden van Ben, die zijn trommelstokken had verruild voor driedelig grijs en voor een investeringsbank in Washington werkte – was naar het eiland teruggekomen. Verrassend genoeg was er een hechte band tussen de twee vrouwen gegroeid. Het leek erop dat Tekanasset uitkomst bood wanneer het leven te hectisch werd, of wanneer de ziel snakte naar de helende wateren van het eiland. De stranden van Tekanasset waren als balsem voor het moe gebeukte hart en de weidse luchten in voortdurend wisselende kleuren en schakeringen schonken nieuw vertrouwen en gaven wie zich verloren waande weer het gevoel ergens bij te horen. Wanneer Trixie naar de oneindige horizon keek, wist ze waar het om ging in het leven: vrienden, familie en een veilig thuis. En uiteindelijk kwam het allemaal op hetzelfde neer: liefde, dat was waar het om ging.

Ze trok haar vest nog dichter om zich heen en sloeg haar armen over elkaar. De zon ging onder, in de schaduwen werd het al kil. In de verte zag ze iemand aankomen, een man met zijn hond, vermoedde ze. Haar blik ging weer naar haar zoon, die op het zand hurkte en met een stuk helderblauw zeeglas speelde. Ze besloot om te draaien en naar huis te gaan. 'Arthur!' riep ze. 'Kom, lieverd. Het wordt tijd voor een kop thee.' De kleine jongen richtte zich op en kwam naar haar toe rennen. Toen hij zijn armen uitstak, sloeg ze haar blik op naar de man. Hij was dichterbij gekomen en begon sneller te lopen, doelgerichter. Trixie bukte zich, tilde haar zoontje op en trok hem dicht tegen zich aan, genietend van zijn kleine, stevige lijfje tegen het hare.

Net toen ze rechtsomkeert wilde maken, viel haar iets vertrouwds op in de manier van lopen van de man. Hij nam grote passen en leek steeds meer haast te maken. Ze verstijfde. Nee, dat kon niet waar zijn! Dat was onmogelijk. Het moest gezichtsbedrog zijn. Ze had al zo vaak gedacht dat ze hem zag. En telkens als bleek dat ze het mis had, was ze als verlamd geweest door de teleurstelling. Dit was ongetwijfeld de zoveelste keer dat ze zich vergiste. Ze slikte krampachtig, verdrong haar tranen en vervloekte de stralend rode hemel en de zee van vloeibaar goud omdat ze haar emotioneel maakten. Ze was gelukkig. Ze redde zich prima. Ze had Arthur. Wat kon ze nog meer wensen?

Maar de man begon te rennen. Zijn lange benen vlogen over het zand, zijn stem werd meegevoerd door de wind. Ze wist zeker dat ze haar naam hoorde. 'Trixie!' Ze probeerde scherper te zien, maar haar blik werd vertroebeld door tranen, dus het enige wat ze zag was haar eigen verlangen dat over haar wangen stroomde.

'Mammie huilen?' zei Arthur ongerust. Ze drukte een kus op zijn koude wangetje. Maar ze kon niets zeggen. Ze was haar stem kwijt. Er kwam geen geluid uit haar dichtgesnoerde keel.

Toen stond hij voor haar, hijgend, rood van inspanning, wanhopig. Ze keken elkaar aan en wisten geen van beiden iets te zeggen.

Het was ten slotte Jasper die de stilte verbrak. 'Ze is bij me weggegaan.' Zijn blik ging naar het kind en hij liet verslagen zijn schouders hangen. Het was te laat.

Trixie wist wat hij dacht en ze glimlachte, door haar tranen heen. 'Jasper, dit is Arthur,' zei ze fluisterend. Ze bewoog haar schouder, zodat hij het gezichtje van haar zoon kon zien. De kleine jongen keerde zich verlegen naar die onbekende man, met een onderzoekende blik in zijn grote, grijsgroene ogen. Jasper keek naar zijn zoon, toen weer naar Trixie. Woorden konden niet uitdrukken wat hij voelde. Verbaasd schudde hij zijn hoofd, toen deed hij een stap naar voren en sloeg zijn armen om hen heen.

Trixie legde met een diepe zucht haar hoofd op zijn schouder. 'Je bent teruggekomen,' zei ze zacht.

'Omdat mijn tranen in het water van de haven zijn gevallen.' Hij trok haar dicht tegen zich aan. 'Maar vooral omdat ik van je hou.' Hij omhelsde haar nog steviger. 'Ik hou van je, Trixie! En ik zal altijd van je blijven houden.'

Een woord van dank

De vraag die me telkens weer gesteld wordt, is hoe ik aan de ideeën kom voor mijn boeken. In dit geval begon het allemaal op een zomeravond in 2012, toen ik bezig was met onkruid wieden in de tuin van mijn cottage in Hampshire. Mijn oog viel op een bijenklomp tegen de muur, naast het slaapkamerraam van mijn dochter. Ik schrok, want ik had nog nooit zoiets gezien. Het was een enorme klomp, dus ik belde mijn vader, die naast ons woont, om te komen kijken. Al snel stond de hele familie eromheen en staarde verbijsterd naar die krioelende massa bijen. Mijn vader vermoedde dat ze de volgende morgen uit zichzelf zouden weggaan. Dus ik dacht er niet verder over na, tot ik 's ochtends bij het wakker worden een luid gezoem hoorde. De lucht voor mijn raam zag zwart van de bijen, die duidelijk niet van plan waren te vertrekken. Mijn vader belde de plaatselijke imker, waarop zijn dochter langskwam om uitleg te geven. De bijen waren op zoek naar een nieuwe plek om hun nest te bouwen, vertelde ze. 'Maar niet in míjn muur!' verklaarde ik strijdlustig. Hoe leuk ik bijen ook vind, dat wilde ik niet. We spraken af dat ze, als ze die avond opnieuw een klomp vormden, zou langskomen met een mand en ze letterlijk van de muur in een mand zou scheppen. Dan zou ze de bijen mee naar huis nemen, in de hoop dat ze een van de lege kasten van haar vader als hun nieuwe onderkomen accepteerden. Uiteindelijk gingen ze uit zichzelf weg, maar het idee voor 'Het Imkershuis' was geboren. Later veranderden we de titel, maar die 'avond van de bijen' gaf de aanzet tot dit boek.

Terwijl ik research deed, raakte ik tijdens een bijeenkomst op de school van mijn zoon toevallig in gesprek met een buitengewoon aardige oma. Ze genoot van mijn boeken, zei ze, en ze vroeg waar ik op dat moment mee bezig was. Met een boek dat speelde in de Tweede Wereldoorlog, over de dochter van een imker, vertelde ik. Op slag begonnen haar ogen te stralen, want haar vader was tijdens de oorlog imker geweest. Ik was minder verbaasd dan zij, want wanneer ik aan een nieuw verhaal begin, stuur ik een verzoek uit om hulp, en het is wonderbaarlijk hoe alles wat ik nodig heb me dan als het ware in de schoot valt. En zo viel ook jij me in de schoot, Elizabeth Kennerley! Ik dank de engelen dat ze ons hebben samengebracht. Voordat ik jou leerde kennen wist ik zo goed als niets over bijen. Inmiddels ben ik een hoop wijzer geworden, zoveel dat ik alle opgedane kennis niet in dit boek kwijt kon. Dank je wel voor je goede raad en voor het uitlenen van een prachtig oud boek waarin ik zoveel informatie vond dat ik niet verder hoefde te zoeken.

Voor Tekanasset Island stond Nantucket model. Ik bedenk bij voorkeur zelf een locatie, want dat geeft me de vrijheid deze volledig naar mijn eigen wensen te modelleren. Bovendien ken ik daardoor de wereld waarin het boek speelt als geen ander. Jaren geleden heb ik met Peter en Flora Soros een paradijselijke week op Nantucket doorgebracht, en ik weet nog dat ik destijds al besloot me ooit door het eiland te laten inspireren voor een locatie. Peter en Flora, dank jullie wel voor een verrukkelijke vakantie en voor het planten van het zaadje waaruit jaren later dit boek voortkwam.

Ik draai altijd muziek tijdens het schrijven. Voor elk boek maak ik een nieuwe speellijst en ik ben altijd lang bezig met de zoektocht naar de juiste melodieën om inspiratie uit te putten. Ik hou van John Barry, Howard Shore en Ennio Morricone, maar voor *De dochter van de imker* ontdekte ik een buitengewoon getalenteerde componist van wie ik nog nooit iets had gehoord. Guy Farley schrijft filmmuziek en hij had ongetwijfeld nooit gedacht dat hij ook de soundtrack zou leveren bij het ontstaan van een roman. Ik heb al zijn muziek gedownload en onafgebroken gedraaid. Ik ken inmiddels zijn hele oeuvre en vind het fantastisch. Dank je wel, Guy, dat je me naar de winderige stranden van Tekanasset Island en de sappige groene heuvels van Dorset hebt gebracht. Zodra ik mijn iPod aanzette, kon niets me afleiden van de schoonheid van je muziek en van de schitterende scènes waartoe deze inspireerde.

Ik heb dit boek opgedragen aan mijn oom Jeremy Palmer-Tomkinson. Samen met Clare, zijn vrouw, heeft hij me altijd aangemoedigd bij het schrijven. Dus toen ik advies nodig had voor een scène die zich afspeelt tijdens de oorlog, heb ik hem uitgenodigd voor de lunch, want er is maar weinig over de Tweede Wereldoorlog wat hij niet weet. Clare kwam met hem mee, en tijdens een stevige maaltijd zette ik de plot uiteen. Jeremy stelde me niet teleur met zijn advies over de bewuste scène, bovendien gaf hij me een goede raad over de plot in het algemeen. Daar kan ik niet verder over uitweiden zonder te veel prijs te geven van het verhaal. Het enige wat ik kan zeggen, is dat het hele boek wordt bepaald door dat kleine maar belangrijke detail. Ik had een heel andere plot in gedachten, maar het idee van Jeremy sprak me direct aan. Daarom vond ik het gepast om dit boek uitsluitend en alleen aan hem op te dragen. Toen ik hem dat vertelde, voelde hij zich erg in verlegenheid gebracht, want hij vond niet dat hij dat verdiende. Maar hoe kon hij dat weten? Hij had het boek nog niet gelezen. Nou, neem maar van mij aan, Jeremy, dat je het dubbel en dwars verdient. Soms hebben mijn engelen geen vleugels, maar zitten ze tegenover me aan de lunch en delen ze een fles wijn met me!

Verder wil ik mijn moeder bedanken, Patty Palmer-Tomkinson. Zij is altijd de eerste die het manuscript te lezen krijgt. Met haar scherpe oog voor detail heeft ze mijn redacteur een hoop werk uit handen genomen door grammaticale fouten en ongelukkig gekozen woorden te verbeteren. Mam, bedankt dat je telkens weer de tijd neemt en de moeite doet om me te beschermen tegen mezelf.

Ik wil ook mijn schoonmoeder, April Sebag-Montefiore, bedanken. Wat zouden we moeten beginnen zonder onze moeders die altijd voor ons klaarstaan? April heeft zich gebogen over de delen van het boek die in de jaren veertig spelen. Haar bijdrage was van cruciaal belang voor de sfeertekening van die periode. Heel erg bedankt, April, voor je tijd en je inzet en voor je voortdurende steun en bijval.

Mijn oude vriend Harry Legge-Bourke die deel heeft uitgemaakt van de Welsh Guards – niet tijdens de oorlog! – heeft me geholpen met het beantwoorden van vragen over het leger. Research doen kan zo plezierig zijn wanneer dat gebeurt op het terras van Colbert, met een cocktail onder handbereik! Dank je wel, Harry.

Verder wil ik Bob en Nancy Pfifer bedanken, mijn vrienden uit Boston. Ik heb ongelooflijk veel gehad aan de boeken die ze me hebben aangeraden om de scènes die op Tekanasset spelen zo levensecht mogelijk te beschrijven. En de vele vragen die ik stelde werden met kennis van zaken beantwoord. Ten slotte niets dan lof voor hun boekhandel, The Brewster Bookstore, waar zulke aardige, behulpzame mensen werken.

De aanwezigheid van mijn vader in het boek is overduidelijk; hij is als de wind die in het bos de bladeren doet ritselen. Als een spons heb ik zijn wijsheid en zijn filosofieën in de loop der jaren opgezogen, en via mij komt dat alles weer terug in mijn personages, in de lessen die ze leren van wat er op hun pad komt, en in de keuzes die ze maken. Ik vind het heerlijk om juist daarover te schrijven, want dat aspect van het leven boeit me het meest. Dank je wel, papa, dat je mijn nieuwsgierigheid hebt gewekt.

De belangrijkste lessen over het leven leer ik van mijn kinderen. De liefde is de reden waarom we hier zijn, en het is ook de liefde die we met ons meenemen wanneer ons leven is voltooid. Mijn kinderen vormen een permanente inspiratiebron en ik ben innig dankbaar dat ze er zijn. Mijn man, Sebag, is mijn liefste vriend, mijn vurigste bondgenoot en mijn grootste voorvechter. Ik bedank hem uit het diepst van mijn hart voor de tijd en de ruimte die hij me geeft om creatief te zijn.

Zonder Sheila Crowley, mijn geweldige, dynamische agent bij Curtis Brown, zou er nooit een boek van me zijn uitgegeven. Sheila, je bent briljant! En onmisbaar! Ik koester oprecht de illusie dat je er helemaal alleen voor mij bent, want telkens als ik je nodig heb, verschijn je als mijn goede fee, je zwaait met je toverstafje en je zegt dat ik natúúrlijk naar het bal kan als ik dat wil.

Ook Katie McGowan en Rebecca Ritchie van Curtis Brown wil ik bedanken voor al het werk dat ze verzetten.

Ik sluit af door mijn fantastische team bij Simon & Schuster uit de grond van mijn hart te bedanken. Mijn redacteur, Suzanne Baboneau, en haar collega's Clare Hey, James Horobin, Dawn Burnett, Hannah Corbett, Sarah-Jade Virtue, Melissa Flour, Ally Grant, Gill Richardson,

Rumana Haider en Dominic Brendon. Jullie zijn geweldig, onvermoeibaar en hartstochtelijk betrokken bij wat jullie doen. Dankzij jullie ben ik gekomen waar ik ben.